Todos los libros de Linkgua Ediciones cuentan con modelos de Inteligencia Artificial entrenados por hispanistas. Pregúntale al chat de tu libro lo que desees acerca de la obra o su autor/a.

Para ebooks: Accede a nuestro modelo de IA a través de este enlace.

Para libros impresos: Escanea el código QR de la portada con tu dispositivo móvil.

Obtén análisis detallados de nuestros libros, resúmenes, respuestas a tus preguntas y accede a nuestras ediciones críticas generativas para una experiencia de lectura más enriquecedora.
La transparencia y el respeto hacia la autoría de las fuentes utilizadas son distintivos básicos de nuestro proyecto. Por ello, las respuestas ofrecen, mediante un sistema de citas, las fuentes con las que han sido elaboradas.

Félix Azara

Descripción e historia de Paraguay

Edición de Julio César González

Barcelona 2024
Linkgua-ediciones.com

Créditos

Título original: Descripción e historia de Paraguay.

© 2024, Red ediciones S.L.

e-mail: info@red-ediciones.com

Diseño de cubierta: Michel Mallard.

ISBN rústica ilustrada: 978-84-9953-113-7.
ISBN tapa dura: 978-84-9953-374-2.
ISBN ebook: 978-84-9897-689-2.

Sumario

Brevísima presentación

La vida

Félix de Azara, 18 de mayo de 1742 (Barbuñales, Huesca)-1821. (España.)

Fue militar, ingeniero, explorador, cartógrafo, antropólogo y naturalista.

Estudió en la Universidad de Huesca y en la Academia militar de Barcelona donde se graduó en 1764. Sirvió en el regimiento de infantería de Galicia y obtuvo el grado de lugarteniente en 1775. Siendo herido en la guerra de Argel, sobrevivió de milagro.

Asimismo rechazó en 1815 la Orden de Isabel la Católica en protesta por los ideales absolutistas imperantes en España.

Mediante el tratado de San Ildefonso (1777), España y Portugal fijaron los límites de sus dominios en América del Sur y Azara fue elegido como uno de los cartógrafos encargados de delimitar con precisión las fronteras. Marchó a Sudamérica en 1781 para una misión de algunos meses y vivió allí veinte años.

Al principio se estableció en Asunción, Paraguay, para realizar los preparativos necesarios y esperar al comisario portugués. Sin embargo, pronto se interesó por la fauna local y comenzó a estudiarla acumulando el extenso archivo que más tarde conformó los cimientos de su obra científica.

Cabe añadir, además, que colaboró con José Artigas en el establecimiento de pueblos en las fronteras entre la Banda Oriental (actual Uruguay) y el Imperio del Brasil.

Azara murió en España en octubre de 1821, víctima de una pulmonía; fue también conocida su amistad con Goya, quien pintó un retrato suyo.

[Mitre y Azara]

Difícil resultaba decidirse por un determinado autor para iniciar la *Biblioteca histórica colonial* con la que la Editorial Bajel se propone difundir el pensamiento y la obra de los escritores, historiadores y hombres de ciencia hispanoamericanos, que actuaron en el período de la colonización. Sin embargo, desde el primer momento se consideró indispensable reeditar a don Félix de Azara, que apunta como uno de los principales estudiosos de fines del siglo XVIII. Su labor como historiador, geógrafo, naturalista, etnógrafo, etc., se cumplió íntegramente en el Paraguay y Río de la Plata, pero el resultado de sus observaciones interesaron profundamente al mundo europeo, que asistía al proceso de formación de las doctrinas científicas.[1]

En historia natural, por ejemplo, Azara concibió un sistema de caracterización de las especies al tiempo que el célebre conde de Buffon daba a conocer su famosa obra, resultado de importantes estudios a los que concurrían los más prestigiosos naturalistas del continente. Distinta es la posición de Azara, que dio comienzo a esos estudios sin tener una preparación especial. «Soy un soldado —dice— que jamás ha mirado un animal con atención hasta ahora; carezco de libros, y de todos los medios de adquirir noticias e instrucción; soy un naturalista original, que ignora hasta los términos, y gran parte de mis apuntaciones se han hecho sin silla, mesa, ni banco, con la torpeza y disgusto que acompañan a la excesiva fatiga y con otras atenciones

1   Preparamos unos apuntes biográficos de Azara que aparecen en Félix de Azara, *Memoria sobre el estado rural del Río de la Plata en 1801 y otros informes*, t. I de la Biblioteca histórica colonial, de la Editorial Bajel, Buenos Aires, 1943, en donde también registramos la bibliografía sobre el ilustre demarcador español. (N. del E.)

que yo miraba como principales.»[2] Pero Azara pudo rectificar y complementar la obra de los naturalistas europeos, por cuanto les llevaba la ventaja de analizar las características de numerosas aves y cuadrúpedos que aquéllos no conocían directamente.

La *Descripción e historia del Paraguay y del Río de la Plata*, que la Editorial Bajel distribuye en tercera edición, apareció por primera vez en Madrid, en 1847, con un estudio bibliográfico de don Basilio Sebastián Castellanos de Losada y posteriormente,[3] la Biblioteca Paraguaya reeditó esa misma obra, en la Asunción, en 1896.[4]

La reducida edición española patrocinada por el sobrino de don Félix, don Agustín de Azara, tercer marqués de Nibbiano, tuvo por principal objeto difundir la obra sobre el Paraguay y Río de la Plata, que originariamente escribió Azara para el Cabildo de la Asunción, en 1790, y luego reelaboró a su regreso a España.[5] Bien pronto se agotó la edición distribuida a literatos y bibliotecas y cuando, en 1860, el historiador chileno Diego Barros Arana visitaba Europa, le escribe al

2   Félix de Azara, *Apuntaciones para la historia natural de las aves de la provincia del Paraguay*. Acopiadas por D...., Capitán de navío de la Real Armada. Dedicada a Su Majestad. T. I, año de 1789; T. II, 12 de agosto de 1783. En la Asumpción del Paraguay. Este manuscrito de Azara se encuentra en el Museo de historia natural de Madrid, según cita de Enrique Álvarez López, don Félix de Azara, en Biblioteca de Cultura Española, Madrid, págs. 54 y 74. (N. del E.)

3   Félix de Azara, *Descripción e historia del Paraguay y del Río de la Plata*. Obra póstuma de D..., la publica su sobrino y heredero del señor don Agustín de Azara bajo la dirección de don Basilio Sebastián Castellanos de Losada, 2 tomos, Madrid, 1847. (N. del E.)

4   Félix de Azara, *Descripción e historia del Paraguay y del Río de la Plata*, en la Biblioteca Paraguaya, Asunción del Paraguay, 1892, 2 tomos. (N. del E.)

5   Véase los apuntes biográficos en Félix de Azara, *Memorias de Azara*, etc., cit. (N. del E.)

general Bartolomé Mitre (junio 7),[6] diciéndole: «En Madrid he encontrado una edición del manuscrito original de don Félix de Azara, por el cual he visto que el libro francés,[7] el único que se conoce en América, ya por el original, ya por las traducciones,[8] es en muchas partes compendio del texto castellano. Consta éste de dos gruesos volúmenes, el segundo de los cuales es una historia detenida de la conquista de los países del Río de la Plata, y una minuciosa biografía de Azara escrita por don Basilio Sebastián Castellanos, revisor de la edición. Ha sido hecha a costa de don Agustín de Azara, marqués de Nibbiano, sobrino de don Félix, con el solo objeto de regalarla a las bibliotecas y literatos».

Pocos meses después (septiembre 8), Barros Arana le comunica que le «fue imposible conseguir el Azara de que hablé a usted. Impreso un reducido número de ejemplares, fue destinado solo para regalos; y solo se puede conseguir uno que otro ejemplar por casualidad».[9]

6   Carta de Diego Barros Arana al general Bartolomé Mitre, París, 7 de junio de 1860, en Archivo del General Mitre. Correspondencia literaria, Años 1859-1881, t. XX, pág. 13. Biblioteca «La Nación», Buenos Aires, 1912. (N. del E.)

7   Félix de Azara, *Voyages dans l'Amerique Meridionale*, etc. Publies d'apres les manuscrits de l'auteur avec une noticie sur sa vie et ses écrite, par C. A. Walckenaer: Enrichis les notes par G. Cuvier. Suivis de l'histoire naturelle des Oiseau da Paraguay et de la Plata, par le meme auteur, traduite, d'apres l'original espagnol. et augmentés d'un gran nombre de notes, par M. Sonnini: Acompagnés d'un atlas de vingtcinq planches, 4 ts., París, 1809. (N. del E.)

8   Félix de Azara, *Viajes por la América del Sur*, etc. traducidos por Bernardino Rivadavia, con prólogo de Florencio Varela en Biblioteca del Comercio del Plata, t. II, Montevideo, 1846; cuatro años después en la misma ciudad, apareció una segunda edición. Anteriormente se conocía ediciones de Berlín (1810), Leipzig (1810), Viena (1811), Milán (1817) y Turín (1830). (N. del E.)

9   «Carta de Barros Arana a Mitre», París, 8 de septiembre de 1860, en Archivo del General Mitre, t. XX, Correspondencia literaria, cit.,

Sin embargo, Mitre debió insistir y con aquel ardor que ponía en la consecución de las piezas bibliográficas que estimaba indispensables en su biblioteca particular —que iba siendo la primera del continente en cuestiones americanistas—, se hizo de los dos volúmenes, que leyó atentamente y anotó con cuidadosa erudición bien que el tiempo va borrando sus apuntes en grafito, en el ejemplar que conserva el Museo Mitre.

En él hemos visto una extensa nota de Mitre, que constituye una ficha del catálogo de su biblioteca que tenía en preparación. Es sabido que se propuso cumplimentar detalladamente el ordenamiento de su Biblioteca Americana. Escribiéndole a Barros Arana le dirá en una de las cartas más extensas e interesantes bajo el punto de vista del estudioso, del historiador y del bibliógrafo, que el catálogo «me va saliendo tan vasto, aun sin salir de los límites rigurosamente bibliográficos, que a veces temo que nunca terminaré. Por eso he adoptado el sistema de consignar mis notas bibliográficas en las hojas blancas de los mismos libros, cuando no exceden de una a cuatro páginas escribiéndolas aparte cuando forman un artículo más bien que una nota».[10]

Cuán interesante sería recoger en sus *Obras Completas*, en curso de publicación, las notas dispersas bien que eruditas de Mitre, sobre los problemas americanistas. El mismo Barros Arana advertía la importancia de una publicación tal, al escribir: «Lo felicito por el estado floreciente de su biblioteca americana, y quedo deseando que se resuelva a hacer la impresión de su catálogo. Para los que conservamos esta santa manía de reunir libros viejos, todo catálogo es interesante;

---

pág. 17. (N. del E.)

10 «Carta de Mitre a Barros Arana», Buenos Aires, 20 de noviembre de 1875. en *ibidem*, pág. 77. (N. del E.)

y cuando es trabajado por un hombre competente, y éste ha puesto algunas notas críticas e ilustrativas, el catálogo pasa a ser una joya».[11]

Parecería que nos hemos apartado un tanto de nuestro propósito al detenernos en este aspecto de la labor mitrista, pero convengamos en que cuanto más destaquemos el aprecio y estima intelectual del gran bibliófilo argentino por Azara, tanto más significativa se nos aparecerá la obra de este ilustre historiador.

Volviendo a la nota agregada en 1863 al segundo tomo del ejemplar de la *Descripción e historia* que perteneció al general Mitre, debemos señalar la apreciación que formula respecto al primer tomo que comprende la parte descriptiva, que considera menos completa que la edición de los *Voyages dans l'Amerique Meridionale*, publicados por Walckenaer. En cambio «el 2.º tomo —dice— que contiene la parte histórica, es una excelente historia crítica de la conquista, población y descubrimiento del Río de la Plata. Basado en los cronistas, escrito con juicio y con conocimiento del país, es lo único serio y digno de consultarse que hasta el presente se haya escrito sobre la materia, no obstante algunos juicios ligeros o apasionados y varios errores a que ha sido inducido por las autoridades que ha seguido».

«Sospecho que esta parte del trabajo de Azara, ha tenido entre nosotros la misma suerte que la 1.ª ed. de sus Viajes, es decir, que nadie la ha leído, pues hasta los historiadores modernos que le citan, y que habrían encontrado una riquísima y nueva mina que explotar, se han figurado que es lo mismo publicado en francés y han cerrado el libro. «¡No he hallado uno solo que me haya dicho haber leído este libro! Parece que

---

11 «Carta de Barros Arana a Mitre», Santiago de Chile, 29 de agosto de 1875, en *ibidem*, pág. 47. (N. del E.)

el destino de este autor fuera el decir la verdad para no ser leído de nadie. Es la luz bajo el celemín.»

El entusiasmo de Mitre por la obra histórica de Azara fue en aumento y no dejó pasar oportunidades para ponderar sus condiciones de historiador, sin la pasión del panegirista, pues registra los errores o deficiencias de Azara donde las hubiera advertido. Así contestando una interesante carta de Juan María Gutiérrez, le expresa que Domínguez «ha seguido al pie de la letra y sin examen crítico los *Ilustres Misioneros* de Xarque, no solo no ha leído en esos libros hechos desconocidos y filosofía nueva, sino que ni siquiera ha leído (quiero decir utilizando) los *Voyages* de Azara, y menos aún la edición española que cita como casi igual a la anterior, salvo los errores tipográficos, cuando en la parte histórica es lo más completo que se conoce, a la vez que es más deficiente que la francesa en la parte etnográfica, física y geográfica».

«Digo esto —agrega— porque él no trata la cuestión de que usted se ocupa y de que ya antes de ahora se había ocupado Azara, a saber, la contraposición de la conquista militar con la conquista espiritual.»[12]

Lástima que ese entusiasmo y comprensión de la obra desarrollada por Azara no se concretará en el estudio que alguna vez pensó en realizar, pues tenía «parte en cartera y parte en el tintero... que es cuestión de algunos días de buen humor para terminar». Azara está como el sacerdote Antonio Ruiz de Montoya en la intención biográfica y solo la azarosa existencia del ilustre general le impidieron escribir las vidas del sabio naturalista y del docto lingüista, que estaban destina-

---

12 «Carta del general Bartolomé Mitre a Juan María Gutiérrez», Buenos Aires, en *ibidem*, t. XXI, Correspondencia literaria, años 1859-1881, pág. 208. Buenos Aires, Biblioteca de «La Nación», pág. 47. (N. del E.)

das a hermanarse con Belgrano y San Martín, pero que se troncharon en sus inicios como la de Artigas.

Mitre proyectaba ocuparse de Azara «considerado como geógrafo, naturalista, etnólogo e historiador del Río de la Plata: es el Humboldt moderno de esta parte de América, que solo, sin estímulos, en medio de los desiertos, sin conocer más ciencias que las matemáticas y guiado por su genio observador, creó un sistema nuevo de clasificación zoológica, midió y describió gráficamente su territorio, estudió sus razas indígenas, revelando, por decirlo así, un mundo desconocido y siendo el precursor de los que después han continuado su tarea».[13]

«El español Azara, al principio del siglo, el inglés W. Parish después, el famoso Martín de Moussy y últimamente el alemán Burmeister —dirá a Barros Arana—, son los únicos que estudian y describen la República Argentina bajo todos sus aspectos, suministrando conocimientos nuevos a la ciencia universal.[14]

»Posteriormente otros historiadores se han ocupado de las proyecciones de la obra de don Félix, ya sea elogiosamente como Juan María Gutiérrez,[15] Luis María Torres[16] o

---

13 «Carta de Mitre a Barros Arana», Buenos Aires, 20 de octubre de 1875, cit., pág. 75. (N. del E.)
14 *Ibidem*, pág. 56. (N. del E.)
15 Juan María Gutiérrez, «Don Félix de Azara, su mérito, sus servicios, su juicio sobre las Misiones del Paraná y Uruguay», en La Revista de Buenos Aires, t. XVIII, págs. 167-192, Buenos Aires, 1869, reimpresión. (N. del E.)
16 Luis María Torres, «Noticia biográfica de don Félix de Azara y examen general de su obra», en Anales de la Sociedad Científica Argentina, t. CVIII, Buenos Aires, 1929, el más completo de sus trabajos dedicados al sabio naturalista. (N. del E.)

refutándolo como el jesuita Pablo Hernández,[17] pero siempre habrá que coincidir con Carbia, pues «cualquiera que sea el juicio que hoy nos merezca la labor historiográfica de Azara, lo innegable es que fue el primero que aplicó, a cosas de nuestra historiografía, el criterio selectivo y aquilatador de la veracidad que los iluministas proclamaban como una imposición irrecusable de la obra. Y en esto, precisamente, reside su significado.»[18]

Julio César González

---

17 Pablo Hernández s. j., Misiones del Paraguay. Organización social de doctrinas guaraníes de la Compañía de Jesús, t. IL, cap. XIV, Barcelona, 1912. (N. del E.)
18 Rómulo D. Carbia, Historia crítica de la historiografía argentina (desde sus orígenes en el siglo XVI), en Biblioteca Humanidades, t. XXI, pág. 59, La Plata, 1939. (N. del E.)

Prólogo del autor

1. El año de 1781 me embarqué de orden del rey en Lisboa y arribé al Brasil, de donde pasé luego al Río de la Plata. Allí me encargó el gobierno muchas y grandes comisiones, que no es el del caso especificar; bastando decir, que para desempeñarlas tuve que hacer muchos y dilatados viajes, y que hice voluntariamente otros con el objeto de adquirir mayores conocimientos de aquellos vastos países. En todas mis peregrinaciones observé siempre la latitud geográfica al mediodía y a la noche por el Sol y las estrellas con un buen instrumento de reflexión y horizonte artificial. Y con la proporción de ser el país tan llano, jamás omití el demarcar los rumbos de mis derrotas y los de los puntos notables laterales con una brújula, corrigiéndolos de la variación magnética que averiguaba con frecuencia cotejando su azimut con el que calculaba por el Sol. Con estos fundamentos, sin usar jamás de estima o del poco más o menos, hice el mapa de mis viajes situando en él todos los pueblos, parroquias y puntos notables por latitudes y demarcaciones observadas y creo que ninguno de ellos tiene error. Tampoco creo lo haya en el mapa de las provincias de Chiquitos y Santa Cruz de la Sierra; porque lo hizo al mismo tiempo que yo el mío, mi compañero el capitán de fragata don Antonio Álvarez Sotomayor.

2. En cuanto a los ríos principales, creí ocioso navegar muchos de ellos, sabiendo que lo habían ya hecho otros facultativos con el mayor cuidado. Así copié las primeras vertientes del Paraná hasta su Salto grande, y del Paraguay hasta el Jaura que están en dominios portugueses, del mapa inédito del brigadier portugués don José Custodio de Saa y Faria,

que anduvo muchos años por aquellas partes. Pero como no era astrónomo sino ingeniero, no merece toda mi confianza, aunque sí mayor que todos los mapas publicados hasta hoy. El curso del Paraná desde el citado Salto grande hasta el pueblo de Candelaria, le copié del que hizo mi compañero el capitán de navío don Diego Alvear, que lo navegó y reconoció en tiempo de mis tareas; y el resto del Paraná hasta Buenos Aires, lo hicieron por mi orden navegándole, mis subalternos el capitán de navío don Martín Boneo, los pilotos don Pablo Zizur y don Ignacio Pazos y el ingeniero don Pedro Corbiño. Los mismos navegaron por disposición mía el río Uruguay desde Buenos Aires hasta su Salto, el Curugnati, el Jejuí, el Tebicuari y el Paraguay desde los 19° de latitud hasta su unión con el Paraná; desde esta latitud hasta la boca del río Tauru, lo he copiado del de los demarcadores del tratado de límites del año 1750.

3. Por lo que hace a los tributarios de los citados ríos, como son innumerables y riegan inmensos países despoblados y llenos de bosques, me ha sido imposible reconocerlos, y marcar con acierto su verdadero curso. Así me he limitado a dirigirlos desde sus confluencias con los grandes ríos a los puntos donde los he cortado en mis viajes, y lo demás por noticias a buen juicio; de modo que en esta parte hay precisamente muchos yerros que no podrán corregirse hasta que pasando bastantes siglos, se extienda la población por todos ellos. Entonces se sabría lo que son y el curso de dichos tributarios; y si el río Aracuay o Pilcomayo entra en el del Paraguay por dos brazos; uno poco más abajo de la Asunción y el otro en los 24° y 24 minutos de latitud como yo creo; o este último mucho más abajo según lo marca el mapa de don Juan de la Cruz.

4. Para arreglar mi mapa a un primer meridiano conocido en Europa, hice muchas observaciones en Montevideo, Buenos Aires, la Asunción y Corrientes de las inmersiones y emersiones de los satélites de Júpiter; que aunque por defecto de sus tablas astronómicas pueden dar errada en 5 leguas la diferencia de meridianos, no por eso lo estarán las posiciones respectivas de los puntos de mi mapa.

5. No se limitó mi atención a hacer dicho mapa, porque hallándome en un país vastísimo, sin libros ni cosas capaces de distraer la ociosidad, me dediqué los veinte años de mi demora por allá a observar los objetos que se ofrecían a mis ojos en aquellos ratos que lo permitían las comisiones del gobierno, los asuntos geográficos, y la fatiga de viajar por despoblados y muchas veces sin camino. Pero como para esto estaba yo solo, y los objetos que veía eran muchos más de los que podía examinar, me vi precisado a preferir, después de lo dicho, la descripción de los pájaros y cuadrúpedos quedándome pocos momentos para reflexionar sobre las tierras, piedras, vegetales, pescados, insectos y reptiles. Así mis observaciones sobre estos artículos se hallarán triviales y escasas, como escritas por quien no tenía tiempo ni inteligencia en tales materias. En cuanto a los hechos de toda especie que refiero, he procurado no exagerar nada, sin pretender que las reflexiones que de ello deduzco se crean, no hallándose fundadas. Muchas de ellas las omití en el primer borrador que hice de esta obra, temiendo a los críticos, y figurándome que ya las habrían hecho otros antes que yo; pero hoy, deponiendo estos temores, publico esta obra como la concibe mi mente, con el único fin de que sirva a la instrucción del gobierno y de la historia natural principalmente del hombre.

6. No estaba ocioso cuando me hallaba en las poblaciones porque leí muchos papeles antiguos de los archivos de las ciudades de la Asunción, Corrientes, Santa Fe, Buenos Aires, y de los pueblos y parroquias, y consulté la tradición de los ancianos. Leí también algunas historias del país, que en bastantes cosas no estaban acordes con dichos papeles originales, y en todas hallé que sus autores no tuvieron bastantes conocimientos locales ni del número de naciones ni de indios, ni de su situación ni costumbres. Esto me ha determinado a escribir la historia del descubrimiento y conquista, corrigiéndola en cuanto he podido, de los yerros y equivocaciones que han cometido dichos escritores, algunas veces por ignorancia y otras con malicia. Para que esto se comprenda mejor, haré aquí una relación breve del carácter de dichos autores.

7. Ulderico Schmidels fue de soldado a aquella conquista en 1534 y salió de allí en 1552. Libre ya del servicio se fue a su patria Straubingen en Baviera, donde escribió en alemán la historia de los hechos que había presenciado, estropeando, corrompiendo y trocando tanto los nombres de las personas, ríos y lugares, que solo las puede entender quien los conozca por otra parte. Su obra se tradujo al latín y de este idioma al castellano sin corregir su nomenclatura.

8. Quitado este defecto es la más exacta que tenemos, la más puntual en las situaciones y distancias de los lugares y naciones, y la más ingenua e imparcial; sin que peque en otra cosa, que en habérsele pasado alguna vez anotar las diferencias entre los que mandaban y algún hecho ocurrido en su ausencia. También tiene el defecto inevitable a un soldado raso, que es abultar el número de enemigos y de muertos en

las batallas, y decir que los indios tenían fosos, estacadas y fortalezas para aumentar su gloria en supeditarlos. Alguna vez para dar variedad a su historia, añade que algunos indios tenían bigotes y que criaban aves y animales domésticos, faltando en esto a la verdad que usa en lo demás generalmente.

9. Alvar Núñez Cabeza de Vaca, fue el año de 1542 a continuar aquella conquista; y disgustó tanto a sus súbditos, que estos lo despacharon preso a España en 1544 juntamente con su confidente el escribano Pedro Hernández. El consejo supremo vio el proceso que le habían formado; y oídos sus descargos le condenó a privación de empleo sin indemnizarle los gastos que había invertido, y a un presidio en África. Mientras duraba su causa, o poco después escribió unos comentarios del tiempo de su gobierno, que se han impreso poco ha; porque no tuvo él impudencia para hacerlo estando tan fresca su sentencia. Esta obra es a veces tan confusa, que no se entiende, y otras altera y cambia los nombres. Por supuesto que no queda corto en su apología, y que sabe aplicarse cosas buenas hechas después estando él preso en Madrid. Tampoco es escaso en acriminar a sus contrarios, no perdonando medios ni invectivas y aun achacándoles la avaricia y otros vicios que eran suyos.

10. Al mismo tiempo que Alvar Núñez escribía Antonio Herrera en Madrid, y es de creer que este oyese a aquel o a dicho Hernández o que consultase sus comentarios. Yo no he leído a Herrera; pero creo que no pudo tener suficientes conocimientos locales para escribir con puntualidad.

11. Martín del Barco Centenera, clérigo extremeño, pasó al Río de la Plata el año 1573 y escribió en Argentina desde

su descubrimiento hasta el año de 1581 imprimiéndola en Lisboa el de 1602. Los profesores juzgarán su mérito poético; yo en cuanto a historia considero esta obra tan escasa de conocimientos locales, y tan llena de tormentas y batallas, de circunstancias increíbles, a los que conocen aquellos naturales, y de nombres y personas inventados por él, que creo no se debe consultar cuando pueda evitarse. Pero su empeño mayor es desacreditar a los principales y a los naturales, siguiendo en esto el genio característico de todo aventurero y nuevo poblador como él lo era.

12. Ruiz Díaz de Guzmán era sobrino de Alvar Núñez, según dice. Yo no sé con qué motivo se mudó el apellido y también el de su padre que era Alonso Riquel, y él le da el de Riquelme; su madre fue Úrsula, una de las muchas mestizas que de Indias tuvo Domingo Martínez de Irala. Nació con corta diferencia el año de 1554, y pasó casi todo el tiempo que estuvo en el Paraguay en la provincia del Guairá de la que llegó a ser comandante. Con esta autoridad tomó alguna gente, y se fue a fundar y la segunda ciudad de Jerez. Estando en ella el 19 de abril de 1593 escribió juntamente con el ayuntamiento que acababa de erigir al de la Asunción, diciéndoles, que a petición e instancias de los vecinos de Ciudad Real había fundado a Jerez, y que convidaba a los que de la Asunción quisieran ir a establecerse allí. La contestación fue mandarle restituir los pobladores a Ciudad Real, de donde los había sacado: porque al mismo tiempo se quejaron amargamente los que habían quedado en el Guairá de que Ruiz Díaz había sacado los pobladores para Jerez a fuerza contra sus repetidas protestas y con grave perjuicio de la provincia. Pero Ruiz Díaz no hizo caso del mandato, ni de otros iguales que le repitió el gobernador general, de cuyas

resultas se le formó proceso, y él se ausentó del país. Todo esto consta por menor en el archivo de la Asunción. Se fue Ruiz Díaz a Chunquisaca, donde escribió su *Argentina* y la envió el año de 1612 al duque de Medinasidonia. Aun no se ha impreso esta historia, de la que tengo una copia en la que ofrece segunda parte; pero creo que no la escribió.

13. Lo dicho basta para que no lo tengamos por escrupuloso y para que no nos cause novedad si vemos que en vez de verdades cuenta novelas, como son: la de la leona que defendió a la mujer: la transmigración de los Chiriguanas: el viaje de Alejo García, el haber conocido a su hijo, y cuanto refiere de las alhajas de plata llevadas del Perú al Paraguay. También altera las fechas cuando lo necesita para intercalar expediciones fingidas. Forja grandes batallas, ejércitos numerosos, fortalezas, flechas envenenadas y otras cosas que inventa para honrar a su padre, abuelo y tío. Con la misma idea acrimina cruelmente a Francisco Ruiz Galán que compitió el mando con su abuelo y nunca fue de su partido, a Felipe de Cáceres, porque trabajó en la deposición de su tío, y a Ruiz Díaz Mugarejo porque le prefirieron a su padre para las comisiones.

14. Finalmente su narración hace conocer que estaba poco impuesto principalmente del curso del río Paraguay y de sus naturales.

15. El padre Jesuita Lozano escribió en el Tucumán la historia del descubrimiento y conquista del Río de la Plata, la cual se halló en su colegio manuscrita en un volumen que posee don Julián de Leiva en Buenos Aires. Tuvo presente a todos los autores citados y otras memorias; pero como igno-

ró la geografía del país, y la situación de muchas naciones, sus nombres, número y costumbres, no es extraño que las equivoque algunas veces, que no corrija las equivocaciones de sus originales, y que no entienda a Schmídels.

16. Su principal cuidado fue acopiar cuanto han escrito, llenos de acrimonia y de pasión contra los conquistadores Alvar Núñez, Barco y Rui Díaz; y aun no satisfecho con esto, aumenta, inventa y tergiversa los hechos. No hubo allí en su concepto sino dos hombres buenos y santos que hicieron milagros, a saber: Alvar Núñez y el primer obispo a quienes el consejo condenó justamente por su mala conducta y porque realmente fueron los más ineptos. En fin, presentó el padre Lozano esta su historia a los padres de su colegio de Córdoba, y estos la hallaron tan cavilosa y mordaz, que no permitieron se publicase, y encargaron al padre Guevara, que la corrigiese según me han informado gentes de verdad que oyeron esto mismo a los padres de Córdoba.

17. Dicho padre Guevara purgó a Lozano de algunas cavilaciones y maledicencias, añadiendo otras más insulsas; omitiendo cosas sustanciales, pone otras que no lo son, e ingiere sin venir al caso la historia del Tucumán. Esta obra manuscrita se encontró en aquel colegio, y algunos la han copiado figurándose que es la mejor por ser la última.

18. Aunque yo conozca los defectos de los citados autores he tenido que valerme de ellos, porque creo que no hay otros originales; pero los he corregido cuanto he podido por los papeles auténticos que he visto en los archivos, y por los conocimientos del país y de las costumbres de sus naturales. En efecto, sabiendo que estas son en aquellos indios tan fijas e

inalterables según deduzco del cortejo de relaciones antiguas con las del día, y no hallándose rastro ni tradición de idolatría, de comer carne humana, de flechas envenenadas, ni de conservar en la guerra cautivos a los varones adultos, quedan destruidas todas estas fábulas con que algunos escritores adornan sus historias. Cuando los he sabido, he aplicado los verdaderos nombres a los parajes y naciones que los autores alteran y equivocan muchas veces; mas no debe inferirse de esto que algunas naciones han sido exterminadas, como erradamente lo dice Rui Díaz de la de Agaces; porque menos dos existen todas las que vieron los conquistadores y su número de almas, que se verá en el capítulo 10, destruye las ideas que él mismo y otros nos dan de numerosísimos ejércitos.

19. Los padrones que se ven en los archivos hechos en los primeros tiempos de los indios sometidos, no les dan tanta gente como la que hoy tienen sus pueblos; infiriéndose de aquí que no han exterminado la avaricia y crueldad española, que es la única salida que se da a tantos millares de indios como se han amontonado arbitrariamente en las batallas y repartimientos de encomiendas.

I. Del clima y de los vientos

1. Tomemos por límites del Norte y Mediodía los paralelos de 16 y de 53°: por lindero occidental a las faldas más orientales destacadas de la cordillera de los Andes entre los citados paralelos, y por límite oriental la costa patagónica hasta el Río de la Plata, continuando después por la línea divisoria del Brasil hasta los 22°, y después al Norte hasta dichos 16°. Lo que estos límites encierran es lo que voy a describir, que comprende una superficie larga 740 leguas y ancha de 150 a 200; pues aunque no la haya corrido, todas las noticias que me he procurado bastan para dar una idea general. Pero no hablaré de la provincia de Chiquitos; porque lo quiere hacer don Antonio Álvarez Sotomayor.

2. Como en lo que describo no hay montaña, siguen los climas una graduación proporcionada a la altura del polo. Así bastará decir lo que he observado en las dos ciudades más remotas para formar juicio del resto. En la Asunción que está en los 25° 16' 40" de latitud, el mercurio del termómetro de Fahrenheit subía en un cuarto a los 85° en los días comunes del estío, y a los 1000 en los meses calorosos, bajando a los 450 en los más fríos del invierno. Pero en años extraordinarios, como el de 1786, y 1789 bajó a los 33°. Son pues muy sensibles las estaciones, y muchos árboles mudan las hojas. El frío o calor parece no pender tanto de la estación o del Sol como del viento; pues si este es Norte, siempre hace calor aun en invierno y si es Sur o Sudeste hace frío aun en verano. La razón parece ser, que el Norte corre antes la inmediata zona tórrida, y el Sur la zona fría. Los vientos más frecuentes son los del Este y Norte. Los Sures no soplan la duodécima parte

del año; y los Sudestes en poco rato no dejan una nube en el cielo. Apenas se conoce el Oeste o Poniente y nunca dura dos horas; como si lo detuviese la cordillera de los Andes.

3. Aunque no tuve termómetro en Buenos Aires como su latitud es 34° 36' 28", no hay duda que allí hace menos calor y más frío que en la Asunción; y se reputa invierno regular, cuando cuentan tres o cuatro días de helarse un poco el agua; pero si esta se hiela más intensamente o más días, se gradúa el invierno por excesivo. Los vientos siguen el sistema de la Asunción, pero con triplicada fuerza, principalmente en la primavera y estío. Los de Poniente soplan algo más, y los Sudestes siempre traen lluvias en invierno nunca en verano. Los más duros en todas aquellas partes son los del Sudueste al Sudeste, y el otoño es la estación más apacible. En mi tiempo solo hubo dos huracanes. El del 14 de mayo de 1799 derribó en el Paraguay la mitad del pueblo de Atirá matando mucha gente, y llevó muy lejos muchas carretas: y el 8 de septiembre del mismo año arrojó a la playa ocho grandes embarcaciones y muchas menores en el puerto de Montevideo.

4. En todas partes es la atmósfera tan húmeda, que toma los galones y muebles. Principalmente en Buenos Aires los cuartos que miran al Sur, tienen húmedo el piso, y las paredes expuestas al mismo rumbo están llenas de musgo. Los tejados que miran a la misma región, se cubren tanto de yerba, que es preciso limpiarlos cada tres años para evitar goteras y peso: mas nada de eso perjudica a la salud.

5. Muy rara vez se ve la niebla desde los 40° hacia el Norte, y el cielo es el más alegre y despejado. Pero aun es más rara la nieve, pues solo he encontrado memoria de haber ne-

vado poco una vez en Buenos Aires y causó tanta novedad a sus habitantes, como a los de Lima el ver llover, porque en su ciudad no llueve. Ya se comprende que jamás nieva al Norte del Río de la Plata, y que los fríos, nieblas y nieves son mayores al Sur de los 40°. Algunos creen que el hemisferio austral a igual latitud es mucho más frío que el septentrional; pero de lo dicho se deduce que a lo menos nieva más en este que en aquél; y en Buenos Aires no se usan tantas chimeneas ni braseros como en Cádiz, que está cuasi en la misma altura de Polo y más reunido y metido en la mar. Sea de esto lo que fuere parece que el frío o calor no pende tanto del lugar del Sol como del viento, y que no están tanto en la tierra como en la atmósfera o el aire.

6. Aunque los granizos no sean tan frecuentes como en España, una tempestad el día 7 de octubre de 1789, arrojó piedras hasta de 10 pulgadas de diámetro a 2 leguas de la Asunción; y suelen recoger los granizos para beber helados. La señal general más fija de lluvia próxima, es una barra de nubes al Poniente pegada al horizonte cuando se pone el Sol. El viento Norte y recio que ocasiona pesadez a las cabezas, indica lluvias al segundo día; y los relámpagos al Sudueste al anochecer, y el calor calmoso, anuncian lluvia fija la misma noche. En Buenos Aires tienen por señal de agua al descubrir la costa opuesta o del Norte del río.

7. En todas aquellas partes llueve en gotas más gordas y espesas que en Europa, y la cantidad anual de agua llovediza creo que es muy notablemente mayor que en España. En todas las estaciones y más en verano, suele llover con muchos relámpagos, a veces tan continuo que apenas hay intervalo de unos a otros, y parece que está el cielo ardiendo. En cuanto a

rayos caen diez veces más que en España, sobre todo si viene la tormenta del Norueste. Una de estas arrojó treinta y siete rayos dentro del recinto de Buenos Aires, matando diecinueve personas el 21 de enero de 1793. Observé en el Paraguay, que todos los rayos seguían de arriba abajo los postes de madera más altos y verticales de los edificios, aunque estaban empotrados o embutidos en las paredes; y si aquellas gentes se hubiesen separado de tales postes, no habrían perecido los muchos que han muerto del rayo en mi tiempo.

8. La mayor abundancia de tempestades, relámpagos, de truenos, de rayos y de aguas pluviales, no puede atribuirse a las serranías que distan centenares de leguas. Tampoco puede ocasionarla la influencia de los bosques, porque cuasi puede decirse que no hay árboles desde el Río de la Plata hasta los 40° y aun más: y los que hay hacia el Norte hasta acercarse al Paraguay se encuentran solo en los ríos. A más de que sucede lo mismo donde los hay que donde no. Es pues preciso conjeturar que aquella atmósfera tiene más electricidad, o que posee una cualidad que condensa más vapores y que los precipita más prontamente causando los meteoros citados.

9. Parece deducirse de lo dicho, que el frío, la humedad y la dureza de los vientos van creciendo en razón de la latitud, que es la única causa visible capaz de poderlos alterar; pero no sucede lo mismo de los truenos y rayos que al contrario parecen mayores y más en el Paraguay que en Buenos Aires. En fin, lo dicho es suficiente para conjeturar lo que sucede de estas cosas en mayores y menores latitudes del país que describo.

10. Por lo relativo a la salud, puede tenerse por cierto que no hay en el mundo países más sanos que todos aquellos. Las orillas anegadas y de las albercas no alteran la salud de los que las habitan: bien que pueden atribuirse a estas situaciones pantanosas algunas paperas que se notan en las poblaciones de Remolinos y Santa Rosa del Paraguay.

II. Disposición y calidad del terreno

1. De todo el país que describo, casi puede generalmente decirse que es una llanura unida; pues las excepciones que esto tiene se reducen a cerritos o serrezuelas de corta extensión, que no tienen 210 varas de elevación sobre su base, y a quienes no se daría semejantes nombres, sino por la casualidad de estar en llanuras; de modo que juzgo no deberme detener a hablar de cosas de tan poca monta e importancia, en una descripción tan general como esta. Pero sí debo advertir que los confines del Brasil desde el Río de la Plata hacia el Norte, son unas lomadas suaves, obtusas y extendidas, mezcladas de algunos cerritos que van descendiendo hasta los ríos Paraná y Paraguay cuasi insensiblemente.

2. Aunque se conozca a la simple vista, la cuasi horizontalidad de aquellos países, también lo indica en parte el asegurar los navegantes que se introducen las aguas del Río de la Plata 70 leguas por el río Paraná cuando suben las de aquel 7 y 8 pies por los vientos del Este y del Sudeste. Yo deduje además de las alturas del barómetro marcadas por los comisarios de límites del año 1750, que el río Paraguay en su curso de Norte a Sur desde el paralelo de 16° 24' al de 22° 57' no tiene un pie de pendiente o desnivel por milla marítima de latitud o distancia.

3. Merecen alguna mención las consecuencias de la planicie de un país tan grande. La cordillera de los Andes y sus faldas orientales que son el límite occidental de esta descripción en 740 leguas de longitud, no pueden menos de despedir por innumerables arroyos o canales naturales, sus muchas

aguas procedentes de lluvias y fuentes dirigiéndolas hacia el Este a juntarlas con el río Paraguay, y Paraná o caer a la mar. Pero la verdad es que en tan enorme extensión a penas hay cinco o seis riachuelos a arroyos que lleguen a terminar a donde se ha dicho; porque la horizontalidad de los terrenos inmediatos a las citadas faldas de la cordillera, hace que las aguas que bajan por ellas se detengan indecisas en las llanuras, hasta que se van evaporando; lo mismo que las lluvias que caen en las propias llanuras.

4. Otra consecuencia es que nunca el país podrá ser regado por canales artificiales, ni conocerá molinos y máquinas hidráulicas, ni tendrá una fuente de agua conducida. Las excepciones que esto pueda tener se hallarán en la inmediación de los límites orientales y occidentales de esa descripción: esto es al salir las aguas de las faldas de la cordillera y de las cercanías del Brasil que son más inclinadas o menos horizontales.

5. También son secuelas de la llanura de aquel país, las muchas albercas que se encuentran en él; el que estas tengan grandes superficies y poca profundidad, y el que se agoten con la evaporización del verano. Porque no pudiendo los terrenos dar suficiente expedición a las lluvias ni a las aguas que les llegan de otras partes; necesariamente se abalsan en los sitios algo más hondos, los cuales, atendido el estado del país no pueden ser profundos, sino extendidos. Todo se verifica puntualmente en el país que describo.

6. El lago de los Xaraies se forma de la reunión de las aguas llovidas en grande abundancia por los meses de noviembre, diciembre y enero en la provincia de los Chiquitos, y en todas

las sierras que concurren con sus vertientes a formar el río
Paraguay hacia la parte de su origen, porque, no pudiendo
este río contenerles en su cauce, rebosan por ambas orillas a
largas distancias, permitiéndoselo el país horizontal; y este
derrame es lo que se llama lago de los Xaraies. Como las lluvias son unos años más abundantes que otros, sigue el lago
la misma regla en su extensión, y como su contorno pende de
la mayor o menor horizontalidad de los terrenos, es también
muy irregular e imposible de describir puntualmente. Sin embargo daré una idea de este famoso lago, hablando primero
de su extensión al Oriente del río Paraguay.

7. En los 17° de latitud donde principia, tiene como 20 leguas de anchura contadas desde el río Paraguay hacia el Este,
y continúa con la misma anchura, ya más ya menos, hasta el
paralelo de 22°: esto es por más de 100 leguas dejando aislados los cerritos de San Fernando o Pan de azúcar y a otros.
Por la parte occidental del mismo río, comienza el lago en los
16° y medio de latitud, y sigue hasta los 17 y medio, haciendo
una entrada de muchas leguas en la provincia de los Chiquitos. Desde los 17° y medio hasta los 19 y medio, se extiende
poco al Occidente del citado río, pero continúa hasta el paralelo de 22°, introduciéndose mucho en el Chaco, y aun más
por la provincia de los Chiquitos. De modo que su longitud
de Norte a Sur puede computarse poco más o menos en 110
leguas, y su anchura en 40 sin que su poco fondo permita
navegarse sino por el río Paraguay que lo corta a lo largo.
La singular es que casi todo él está seco y sin agua para beber gran parte del año, aunque lleno de espadañas y plantas
acuáticas. Se creyó por algunos que este lago daba principio
al río Paraguay y es lo contrario, que se forma el lago de lo
que rebosa del río. Otros dijeron que dentro de este lago se

hallaba el imperio de los Taraies o del Dorado o del Paititi, y adornaron todas estas mentiras con otras aun mayores.

8. También se secan en verano las albercas de Aguaracaté hacia los 25°; las que hay al Norte y al Sur de la laguna Ipoa en el paralelo de 26°; el de Nembuai en el de 27 (las tres al Este del río Paraguay) y una multitud innumerable de todas extensiones en la inmediación de los ríos y arroyos.

9. Aunque las lagunas sean permanentes todo el año, todas tienen poca profundidad. De esta clase son las de Mandihó en los 25° 20', la Ipacarai hasta los 25° 23' la Ibera al Sur del río Paraná muy cerca de él, la Miri y la Manguera hacia los 33° con otra multitud innumerable de chicas y grandes que hay en el Chaco y en todas partes. De manera que estas lagunas y los anegadizos indicados en los números precedentes, excluyen del cultivo unas extensiones de país mayores que muchos reinos de Europa. El trabajo está en que la horizontalidad se opondrá siempre al desagüe y en que la poca profundidad no permitirá navegación. La misma horizontalidad se opone aun de otra manera al cultivo y población; pues por ella hay distancias muy grandes sin ríos, ni arroyos ni fuentes; como sucede desde el Río de la Plata al estrecho de Magallanes y en una gran parte del Chaco.

10. Las peñas que componen los cerritos y serrezuelas son areniscos de diferentes granos y dureza que el tiempo descompone; pero las de las inmediaciones de Montevideo son granitos. En la superficie de las lomas de la frontera del Brasil y sus inmediaciones, suele asomar la peña arenisca y alguna vez hay descubiertos unos pedruscones de ella, de modo que al parecer el país oriental de los ríos Paraná y Paraguay se

compone de un peñasco de una pieza, cubierto de una costra tan delgada muchas veces, que no es suficiente para el cultivo ni para que se arraiguen árboles quizás en una extensión de 1.000 leguas cuadradas. No sucede así en los lugares más horizontales y más bajos como lo es el Chaco o el país occidental a los citados Paraguay y Paraná y el muy grande desde el Río de la Plata hacia el Sur. En estos países está la peña más profunda, y a veces a 12 o 16 varas de la superficie; pudiéndose atribuir esto, a que las aguas han bajado más tierra de las cordilleras que la que pueden arrastrar de la parte del Este.

11. En algunas lomas hacia la frontera del Brasil he visto, tal cual vez, asomar vetas de cuarzo muy blanco y en algunos cerritos se ven pizarras azules y amarillentas en hojas muy gruesas. Las piedras de chispa son raras y donde más he encontrado es en un arroyito cerca de Pando a 7 leguas de Montevideo; pero no escasean las de afilar en el Paraguay. En el pueblo de Inti por los 26° 30' hay una cantera de piedra imán que parece de inferior calidad, y con ella está empedrado el patio del cura. Caminando de Yapeiu al Salto de Uruguay, se ve la madre de un arroyo llena de piedrezuelas muy claras, cristalinas, amarillas y rojas, que creo sean cornalinas; y también las hay en el Valle de Pirain del Paraguay, y por los 32° escasos de latitud en las cercanías al Oeste del río Uruguay. En bastantes parajes se encuentra lo que llaman cocos y son unos pedruscos sueltos que encierran dentro cristales con sus facetas apiñados como los granos de una granada. Los hay de varios colores, y los mayores y más bellos están en la serrezuela de Maldonado. Aseguran allí que por la costra exterior va penetrando el jugo que forma dentro los cristales, y que creciendo estos y faltándoles cavi-

dad, revienta el coco con un estruendo igual al de una bomba o cañonazo. Los cascajos y guijarros, son muy raros y de los que hay, los más se encuentran en el cauce de las cabeceras de los arroyos y ríos: mas nunca he visto brechas o peñascos formados de cascajo. Hablando generalmente son tan raros los parajes que tengan piedras rodadas y sueltas, como que se pueden caminar muchas leguas sin encontrar una piedra como una nuez; y aun presumo que ninguna de las piedras mencionadas en este número se encuentra al Occidente de los ríos Paraguay y Paraná, ni al Sur del de la Plata.

12. No tengo noticias de canteras de piedras de cal sino de las que hay en las barranqueras de los ríos Paraná y Uruguay en el paralelo de 32° y otras en algunas de las serrezuelas de Maldonado. Parece que la del Paraná es una piedra compuesta de conchas marinas aun no bien marmolizadas, que tienen arcilla en muchos de sus intermedios, de donde viene ser su cal de inferior calidad. Las piedras de cal del Uruguay no lo parecen a primera vista, ni tienen conchas ni se asemejan al mármol y tampoco dan más que mediana cal. Las que he visto de Maldonado son unos pedruscones, como cántaros y tinajas, de mármol blanquizco con el grano fino y se encuentran sin unión unos con otros entre dos muros de pizarra común; dan una cal sobresaliente. también hacen cal de inferior calidad en Buenos Aires de algunos bancos de conchitas fluviales. Aunque yo no conozca otras caleras, es de esperar que el tiempo y la necesidad las descubrirán. En cuanto al yeso, no se conoce otro que el que hacen de unos pedruscones que encuentran sueltos en el cauce del río Paraguay por los 26° 17' de latitud, y en el del Paraná por los 32°.

13. Se dijo en el número 10 que lo interior de aquellos países parecía ser un peñasco de una pieza, cubierto de una costra más o menos delgada. Esta costra es de arena en aquellas partes donde se han descompuesto las peñas, como en los pueblos de la Emboscada, Altos, Atira, Tobati y otros; pero hablando generalmente es una arcilla algo negruzca en la superficie por los vegetales podridos. Se encuentran en aquellos países arcillas muy blancas, muy rojas, muy amarillas, negras y de colores medios; aunque parece que abundan más las de colores vivos hacia la frontera del Brasil y que quizás no las hay de esta especie en el Chaco ni al Sur del Río de la Plata. Disolviendo en agua la blanca, como si fuese cal, blanquean las casas campestres, pintando los zócalos o rodapiés con la roja y amarilla; purificando o lavando a la última, resulta un bello ocre. Los planteros del Paraguay fabrican sus cristales de una amarillaza parda, y de la negrizca tomada en las cañadas fabrican tinajas y vasijas. Las hacen con la mano, alisándolas con una conchita, porque no conocen el torno del alfarero. Para que no se rajen al cocerlas, mezclan en la pasta polvos de vasijas rotas; les dan por fuera un baño de greda roja o bermellón y las cuecen llenándolas y cubriéndolas de leña pegándola fuego. Esto se entiende en el Paraguay y Misiones; por que en Buenos Aires hace poco que se han establecido unos alfareros catalanes.

14. Pero en los países de lomadas, como son la frontera del Brasil desde el Río de la Plata hasta los 24° con todas sus inmediaciones hacia el Poniente hasta muy largas distancias, que incluyen las Misiones jesuíticas y mucha parte del Paraguay, aquella costra superficial es un compuesto muy duro de limo rojo y arena, que descomponen las lluvias llevándose el limo y quedando la arena, que algunas veces es negra y exce-

lente para polvos de salvadera. Está mezclada con otra blanca de igual grano, pero esta se separa soplando, quedando la negra por más pesada, como que tiene fierro pues la atrae el imán. En la frontera del Sur de Buenos Aires, está lo que llaman cerrito colorado, y es compuesto de aquella arenilla de que se hacen las ampolletas o relojes de arena.

III. De las sales y minerales

1. Para tratar de sales, divido aquel país en solo dos trozos, sirviendo de separación el río Paraguay hasta su fin, y desde allí el río Paraná hasta el mar. Todas las lagunas y aguas al Este de los citados ríos son tan dulces, que no podrían vivir allí los ganados mayores ni menores sino cuatro meses y los toros algo más, si no supliesen la falta de sal comiendo los huesos secos que encuentran, y principalmente lo que llaman barrero. Este es una arcilla salada que se encuentra en algunas cañadas poco profundas; pero no la hay en la parte oriental de las provincias del Paraguay y Misiones jesuíticas, que por esto no pueden criar ganado.

2. El hombre parece vivir sin la sal, pues hay muchos en dichos lugares que solo comen carne asada sin sal; y antes de llegar los primeros españoles los habitaban muchos indios. Verdad es que quizás estos encontrarían su equivalente en la mies silvestre, en la caza y los pescados; o acaso comerían el barrero, donde le encontrasen; y donde no, suplirían la sal al modo que los indios albayas y guarias. Estos queman unas yerbas, de cuyas cenizas y carbones hacen pelotas, y las echan en la olla porque son saladas; de modo que quien no lo sepa podrá figurarse que comen tierra.

3. Los terrenos occidentales del río Paraguay y enseguida del Paraná, con los que hay al Sur del Río de la Plata, tienen una cualidad contraria; porque todos sus pozos, lagunas, arroyos y ríos son salobreños, in exceptuar los ríos Pilcomayo y Bermejo, sino tal vez al río Negro de la costa patagónica. Ya se supone que unas aguas son más saladas que

otras, y que en invierno cuando los ríos y lagos están llenos, se conoce poco o nada la sal que tienen. Tampoco aquellas sales son de la misma especie, pues en el paralelo de 33° 44' se encuentra el fuertecillo de Melinené, en cuya inmediación vi por marzo una superficie de casi una legua de travesía, cubierta de dos a cuatro dedos de sal de Epson. A 130 leguas de Buenos Aires por el rumbo del Oeste Sudueste, hay una laguna siempre llena de excelente sal común, a donde la van a buscar en carretas una vez al año; y la prefieren a la que les llevan de Europa, porque dicen que sala más, y porque no comunica a los guisados un poco de amargura que encuentran en la dicha de Europa. También llevan alguna sal a la misma ciudad y a Montevideo de la boca del río Negro de la costa patagónica, y de otras lagunas del Sur del Río de la Plata. La hay igualmente en varias lagunas de las cercanas al río Bermejo. Pero para lograr de esta sal en el Paraguay en las Misiones y en Corrientes, que todos están en los terrenos dulces de los números 1 y 2, recogen en tiempos secos por las cañadas donde hay barrero las florescencias blancas que aparecen en la superficie, para colarla y hacen hervir la legía hasta que deposita la sal. En cuanto a salitre creo le hay en todas partes; pues consta que los conquistadores lo beneficiaban para hacer su pólvora.

4. No es adaptable a la localidad de los terrenos salados y dulces, la idea de que la sal de aquellos procede de la mar; y parece más natural que siendo los terrenos salados horizontales y generalmente incapaces de permitir curso a las aguas, se evaporan estas depositando sus sales. Los terrenos dulces, tienen otra disposición, porque no les falta la precisa pendiente para que corran las aguas juntamente con sus sales; y

donde no pueden correr, como en las cañadas muy anchas de poca o ninguna inclinación, allí se encuentran los barreros.

5. Sabiendo que aquellos países son llanos con pocas y no elevadas sierras, se viene en conocimiento que no contienen minerales. Sin embargo, en el pueblo de Concepción, hacia Maldonado, se encuentran granos de oro de buen quilate entre las arenas del arroyo de san Francisco; pero su escasa cantidad no creo pueda satisfacer los costos del lavadero. También me aseguraron que hacia el pueblo de San Carlos, se ha encontrado rara vez alguna piedrezuela de cobre; y en el Paraguay creen algunos que el oro del copón de una parroquia de la Asunción se sacó del cerro de Acaai. En la sierra llamada de Santa Ana por los conquistadores, y de San Fernando en el mapa de Cruz, que está pegada al río Paraguay en la provincia de los Chiquitos, hay probabilidades de que se encontrarán minas de oro, y quizás de piedras preciosas, porque están cerca de las que poseen los portugueses en Matogroso y Cuiabá. Lo mismo digo de todas las serrezuelas de dicha provincia de los Chiquitos y de las de los Mojos.

6. Concluyo este capítulo con la noticia de un fenómeno difícil de explicar. Es un pedazo único de fierro puro, flexible y maleable en la fragua, dócil a la lima, y al mismo tiempo tan duro, que a veces rompe y mella los cinceles al cortarle. Sin duda contiene mucho zinc, cuando no se deteriora con la intemperie. Se le notan algunas desigualdades superficiales, y se conoce que a cincel le han cortado grandes pedazos, quedando su figura irregular. Sin embargo sus medidas principales son de poca diferencia, longitud 13 palmos, anchura media 8, altura 6 y solidez 624 palmos cúbicos. Me valgo de estas medidas que le dan en su diario original, don Miguel

Rubin de Celis y don Pedro Cerviño, que por orden del rey le reconocieron el año de 1783. Salieron de Santiago del Estero cuya latitud observaron en 27° 47' 42" y encontraron el fierro a las 70 leguas estimadas en línea recta por el rumbo del Norte, 85° hasta el Este. Caminaron esta distancia por la llanura del Chaco sin encontrar una piedra, ni tampoco en la excavación que hicieron bajo del fierro para ver si se internaba en el terreno. Todo lo dicho consta del citado diario, como igualmente que el fierro posa sobre una superficie horizontal arcillosa, sin profundizar nada. A su regreso les mostró el gobernador del citado Santiago, una piedra con bastante oro del peso de una onza, diciéndoles que un indio la había sacado del pozo de Rumi distante 20 leguas del fierro; y al instante despacharon dos hombres a buscar más de aquellas piedras. En efecto, se las llevaron, pero no tenían indicio de metal; y el mismo Cerviño me ha asegurado que averiguó después que la piedra de oro vendida al gobernador había venido del Perú.

7. Vuelto Rubin de Celis a España, se expatrió pero deseando hacer conocer este pedazo de fierro nativo, publicó después de muchos años en el tomo 78 de las transacciones filosóficas (según he leído en el extracto de los mejores diarios número 190), que a muy corta profundidad bajo del fierro, había encontrado cuarzos de muy bello rojo, con granos de oro, y cita la piedra del gobernador. No hay duda pues, en que escribió la memoria sin consultar su mismo diario, que le habría hecho ver que se equivocaba. Dice que el tal fierro tiene principio volcánico, pero no reparó en que no es agrio o quebradizo, ni puso atención a que esta es una inmensa llanura que no admite volcanes; hallándose el más próximo quizás a 300 leguas ni a que un peso como aquel, siendo

arrojado, no podía estar en la superficie sin profundizar nada. Tampoco ha sido conducido por las aguas pues no hay río cerca, ni mina alguna de fierro en la América meridional de donde poderlo sacar.

8. Aunque la mina de Huantahaia de la cordillera de los Andes está lejos de los límites de mi descripción, diré lo que de ella me han informado porque tiene relación con lo dicho del fierro. Está en un llano de arena pura y suelta; y los que la benefician no hacen sino revolverla, encuentran pedazos de plata pura grandes, y pequeños, aislados entre la arena o sin conexión unos con otros. Esto hace ver que ni el frío, ni el calor, ni las filtraciones, ni ninguna causa de las que llaman segundas puede haber formado tales pedazos de plata; y que es necesario acudir a la causa primera, diciendo que estas las crió cuando al globo, para hacer conocer su infinita fecundidad, variedad y poder en todas las líneas. Lo mismo puede creerse del citado fierro.

IV. De algunos ríos principales, puertos y pescados

1. Siendo absolutamente impracticable la descripción de todos los ríos de aquel país tan extendido, me limitaré a decir algo de los tres que se unen para formar el Río de la Plata. En cuanto a los demás, aunque algunos sean iguales y mayores que los más caudalosos de Europa, me refiero a mi mapa que indica su curso. Pero ante todas cosas advierto que la zona tórrida austral está más elevada que la zona templada meridional en el continente americano, pues los tres ríos más principales que nacen en aquella, y son el Paraguay, Paraná y Uruguay corren de Norte a Sur.

2. Cuando arribaron los primeros españoles, habitaban solo los indios Carios o Guaranís toda la costa oriental del río Paraguay, y la llamaban Paiaguay, aludiendo a que los indios Paiaguas lo navegaban privativamente en todo su curso; pero los españoles le han alterado algo el nombre llamándole Paraguay. No falta quien diga se tomó el nombre de un cacique antiguo llamado Paraguaio; pero esta palabra nada significa en ninguna de aquellas lenguas, ni en ninguna memoria antigua hay tal nombre de cacique, no obstante que conservan el de cuasi todos.

3. Las primeras vertientes del río Paraguay son varios arroyos que principian hacia los 13° 30' de latitud austral en la sierra llamada del Paraguay, donde los portugueses poseen minas de oro y de diamantes, topacios, beritos y crisólitas. Reunidos dichos arroyos, forman al río Paraguay que corre rectamente al Sur o Mediodía, hasta que finaliza uniéndose al Paraná junto a la ciudad de Corrientes en los 27° 27' de

latitud. Puede navegarse con goletas desde los 16° hasta su unión referida; porque no tiene arrecifes ni embarazos, y no le falta caudal, aunque su cauce sea en lo general estrecho.

4. Para formar alguna idea de su caudal, estando en la Asunción, elegí la ocasión, en que nadie del país le había visto tan escaso de agua. Medí su anchura de 518 varas: la divido en varios trozos, averigüé el fondo y la velocidad de cada uno sondeando y observando lo que tardaba en correr una determinada distancia un copo de algodón esponjado y conducido por la corriente, y de estos antecedentes calculé que fluía por hora 156'111 y media varas cúbicas de agua. Suponiendo pues que su caudal medio sea el doble, como efectivamente lo es y aun más; resulta que fluía en cada hora 312'223 varas cúbicas; sin contar las aguas que le entran más abajo que pueden estimarse en dos ríos como el Ebro.

5. Nunca sus aguas son en la Asunción incómodamente turbias, porque las lluvias parciales no bastan para ensuciar tanto caudal, ni aun en las generales arrastran mucha tierra en aquellos países incultos. Tiene su creciente periódica que principia a conocerse en la Asunción a fines de febrero, y aumenta con igualdad admirable y pausa hasta fin de junio, que es cuando comienza a bajar por los mismos grados insensibles y tiempo que subió. Algunos años sube esta avenida hasta 6 brazas sobre el nivel ordinario en dicha ciudad; pero otros es mucho menor, sin que por eso varíe notablemente su principio ni su fin. El lago de los Tarales es el regulador de esta creciente; porque recibiendo según se dijo en el capítulo 2, números 7 y 8 las aguas que el río Paraguay no puede abarcar impide que bajen amontonadas, y después se las res-

tituye a proporción que su cauce lo permite: la calidad del agua es excelente.

6. Las primeras vertientes del Paraná nacen de las sierras donde los portugueses tienen las minas de oro que llaman Goiaces hacia los 17° 30' y 18" de latitud austral. Por allí se reúnen muchas vertientes o arroyos encaminándose al Sur. Después inclinan mucho al Occidente, y luego corren al Oeste Sudueste hasta que por los 20° toma el Paraná otra dirección; que puede verse en mi mapa lo mismo que el número de sus muchos tributarios. Entre estos los hay iguales y mayores que los primeros de Europa, cuales son el Iguazú, el Paraguay, Uruguay, etc.; de modo que aunque no haya practicado experiencia para conocer el caudal del Paraná, creo no exagerar diciendo que es mayor diez veces que el Paraguay al juntarse con este. Cuando últimamente se le incorpora el Uruguay tomando el nombre de Río de la Plata y un lugar en la lista de los mayores del mundo, tiene tal vez tanta agua como todos los de Europa juntos grandes y chicos. Antes del arribo de los españoles lo llamaban los Guaranís de sus riberas Paraná cuyo significado ignoro. Los primeros españoles le pusieron el nombre de río de Solís por su descubridor Juan Díaz de Solís, pero se lo quitaron luego para darle el de Río de la Plata, figurándose que los países que baña abundaban de plata como se ve en el capítulo 18 número 9. Verdad es que éste nombre último está hoy contraído solamente al pedazo del Paraná que corre desde que se le une el Uruguay hasta el mar.

7. Como el Paraná viene por los países orientales de mi descripción, que ya dije eran notablemente más desnivelados, es mucho más violento y atropellado que el del Paraguay, y

por lo mismo sus grandes avenidas no le hacen subir tanto. Su anchura media en el pueblo de Candelaria es de 933 varas, y desde allí hacia el Norte es lo general aun más estrecho; pero después hacia el Sur va ensanchando de modo que enfrente de Corrientes es ya de 3.500. Forma innumerables islas hasta de 30 leguas de longitud. No tiene una avenida única, como el Paraguay, sino muchas en diferentes tiempos, aunque las mayores acaecen por diciembre y duran menos tiempo. Sus aguas pasan por excelentes no obstante que se suelen encontrar en ellas huesos y troncos petrificados.

8. A pesar del grandísimo caudal de este río, no puede navegarse en toda su longitud, porque lo embarazan la violencia de su curso y principalmente sus saltos y arrecifes. Tiene uno al Norte de la boca de Tiete que se le junta en los 20° 35' de latitud; pero yo solo describiré el que se halla cerca del trópico de Capricornio. Le llaman Salto de Canendiyu por un cacique que encontraron allí los primeros españoles, y Salto de Guairá por la inmediación a la provincia de este nombre. Está en los 24° 4' 27" de latitud observada, y es un espantoso despeñadero de agua digno de que le describiesen Virgilio y Homero. Se trata del río Paraná, que tiene allí mucho fondo y 4.900 varas de Castilla de anchura medida; esto es una legua, y que seguramente contiene más agua que muchos juntos de los mayores de Europa. La citada anchura se reduce repentinamente a un solo portillo o canal de 70 varas, por donde entran todas las aguas precipitándose con furia desesperada, como si quisiesen lo que solo ellas podrían intentar con sus enormes masa y velocidad, esto es, dislocar el centro de la tierra y ocasionar la mutación que observan los astrónomos en su eje. Pero no caen las aguas verticalmente como por un balcón o ventana, sino por un plano inclinado

50° al horizonte hasta completar 20 varas, y un palmo de altura perpendicular. Los vapores o rocío que se eleva del choque de las aguas contra los muros de roca tajada, y contra algunos peñascos que hay en la misma canal del precipicio se ven en forma de columna de muchas leguas, y miradas estando dentro de ellos forman con el Sol muchos arcos iris vivísimos y trepidantes al compás de la tierra, que se siente temblar bajo de los pies. Los mismo vapores y espumas ocasionan una eterna y copiosa lluvia en los contornos. El ruido se oye de 6 leguas, y en las inmediaciones no se encuentra ningún pájaro ni cuadrúpedo.

9. El que quiera reconocer este Salto debe caminar 30 leguas desiertas desde la población de Curuguaty hasta el río Guatemi. Allí ha de buscar árboles muy gruesos, para construir algunas canoas. En estas se han de embarcar los que han de ir y los víveres y demás necesario, dejando en el sitio alguna escolta armada con el equipaje y caballos, porque hay por allí indios silvestres. Las canoas navegarán 30 leguas hasta salir al Paraná, por dicho Guatemi, siempre con cuidado porque en los bosques de sus orillas suele haber indios que no dan cuartel. Cuando el Guatemi está bajo es preciso arrastrar las canoas sobre varios arrecifes, y alguna vez cargarlas al hombro. Aun restan que bajar por el Paraná 3 leguas hasta el Salto las que pueden hacerse en las mismas canoas, o a pie por la orilla del grande bosque, aunque se destrozan las botas y zapatos con las puntas de las peñas. En las inmediaciones del Salto hay proporción para tomar las medidas geométricas que se quiera; y metiéndose por el bosque se puede reconocer lo inferior del Salto; bien que para esto es menester desnudarse totalmente porque llueve mucho.

10. Lo que hace saltar este río es lo que llaman impropiamente cordillera de Maracain, debiéndose notar que solo se ha hablado de lo más violento del Salto pues aun deben considerarse como continuación suya las 33 leguas en línea recta que hay desde dicho Salto a la boca de Iguazú situada en los 25° 41' de latitud observada; porque corre el río toda esta distancia por una canal de peñas tajadas a plomo, pero tan estrecha que 2 leguas bajo del Salto solo tiene el río 110 varas de anchura, y en la boca del citado Iguazú 443, de manera que con la mucha pendiente y la estrechez corren las aguas furiosamente dando trompadas contra las peñas, y chocando unas con otras, formando innumerables y violentos remolinos y abismos capaces de tragar cuantos barcos navegasen por allí.

11. A propósito de saltos de ríos haré mención de otros dos en aquellas partes. El mencionado Iguazú o Curituba, cuyo caudal puede estimarse igual al de los dos mayores de Europa juntos, tiene su salto 2 leguas antes de unirse al Paraná. La longitud total del despeñadero, es 1.531 varas y la altura vertical de 631/3. Está dividido este salto por tres gradas principales, y cada una de estas en muchos canales por donde cae el agua muchas veces a plomo hasta de 7 varas de altura en el más elevado, bajando en los otros por planos más y menos inclinados. El ruido, espumas, rocío, arco iris, etc., se asemejan a lo dicho del Paraná.

12. El otro salto es de un río comparable al Sena, llamado Aguarai que vierte en el Jejui y los dos juntos en el del Paraguay. El mapa de Cruz no escribe bien su nombre, y le hace juntar equivocadamente al río Ipané. Este salto es a pique o

vertical y de 1.491/3 varas de elevación: se encuentra dentro de un bosque en los 23° 28' de latitud observada.

13. No extrañaría que me dijesen había en el antiguo mundo despeñaderos de agua tanto o más empinados, pero no se hallarán comparables a los descritos, atendidas todas sus circunstancias. En la América es donde se han de buscar los términos, si se quiere hacer el cotejo; porque allí las sierras, los valles, llanuras, ríos, cataratas y todo, son tan grandes, que en su parangón las mismas cosas en Europa deben reputarse miniaturas y muñecos. En efecto, Monsieur P. F. Tardieu que ha copiado el mapa de los Estados Unidos de América de Orro Sinit, ha traducido también del inglés la descripción del salto del río Niágara, llamado más abajo río de *San Lorenzo* uno de los mayores del mundo. Se halla el salto en la comunicación de los dos grandes lagos Erie y Ontario; la traducción dice en sustancia, que la anchura del río al despeñarse es de 866 varas; que se precipita con tan maravillosa celeridad, que a muchos les ha parecido que saltaba verticalmente; que la pendiente o desnivel del río en la media milla antes de despeñarse es de 21 varas y medio palmo; que la altura vertical del salto es de 5.418/25 varas, y la profundidad del abismo donde cae el agua se reputa de 237/10 varas. Luego suma estas tres partidas que hacen 993/5 varas concluyendo, que son la pendiente del río en 2 leguas y media de su curso. Esta oscura relación hace sospechar que el salto no es a pique o vertical como lo da a entender su contexto: pero Rochefoucauld Liancourt dice terminantemente que lo es y de 621/5 varas de elevación, en el tomo 2 página 12 de su Voiage dans les Etats Unis d'Amérique. Como quiera estas dos relaciones discordan, y la de Tardieu no debió contar por altura del despeño la profundidad del abismo.

14. Comparando las cataratas indicadas, será la primera la de Aguarai en lo vertical, y la última en cantidad de agua. Pero nada es comparable a lo magnífico de la del Paraná, pues aunque el Niágara tuviese tanta o más agua, este se despeña en cascada o Nappe presque égale ancha 866 varas y aquel por un prisma solar de 70.

15. Ya se supone que los citados saltos se hacen sobre peñas durísimas. En ellas se ha abierto el Paraná una zanja de 100 millas hasta el Iguazú, y el Niágara otra de 7. A lo que parece, dichas peñas estaban ya formadas cuando el agua principió a correr sobre ellas; pues no es fácil creer que ríos de tanto poder, hayan permitido que se consolidasen bajo de ellos; como los ríos tuvieron principio cuando la atmósfera o cuando las lluvias y fuentes, esto es, cuando el globo, se puede creer generalmente que las peñas de los saltos de ríos y todas las de su clase no han sido formadas, sino criadas cuando el mundo. El citado viajero dice que el Niágara corre sobre ellas desde el principio del mundo; pero convendría saber su calidad para considerar a las de su especie como cosas criadas; y no formadas posteriormente de las diferentes sustancias que los químicos encuentran en ellas. Las de mis saltos me parecen granitos; pero mi voto vale poco en este particular. El citado viajero dice que las del Niágara son calcáreas sin explicar si son de mármol compuesto de conchas.

16. Volviendo al Paraná tiene otro arrecife llamado Itú o salto de agua en los 27° 27' 20" de latitud y 59° de longitud pero permite el paso de embarcaciones menores, y aun a las goletas en las crecientes, de modo que el río es navegable desde poco más arriba de la boca del Iguazú hasta la mar. Cerca

de este arrecife está el lago Iberá que merece mencionarse. Por el Norte tiene 30 leguas paralelamente y cerca de la orilla austral del Paraná con quien no comunica visiblemente. Por el Este o Levante se prolonga otras 30 leguas, formando al fin en la parte del Sur la angostura o garganta Iuquiquá la cual ensancha más abajo, dando origen al río Miriñai, que es caudaloso y vierte en el Uruguay. La orilla austral del Iberá sigue al Poniente desde Iuquiquá 30 leguas, saliendo de ella los ríos de Santa Lucía, Corrientes y Bateles, que jamás se vadean y tributan al Paraná. Por último, el lado occidental del lago es igual a los otros, uniendo al del Sur con el del Norte. Apenas se conoce aumento ni disminución en el Iberá porque no le entra ningún río ni arroyo, entreteniéndole la sola filtración del Paraná, que es tan grande como que suministra el caudal para los cuatro no pequeños ríos y para suplir la enorme evaporación, que no puede bajar de setenta mil toneles diarios según las experiencias de Hallei.

17. He leído en un manuscrito jesuítico que dentro del Iberá habitaba una nación de indios pigmeos, que describe muy por menor; pero es un cuento falso. El Iberá es una grande extensión de fango y agua, de plantas acuáticas y de algunas isletas de árboles, aunque en algunas partes es verdadera laguna limpia: de modo que es imposible reconocer su interior a pie ni a caballo ni embarcado. Su situación local y todo persuade que el Paraná corría por el medio en lo antiguo, dividiéndose en los cuatro citados ríos que salen del lago.

18. El río Uruguay toma a mi entender su nombre de un pájaro común en sus bosques llamado Uru, porque Uruguay significa, no del país del Uru. Principia hacia los 28° de latitud en unas sierras al Oeste de la isla de Santa Catalina.

Corre desde luego al Poniente, recibiendo tantas aguas que a las 25 leguas de su origen donde corta el camino de San Pablo a Viamon, es ya caudaloso y lleva el nombre de río de las Canoas. Siguiendo 11 leguas más el citado camino se le une un río considerable llamado Uruguay-mori y río de las *Pelotas*, llevando juntos el nombre de río Uruguay. Cuando este río sale de las serranías de su origen corre largo trecho por países alomados sin árboles; pero se mete después por entre grandísimos bosques, engrandeciendo con nuevos arroyos, hasta que se le junta el Uruguay-puitá. Mi mapa marca con exactitud el resto de su carrera, hasta unirse al Paraná para formar juntos lo que llamamos hoy Río de la Plata, colocándole entre los mayores del mundo.

19. Aunque a la simple vista parezca que su caudal es algo menor que el del río Paraguay, podrá haber en esto equivocación, porque es más violento y atropellado aun que el Paraná, por venir más oriental donde los terrenos son menos horizontales. En su cauce, principalmente al pie de sus saltos, se encuentran muchas petrificaciones de huesos y troncos, y sin embargo pasan sus aguas por excelentes, siendo aun más acreditadas las del río Negro su tributario. Sus mayores acrecimientos suelen acontecer desde fin de julio a primeros de noviembre. Aunque desde donde se le junta el Pepirí hasta el Río de la Plata tiene más de cincuenta arrecifes, solo deben llamarse saltos el del paralelo de 27° 9' 23" y el que hay en la embocadura del Niverni: este tiene 2 varas de altura vertical y aquel algo más de 11. Así no debe extrañarse que su navegación solo esté expedita desde el Río de la Plata, hasta el arrecife llamado Salto Chico en los 31° 23' 5" de latitud. Es verdad que alguna vez se ha vencido este tropiezo con alguna creciente extraordinaria, subiendo hasta el Salto Grande que

tiene en los 31° 12' pero desde aquí a los pueblos de Misiones le navegan siempre con canoas y embarcaciones chatas o sin quilla.

20. No podrá menos de admirarse el que considere la multitud de arrecifes y saltos indicados en los pocos ríos descritos, y mucho más al oír que los tienen también todos los ríos y arroyos grandes y chicos que les tributan desde los 27° para el Norte. Si en esto hay alguna excepción como en el río Paraguay, para eso hay otros como el Tiete, que tiene 14. Esta multitud de saltos en todas partes no obstante que son tan llanas indica una causa general que no se encuentra en el antiguo continente: yo no hallo otra que estar formado lo interior del país de bancales horizontales de peña como sucede a la cordillera de los Andes, según dice el señor don Antonio Ulloa en sus noticias americanas. Pero lo que se deduce principalmente es que el perene trabajo de las aguas no ha tenido aun el tiempo necesario para destruir semejantes embarazos.

21. Digamos algo del conjunto de todos aquellos ríos: esto es, del Río de la Plata: puede considerarse como un golfo del mar, aunque conserva el agua dulce y potable hasta 25 o 30 leguas al Este de Buenos Aires. No se advierten en él las mareas que son tan fuertes en la costa patagónica: ni el subir ni el bajar de las aguas pende del crecimiento de los ríos, sino de los vientos: porque el Este y el Sudeste las hacen subir hasta 7 o más pies, y los vientos opuestos las bajan a proporción. Pero el año de 1795 estando yo en el Paraguay bajó tanto el agua un día de calma, que descubrió en Buenos Aires 3 leguas de playa conservándose así un día entero, y después volvió a su estado natural espaciosamente. Para que esto sucediese debió retirarse mucho la mar hacia el Este o se

abrió una caverna en el fondo del río o el del mar allí cerca; y no fue por terremoto, pues no se sintió allí ni en otra parte.

23. Mi mapa de este golfo o Río de la Plata manifiesta sus bancos de arena y su sonda por lo relativo a la navegación. Resta decir que sus orillas aunque bajas, no dejan de proporcionar algún abrigo, y más la del Sur; porque los vientos más duros y peligrosos soplan de aquella parte. Así se han mantenido al ancla muchos navíos sin averías largas temporadas, y el llamado Vigilante nueve años en el amarradero que dista 3 leguas al Norte de Buenos Aires. Su tenedero no puede ser mejor en todas partes.

24. Ocioso sería tratar de los puertos de la costa patagónica cuya descripción y planos han publicado ya otros viajeros. Los del Río de la Plata son la Colonia, Montevideo, Maldonado, Ensenada de Barragán y el Riachuelo: los dos últimos en la costa del Sur, y los otros en la opuesta. El Riachuelo que está cerca de Buenos Aires, es un arroyo largo y estrecho que viene de tierra adentro, pero le entran también las aguas del Río de la Plata. Ya se supone que es seguro, pero no admite sino buques medianos, y aun estos han de esperar a que el viento haga subir las aguas para pasar sobre la barra que hay a la entrada.

25. La Ensenada de Barragán, está 10 leguas más afuera que el puerto precedente, y fondeaban en ella las embarcaciones antes de poblarse Montevideo. La conserva limpia el arroyo de Santiago que corre por enmedio, y es muy segura y de buen tenedero. Su entrada es angosta, y solo tiene 2 brazas y media de agua donde más, esto es la superficie para fragatas.

26. El puerto de la Colonia es poco capaz, y no de buen abrigo contra los Sudestes y Suduestes, que son los vientos más duros. Verdad es que algo le defienden la isla de San Gabriel y otras menores como también un plater o banco de arena, que todos se prolongan en una línea delante del puerto. La sonda es de 6 a 7 brazas, porque las aguas vaciantes del Río de la Plata corren pegadas a la costa con tal velocidad, que a veces llega a 6 millas por hora.

27. El de Montevideo es el más frecuentado: su sonda disminuye tan apriesa que es de temer se inutilizará antes de mucho tiempo. Está expuesto a los vientos más duros, que levantan en él mucha mar y hacen garrear las embarcaciones, enredar sus cables y caer unas sobre otras. A veces las arrojan a las playas, porque su tenedero es fango suelto, donde no agarran las anclas, y se pudren los cables y las maderas. Tampoco se sale de él cuando se quiere, porque se necesita bastante viento para sacar los buques del fango. Fondean en él fragatas y aun navío de línea, pero éstos lo han de hacer muy afuera donde hay poco abrigo.

28. El de Maldonado es grandísimo con buen tenedero y fondo para los mayores navíos, pero no es abrigada toda su extensión, sino solamente la parte que está al socaire de la isla de Gorriti: se entra y sale con todo viento porque tiene dos bocas. La corriente sale siempre por la que llaman del Este; y esta circunstancia hace que oponiéndose a todo viento, menos al del Oeste, alivia siempre a los cables.

29. Antes de nombrar los pescados, diré lo que se me hizo extraño en los cangrejos. Son de la especie de los de Europa,

pues tienen las mismas formas, magnitud, color y gusto, pero no se encuentran en las orillas de arroyos, ni en sus cercanías que pueden inundarse con las crecientes, sino en los campos arcillosos. Allí hacen sus agujeros redondos y perpendiculares para entrar y salir de noche, y los ensanchan bastante en lo interior, para estar con comodidad y para que contengan bastante agua llovediza, por que no ven otra ni la buscan. Solo habitan dos en cada agujero, y mis cuadrúpedos Micure Pope y Aguaragazú los buscan y comen mucho. No se puede correr por donde hay cangrejos, porque caen los caballos metiendo los pies en los agujeros, que son hondos media vara. Suelen distar los cangrejos muchas leguas unos de otros, sin que se conciba cómo hayan podido atravesar tan largas distancias.

30. En el Paraguay pescan los indios Paiaguas y otros a flechazos y con anzuelos, pero los españoles no lo hacen, y si son campestres, aborrecen el pescado. En Buenos Aires para pescar, entran dos hombres montados en el río hasta que nadan sus caballos, poniéndose en pie sobre ellos. Entonces se separan y tienden la red, sacándola los mismos caballos. Registran al pescado que sale, y si está flaco o sin gordura lo arrojan a la playa. No se conocen las ostras y otros mariscos que hay en Chile, pero abundan los pescados de buena o a lo menos medianía calidad. En Santa Fe de la Vera Cruz secan algunos del río Paraná y los venden por bacalao: lo propio hacen en Maldonado y en la costa patagónica.

31. No puedo hablar bien de los pescados de aquellos mares, por que apenas conozco uno u otro. Me limito únicamente a los de aquellos ríos, casi sin poder hacer más que nombrarlos. Hay mangurnis de más de cien libras; surubis de

treinta; pacús dorados y negros de veinte; dorados mayores más bellos y diferentes de los del mar de veinte; y rayas muy grandes que pican al que las pisa ocasionándole inflamación y dolores insufribles. También hay patis, bogas, sábalos y palometas. Estas precisan a estar en continuo movimiento a los que se bañan, porque estar quietos se exponen a que la palometa les saque el bocado redondo. Hay igualmente cazones o armados, lenguados, bagres, tarariras y peces reyes los mayores del mundo. Se encuentran además pirarapitas, viejas, dentudos, mojarritas, anguilas, tortugas y otros muchos. En la obra de mis cuadrúpedos hablé de las *nutrias*, quiyá y capibara, cuadrúpedos de aquellos ríos y también del yacaré o caimán. Aunque es fabuloso el yaguaro, ninguno es tan famoso entre el vulgo del Paraguay. Suponen que escarba con prontitud increíble por debajo del agua las barrancas de los ríos, hasta que las hace derrocar sobre las embarcaciones.

32. Es escusado advertir, que los pescados grandes no se encuentran en poca agua y que no todos los nombrados se hallan en todas partes. Por ejemplo, yo no sé que haya tarariras, anguilas, viejas, tortugas ni otros en los mayores ríos; y son muy comunes en los pequeños y medianos y en las albercas. El citado yacaré y la anguila existen en todos los lagos de América, por más separados que se hallen unos de otros. La anguila nadie hasta hoy sabe cómo se multiplica, no habiéndole jamás encontrado hijos ni huevos en el vientre. Aseguran algunos que encima de los saltos del río, no se encuentran algunas especies de pescado que hay debajo.

V. De los vegetales silvestres

1. No siendo yo botánico, no hay que pedirme las clases, caracteres ni nombres griegos de los vegetales, sino tal cual noticia muy superficial como la puede dar un viajero distraído con otras cosas. Habiendo dicho en el capítulo 29 que aquellos países son llanos, casi siempre arcillosos y alguna vez areniscos, se sigue que su vegetación debe participar de la misma uniformidad, no habiendo otras causas que la puedan variar, sino la temperatura de la atmósfera, sensibles solo en larguísimas distancias, y en ciertas plantas, y la de tener el suelo más o menos humedad y miga para penetrar las raíces. En efecto, he notado constantemente en aquellas campañas incultas, que tienen las mismas plantas, altas de 3 a 4 palmos, tan tupidas que no permiten ver el suelo, sino donde hay caminos, y en los arroyos y canalejas que hacen las lluvias. Las especies de plantas son pocas, pero entre los paralelos de 30 y 31° en la frontera del Brasil, donde el país es más alomado, se encuentran bastantes plantas que no he visto en otras partes. Entre ellas hay algunas cuyos tronquillos, hojas y flores parecen estar llenos de escarchas y una de cuatro hojas anchas largas de 3 pulgadas en figura de lanza y pegadas al suelo, da por junio una vara y flor como el renúnculo, áspera y de un rojo naranjado que jamás se pierde aunque esté seca.

2. En las cañadas y parajes que se suelen inundar con las lluvias o con crecientes de arroyos, dominan plantas diferentes y más elevadas como espadañas, pajas, cortaderas, alciras, pitas o cardales de varias especies, y otras que no se nombran: llaman pajonales a estas cañadas y bajíos. Si la hu-

medad es considerable, se crían entre dichas pitas o caragua-
tas, cebollas como el puño, que dan flores carmesíes al modo
de azucenas, y en algunos lugares anegados del Paraguay recogen los indios silvestres una especie de arroz muy bueno.
Al Sur del Río de la Plata y donde es país salitroso, hay varias
plantas que lo son, y que tal vez servirían para jabón y tintes.

3. Cuando las plantas están ya duras y sequizas, las pegan
fuego para que retoñen y las coman tiernas los ganados; pero
sin duda perecen así las plantas más delicadas y se queman
las semillas disminuyendo las especies. Solo se detienen estas
quemazones en los arroyos y caminos extendiéndose tanto
con el viento, como que yo caminé más de 200 leguas muy
al Sur de Buenos Aires sobre una campaña que principiaba
a retoñar y había sido abrasada de una vez. Como las orillas
de los bosques son siempre muy cerradas y verdes, también
detienen el fuego; pero quedan chamuscadas para arder en
el incendio siguiente. Perecen igualmente infinitos insectos,
reptiles y cuadrúpedos menores, y las águilas y gavilanes
acuden a las quemazones para comer estos despojos.

4. Lo dicho hasta aquí de la vegetación de los campos sin
bosques, padece alteración por el influjo del hombre y de los
cuadrúpedos; porque en las estancias o dehesas pobladas algunos años de ganados mayores y de pastores, se exterminan
aquellos pastos altos y los pajonales, y nace la grama común
y un abrojo achaparrado de hoja muy menuda. El ganado lanar abrevia el exterminio de toda planta elevada, y fomenta
la grama. He observado mil veces, que en cualquiera desierto
donde el hombre se establezca, nacen al año, al rededor de su
choza, malvas, ortigas, abrojos comunes y otras varias plantas que no había visto a 30 leguas en contorno. Basta que el

hombre frecuente un camino, aunque sea solo a caballo, para que a los lados u orillas nazcan algunas de dichas plantas, que no se notan en los campos inmediatos; y basta que cultive un huerto, para que nazcan verdolagas, ortigas, etc. En la inmediación de las madrigueras de la vizcacha, nace la ortiga vizcachera que no se ve en otra parte.

5. Vamos a tratar de árboles. Los hay en las cercanías del estrecho de Magallanes, y desde allí al Río de la Plata, se encuentran en raros parajes de la campaña, algunas listas o manchas de algarrobos y espinillos claros. En suma, escasea tanto la leña en aquellas partes, que hacen fuego con cardos y biznagas, y con los huesos y sebo de las yeguas silvestres, que se matan muchas veces solo con este objeto. Aun en los hornos de ladrillo de Buenos Aires y Montevideo, queman porciones enormes de huesos, bien que se remedian mucho con los duraznales que siembran para aprovechar la leña. También cortan bastante de las orillas de los arroyos que vierten inmediatamente en el Río de la Plata, y aun la traen de las islas y orillas de los ríos Paraná y Uruguay. Pero toda esta leña se va visiblemente exterminando, y por lo que hace a maderas para edificios, carretas y embarcaciones, casi toda se baja del Paraguay y Misiones jesuíticas.

6. En el *Chaco* o al occidente del río Paraguay, y enseguida del Paraná hasta Santa Fe hay más bosques. Los de las orillas de arroyos y ríos, son como en todas partes muy tupidos o cerrados, y abundan en troncos; y los de las campañas, están mucho más claros, componiéndose la mayor parte de quebrachos, cebiles, espinillos y algarrobos. Estos son diferentes de los de España; y los indios y gente pobre, comen sus vainas estrechas como las de judías, aunque son poco dulces; pero

otros las machacan y ponen en agua para que fermenten, y les resulta la bebida llamada chicha que no es desagradable y que llega a embriagar bebiéndola con exceso. Otra especie de algarrobo da vainas mucho más gruesas, arredondeadas y negras, que sirven tan bien o mejor que las agallas para hacer tinta de escribir.

7. Todos los bosques que hay desde el Río de la Plata hasta Misiones, están en las orillas de los ríos y arroyos, donde la población los va exterminando; pero en las citadas Misiones y enseguida hacia el Norte del Paraguay, se encuentran ya bosques muy grandes con árboles muy diferentes de los citados; y no solo en los arroyos y ríos sino también en lomas y serrezuelas. La espesura de estos bosques es tanta, que dificultosamente se camina a pie dando rodeos por dentro. El suelo está siempre cubierto de hojas secas, de ramas y troncos podridos, de alechos y de cazaguatas, de modo que es difícil puedan las semillas que caen tocar en tierra, ni ser cubiertas de polvo porque el aire entra sensiblemente. Dentro he visto alguna vez un arbusto cuya forma y las hojas son de pimiento, de figura de cuerno aunque tres o cuatro veces más alto. Creo que llaman Aji cumbari y su fruto es amarillo, naranjado, redondo y del tamaño de la pimienta negra, pero tan cáustico, que su jugo hace mudar la piel. El mismo efecto ocasiona un gusanito que se suele encontrar en este arbusto, solo con dejarle correr sobre el revés de la mano.

8. Se ven en estos bosques muchísimas especies de árboles todas diferentes de las de Europa y tan interpoladas, que para encontrar una docena de la misma es menester registrar a veces un grande trecho. Hay por allí considerables bosques de naranjos, que presumo posteriores a la conquista, porque

siempre los he visto cerca de pueblos o donde los ha habido. Este árbol no admite agáricos ni plantas parásitas, ni sufre debajo ni en su alrededor, otra vegetación que la suya. Así estos bosques son limpios y sin más embarazos que sus hijuelos; aunque algunas veces se ve uno u otro arbolón de otra especie, que yo creo anterior a la extensión de los naranjos. Aunque su fruto sea generalmente agrio, también es en algunos agridulce; juzgo que todas en su origen eran dulces y que les viene el ácido de la falta de cultivo; porque he observado muchas veces que las calabazas comunes que nacen y se crían junto a las chozas abandonadas del campo, dan un fruto más amargo que la hiel, no obstante que en su origen no lo era.

9. Presumo que en los bosques grandes del Norte habrá árboles de un grueso extraordinario, aunque no los he visto. Hoy se ignora también la aplicación y usos que pueden darse a muchas de aquellas maderas, pero el tiempo los descubrirá. Algunas son más fuertes que otras de la misma especie. Por ejemplo los cedros del monte grande entre los 29 y 30° de latitud, aunque criados en tierras alomadas, no tienen la fortaleza y duración que los cedros del Paraguay. Sin embargo hablando en general, las maderas del Paraguay son más compactas, sólidas y vidriosas que las de Europa; por lo menos se experimenta que una embarcación construida de ellas dura triplicado tiempo.

10. La del *tataré* se consume sin hacer llama ni brasa y de mal olor. Es muy compacta, suavísima, amarillenta y tan tenaz, que no pueden arrancarse los clavos de ella. La emplean con preferencia para baos, curvas y ligazones de los barcos; y machacando la corteza y poniéndola en agua, resulta tinta. De la del *ybiraro* o lapacho hacen la mejor tablazón, vigas,

tijeras, macas, pinas y rayos de carreta: dichas tablas son las que más duran en los forros de las embarcaciones. Emplean la del algarrobo para pinas, varengas, etc.; y la del *urundei- puita* que es roja, para portes labrándolos cuando están verdes; porque después desbocan las herramientas. Esta madera es durísima y cuasi incorruptible bajo la tierra, principalmente si la clavan en sentido contrario o por la parte de las ramas. Tampoco se pudre el *yandubai* o espinillo, pero como sus palos son cortos, tuertos y no gruesos, los emplean solo para hacer corrales de estada y para quemar; porque es la leña mejor del mundo, tanto por la grande actividad de su fuego y duración de sus brasas, como por la facilidad con que arde tanto verde como seca. La madera del *uruadeiirai* se emplea en muebles preciosos, porque es durísima de fondo amarillazo con vetas tan vivas, negras, rojas y amarillas, que quizás ninguna madera le iguala en esto. Verdad es que se confunden y oscurecen con el tiempo, pero se preservarían con algún barniz. Es árbol de primera magnitud y muy grueso como el otro yrundei; pero a pesar de su dureza, le persiguen más que a ninguno unos gusanos como el dedo; de modo que pocas veces pueden sacarse tablas que pasen de media vara de anchura. Del *tatáiba* o moral silvestre hacen tablas y muebles por su bello color amarillo. El *timbé* es un arbolón de primer orden, bastante sólido, no pesado, y de madera que jamás se raja; por cuyos motivos la prefieren para canoas y para cajas de escopeta. Del cedro que es muy diverso del del Líbano, asierran muchísima tablazón para todo uso. También la usan para baos y forros de embarcaciones, y aun para remos, por la facilidad con que se trabaja, pero no hay madera tan sensible a lo seco y húmedo, y sus tablas se separan siempre aunque estén bien unidas. Del *apeterebí* sacan vigas y también palos para embarcaciones; pues aunque no tengan el grueso y longitud de los pinos del Norte, son más sólidos fuertes y pesados. Hay variedad de laureles diferentes de los de España, y los emplean principalmente para cuadernas de embarcaciones. Hacen del *ñandipá* cajas de escopeta: del *caimbacá*, del *sapiy* y del naranjo ejes de carretas: del *palo de lanza* varas y lanzas de coche etc., y del guayacán apenas hacen uso. Aprovechan mucho en tijeras para cubrir los edificios de la palma Caranday que se cría en lugares llanos, bajos y húmedos del Paraguay. Su tronco es duro y se conserva mucho a cubierto del agua. Sus hojas nacen juntas y forman figura de abames, y sus dátiles valen poco. En los mismos bosques se hallan los que en Madrid llaman plátano de Oriente y lauro real, y habiéndose llevado estos a Europa, no sé cómo no se han conducido los demás que son más útiles.

11. Me detendré un poco a hablar de la utilidad que puede sacarse de algunos árboles, y de lo que me parece extraño. Hay bosques extendidos de curiys no muy distantes al Este de los ríos Paraná y Uruguay desde Misiones hasta el Norte. Suponen algunos que el curiy solo tiene una raíz perpendicular: lo cierto es que su tronco es tan recto y largo como el de los pinos del Norte y tan grueso o más. Su madera es resinosa semejante a la del pino común, pero sus hojas mucho más cortas y anchas con la figura de moharra de lanza, y la punta aguda. Las ramas nacen en coronas o a la misma altura en dirección horizontal, sin ser muchas ni gruesas: a bastante distancia más arriba nace otra corona, y lo mismo hasta la copa. Sus pifias arredondeadas del tamaño casi del de la cabeza de un muchacho, tienen las escamas menos sensibles que nuestros pinos, y cuando están sazonadas se deshacen totalmente, quedando solo el palito de enmedio grueso como

el dedo. Sus piñones son muy largos, del grueso del dedo pulgar en el extremo más abultado, y asados son tan buenos o mejores que castañas. Los indios silvestres los comen mucho, y moliéndolos hacen harina para comer tortas. Yo creo que sería su madera excelente para tablazón, y para palos, vergas y masteleros de navío. Los jesuitas sembraron algunos en los huertos de sus Misiones, y son ya árboles de primera magnitud: podrían prosperar en Europa.

12. El *ybirapepé* es un grande árbol de buena madera, por cualquiera parte que se asierre el tronco horizontalmente, resulta una estrella cuyos radios son casi tan largos como el diámetro del núcleo. El *ybaró* es otro árbol que da mucho fruto en pomos. Es redondo con el cuesco esférico, liso, lustroso y oscuro que sirve de juguete a los muchachos. Entre él y la piel exterior hay una pulgada glutinosa, que algunas indias estrujan y se sirven de ella como de jabón.

13. El ombú es muy grande y frondoso, que prende de rama gruesa, sin errar jamás, y sin reparar que el suelo sea bueno o malo, húmedo o seco. Crece en la mitad del tiempo que otros, y es bueno para sombra y para paseos y caminos. Su madera se pudre antes de secarse, no arde al fuego, ni sirve para nada. Hay uno en el jardín botánico de Madrid y otro en el Puerto de Santa María, donde han averiguado que sus hojas limpian y curan las úlceras.

14. El papamundo es de la mayor corpulencia, de bellas hojas, muy frondoso y de un fruto como ciruelas que comen los de paladar grosero. Hay otro árbol muy común frondoso y grande en el Paraguay. Su tronco parece compuesto de un

haz de muchos que entran y vuelven a salir y hacen alguna vez asas como las de un cántaro.

15. El higuerón es grande y frondoso en extremo, que crece como todos cuando nace aislado en el suelo; pero cuando nace en la horqueta muy alta de otro árbol grueso o sobre un poste o estaca, arroja sus raíces rectas, separadas y flotantes al aire, hasta que en llegando al suelo prenden, engruesan y se unen unas con otras formando tronco abrazando y ocultando para siempre el árbol o estaca donde nacieron. Si el higuerón nace pegado a una peña, la va abrazando de modo que su tronco tiene a veces una vara o más de ancho pegado a la peña con solo tres o cuatro dedos de grueso.

16. Aunque la familia de nopales o tunales sea la más desproporcionada y mal hecha entre los árboles, yo he visto dos verdaderas tunas, árboles más bien formados del mundo: su tronco alto 7 a 8 varas, era liso y tan redondo como si le hubiesen torneado; y solo de lo más alto salían muchas ramas a un tiempo arraquetadas para formar la copa esférica, tupida y compuesta toda de dichas raquetas o palas: las flores también se asemejan a las de la tuna o nopal aunque son más pequeñas. Los encontré en dos bosques del pueblo de Atirá, distantes como una legua uno le otro, y no tenían hijos o renuevos; de modo que me figuré que su especie no tiene sino estos dos individuos.

17. Lo que en el Paraguay llaman azucena del bosque es árbol común, de talla mediana, muy verde y copudo. Se cubre totalmente de flores, que aunque de solos cuatro pétalos hacen bella vista largo tiempo por su muchedumbre y hermoso color morado; el cual degenera en blanco con el Sol y los

días. En los jardines del Río Janeiro lo recortaban y criaban como a los bojes y mirtos. En Buenos Aires y Montevideo llaman plumerito a un matorral común junto a los arroyos que da unas flores en figura de hisopo o plumero, porque en vez de hojas tienen unas como cerdas gruesas rojas muy vivas de 2 a 3 pulgadas de largo: las mujeres se adornan con ellas.

18. He oído nombrar en España a la yerba llamada *vergonzosa* o sensitiva porque tiene la propiedad de cerrar las hojas al tocarlas, y por aquellos países hay dos o tres con la misma propiedad. Pero también la tiene el yuquery que es muy común en lugares húmedos. Es especie de Aromo, y se le parece en hoja, formas y magnitud, aunque las ramas son más horizontales. Da vainas como judías aplastadas, y muchas juntas que forman grupos casi circulares.

19. Por los 24° de latitud vi matorrales de 2 varas de elevación, cuyos troncos y las hojas parecían a la vista y al tacto un terciopelo, y también hallé berenjenas silvestres, albahaca y salvia, pero esta es arbusto.

20. No escasean aquellas cañas o taguaras gruesas como el muslo muy fuertes y útiles para andamios y para muchas cosas. El ejército guaraní forró sus cañutos con piel de toro, y se sirvió de ellos como de cañones contra las tropas combinadas de España y Portugal que trataban de efectuar el tratado de límites del año de 1750. Se hallan a la orilla de los arroyos, pero sobresalen a todos los árboles. La raíz es como la de caña común; aunque mucho más gruesa, y como ella se cría en matorrales, pero dicen que tarda siete años en ser adulta: que entonces se seca, y que vuelve a arrojar al segundo año. El taguapará se encuentra solo en los arroyos

tributarios del Uruguay, es una caña que usan para bastones, por que es llena, fuerte, sólida y bien pintada de negruzco sobre fondo pajizo. De otra también sólida y llena se sirven para astas de lanzas y para afianzar los tejados. La taquapi tiene sus cañutos muy largos y lo que los forma es tan delgado como una piel o corteza. En ellos suelen los viajeros hacer velas de sebo, y van cortando del molde a proporción que la vela se consume. Aun hay otras cañas llenas y vacías desconocidas en España donde probarían bien.

21. El árbol que da la llamada *yerba del Paraguay* se cría entre los demás en todos los bosques de los ríos y arroyos tributarios del Paraná y Uruguay, y también en los que vierten en el del Paraguay por la banda del Este desde los 24° de latitud hacia el Norte. Aunque los he visto como naranjos medianos, no sucede así donde benefician sus hojas por que los chapodan cada dos o tres años que es el tiempo que creen necesario para que estén sazonadas. Pertenece a la familia del laurel a quien en todo se parece, tiene las hojas dentadas en su contorno. La flor es blanca en racimos de treinta a cuarenta con cuatro pétalos y otros tantos pistilos que nacen de los intermedios; y la semilla que es roja morada, como granos de pimienta, encierra cada una tres o cuatro núcleos.

22. Para beneficiar la yerba chamuscan las hojas, pasando la misma rama por la llama. Después la tuestan, y últimamente la desmenuzan hasta cierto punto, poniéndola así apretadamente en un depósito, porque recién hecha no tiene buen gusto. Para usarla ponen un puñadito en una calabacita que llaman mate con agua caliente, y al instante chupan por un cañutillo o bombilla que tiene en lo inferior agujeros para dar paso al agua deteniendo la yerba. Esta misma sirve tres

o cuatro veces echando nueva agua, y algunos ponen azúcar. La toman a todas horas siendo el consumo diario de un vicioso una onza, y la que trabaja o beneficia un jornalero no baja de un quintal o dos. Los indios silvestres del Mondai y de Maracayú usaban tomar esta yerba, y de ellos lo aprendieron los españoles. Se ha extendido tanto el uso de esta yerba, que se lleva mucho a Potosí, Chile, Perú y Quito: el año de 1726 se extrajeron del Paraguay 12.500 quintales de ella, y el de 1798, 50.000.

23. Los padres jesuitas plantaron estos árboles en sus Misiones y beneficiaban la yerba con toda comodidad. Separaban además las puntitas de los palos, desmenuzaban más las hojas y llamaban a esta yerba *caa mirí*: más nada de esto influye en la calidad, sino el que esté bien chamuscada, tostada y cogida en sazón no impregnada de humedad. Así sin consideración a quitar palitos ni a lo menudo, dividen la yerba en fuerte, y electa o suave.

24. Diré algo de algunos otros usos que hacen de los vegetales. En los lugares húmedos del Norte del Paraguay, abunda una planta que da varitas como de 4 palmos casi tapadas con las hojas bastante grandes que le están pegadas a lo largo. Tiene muchas y largas raíces flexibles muy amarillas por dentro, que sirven de azafrán para colorear los guisados. Las cortezas del cebil y curupai les sirven para curtir los cueros con más brevedad que con zumaque, con la del catiguá hacen un cocimiento en la que empapan la piel o la tela que quieren teñir: luego la estregan con las manos un rato en agua con ceniza poniéndola al Sol hasta que se seque. Últimamente la lavan en agua clara y queda teñida de un rojo fuerte. El caacangai es una yerba que se extiende por el suelo en el

Paraguay: de sus raíces encarnadas hacen un cocimiento: empapan en él la tela preparada con agua de alumbre, y resulta un rojo que se aviva, lavándola con orines podridos, cuyo olor le quitan enjabonándola. El *urucú* es árbol común en el Paraguay, cuyo fruto se abre y encierra multitud de granitos, que lavados tiñen el agua de un rojo bellísimo, y precipitan el color en poco rato al fondo; mas no sé que hagan uso de él para tintar telas. Con las astillas del *tatayiba* o moral silvestre hacen un cocimiento: en caliente empapan en él la tela preparada con alumbre, y resulta un bello amarillo en la seda y algodón. La lana no le toma tan bien. Aun se sirven de otras plantas para teñir amarillo.

25. Las gomas y resinas de que tengo noticia son las siguientes, todas las del Paraguay y Misiones. En las partes septentrionales se encuentra el árbol muy grande llamado *palosanto*. Su madera fuerte y olorosa hecha astillas y hervida despide una resina que recogen sobre el agua, y se cuaja enfriándose. Se sirven de ella para sahumerios, porque da muy buen olor. Llaman a un árbol *incienso* porque herido destila una resina de olor y color de incienso: por tal le usan en los templos del Paraguay y Misiones, aunque lo recogen impuro o mezclado con arena y corteza. Los indios del pueblo de Corpus encuentran en el cauce o madre del Paraná cuando está bajo unas bolitas de resina algo transparentes, las mayores como una pequeña nuez. Y no dudo que las destilan los inmensos bosques de más arriba, ni que son un incienso superior al que se quema en España. Dichas bolitas prenden luego en la llama, y a proporción que se queman se derriten en forma y color de caramelo, otro sustancia que no prende en la llama, pero que poniéndola en brasas despide un humo de muy suave olor, mejor que el que daba cuando ardía.

26. El mangaisy es un árbol que no se encuentra en aquel país sino hacia el río Gatemí. Su goma llamada goma elástica, es tan conocida, que en Europa la dan ya muchas aplicaciones.

27. Cuentan del *nandipá* que hiriendo su tronco sale una resina, que mezclada con igual dosis de aguardiente y puesta al Sol se convierte en un barniz, bueno para maderas y muebles preciosos. De otro árbol sacan por incisión la verdadera trementina, y de otro la excelente *goma-elemi*.

28. En las Misiones abunda el *aguaraibai* cuyo tronco es a veces como el cuerpo y las ramas algo desparramadas. En invierno no caen las hojas, que son de un verde más claro que las del sauce, largas pulgada y media a dos, anchas tres líneas, agudas, dentadas, nacen a pares y una en la punta, y estrujadas sueltan una humedad pegajosa que huele a trementina. La flor en racimos blanca y pequeña, produce una cajita con semillas. Me parece haber visto dos arbolitos de estos en el jardín de plantas de París. Toman sus hojas, hierven en agua o vino hasta que sueltan la resina: las quitan, continuando el fuego hasta que tiene el caldo punto de jarabe; y a esto llaman *bálsamo de aguaraibai*, o de Misiones: sacan una arroba de cincuenta hojas. Cada pueblo de Misiones, envía más de dos libras anualmente a la botica real de Madrid, sin que hasta hoy se haya publicado relación de sus virtudes.

29. Se aplica por allá, con buen efecto, a las heridas, ablandándolo con vino tibio si es que se ha endurecido. Creen que fortalece el estómago untándole con él por fuera; y que haciendo lo mismo en las sienes y en lo más alto de la cabeza,

alivia su dolor. Suponen que aplicado exteriormente, mitiga los cólicos, el dolor de costado, la dureza del estómago, la opilación y los flatos, y que tomando con azúcar la dosis de dos almendras mañana y tarde, cura la disentería, la flaqueza de estómago, y a los que arrojan sangre por la boca. Lo inventó el jesuita Segismundo Asperger que ejerció la medicina y botánica cuarenta años en Misiones. Allí practicó cuantos ensayos le parecieron con los indios, y de resultas, dejó escrito un recetario solo de los vegetales del país, que conservan algunos curanderos: si se examinase, tal vez se encontraría algún específico útil a la humanidad.

30. Aseguran que hay en el Paraguay y Misiones, ruibarbo, canchalagua, catorguala, doradilla, cabellos de ángel, ruda, salvia, suelda, consuelda y otras yerbas medicinales. Hay también lo que llaman piñones purgantes, porque purgan con violencia en un cuarto de hora comiendo medio piñón, esto es la dosis de media almendra. Suponen que la parte del germen hace vomitar; que la otra produce cursos, y que comiéndolo entero se verifican ambos efectos. Paseando yo por donde había de estos árboles con la gobernadora y su hija, las expliqué la propiedad de tales piñones, y esto bastó para que quisiesen probarlos, comieron entre las dos poco más de uno y lo hallaron de buen gusto: pero apenas habrían pasado veinte minutos, cuando en ambas principió la función por arriba y por abajo, sin dar lugar a melindres. Nada de eso tiene mala resulta, y se corta repentinamente con solo beber vino. Fray Miguel y Escriche, cura de Itapua, y que hacía de médico o curandero, me aseguró que las hojas de un árbol común en los bosques, causaban el mismo efecto que las de jalapa tomadas en la mitad de la dosis, esto es, que tenían doble virtud purgante.

31. Digamos algo de las plantas enredaderas o parásitas. Los isipos o rejugos son infinitos en los bosques. Suben y bajan por los mayores árboles, pasan de unos a otros, y puede decirse que son los que ligan y sujetan los bosques para que el viento no los arranque. Los hay muy gruesos, y a veces se enroscan con otros troncos formando espirales y uniéndose tan íntimamente, que parecen ser una pieza. Entre las muchas enredaderas hay algunas que hacen bella vista, cubriendo totalmente a grandes árboles con sus flores amarillas y naranjadas; entre la multitud de plantas parásitas, hay varias especies llamadas flores del aire, recomendables por la extrañeza y hermosura de sus flores o por lo grato de su fragancia.

32. La parásita llamada guembe, nace en la horqueta alta de los mayores árboles cuando estos principian a podrirse interiormente. Tiene varios troncos del grueso del brazo, largos de 1 a 2 varas, las hojas son de mango muy largo, verdes muy lustrosas, largas 3 palmos, anchas la mitad, con su contorno profundamente hondeado, y anualmente se caen algunas de las inferiores. El fruto es una mazorca totalmente parecida a la del maíz en la magnitud, figura y granos, que suelen comer cuando están maduros porque son algo dulces. Desde su elevación arroja raíces rectas sin nudos del grueso del dedo, que a veces dan vueltas al árbol, y otras bajan derechas y flotantes hasta el suelo donde prenden. Las cortan con un cuchillo atado a una caña; y de su piel, que es delgada y se saca fácilmente con los dedos tuercen cables o amarras para todas las embarcaciones del Paraguay y aun para fragatas de guerra sin más preparación que la de mojarlas si están secas. Es menester darles más grueso que a las de cáñamo, porque no tienen tanta fuerza y se rozan más estando secas y dando

vueltas, pero son baratas, nunca se pudren en el agua ni en el cieno, y resisten muy bien.

33. Son muchas las plantas llamadas pitas, cardas, y cara-guaias, y las hay entre ellas que nacen lo mismo en el suelo que en los troncos y tejados. Todas conservan en sus cogollos el agua de las lluvias y rocíos que a veces recogen los viajeros para beber. Yo solo haré mención de dos: la una abunda infinito en las orillas de los bosques y también a descubierto. Sus hojas o pencas, tienen el color, anchura y grueso que las de la piña o ananá; pero son mucho más largas y espinosas, y encierran unas hebras mucho más finas que las de la pita de España, aunque nadie las aprovecha. Se multiplica por renuevos, y el que de ellos ha de dar fruto, nace con las pencas de color de nácar el más vivo. De entre ellas sale un vástago de una vara escasa, grueso, lleno de florecitas de cuatro hojas que dan muchos y apretados dátiles largos de 2 pulgadas, gruesos una, naranjados estando maduros, que algunos muchachos suelen comer asados.

34. La otra caraguatá llamada ibira da un fruto muy semejante a la famosa ananá, pero nada vale. No vive a descubierto, sino en lo interior de todos los bosques del Paraguay. Sus pencas son poco espinosas: de poco grueso, largas de 1 a 2 varas y con 2 pulgadas de mayor anchura. Las cortan o arrancan las matas; las pudren como el cáñamo, sacan fácilmente con los dedos la piel, y quedan las hebras tan finas como las del cáñamo y del mismo color, a las que llaman estopa de cuaraguatá. Sin más beneficio las hilan para coser zapatos; y enredándolas un poco con un rastrillo hecho de seis u ocho clavos comunes, calafatean con ellas las embarcaciones con la ventaja, de que nunca aflojan ni se pudren

en el agua. No hay duda que pueden hacerse del caraguatá lonas, jarcias y cables, que resistirían más que los de cáñamo, según yo he experimentado en pequeño. Verdad es que presumo no tendrán tanta flexibilidad, y pues no admitirán bien el alquitrán.

35. Cuentan en el Paraguay tres especies de *guaiabas* y más de doce castas de frutas silvestres, ponderándolas mucho, pero para mí ninguna vale lo que las serbas, nísperos y madroños. El árbol común llamado *tarumá*, la da en el tronco, y aun en la raíz, si está descubierta en alguna parte, es morada del tamaño de una ciruela algo larga. Hay zarzas comunes, pero pocas y no dan fruto. Tal vez lo producirán si las podasen o machacasen a palos, como hacen en los rosales en el Paraguay para que den rosas.

VI. De los vegetales de cultivo

1. Ya se sabe que la zona tórrida no produce trigo. Aun en lo restante de las provincias del Paraguay y Misiones, se siembra muy poco, y produce cuando mucho tres o cuatro por uno. Consta sin embargo que poco después de la conquista, se llevaba a vender trigo del Paraguay a Buenos Aires; lo que no podía suceder si no por la mayor facilidad de sembrarlo, habiendo más indios o brazos.

2. La cosecha media de trigo en Montevideo, es el doce por uno, y en Buenos Aires el dieciséis. El grano me parece bastante menor que en España, y quizás esto contribuye a que produzca más. Como quiera el pan en aquellos países es de lo mejor del mundo, sobre todo si el trigo es de la cañada de Morón o de la Costa de San Isidro.

3. Como en los campos al Norte del Río de la Plata, se ocupan casi en cuidar los ganados y en hacer cueros y salar carnes, siembran poco trigo, y les llevan el que les falta de Buenos Aires donde computan su media cosecha en 100.000 fanegas del país, que hacen 219.300 de Castilla. El consumo de dicha ciudad se regula en 70.000 fanegas de las suyas, y llevan a vender el resto en el Paraguay, Montevideo, Habana, Brasil e Isla de Mauricio. No se eche cuentas de la población por el consumo de trigo; porque los pastores y campestres no comen pan sino carne: aun los esclavos y pobres de las ciudades apenas lo prueban. En el Paraguay y Misiones suplen su falta con el maíz y mandioca, de que hacen también pan.

4. El mejor clima para trigo, sería el del Sur del Río de la Plata, pero antes de los 40° de latitud hasta el estrecho de Magallanes parece salobreño, y capaz en pocas partes de producir trigo. De modo que por esto y por la escasez de aguas potables en muchas leguas a lo largo de la costa, no podrá haber allí mucha población; pero en aproximándose a la falda oriental de la Cordillera de los Andes, es ya el suelo excelente para los frutos de Europa.

5. Consta igualmente que el año de 1602 había en las cercanías de la capital del Paraguay muy cerca de dos millones de urdes, y que de allí llevaban vino a vender en Buenos Aires; pero no hay en el día allí ni en el país que describo, sino una u otra parra: y de Mendoza llevan anualmente, en carretas, a vender en Buenos Aires y Montevideo 7.313 barriles de vino, y de San Juan 3.942 aguardiente de uvas, supliendo lo que les falta de ambos licores, con el que llevan de España. Mendoza y San Juan son dos ciudades de la falda de la cordillera de los Andes en la frontera de Chile, cuyos territorios son tal vez los más abundantes del mundo.

6. Quizás se aburrieron de las viñas porque su fruto es muy perseguido de pájaros, cuadrúpedos, hormigas, avispas y otros insectos que abundan infinito, o porque luego que se multiplicaron los ganados, les fue más fácil tener licores a cambio de pieles y sebo. Esto además es más conforme a la inercia o flojedad que se atribuye a aquellas gentes; las cuales repugnan ser labradoras, y muchas veces no segarían si el gobierno no las forzare.

7. Desde los 29° de latitud hacia el Norte, cultivaban el tabaco de hoja, y lo llevan libremente a todas partes, pagando

al Erario la sisa y la alcabala, que redituaban 60.000 pesos fuertes anuales, sin aumentar un empleado a los que había para otras cosas. En cuanto al de polvo, los comerciantes lo compraban del estanco de Sevilla, y lo llevaban y vendían como podían, pagando sus derechos. Todo eso duró hasta que en 1779 se estancó todo tabaco, cuyas resultas han sido redituar poco o nada al fisco, emplear inútilmente a millares de gentes, fastidiar a la superioridad con recursos y cuentas, dar sujeciones a los viajeros y comerciantes, últimamente aniquilar el cultivo del mismo tabaco, según se conoce de que con la libertad se extraían del Paraguay 15.000 quintales al año, y ya en 1799 no se hallaban medios de asegurar de 5 a 6.000 que se venden en aquellos estanquillos. La calidad del tabaco es de poca fuerza aunque de buen gusto.

8. Cultivan la caña dulce y el algodón solo en el Paraguay y Misiones; aunque si ocurren fríos tempranos, perjudican mucho a ambas plantas. El azúcar es de buena calidad; pero prefieren muchos reducirla a miel y a aguardiente, que una y otro tienen muchos apasionados. Llevan el azúcar sobrante a Buenos Aires, cuyo clima no lo produce; pero como no sea en cantidad suficiente, suplen su falta comprándolo de La Habana y del Brasil. La cosecha de algodón es tan escasa que apenas se lleva del Paraguay y Misiones el necesario para pábilo en el Río de la Plata. El resto se emplea donde cultivan, en lienzos tan ordinarios, que solo lo usan los esclavos y la gente pobre.

9. El país del azúcar lo es igualmente de mandioca o yuca que es de dos especies: la *mandiocué* da muchas y grandes raíces, que ralladas y exprimidas, sueltan una agua que mata los cerdos si la beben, y también se comen la raíz recién ex-

primida. El hombre debe temer lo mismo; pero los portugueses del Brasil no comen otro pan que lo que llaman *fariña*, y es esta misma raíz rallada, exprimida y tostada. Los españoles solo la cultivan en la cantidad que basta para extraer almidón. La otra especie llamada simplemente mandioca, se cultiva mucho. Sus raíces blancas o blancas amarillazas con la piel rojiza, son muy conocidas en toda la América caliente, consistiendo en ello la felicidad de aquellos países, porque de ellas hacen pan, y además las comen de muchas maneras. Convendría probar su cultivo en Mallorca y en las provincias meridionales de España.

10. Siembran y prueban bien en todas partes las especies conocidas del maíz; pero he visto otra en el Paraguay llamada *albati guaicurie*, que sin llevar ventaja a las otras ni diferenciarse de ellas en los granos ni en otra cosa, cada grano está separadamente envuelto con hojas pequeñas idénticas a las que cubren toda mazorca.

11. Hay especies de batatas blancas, amarillas y moradas. La llamada *pallarés* en el Paraguay y Misiones, tiene piel roja y es del grueso de la pantorrilla, larga lo que la pierna, con la carne blanca y de buen gusto. Todas deberían llevarse a España, como también ocho o diez especies de calabazas y de judías. Entre estas últimas son excelentes la llamada *pallarés* y las que dan un arbusto que no perece en invierno. En todas partes prueban bien las habas, guisantes, lentejas, arvejas y el *maní* o mendubí. En España conocen al último por cacahuete y extraen de él aceite.

12. También le extraía por allá un curioso de la semilla del tártago y hacía jabón. Esta planta es conocida en Europa

y la hay en el jardín botánico de Madrid; pero como no la he visto por allá sino junto a las casas, sospecho que es de las producidas por la presencia del hombre como las ortigas.

13. Los almendros y ciruelos crecen mucho y se visten de flor en el Río de la Plata; pero hasta hoy no han dado fruto. Los melocotones al contrario dan mucho y bueno, y aun hay allí algunas especies buenas llevadas de Chile y otras partes que quizás no se conocen en Europa. Llaman allí damascos a los albaricoques, cuyo origen es este: *Antonio el Choricero*, que era italiano, hizo llevar de su país un cajoncito con semillas de col y de lechuga, entre la cual encontró dos huesos de albaricoque que no conoció, pero las sembró en mi tiempo y de ellos vienen todos los que hay. En el Paraguay no hay almendros ni ciruelas y los melocotones dan rara vez fruto malo y agusanado.

14. Tampoco hay en el Paraguay peras ni guindas; que aun en el Río de la Plata valen poco. Las naranjas y sus análogas son abundantes y buenas en el Paraguay; pero uno y otro disminuyen al acercarse al Río de la Plata. La pacoba o plátano se cría bien en el Paraguay; pero se hiela fácilmente y da poco fruto. La piña o ananá no requiere tanto calor como la pacoba, y da regularmente aunque creo no es tan delicado el gusto como la de otras partes. La manzana es buena en Montevideo, no tanto en Buenos Aires, no fructifica en el Paraguay, y existe silvestre en la falda de la cordillera de Chile. En todas partes hay higos, membrillos, y granadas, que se quedan en mediana calidad y aun no llegan a ella en el Paraguay. En cuanto a olivos, solo hay algunos en Buenos Aires que dan todos los años.

15. El melón vale poco, y en el Paraguay nada. La sandía es mejor en unas partes que en otras, según el terreno y sin consideración a la latitud; pero en las cercanías de la Asunción suele tener más semillas que carne. La fresa es allí desconocida, pero abundan los fresones que llaman frutillas en el Río de la Plata, donde producen bien el cáñamo y el lino, aunque el costo de beneficiarlos es excesivo. Las hortalizas en general crecen más o menos bien según crece la latitud, y en el Paraguay y Misiones siembran el arroz que necesitan, en las cañadas sin regarlo.

16. En el Paraguay es común y silvestre la planta del añil, el que podrían beneficiar, y quizás la seda, si llevasen gusanos, porque hay morales. Lo propio digo del cacao y del café, pero se opone a todo lo caro de los jornales, las pocas necesidades y ambición de aquellas gentes, la falta de instrucción, y la imperfección de los instrumentos de labor. En el Paraguay y Misiones se sirven para azadas, de las paletillas de vaca, acomodándolas en un mango, y sus arados son de un palo punteagudo, que cada uno se hace y se acomoda, sucediendo lo mismo con el yugo y demás aperos. Verdad es que sucede lo mismo en casi todos los oficios; el platero hace sus crisoles, el músico su guitarra y las cuerdas, el tejedor los telares y peines; y las mujeres sus usos, las velas, jabón, dulces, remedios y tintes.

17. Poseen algunas flores de Europa, y otras americanas. La *diamelo* es un matorral que da muchas flores largo tiempo, componiéndose cada una de muchas apiñadas y blancas, del olor más suave del mundo. No dan semilla, y la multiplican por acodos. La peregrina no da olor, y se multiplica por semilla. Da muchas flores bien jaspeadas de rojo y blanco.

VII. De los insectos

1. No es fácil describir puntualmente los insectos, porque sobre ser pequeños y de innumerables especies, obran por lo común ocultamente, o a distancia que no permite observar sus operaciones. Yo por consiguiente, que los he mirado de paso, y que ignoro lo que otros han escrito, diré tal cual cosa de algunos, nombraré a otros, dejando tal vez olvidada la mayor parte.

2. En el Paraguay distinguen dos familias, una de abejas y otra de avispas, y las diferencian, suponiendo que éstas pican y no hacen cera, y que las abejas hacen cera y no pican. Según esto la abeja de España que pica y hace cera, y lo mismo otra americana que he visto, serían un intermedio entre las dos familias. Sea lo que fuere yo ahora reputaré por abejas, a todas las que no saben o no pueden construir los muros exteriores de sus casas, los buscan ya hechos en los agujeros de troncos para hacer sus panales; y llamaré avispas a las que fabrican su habitación interior y exteriormente.

3. He oído de la avispa y de la abeja en España, que en cada panal hay una sola hembra y maestra con una multitud de machos que la fecundan: que el resto de los individuos son neutros o sin sexo y destinados únicamente al trabajo, y que se multiplican las colmenas o familias por los enjambres que salen. Yo ignoro si esto es cierto en Europa, y tampoco sé si así lo practican mis abejas; pero no dudo que nada de lo dicho sucede a mis avispas, sino que todos sus individuos son machos o hembras a lo ordinario, y que se multiplican los panales por parejas, y no por enjambres.

4. Numeran en el Paraguay hasta siete especies de abejas: la mayor el doble que la de España, y la menor ni la cuarta parte que la mosca común. Ninguna de ellas pica y todas hacen cera y miel. Esta, por lo que yo he visto, tiene la consistencia y el color de almíbar fuerte de azúcar blanca, y yo solía por las tardes desleírla en agua, y la bebía, no solo por su buen gusto, sino también por que tiene la cualidad de refrescar el agua, o de parecerlo. Pero la miel de la especie mayor de abejas, suele participar del gusto de las hojas de las flores que el insecto conduce, y aun mezcla con ella. La miel de otra, llamada *cabatatú*, da intenso dolor de cabeza y al mismo tiempo emborracha como el aguardiente; y la de otra, ocasiona convulsiones y dolores vehementes, hasta que van cediendo a las treinta horas sin otra mala resulta. Una abeja más cuadrúpeda y algo menor que la de España, no deposita su miel en panales, sino en cantarillas esféricas de cera de seis líneas de diámetro. Llevaron del Tucumán a Buenos Aires, distante 150 leguas, una colmena de esta especie; lo que indica que tal vez esta abeja y otras varias de América, se podrían trasplantar a España. Los indios silvestres comen mucha miel y desliéndola en agua y de jándola fermentar, la beben y se embriagan.

5. En cuanto a la cera, la que he visto es amarillaza, más oscura que la de España, más blanda, y la gastan solo en los templos del campo y de los indios sin saberla blanquear. La que acopia la especie mayor de abejas, es mucho más blanca, y tan consistente, que le mezclan la mitad de sebo los vecinos de Santiago del Estero, los cuales recogen anualmente catorce mil libras en los árboles del Chaco. Si esta especie se domesticase en colmenar, daría una utilidad muy considerable.

6. Nada más puedo decir de aquellas abejas que no pican, porque las he observado poco no siendo fácil hacerlo, viviendo como viven todas, dentro de los grandes y cerrados bosques, las más veces a bastante altura de los árboles. Pero tratándose de cera diré aquí que es mejor, más blanca y consistente la que fabrican unos insectillos en bolitas como perlas, pegándolas muy juntas en bastante número, a las ramitas del *guabiramí*, que es una matilla alta de 3 a 4 palmos, la cual da una de las mejores frutas silvestres, arredondeada, menor que una zarza, y de la figura y color que la guacaba.

7. Aunque creo no conocer todas las avispas, indicaré a once especies. Solo una vez he visto un tolondrón pegado y suspenso a un tronco del grueso del brazo: era esférico, de 3 palmos de diámetro, y fue menester un hacha para desprenderle y deshacerlo, porque en partes tenía hasta medio palmo de arcilla bien amasada, componiéndose interiormente de panales de cera con buena miel totalmente cubiertos con dicha arcilla. La avispa era de color negruzco, del tamaño de la de España, aunque más cuadrada, y pica menos. Ignoro si se multiplica por enjambres como la abeja de España, aunque lo presumo.

8. Todas las avispas siguientes pican mucho. La más común, naranjada, y bastante mayor que la común de España, fabrica sus panales como ella idénticos, aunque mayores y de la misma madera algo podrida, que de madrugada recoge en bolitas como guisantes, royendo la superficie de los maderos secos sin corteza que el rocío de la noche ha ablandado[19] un poco. Solo una pareja o dos avispas, principia su panal

19 «Rochefaucould Liancour» en el original. (N. del E.)

pegándolo por un pedículo a la viga que sobresale bajo del tejado, o alguna peña: siempre con la advertencia de que esté a cubierto de la lluvia. Comenzada la obra, no la desampara una de ellas, pero no hacen sino más que seis casetillas en las que deposita la hembra un gusanillo, que ignoro con qué le alimentan, porque no acopian miel, ni les llevan arañas ni gusanos: los padres comen frutas suculentas y otras cosas. Cuando vuelan los hijos y pueden ya engendrar, aumentan el único panal alrededor con nuevas casillas, y las llenan de hijos mientras los primeros padres hacen lo mismo en sus primitivas casetillas. Así continúan hasta que siendo el panal algo menor que un plato, se destacan parejas a formar otros algo separados en la inmediación, y en llenándose de ellos el lugar adecuado, le buscan lejos. Siempre están de guardia en el panal la mitad de las avispas, mientras las demás buscan lo que han menester.

9. Infiero de lo dicho, que en el panal de esta avispa no hay maestra o jefe que mande ni dirija: que todos los individuos son fecundos; que cada pareja cuida solo del producto de su común particular reducido a seis hijos, poco más o menos, y que cuando el panal es ya tan grande que se incomodan unas a otras, buscan otros lugares donde fundar nuevas repúblicas. Todo esto creo que se verifica en las demás avispas sociables, incluso la de España.

10. Otra avispa más pequeña, negrizca con pintas amarillas, busca mayor resguardo; pues no solo hace su panal más abrigado del tejado o de lo más tupido de alguna parra, sino aun con preferencia en el techo de lo interior de un cuarto, si encuentra en el tejado un resquicio por donde entrar. Lo hace de la misma materia y lo pega a una viga o tijera por un pe-

dículo, principiándolo solas dos, según dicen porque no se lo he visto principiar. El panal, exteriormente, tiene la figura de un gorro alto palmo y medio, y ancho dos en lo inferior. Sirve este para abrigar y cubrir los redondeles de las celdillas de criar, que son pequeños en el fondo del gorro que es la parte alta y van ensanchando puestos unos bajo de otros horizontalmente sin tocarse y pegados a lo interior del gorro. Este nunca se cierra por debajo, por donde con mucha celeridad van añadiendo más panales, aumentando la prole, sin hacer miel, y sin que yo sepa con qué la alimentan. Cada avispero de estos tiene más individuos en mi juicio, que cuatrocientos de la precedente; y en cuanto a lo demás, me figuro que son idénticas en lo dicho en el número 9 aunque no lo aseguro.

11. Otra he encontrado al resguardo de alguna peña, y nunca en las casas ni cerca de ellas. Su panal es mucho más estrecho que el de la anterior, aunque construido de la misma materia, con muchos redondeles o panes horizontales sin miel y cubiertos de una costra o gorro. Me aseguran que solas dos principian la obra, y esto basta para que yo crea de esta avispa todo lo dicho de la primera en el número 9.

12. No hice reparo de cómo se multiplica, ni donde cría otra avispa común y negrizca del tamaño de la común en España: no puedo por consiguiente asegurar si es sociable, como las precedentes. Mi vecino empapeló las uvas de su parra, y las libertó un año: hizo lo mismo el siguiente, pero la avispa agujereando los papeles no le dejó una uva.

13. Otras dos avispas, llamadas *lechiguaná* y *camoatí*, hacen panales algo parecidos a los del número 10 y del propio material. La primera le suspende de las ramitas de algún ar-

busto a la orilla del bosque, y la segunda de alguna mata grande de paja en campo libre o cañada. La costra que encierra y cubre los panales de la *lechiguaná*, es mucho más dura que en la otra y tiene además por fuera bastantes desigualdades muy reparables, de las que carece la del *camoatí*. Las dos son muy fecundas como que sus gorros de panales llegan a tener media vara de diámetro, y más de altura, con miel abundante, buena y más consistente que la de aquella abeja; no acopian cera, y en cuanto a lo demás, creo de ellas lo dicho en el número 9.

14. Las avispas precedentes son sociables o viven muchas juntas, pero las cuatro siguientes al contrario, son solitarias. Por lo menos yo no he notado jamás que se reúnan dos de su especie ni de otra.

15. La primera es negra con algunas manchas amarillas vivas: tiene el cuerpo como dividido en dos, por una cintura larga muy delgada, y me parece haber visto una en un mesón de Andalucía. Cría en los cuartos, aunque duerme fuera, trae en la boca una bolita de barro como un guisante, y la extiende en lo alto del marco de la puerta o ventana, o en alguna viga o tijera del techo. Luego, con más bolitas, forma encima un canuto largo como pulgada y media con estuco o barniz por dentro y depositando al hijo en el fondo, conduce del campo una a una arañas muertas a picotazos hasta llenar totalmente de ellas el canuto cerrándolo con barro. Enseguida hace otro canuto al lado, otro encima, y en fin hasta cuatro o cinco. Cuando finaliza el último, ya el primer avispillo se halla en estado de volar y parece que la madre le escucha y le abre la puerta por donde se va al instante para no volver más. Suele servir el mismo canuto para nuevo hijo. En mi

cuarto del Paraguay nunca faltó en verano una de estas avispas, y observé al deshacer los canutillos, que habían perecido los avispillos siempre que alguna de las arañas se había podrido, o que había principiado a hacer su tela por no estar bien muerta o envenenada. Suelen los muchachos matar a la avispa; y cortándola por la cintura toman la mitad postrera y la aplican con disimulo a otro muchacho para chasquearle, porque aun así pica.

16. La segunda es naranjada, la mayor de todas y más del doble que la común de España. Busca los corredores o lugares cubiertos de la lluvia en las casas campestres, donde haya un suelo de polvo y tierra no muy dura, allí escarba prontamente con las manos todo alrededor un espacio como de un palmo, profundizando dos dedos apartando con la boca las piedrecitas, si las encuentra, dispone en el medio una canal u hondura larguita y marcha luego al campo, de allí trae arrastrando, caminando para atrás, una araña mayor que una avellana con cáscara, muerta a picotazos, y la deposita en dicha canal, de modo que descansando en los bordes, no llegue a tocar en el fondo. Inmediatamente le pega el avispillo en la parte más baja, y lo cubre todo con la tierra que antes había escarbado hasta emparejar el suelo, y se marcha para no volver más. Yo encontré otra avispa con su araña arrastrando, y la seguí hasta su depósito distante 163 pasos, sin contar los que ya antes habría caminado. La dejó alguna vez y caminó un poco, como si se asegurase de la derrota. Esta se hallaba toda cubierta de pasto a veces tan alto, que la avispa no pudo vencer la dificultad, porque se enredaba la araña con sus patas; pero dando un corto desvío llegó derechamente. El avispillo se va comiendo la araña, y cuando la ha consumido se halla ya en disposición de desembarazarse

de la tierra que le cubría; y de marcharse a volar, sin haber visto a su madre la cual irá naturalmente a criar más hijos en otros lugares, porque yo no he observado que críe más de uno en cada paraje. La especie es muy escasa.

17. La tercera es común, amarilleja y del tamaño que la de España: con la boca hace unos canutillos penetrando las paredes de tapia y de ladrillo no cocido que están al abrigo de la lluvia. En el fondo deposita a su avispillo y le alimenta con gusanos verdes, muertos a picotazos introduciéndolos por la cabeza. Se hallan a veces muchos de estos canutos o agujeros inmediatos, y presumo que cada avispa hace muchos, no los cierra, suministra los gusanos cuando son menester.

18. La cuarta, fabrica con barro tres o cuatro cantarillas esféricas menos la parte por donde están pegadas a las ventanas, resguardadas de lluvia, deposita en el fondo el avispillo, y le va alimentando con los mismos gusanos que la precedente, introduciéndola por el gollete que está arriba, y tiene la figura de embudo.

19. Para mí es cosa singular el que estas cuatro últimas avispas sean tan solitarias, que nunca he visto dos juntas. También es el ignorar quien las fecunda, y el que no tengan panal o domicilio fijo, si no mientras crían. Aun se nota en estas avispas, que el veneno de sus aguijones, preserva de la corrupción pues de no ser así se corromperían en aquellos países tan cálidos las arañas y gusanos picados con que viven algunos días los avispillos hasta que son adultos. Si se hallase un medio de recoger o de imitar semejante veneno, podría esperarse que sería un eficaz preservativo contra la gangrena

y que podría aplicarse interiormente sin riesgo pues los avispillos lo comen en las arañas y gusanos.

20. Como el Paraguay y Río de la Plata no son países fríos, se puede sospechar que la temporada de criar las hormigas sea más larga que en España; por lo menos por ella salen y trabajan las hormigas todo el año, menos tal cual día de frío. Por eso no hallo extraño el que haya a mi parecer allí no solo más especies de hormigas, sino que cada una de ellas tenga más hormigueros y más numerosos en individuos. Se comprueba esta idea sabiendo que viven únicamente de hormigas dos especies de cuadrúpedos grandes y forzudos y aun muchos tatús. Pero también creo que las hormigas van a menos, en razón de la cercanía al Estrecho de Magallanes.

21. La hormiga llamada araraa, abunda infinito en el Paraguay; pues no solo están de ellas llenas los troncos gruesos de los bosques y las maderas cortadas, sino también los delgados si tienen la corteza agrietada. Y como las paredes de las casas campestres son de palos clavados en tierra muy juntos y tapados los intermedios con barro que se raja al secarse, los *araraas* entran y salen sin cesar por todas las grietas. La magnitud del araraa varía bastante en el mismo hormiguero o paraje, y los mayores se acercan en tamaño a las mayores hormigas que he visto en España. Su color pardo oscuro es algo más claro en lo postrero del cuerpo, donde aparenta tener vello. Es la más veloz y camina comúnmente a embestidas, deteniéndose como para observar. Corre los troncos, ramas y paredes y también por el suelo, para ir a buscar otros, y no he visto que acopie alimento, sino que come lo que encuentra, pero no hojas ni semillas. En las casas no sé que toque sino el azúcar, comunicándole mal gusto y olor.

No fabrica hormigueros, ni saca tierra ni madera, y vive en las rendijas. Tampoco forma aquellas procesiones bien ordenadas que otras, ni he visto que tenga alados o aladas; siendo presumible que no las tiene cuando no se las ve acopiar comida.

22. Una de las menores habita dentro de las casas, ya sean estas campestres o estén en las mayores ciudades, aunque ignoro su guarida, y si la tiene fija, como también si acopia víveres, y si tiene aladas. Pero lo cierto es, que obran acordes y que van en procesión adonde encuentran carne, azúcar o dulces, que son las cosas que más les gustan, igualmente que las frutas, más no sé que hagan caso de hojas y semillas. En muchas casas es imposible conservar azúcar ni almíbar, y para precaverlos, los ponen sobre una mesa, y cada pie de esta dentro de un lebrillo de agua. Comúnmente basta esta precaución; pero también he visto que agarrándose unas a otras las hormigas formaban sobre el agua un puente largo un palmo, ancho un dedo y que las demás pasaban por encima a la mesa. Si esta se cuelga, suben las hormigas al techo hasta encontrar las cuerdas y bajan a comer por ellas. También se ha probado, infructuosamente, envolver con lana y orines los pies de la mesa; no pasan por el alquitrán mientras está fresco. Es bueno llevar el dulce a otro cuarto distante por que tardan a encontrarlo; pero si se lleva con él a alguna hormiga, luego van otras.

23. Hay otra hormiga en el Paraguay, no en el Río de la Plata, que estrujada huele mal y por eso la llaman *fairé* que significa hormiga hedionda. Nadie sabe a dónde reside, ni qué es lo que ordinariamente come, porque no se ve sino cuando sale. Lo hace casi siempre de noche y anticipando dos

días a una grande revolución de tiempo, y se desparrama la multitud, ocupando todo el suelo, techo y paredes del cuarto por grande que sea. No dejan cofre, grieta ni agujero que no registren, y en breve rato se comen las arañas, grillos, escarabajos y bichos que encuentran. Si tropiezan con un ratoncito echa a correr; pero si no acierta a salir del cuarto, se le van pegando cuantas hormigas pisa, y sin soltarlo le van comiendo hasta que al fin le sujetan y consumen. Dicen que practican lo mismo con las víboras, lo cierto es que al hombre le precisan a salir de la cama y del cuarto corriendo. Por fortuna se pasan meses y aun años sin que vuelvan a parecer. Me dijeron que para sacarlos del cuarto, bastaba encender en el suelo una cuartilla de papel: lo practiqué y en pocos minutos marcharon sin quedar una. Me ocurrió una vez escupir sobre algunas de las que andaban por el suelo, y huyeron todas en poco tiempo, cosa que repetí después en dos ocasiones con el mismo efecto. Su figura es regular, negra, de mediana magnitud y su cuerpo no tan duro como el común de las hormigas. No la he visto acopiar comestibles, ni sé que tenga aladas e ignoro todo lo demás.

24. Una mediana negrizca y blanduja que se estruja fácilmente, habita únicamente los árboles, con preferencia los frutales y parras, donde sin comer uvas las ensucia con sus excrementos. Me persuado que no tiene otros hormigueros o madrigueras, que no acopia comestibles y que carece de aladas. Aunque sospecho que engendra a unas orugas que se ven en las hojas dobladas.

25. La mayor, que será como tres o cuatro de las más grandes de España, es muy escasa, negra, lindamente manchada de rojo vivo, y tan dura, que es menester fuerza para estru-

jarla. Siempre la he visto ir sola sin conducir comida, y no sé si tiene madriguera común con otras, ni lo que come, ni si tiene aladas.

26. En los terrenos bajos que a veces se anegan, se encuentran montones de tierra cónicos, poco duros, y como de una vara de altura muy cerca unos de otros. Son obra de una hormiguita negrizca, y creo no salen del hormiguero con motivo de comer vegetales ni otra cosa. Las inundaciones las fuerzan a salir, y las de cada hormiguero forman un pelotón arredondeado como de palmo y medio de diámetro y cuatro dedos de grueso. Así se sostienen mientras dura la inundación sobre el agua; y para que la corriente no se las lleve, se agarran algunas a una yerba o palito, hasta que pueden volver a su guarida. Muchas veces las he visto formar puentes como el citado en el número 22. En sus pelotones no se ve una alada, ni es creíble se hayan quedado en unas habitaciones inundadas donde las hormigas no han podido permanecer. Creo que solo comen tierra, y que son las que con preferencia busca el *norumi* para alimentarse de ellas.

27. Otra pequeña rojiza, forma de la tierra que saca un montón arredondeado de más de media vara de diámetro y la mitad de altura: creo coma tierra, pues no he notado salga para comer. Para multiplicar los hormigueros, una colonia de ellas se transfiere de noche por camino subterráneo, fabricado tan superficialmente, que con frecuencia se conoce haberse caído la bóveda. Cuando las *huevas o crisálidas* están ya bien formadas, sacan las hormigas de lo interior motas de tierra y las colocan sobre el hormiguero formando una costra o bóveda tal, que fácilmente la penetran los rayos del Sol para calentar y vivificar dichas crisálidas que colocan

debajo de la costra sin que esta las oprima. Si se observa por la mañana que las crisálidas están bajo la bóveda, no hay que temer el agua aquel día, aunque haya nubes, y creo que la hormiga conoce el tiempo a lo menos con un día de anticipación. Deshaciendo estas bóvedas, he notado siempre que las hormigas no pierden un momento en recoger a los hijos, en reparar el destrozo y en acometer al agresor. Al mismo tiempo se observa que las aladas están como aturdidas sin auxiliar a nadie, ni cuidar de las crisálidas, y que apenas aciertan a ocultarse ellas mismas.

28. La *cupiy* es muy numerosa, blanquizca, bastante grande, de piernas más gruesas y más echadas a fuera que todas, y la más torpe para caminar. Sus madrigueras llamadas tacurús, tienen diferentes formas, según donde están. Si es en árbol (que ha de ser grande, grueso, viejo y algo secarrón), lo fabrica el *cupiy* en el tronco principal o en el de alguna rama muy gruesa, dándole la figura de un tolondrón, negro, arredondeado hasta de 3 palmos de diámetro, y compuesto, por dentro, de innumerables exfoliaciones que separan la multitud de caminos embarnizados, anchos y bajos de techo. Todo esto se construye con la sustancia del tronco. Desde el tacurú principian las galerías del grueso de una pluma, sobrepuestas a lo largo del tronco de las ramas y cubiertas con bóveda de engrudo. El insecto no come las hojas, flores ni frutas, ni las ramitas delgadas, sino los troncos o su sustancia hasta que el árbol cae consumido. Si el *cupiy* se establece en alguna casa, forma del modo dicho el tacurú en una viga y taladrando las paredes de tapia y de adobo crudo, busca otras maderas y las consume, sin que se sepa un medio de ahuyentarle o exterminarle totalmente. Si se fija en cañadas arcillosas, hace el tacurú durísimo de la misma arcilla en media naranja como

de 3 palmos de diámetro y tan cerca unos de otros, que a veces solo distan 3 o 4 varas en dilatadísimas extensiones de campo. Pero si le edifica en lomada de tierra rojiza, el tacurú es cónico como de 5 palmos de diámetro y hasta 6 u 8 de altura, con sus caminos por dentro barnizados de negro. Los tatús se introducen escarbando en los tacurús y se comen los cupiys.

29. Estos nunca salen al descubierto, ni comen sino tierra o madera: sus aladas tienen seis alas, y son muy negras, son mayores que los cupiys con pies más delgados y derechos. Salen a borbollones de los grandes tacurús por una raja horizontal de un palmo abierta a propósito; y en una ocasión me detuve más de una hora sin ver el fin de la erupción. Casi todos los pájaros, incluyendo halcones y gavilanes, comen estas aladas, y también las arañas, grillos, etc.

30. No es creíble que salgan las aladas a buscar comida, porque alimentándose solo de tierra o madera, no pueden faltarles estas donde están. Podría presumirse que son echadas a fuerza por los cupiys a quienes podrían incomodar; pero como se observa que las erupciones preceden siempre a una notable mutación de tiempo, y que las aladas se unen en el aire luego al salir, parece que no salen descontentas, y que su emigración tiene alguna otra causa que la motiva. Sea esta la que fuere las tales erupciones de aladas no tienen por objeto el fabricar otros tacurús, porque son incapaces de semejante operación, porque perecen luego todas o cuasi todas las aladas, y porque los cupiys son los que multiplican los tacurús por minas subterráneas más largas que lo que se debía esperar del insecto; pues una noche noté que salieron

minando en mi cuarto a donde no pudieron llegar sin haber minado a lo menos 18 varas.

31. El *cupiy* puebla millares de leguas cuadradas y parece imposible que haya podido extenderse tanto por medio de sus minas, especialmente cuando se caminan muchas veces algunas leguas sin encontrarlo. Lo mismo puede decirse de todas las hormigas e insectos, principalmente de las moscas, garrapatas, grillos y otra multitud que son comunes a Europa y América.

32. Volviendo a las hormigas, hay otra rojiza y grande, que con la tierra que saca forma un montón en segmento de esfera, cuyo círculo tiene de 4 a 5 varas de diámetro, con una de altura. Aunque de lo dicho puede calcularse la cavidad interior del hormiguero, basta saber que pasando una mula sobre uno que se había ablandado con las lluvias, se hundió de modo que estando en pie, solo se le veía la cabeza desde la distancia de veinte pasos. En la superficie del hormiguero, hay distribuídos multitud de agujeros que miran a todos vientos, y en cada uno principia una senda limpia, ancha 2 pulgadas, y que se extiende rectamente como 200 pasos. Por cada senda va una procesión de hormigas y vuelve cargada de pedacitos de hojas, porque las semillas escasean en países incultos. Siendo las procesiones tantas como las sendas, y todas estas divergentes, es de presumir que en cada hormiguero hay otras tantas sociedades. Caminando en enero por las cercanías de *Santa Fe*, donde abunda extraordinariamente esta hormiga, hallé tal erupción de sus aladas volando que marché 3 leguas entre ellas. En dicha Santa Fe suelen hacer tortillas de la parte posterior de su cuerpo que tiene mucha gordura y buen gusto.

33. Solo en las costas de los bosques y entre los matorrales del Paraguay, he notado que otra hormiga saca tierra roja y haciendo un montón que se endurece mucho y que sobre el montón forma uno o dos tubos de 3 a 4 pulgadas de diámetro largos de 1 a 2 palmos, y verticales, por donde salen y entran las hormigas rojizas grandes que parecen pocas, pues no hacen senda ni forman procesiones. No concibo la utilidad de unos tubos que dificultan la entrada del insecto y facilitan la de la lluvia: ignoro lo demás.

34. Otra también rojiza, grande y poderosa, fabrica en los campos un socavón redondo de una vara de diámetro y como la mitad de profundo. Su boca está enmedio de lo alto, redonda de un palmo, y cubierta solo con grande espesura de pajas largas una pulgada, que permiten la entrada de la hormiga, no la del agua. Acopia muchas hojas verdes en pedazos, y creo que comería semillas y que tiene aladas, aunque no las he notado.

35. Otra mediana y rojiza abunda y hace tales destrozos en las huertas, como que en una sola noche quita todas las hojas de una parra, naranjo u olivo frondoso. Para esto suben unas y despedazando las hojas, las dejan caer al suelo para que otras las lleven al hormiguero. Donde las persiguen mucho como en Buenos Aires, ocultan tanto su guarida, que se encuentra con dificultad. A veces la disponen bajo del piso de los cuartos, taladrando las paredes de las casas que son de ladrillo y barro; y si lo fabrican en el mismo huerto es siempre de noche, muy hondo donde esté menos expuesto a la vista y no haya labor; alejando y esparciendo tanto la tierra que sacan, que nadie puede conocer haya habido excavación.

Todas están ocultas de día, menos una u otra que nada conduce, y abunda mucho en aladas.

36. Aunque creo no haber hablado de todas las hormigas, y aunque mis apuntaciones sobre ellas no estén hechas con el cuidado que las de los cuadrúpedos y pájaros, lo dicho basta a lo menos para entender que su familia merece ser observada, tanto porque sus especies son muchas, cuanto por sus notables diferencias. En efecto las hay que hacen y otras que no hacen hormigueros. Entre estas unas aprovechan las grietas de paredes, y troncos, y otras parecen errantes sin domicilio. Algunas nunca salen de su casa comiendo tierra o madera; y entre las que salen unas acopian comestibles y otras no: aunque muchas tienen aladas las hay que no las tienen.

37. Cuentan de las colmenas de Europa, que cada una tiene una sola hembra llamada Reina o maestra, porque todo lo gobierna y dispone, la cual es fecundada por una multitud de zánganos, y que todos los demás individuos de la colmena son neutros o carecen de sexo; que están destinados únicamente a los trabajos, y a arrojar fuera los zánganos, luego que han cumplido su único oficio.

38. Lo mismo creen algunos que sucede con las hormigas, y que las aladas son las representantes de la citada maestra y sus zánganos. Pero esta idea no puede aplicarse a las hormigas que no tienen aladas ni a las que acopian provisiones. Además que un enjambre que sale de la colmena lleva maestra, operarios y cuanto es menester en el nuevo establecimiento que efectivamente hace; cuando en los de aladas no hay sino individuos inútiles para el trabajo, incapaces de formar un nuevo establecimiento. Así perecen todos, menos los

que tengan la fortuna de introducirse en algún hormiguero sin que se pueda adivinar otro motivo de su erupción que el instinto de ejercitar sus alas.

39. La chinche es desconocida de los indios silvestres, y aun la desconocieron los españoles del Paraguay hasta el año 1769 en que suponen la condujo de Buenos Aires un gobernador en su equipaje.

40. En Buenos Aires abunda infinito la pulga todo el año, no tanto en el verano; pero en el Paraguay solo la he notado en invierno. De aquí deduzco que le es insoportable el excesivo calor, y que quizás no podrá haber pasado de la América del Norte a la del Mediodía.

41. La nigua y pique tan conocida en la zona tórrida americana, existen en el Paraguay; pero no pasa los 29° de latitud. Yo jamás la he notado en los desiertos ni en los cuadrúpedos silvestres, pero luego que el hombre hace su habitación en el campo, se ven muchos piques en la basura; y si en los bosques más lejanos y desiertos establece un beneficio de maderas, se engendran infinitas niguas entre el aserrín y las astillas.

42. La vinchuca es una cucaracha o escarabajo nocturno que nunca he visto al Norte del Río de la Plata; pero que incomoda mucho a los viajeros desde Mendoza a Buenos Aires, chupándoles la sangre. Se llena de ésta su cuerpo oval y aplatado hasta ponerse como una uva; y después de haberla digerido, la expele hecha tinta negra que ensucia indeleblemente la ropa blanca; las adultas son largas media pulgada, y vuelan. En todas las campañas se encuentra un insecto o pequeño escarabajo que estrujado hiede como la chinche. Por

cuatro noches de enero acudieron tantos escarabajos medianos a las casas de Buenos Aires, que al abrir las ventanas al
día siguiente se encontraban los balcones llenos de ellos, y
era menester limpiarlos con escobas y espuertas. Lo mismo
se veía en la calle a lo largo de las paredes donde estaban
entorpecidos.

43. En el Paraguay principalmente hay escarabajos de muchas especies de bellos y ordinarios colores, diurnos y noc-
turnos, de todas magnitudes y algunos grandísimos. No he
notado que se tomen la pena que los de España de hacer
rodar una bola de excremento, sino que escapan debajo unas
cuevas en donde depositan huevos, para que los hijos tengan
pronto la comida. Suspenden la postura de un huevo hasta
que encuentran lugar propio para depositarlos bajo de los
excrementos y de los cadáveres; solo las hembras trabajan en
proporcionar lecho y alimento a su prole; hecho su depósito
se marchan y no le vuelven a ver. También indica esto que
todo lo que toca a la generación y a sus resultas, y quizás a
muchas prácticas de los insectos y cuadrúpedos, penden de
su organización, como el sueño que todos le disfrutan sin
aprenderlo. Su olfato es tan fino, que han acudido muchos
escarabajos, antes de levantarse el que hace sus necesidades
en el campo. Había en el postigo de mi casa un ratoncito
muerto cuando llegó a reconocerle un grande escarabajo, que
volando dio vuelta y encontró entre los ladrillos el lugar más
inmediato donde poder escarbar. Luego rempujando con la
cabeza le condujo, y con prontitud admirable hizo un agujero en que se fue introduciendo el ratón por la cabeza sin
otro impulso que el de su gravedad, hasta quedar totalmente
metido y oculto. El escarabajo se marchó para no volver más
dejando su prole pegada al cadáver. Hay dos escarabajos que

despiden de noche luz: el menor por lo postrero del cuerpo, avivándola más o menos, y el mayor llamado alua, por dos agujeros como ojos que tiene sobre el cuerpo. Tomando con la mano al último, da luz para leer una carta de noche.

44. En las casas, árboles y campos se encuentran en mi juicio, no solo todas las especies de araña que en España, sino aun muchas más, principalmente en el Paraguay. Allí hay una velluda, parda, oscura y larga como 2 pulgadas que tiene dos uñas o largos colmillos huecos. Habita un agujero que escarba en tierra entre el pasto de los campos, barnizándole con una telita sin hacer telar fuera. Cuando se la sorprende fuera de su cueva, se levanta sobre las piernas poniendo el cuerpo vertical y esperando al agresor. Los guaranís la llaman *ñandú* (avestruz) y aseguran que su mordedura no mata, pero que causa hinchazón y fuertes convulsiones. Otra, del tamaño de un grano de culantro, fabrica en el Paraguay, y hasta los 32°, capullos esféricos naranjados de una pulgada; los suelen hilar y tejer, porque aun lavados conservan el color. Pero se advierte en las hilanderas, que destilan agua por los ojos y narices, sin que por esto perciban dolor, incomodidad, ni mala resulta. Otra, se pega de noche sin sentir a los labios y los chupa, resultando una postilla al día siguiente.

45. Aunque las arañas sean generalmente solitarias, hay en el Paraguay una que vive en sociedad de más de ciento. Es negrizca, del grueso de un garbanzo y hace su nido mayor que un sombrero. Se coloca en lo superior de la copa de algún árbol muy grande y frondoso o en el caballete del tejado; siempre con el cuidado de que tenga algún abrigo. De él salen, todo en contorno, muchos hilos blancos, gruesos, fuertes, largos de 20 a 25 varas; que podrían hilarse, y que están

afianzados en las peñas o yerbas de la vecindad. De unos hilos a otros, pasan nueve hilos muy sutiles horizontales y otros verticales, en donde se enredan las moscas e insectos de que viven, comiendo cada una lo que pilla. Si junto a su domicilio pasa una calle o camino, tiene la araña el cuidado de no embarazarlo con sus hilos levantándolos. Todas perecen a la entrada del invierno, dejando en lo más abrigado del nido los huevos que se vivifican en la primavera.

46. En el suelo inmediato a las paredes o a las peñas, donde hay arena seca muy fina al abrigo de las lluvias, se cría el insecto llamado hormiga león, según creo torpísimo para caminar, pero que con una habilidad para mí incomprensible, forma un embudo ancho arriba disponiendo los granos de arena de modo, que si una hormiga u otros insectos tocan el más alto, resbalan todos hasta el fondo, donde reside oculto y solitario el artífice que devora al que resbaló.

47. Hay en el Paraguay un gusano de 2 pulgadas, cuya cabeza, de noche, parece una brasa de fuego rojo muy vivo, y que tiene además a lo largo de cada costado una fila de agujeros redondos por donde sale otra luz más apagada amarillaza. También hay otro muy grande con el cuerpo matizado de matorrales altos de tres a cuatro líneas, negros y perpendiculares a la piel, componiéndose cada una de diferentes ramas, y cada uno de estas tiene cerdas en vez de hojas. En algunos tunales silvestres, se encuentran otros insectos, cuyos nidos suelen recoger para teñir de rojo.

48. En todas partes abundan más o menos alacranes, grillos, cucarachas, gorgojos, polillas, tábanos y mosquitos de muchas especies, moscardones, moscas, gusanos y bichos.

Yo encontré un *ciento pies* largo de 5 a 6 pulgadas, grueso a proporción, y lo corté por enmedio con el sable, admirándome de ver que las mitades caminaron un palmo separándose, volviendo luego a juntarse sin que se conociese la unión, pero no sé si efectivamente se hizo la soldadura. Cuando las garrapatas son muy chicas, están en racimos colgadas de las plantas y ramas bajas, y se pegan al que pasa, causándole una picazón insufrible sin que se vean hasta que están llenas de sangre y se caen. El *tábano* común que creo vive solo vientiocho días, abunda tanto, que suele cubrir totalmente a los caballos y a los hombres; pero un moscardón amarillazo y muy común que cría en agujeros que hace en la arena, come muchos en poco rato. La mosca que depone gusanitos abunda tanto, que es preciso quitar los gusanos a las terneras y potros recién nacidos a lo menos una vez a la semana, para que no perezcan comidos, por el ombligo, en el Paraguay y Misiones, donde tampoco pueden vivir los perros silvestres, porque como se muerden cuando hay perra en brama, perecen todos agusanados. Yo he visto a más de dos hombres sufrir los más violentos dolores de cabeza algunos días, hasta que arrojaron por las narices de ochenta a cien gusanos grandes, de los que esta u otro mosca les habían depositado mientras dormían después de haberles salido sangre por las narices.

49. Las mariposas son muchísimas, bellas y ordinarias, grandes y pequeñas, diurnas y nocturnas. Algunas acuden a la luz con tal abundancia, que no la dejan tener encendida. Otra pardusca grande llamada ura deposita una bala con gusanitos sobre la carne de los que de noche duermen desnudos sin abrigo, que se introducen sin sentir bajo la piel. De resultas aparece como un granito que pica mucho, se hincha

alrededor y comienza a sentirse un dolor regular. La gente del campo que por experiencia conoce lo que es, masca hojas de tabaco, escupe encima, y comprimiendo fuertemente la parte con los dedos, hace salir de cinco a siete gusanos velludos, oscuros, largos media pulgada, sin que haya mala resulta. Padecen algunos en el Paraguay una especie de sarna, que en cada granito tiene un insecto del tamaño de una pulgada; y los extraen uno a uno con un alfiler para que cure el enfermo. De este modo le sacaron una vez sesenta a mi capellán. Parece que este insecto se origina de alguna disposición particular de los humores del cuerpo, como las lombrices del vientre.

50. Aunque hay muchas especies de langostas, y una que al volar parece suena un pequeño cascabel, solo trataré de la que lo devora todo, sin perdonar los trapos de lienzo, lana, seda o algodón ni a ninguna planta que yo sepa, sino la del melón y a las naranjas, aunque come las hojas del naranjo. Es rarísima esta plaga en el Río de la Plata, y también pasan bastante años sin que la haya en el Paraguay adonde arriba a primeros de octubre en bandadas tan grandes, que una me parece un nublado de lejos; y tardó dos horas en pasar. Estas bandadas no hacen mayores destrozos, pues aunque cuando se paran en tierra, lo comen todo, como es poco lo que se cultiva, lo salvan ojeándolo con ramas. Cuando se aumentan tales legiones, ya se sabe que no habrá langosta el año siguiente, sino acaso algunas bandadas como las mencionadas; pero si las legiones se paran en terrenos duros, y las hembras hacen con lo postrero del cuerpo unos canutos depositando en cada uno de cuarenta a sesenta huevos, principia entonces la aflicción. Se avivan los huevos por diciembre y nacen los langostinos negrizcos, que se reúnen en manchas muy apretados

y ensanchan cuando crecen. Mudan después la piel tomando color verdoso con pintas negras, y lo devoran todo sin cesar de comer día y noche. A fines de febrero quitan otra vez la piel, desaparece lo negro, se visten de pardo, y se fortalecen sus alas, si bien aun no vuelan. Entonces cubren el suelo, a veces en tanta distancia, que yo caminé 2 leguas sobre ellos. Finalmente sintiéndose ya con fuerzas, se suben a los árboles y matas cubriéndolas totalmente y están como inmóviles unos sobre otros sin comer a veces en ocho días hasta que llega una noche de su gusto, que ha de ser clara, mejor con Luna y poco viento, y vuelan y se marchan sin que se sepa donde, aunque se presume hacia el Norte. No vuelven sino a lo más en octubre para repetir lo dicho al principio: no creo que el mundo padezca plaga tan mala ni comparable a esta.

VIII. De los sapos, culebras y víboras

1. Solo he oído cantar a una rana como las de España en una lagunita dentro de la ciudad de la Asunción. En aquel país no diferencian los sapos de las ranas, y a todos en general llaman sapos. En el Chaco los hay que pesan algunas libras. Otros grandes no muy torpes ni barrigones, que tienen algo levantadas las orejas al modo de cuernecitos, saltan por aquellos campos bajíos cuando hay humedad. Bajo de los troncos tendidos, suele haberlos medianos a quienes atribuyen un veneno que mata a los perros que los muerden. También les atribuyen expelerlo de lejos a los ojos del hombre que les insulta, y que le ocasiona ceguera y grave dolor por algunos días. Otro, que será de una pulgada de largo, canta sin cesar en todas las albercas y anegadizos con voz fuerte y lastimera equivocable con el llanto de un niño muy pequeño. Otro muy común, blanquizco, del tamaño de la rana de España y tan ligero como ella, no se encuentra en el agua ni en tierra, porque habita en las ramas de los árboles y matorrales, dentro de las hojas del maíz, bajo de las tejas de las casas o entre la paja que cubre los edificios. Sube saltando y agarrándose con las uñas a las cortezas y escabrosidades de las paredes. Su voz es de una sílaba, no desagradable, algo diferente en los sexos que se contestan, pero no se oyen sino cuando ha de llover.

2. En el Paraguay comprenden bajo el nombre boi, a todas las culebras y víboras, porque las consideran sin duda de una misma familia. En efecto unas y otras son tan sensibles al frío, que cuando lo hace se están ocultas, entorpecidas o como muertas, y cuando el tiempo es abochornado por el

viento del norte, salen todas muy expeditas. Ninguna sube a los árboles, sino el curiyu a las ramas muy bajas; ni se internan en los bosques porque no hallarían qué comer; todas habitan los campos principalmente las cañadas donde encuentran más alimento y más facilidad de ocultarse. No obstante yo las tengo a todas por verdaderas anfibias y buenas nadadoras. Para caminar forman curvas horizontales con el cuerpo, y estriban con las escamas de sus costados levantándolas como si fuesen pequeños pies. Se alimentan de huevos, pájaros, ratones, apereás, sapos, pescados, grillos, insectos y también unas se comen a otras. Para pillar la presa, no tienen ni emplean otro artificio que la sorpresa y la sagacidad con que se acercan poco a poco sin ruido y sin que las vean por que no saltan. Si la presa es forzuda, después de hacer presa con la boca, la sujetan enroscándole el cuerpo hasta que la cansan y rinden: entonces principian a tragarla por la cabeza si tiene pelo para que este no embarace la introducción. Les cuesta largo rato el disponer la presa del modo más conveniente para tragarla. Para esto van mudando la boca de lugar poco a poco, facilitándoselo el componerse sus cabezas que pueden apretar unas, mientras las otras avanzan un poco adelante o hacia los costados. Cuando han principiado a tragar la presa, siguen su faena sin espantarse ni hacer caso de que nadie se les acerque como si no viesen ni oyesen: después de tragada, si están satisfechas, se estiran y quedan dormidas. Tal vez ningún animal tiene tantos enemigos como aquellas culebras y víboras; pues las persiguen de muerte sin cesar todas las águilas, gavilanes y halcones, todas las garzas y cigüeñas, las iguanas, el hombre, los frecuentes incendios de los campos y aun ellas mismas que se comen unas a otras como he dicho antes. Para defenderse, apenas tienen más recursos que el de morder y el de esconderse en los agujeros que encuentran hechos o en el agua o entre los pajonales cerrados. Las garzas y las cigüeñas, no gastan tiempo para pillarlas por la ventaja de lo largo del cuello y del pico. Así las cogen por junto a la cabeza, se la mastican un poco hasta aturdirlas y las tragan enteras. Los pájaros de rapiña se acercan de costado, llevando por escudo una ala arrastrando, y procuran picar a la víbora o culebra en la cabeza hasta matarla, comiéndosela luego a pedazos.

3. Aunque las culebras y víboras tengan la propia figura exterior, y les sea común lo hasta aquí referido, difieren principalmente en que las culebras no muerden al que las irrita, y si lo hacen, es sin más resulta de la que tiene una herida común; pero las víboras irritadas, introducen con su mordedura un veneno que mata casi siempre. Aseguran algunos que difieren las víboras de las culebras, en que estas ponen huevos que el calor vivifica, y aquellas paren de cuarenta a sesenta hijos vivos y capaces de subsistir por sí: pero otros dicen que no hay tal diferencia y que las culebras paren como las víboras. No falta quien afirma, que los hijos de las víboras destrozan el vientre de su madre abriéndose camino para salir; pero no lo creo, mucho menos asegurándome un hombre de verdad, que habiendo puesto algunas víboras en un cajón para un enfermo de su casa, parió una *quiririó* cuarenta y cinco hijos y vivía como antes. Voy a decir algo en particular de las culebras.

4. El curuyú es un culebrón que asusta, torpe en tierra, no en el agua, bobo, que no muerde, y que habita en los ríos y lagos o sus inmediaciones, sin pasar, que yo sepa, al Sur de los 31° de latitud. Dicen que sube por el timón a las embarcaciones a comerse las gallinas y la galleta, y que por

el olfato sigue los barcos: más lo que yo creo comerá princi-palmente, son pescados, apereás y acaso pequeñas *nutrias*, quiyás y capibaras, porque son los manjares que tiene más a la mano. Cuando está satisfecho, suele subirse a un arbusto, y colgándose por la mitad de cada lado de una rama, toma el Sol durmiendo. El mayor que he visto sería del grueso de una pantorrilla delgada y larga como 4 varas, bien manchado de blanco amarillazo y de negro: los indios silvestres lo matan y comen con gusto. Yo creo que este culebrón es de quien han hablado las relaciones antiguas de los conquistadores, y que lo han hecho exagerando sus medidas, formando fábulas y cuentos, como lo son decir que los indios lo adoraban, y que lo alimentaban con hombres que tragaban enteros. Siguiendo estas relaciones escribió un gobernador a la corte, estando yo allí, que esta culebra tragaba entero a un ciervo y a un toro con cuernos y todo, y que los atraía de muy lejos con el aliento. Creo que los ingleses interceptaron esta relación del gobernador, y es natural que la hayan despreciado.

5. La llamada por su color boi-hobi es la culebra más flexi-ble y más veloz, larga como una vara, algo delgada a pro-porción, de color verde lustroso y tierno, y solo habita los campos secos.

6. En los mismos habita la llamada *nuazo* por los gua-ranís, que significa gusano del campo. Es algo mayor que la precedente, más gruesa, menos flexible, de mayor cabeza y cuello más delgado, y de color pardo oscuro; es bastante torpe.

7. A otra llaman *víbora de dos cabezas* y suponen que indi-ferentemente camina por ambos lados; pero no tiene dos ca-

bezas ni camina para atrás, ni la creo víbora ni aun culebra, sino más bien una especie de lombriz o gusano de la tierra. Será larga palmo y medio, y del grueso del dedo pulgar: la cabeza termina en hocico bastante agudo, y el cuerpo acaba repentinamente sin tener cola. El color es plateado, lustroso y sin las escamas que las demás, ocasionándola este defecto el ser muy torpe. Aseguran y creo que vive en galerías subterráneas que me mostraron, y eran largas, bastante profundas y no más anchas de lo preciso. Sale rara vez, y aunque parece que solo comerá tierra y lombrices comunes, una pilló por el pie a un pollo muy pequeño que casualmente lo había metido en la boca de su agujero y hacía fuerza para entrarlo. No sé cómo se multiplicará aunque hay bastantes en el Paraguay, sin pasar los 30°. Voy a indicar las víboras.

8. La mayor y de las más comunes, es la *ñacanina* en el Paraguay: su longitud de 8 a 9 palmos, del grueso de la muñeca, la cabeza grande, cuello delgado, color pardo claro. Habita, los campos, y es la más activa y tan ligera, que salta a veces a morder el estribo o pierna del que le pasa cerca: para esto se enrosca y se apoya con la cola. Una vez la encontré tragando por la cola a la culebra del número 6, sin que esta la mordiese ni hiciese otra cosa que esforzarse inútilmente a escapar. La *ñacanina* es la menos ponzoñosa del país.

9. La *quiririó* es conocida de algunos españoles por *víbora de la cruz*, figurándose que tiene una en la frente. Su cuerpo como de 3 palmos, grueso a proporción, la cabeza abultada, cuello delgado, y la librea bien matizada con labores negras. Es de las más comunes, y no es muy raro introducirse en los cuartos como que al irme a dormir vi que un *quiririó* estaba en la cama colgando un pedazo. Algunos creen haber expe-

rimentado que en hallando a un *quiririó*, han de encontrar a otro en el mismo sitio antes del tercero día, porque se siguen los sexos por el olfato; es de los más torpes y ponzoñosos. Hay otra víbora diferente a quien llaman también *quiririó* atribuyéndola el mismo veneno, pero no la conozco.

10. Solo una he visto de las que los guaranís llaman *boi chiní* y los españoles víbora de cascabel. La hallé muy torpe y larga más de 4 palmos, parda clara, amarillaza, manchada de negro, y de cuerpo fornido no bien redondo, sino prismático triangular que termina con una especie de sonaja muy conocida, a la que aluden sus dos nombres. Su ponzoña pasa por muy activa; pero en mi tiempo no supe que hubiese mordido a nadie porque es muy escasa.

11. Aunque no la he visto me aseguraron había otra víbora de una vara, oscura, tan aplastada en su longitud, que parece una correa, a lo que alude su nombre de boi pé; pero que cuando la irritan se hincha y vuelve redonda. La suponen de las más ponzoñosas.

12. Ningún veneno es tan activo como el de la ñanduri no obstante de que solo tiene palmo o poco más, y el grueso de una pluma de escribir. Su librea es pardusca y su velocidad poca. No abunda y vive comúnmente en los campos que tienen matorralitos, mas no lo he visto al Sur de los 28°.

13. Los españoles llaman *víbora de coral* a la que los guaranís denominan *boi chumbe* que significa *víbora de las fajas*. No la he visto en el Paraguay y es boba y torpe: en cuanto al veneno, no tengo experiencia, pero unos dicen que no lo tienen y que es culebra, otros que lo tiene el más activo,

y aun hay quien dice inverosímilmente que no muerde sino que clava la punta de la cola. Es larga una vara, redonda y bellamente vestida de fajas, una blanca amarillaza, otra muy negra, y otra roja muy viva: así sigue al través de todo el cuerpo y de la cabeza.

14. Aunque creo no haber indicado todas las especies de víboras, digo en general de ellas que ninguna muerde sino para defenderse estando hostigada o temerosa, sin buscar voluntariamente a nadie: como que muchas veces las encontré debajo de las pieles de vaca tendidas en el campo donde se habían introducido de noche mientras dormían sobre ellas. Tampoco son temibles, estándose uno quieto, cuando de noche se sienten pasar sobre el cuerpo. Cotejando el veneno de mis víboras, creo que su actividad está en razón inversa de la magnitud, porque el de la *ñacanina* que es la mayor, no mata siempre, y nadie escapa del de la ñandurié que es la menor. La misma actividad ponzoñosa parece está en razón directa de la torpeza de las víboras; pues la *quiriró*, chini y ñandurié son más torpes y ponzoñosas que la ñacaniná que es la más ligera; como si fuese natural que las más pesadas tuviesen más defensa en la mayor actividad de su ponzoña. Pende también esta actividad, y mucho de lo más o menos irritada que está la víbora, y del calor de la estación; porque cuando hace frío apenas muerden ni tienen veneno. Aun parece pender la actividad de la ponzoña del sujeto mordido, pues los caballos y los perros perecen a las tres o cuatro horas, y el hombre no muere hasta dos o tres días: hay quien cree que hace menos estragos en los indios que en los españoles y africanos, añadiendo que mueren rara vez los hombres muy enfermos del gálico.

15. Mis precauciones contra las víboras, fueron llevar buenas botas, porque aseguran que cuando las pasasen los colmillos no penetraría el veneno. Caminaba además a pie lo menos que podía por los campos llenos de pasto, y cuando era preciso apear a comer o dormir, juntaba ante todas cosas mi caballada y vacas y les hacía dar muchas vueltas pisando el terreno donde me quería fijar para que hiciesen mover y salir las víboras que hubiese, y las mataba: no conocen allí específico contra tales venenos. Sin embargo a unos hacen beber aceite si lo tienen: a otros aplican fuego en la mordedura, o media cebolla bien caliente cortada horizontalmente: a otros les chupan mucho la herida y a otros les atan lo mordido con una correa de cuero de un ciervo llamado *guazuti*. Pero mueren los más, y entre los que sanan quedan algunos con el juicio no cabal. Es de extrañar se críen tantos venenos en un país que no conoce la rabia o hidrofobia. En cuanto a los lagartos, me refiero a lo que escribí en mi obra de los cuadrúpedos de que hablaré en el capítulo siguiente.

IX. De los cuadrúpedos y pájaros

1. Tenía yo escritos bastantes apuntamientos sobre los cuadrúpedos del Paraguay, y Río de la Plata, y deseando saber si merecían algún aprecio los envié a Europa, para que sobre ellos diese su dictamen privadamente algún naturalista. Pero prohibí su publicación, porque no se me ocultaba, que su parte crítica estaba hecha muy deprisa, y porque en los viajes que iba a emprender me prometía adquirir nuevos cuadrúpedos, aumentar noticias más exactas de los que ya tenía, y en fin perfeccionar mi obra con nuevos datos y más reflexión. Sin embargo se publicaron en francés mis apuntaciones incompletas y, defectuosas como estaban sin mi noticia y contra mi voluntad expresa; por consiguiente no me creo responsable de sus errores. Vuelto a España y antes de leer la citada traducción francesa, publiqué en español mis apuntamientos para la historia natural de los citados cuadrúpedos aumentada y corregida en dos tomos, pero como después en el año 1803 vi el gabinete nacional de París y traté allí con varios naturalistas célebres, he conocido que la parte crítica de mi obra tiene algunas equivocaciones que confesaré aquí francamente, anotando aquellos de mis cuadrúpedos que he reconocido en dicho gabinete. Por lo que hace a mis apuntamientos de los pájaros del Paraguay y Río de la Plata que publiqué en tres tomos en castellano, me dicen se ha traducido y publicado en francés ocultando mi nombre, como si quisiese el traductor pasar por autor de ella, o privarme del honor que el mismo me hace, juzgándola digna de merecer lugar entre los libros franceses.

2. En el citado gabinete hay dos cuadrúpedos de mi número 1° con el nombre de *tapir*. El de número 448 tiene a lo largo del cuello el filo que al otro le han suprimido erradamente. El del número 452 es mi número 2 que lleva el nombre de *pecari de Guienne*: y el del número 453 es mi número 3 con el nombre de *pecari*. Junto al daimblanc del número 487 se halla en el propio gabinete un ciervo rojo, que me parece ser mi número 6 no adulto.

3. Los varios *tamanoirs* del número 429 del mismo gabinete son mi número 8 ninguno adulto. El *tamanduó* del número 432 es mi número 9 macho cuyos colores han perdido bastante; y el del número 431 que lleva el propio nombre, las mismas formas y magnitud siendo todo negro, se puede presumir que sea una variedad que no he visto, o tal vez especie pintado, o diferente en realidad. Yo presumí hablando del número 9 que podría ser un no adulto de la misma de *fourmillier* de Buffon: pero habiendo visto algunos de estos en aquel gabinete creo que mi presunción fue errada.

4. Buffon y Daubentou describen a la *pantera, onza y leopardo*, notando aquel lo mal que han obrado otros naturalistas confundiendo estas tres fieras africanas entre sí y con otras de América. Pero también dichos señores embrollaron a mi *yaguareté* del número 10 con el chibignazú del número 13: y en el Paraguay hay quien crea haber allí una onza y dos yaguaretés todos diferentes entre sí y del negro, y quien no crea haya tal onza ni dos especies de yaguaretés además del negro, según anoté en mi obra. De esta variedad de opiniones infiero la grande dificultad que habrá en conocer y distinguir tales fieras, y mientras los naturalistas aclaran tantas dudas, diré mi parecer. Yo vi tres individuos vivos en la casa

de fieras de París: uno con el nombre de *panthere male*: y otra con el de *leopard male*, y el tercero sin nombre que acaba de llegar de América. Los tres me parecieron yaguaretés menores que el descrito por mí, a pesar de algunas diferencias en el colorido. Verdad es que el tener el último los brazos más robustos, me hace temer pueda ser de la especie llamada allá *yaguareté popé* y los otros dos de la especie llamada *yaguareté* simplemente que tal vez será 9 pulgadas más corto. También creo que la descripción de la Pantera africana de Buffon, pertenece a mi *yaguareté*; y que lo es no adulto, el individuo del citado gabinete número 249. Igualmente me lo parece la *panthere de Santo Domingue* del número 253 y no extrañaría lo fuesen las de los números 250 y 251 a pesar de sus anillos menores y más juntos.

5. En el mencionado gabinete de París, número 268, se ve mi número 12, con el nombre de *couguar* y mi número 13 en los números 261, 263 y 264 con el de *ozelot*. No me admiraría lo fuesen también los dos *chatservals* del número 254 pero lo que no tiene duda es que el número 289 es de mi *yaguarundi* número 16. En mi obra página 165 y siguiente me figuré fuesen mi número 18, el gato silvestre y el *airá* de Buffon; pero hoy estoy por la opinión contraria.

6. El número 203 del mismo gabinete, tiene dos fieras muy desfiguradas, llamadas *marte tairá* que son la de mi número 19. En mi descripción de esta se ve, que me parecieron de la misma especie el *pekan* de Buffon, el tairá de Barrere, y la petitte *fuinne de Guicime* de Buffon; pero hoy me inclino más bien a que no lo son.

7. Mi número 20, se ve con el nombre de *marte grisson* en el propio gabinete, número 201 y 202. La *mouffette de Chili*, número 237, solo discrepa de mi número 21, en que lo blanco de la frente y cuello es mucho más ancho de lo que yo he visto.

8. En la sala donde se preparan los animales para el gabinete de París, vi un buen esqueleto de mi número 22, y en el mismo gabinete, números 298 y 299, hay tres llamados *Didelphis manicu virginensis* que tienen muchas aparentes relaciones con el mismo. Verdad es que los creo diferentes, porque en ellos domina mucho más lo blanco sin amarillo, porque sus caras son mucho más blancas sin notárseles negro en el caballete del hocico, ni entre las orejas, ni en el cogote, ni apenas en el ojo; porque su vestido parece más tupido y menos débil; porque sus pelos blancos son más cortos, corvos y espesos, y porque uno de ellos tiene orejas totalmente negras. Allí mismo creo que está mi número 23, sin nombre ni número, y es el décimo contando de la derecha a la izquierda del que mira a la fila de los *Didelfos*, pero en la sala preparatoria vi otro llegado de Caiena de quien *mister* Geoffroi me aseguró haber visto hembras de su especie que no tenían la bolsa que las de mi número 22. El *Didelphis crabier* del número 297 me parece ser mi número 24. En la citada fila de *Didelfos* los dos llamados tonan que no tienen número, son de mi número 26; y los cuatro que le siguen de diferentes edades sin nombre ni número y no contando los de sobre la madera, me parecen mi número 27. En verdad que a primera vista los creí número 25; pero mudé de parecer notando que la mancha sobre el ojo es larga, y no redonda, que no tienen línea oscura vertical en la frente, ni blanco en lo anterior de los brazos, y que la magnitud y proporciones se

acercan más a las de mi número 27. Habiendo pues visto en dicho gabinete muchos fecundos que no conocía, confieso el error en que estaba figurándome que los conocía casi todos o a lo menos las especies grandes: y como en este error y el de la hembra de mi número 25 tenía bolsa en el vientre, fundé parte de mis críticas sobre los fecundos, confieso igualmente que tales críticas no son muy sólidas, y que será lo mejor que algún naturalista las rectifique.

9. En el mencionado gabinete número 278, lleva mi número 29, el nombre de *renard tricoleur*, y los números 197 y 198 son el 30 de mi obra, aunque con el nombre de *raton crabier*. Igualmente so encuentran allí muchos *cuatés* no adultos y los números 188 y 186 son de la variedad que describí en el mismo número 31.

10. Habiendo visto de lejos algunas *nutrias* grandes que sacaban la cabeza ladrando en los ríos, dudé si eran adultos los ocho individuos menores al parecer, que tuve presente para formar la descripción de mi número 32; porque a todos los tuve por de la misma especie. Después vi una piel que aunque muy estropeada, manifestaba ser de una nutria mucho mayor que dichos ocho individuos, y entré a dudar si sería de diferente especie que los citados. Últimamente en el número 232 del gabinete de París vi a la *saricoviana* de Buffon que cotejé con mi descripción, número 32, encontrando que aunque tienen identidad de formas, la del autor es mucho mayor; lo pajizo bajo de la cabeza se prolonga anchamente hasta el pecho, y el pelo no es tan perpendicular a la piel ni tan suave, tirando a acanelado, como suelen las pieles viejas. Mas no por eso mudé de parecer en cuanto a las *nutrias* de Barrere, Brisson, Gumilla, Thevet y Steller, sino en cuanto a

los demás; esto es que todas las que ladran como la de Maregrave, me parecen ser la *saricoviana* de Buffon; lo mismo
que la mayor de Laborde, y las de Aublet y Olivier; aunque
presumo que estos le dan el peso de mi capibara. En cuanto
a la 2ª de Laborde quizás será mi número 33 y la tercera mi
número 32. Las últimas noticias que refiere Buffon, las creo
embrolladas; porque atribuye los ladridos a la *saricoviana*;
y el vivir en sábanas y pillarlas el *yaguareté* no son cosas de
ellas sino de, mis zuiya y capibara.

11. En el número 337 del gabinete de París puede verse
un individuo joven de mi número 34 que lleva el nombre do
caviai paca. Allí mismo, número 339, hay dos de mis acutís
llamados *caviai agouti* y con el número 341 otro que también
me lo parece: pero como lleva el nombre de *caviai acouchi* y
Buffon los hace especies diferentes, parece prudente suspen-
der el juicio sobre la identidad, sin perjuicio de lo que dije
sobre ella en mi número 36. También se halla en el mismo
gabinete número 333, con el nombre de cavia *cobaia* un *ape-
reá* doméstico.

12. Comparando mi número 41 con el *coendon* del número 328 del citado gabinete encontré que este tenía las espinas
más espesas, gruesas, fuertes y largas, los bigotes doblemente
largos y gruesos que los del mío. Ademas no le noté pelos
entre las púas, y me pareció mayor. Agrega Daubentou al
coendon un dedo más en el pie, 5 pulgadas más de cuerpo y
diferente color a las puntas de las púas, resultando de todo
el creer que mi cuy era el citado *coendon*. Por consiguiente
los dos *Histrix* de Barrere podrán ser dichos cuy y *coendon*.
Lo propio digo de los de Brisson, aunque no les conviene la
cola delgada y corta que les da. Creo también que dichas dos

especies existen en Guayana, y que la primera de Laborde es mi número 9.

13. El *geant* número 14 del propio gabinete, es mi número 53; pero le faltan las mayores uñas y los colores naturales. El *euconbert* del número 415 es mi número 54, pero no adulto, y le faltan orejas, cola y cuatro pies. El *kabasson* del número 420 es mi número 55. El *cachicamé*, número 417, son dos individuos adultos de mi número 57 pero les falta el color natural: y el *apar*, número 416, es mi número 60 cuyas conchas han perdido el barniz. En el gabinete de Madrid hay algunos de mi número 59.

14. En el número 61 creí con Buffon que su *variná* y *alucitá* eran una especie, y los tuve por mis *carayas* macho y hembra; pero hoy creo que los citados de Buffon son dos especies: esto es el *variná* caraya, macho, y el *alucitá* otra que podrá ser mi número 62. Estoy pues persuadido de que el *variná* de Buffon y de Abbeville, el *guaribá* de Brisson y de Maregrave, el *parsitus* de Lineo, los de Gentil en la isla de San Gregorio, los de Oexmelin en el cabo de Gracias a Dios, y los de Laiondamine y Binet son todos carayás machos: que el arabatá amarillo de Gumilla era un albino quizás de la misma especie; y que los alucitás barbudos de Barrere y Brisson, son carayás hembras, o machos no adultos. Pero hoy dudo, mucho que lo sean los que Dampierre pone en Campeche, y creo que el *coaita* de Buffon no es un carayá. Igualmente creo son carayás el *zuoaita* de Barrere, el Mico araña de Edwards, los barbudos del Marañón de Abbeville y del Panamá de Dampierre. Los que este dice son blancos, pueden ser carayás o cays albinos. Aun me inclino a que el caitayá del Brasil es carayá, y a que

no lo son el chamek del Perú, y los que según Brisson tienen blanquizco el pelo en las partes inferiores.

15. Si los *sai* y *sajú* de los números 8 y 9 y los saimirís números 12, 13 y 14, todos del citado gabinete, son los que describe Buffon, confieso que erré creyéndolos mi número 62, mas no por eso dejo de presumir que la nomenclatura de los citados micos está muy embrollada por Buffon, porque me parece que los sin barbas del Panamá de Dampierre, el coinasa de Abbeville, los sajús pardo y cornudo de Brisson y los llorones de Gentil y Troyer, son todos mi cay: aunque dudo lo sea el *capucina* de Lineo. Los caitaias de Maregrave parecen mi cay: pero el primero albino, como el sapajú amarillo de Brisson. En cuanto al cay de Leri le tengo por carayá albino.

16. Habiendo visto al Saki en el citado gabinete número 15 conocí que no era mi número 63 y que tampoco lo es el de Brisson. Pero sin comprender si lo es o no el de Maregrave, me inclino a que es mi *mariquiná* el sakec de Browun. En el propio gabinete número 17 hay un tití no adulto de mi número 64 con el nombre de *sagouin ouistití*.

17. He dicho que en castellano había publicado la descripción de cuatrocientas cuarenta y ocho especies de pájaros de aquel país, sin contar trece de murciélagos que uní a mis cuadrúpedos. En la misma obra anoté los descritos por otros, procurando enmendar sus equivocaciones; y refiriéndome a dicha obra diré aquí solo alguna cosa que no se anotó entonces.

18. No faltan pájaros que se encuentran al Mediodía de determinadas latitudes geográficas, y no más al Norte. También hay muchas especies comunes a los dos mundos, o que parecen serlo, por tener identidad de colores, formas y magnitudes, pero muchos de ellos no sufren el frío de las cercanías del polo boreal, donde se presume que están más próximos los continentes.

X. De los indios pampas

1. Aunque el hombre sea incomprensible y más el indio silvestre, porque no escribe, habla muy poco en idioma desconocido, al que tal vez faltan cien veces más voces de las que tiene, y porque no opera sino lo que le ordenan las pocas necesidades que experimenta: con todo como el indio por más bárbaro que sea, es la parte principal y más interesante de América, creo deber poner aquí algunas observaciones que hice sobre bastantes naciones de indios silvestres o libres que no están, ni jamas han estado sujetas a los españoles, ni a ningún imperio. No seré difuso por no fastidiar, y me limitaré a lo que permiten mi poco talento y menor perspicacia.

2. He vivido largas temporadas con algunas de aquellas naciones y con otras menos: aun hablaré tal cual cosa de algunas que no he visto, valiéndome de las mejores noticias que pude procurarme. De modo que me he propuesto hacer saber el número y la situación de casi todas las naciones que hay y ha habido en aquel país, para que se puedan entender y corregir las relaciones antiguas. Estas, como hechas por los conquistadores, multiplican el número de naciones y de indios, con la idea de dar esplendor a sus hazañas. Los historiadores que han copiado dichas relaciones, no las han corregido ni se han propuesto describir aquellas naciones. La mayor parte de las relaciones e historias convienen en asegurar, que casi todas las citadas naciones eran antropófagas, y que en la guerra usaban de flechas envenenadas; pero uno y otro lo creo falso, puesto que nadie de las mismas naciones come hoy carne humana, ni conoce tal veneno, ni conserva tradición de uno ni otro, no obstante de estar en el pie de

que cuando se descubrió la América, y de que en nada han alterado sus otras costumbres antiguas.

3. Llamaré nación a cualquiera congregación de indios que tengan el mismo espíritu, formas y costumbres, con idioma propio tan diferente de los conocidos por allá, como el español del alemán. No haré caso de que la nación se componga de muchos o pocos individuos; porque esto no es carácter nacional. Para certificarme de la diversidad de idiomas y de naciones, me valí de los mismos indios y de españoles que entendían las lenguas *albaya*, *payaguá* y otras, o que habían tratado con muchas naciones; resultando de sus relaciones, que los idiomas que diré ser diferentes, no tienen una palabra común, ni pueden los más escribirse con nuestro alfabeto, siendo muchos narigales, guturales y en extremo difíciles.

4. Todas las naciones son más o menos errantes, sin pasar por lo común al distrito de otras, ni aun al espacio desierto que media entre ellas. Así cuando se señale el sitio de su habitación, será para hacer conocer el centro de su destino.

Nación charrúa
5. Tiene idioma muy narigal, gutural y diferente de todos. En tiempo de la conquista corría la costa septentrional del Río de la Plata desde Maldonado hasta cerca de la boca del río Uruguay, extendiéndose por los campos como 30 leguas hacia el Norte *yaro*, mediando un grande desierto hasta entrar por el Norte algunas divisiones o pueblos de indios tapes o guaranís.

6. Los charrúas mataron a *Juan Díaz de Solís*, primer descubridor del Río de la Plata, sin comerle como dice equivoca-

damente Lozano, lib. 2, capítulo 1. Con este hecho principiaron una guerra, que aun dura hoy sin haber tenido tregua, y queha costado innumerables muertes. Desde el principio quisieron los españoles fijarse en su país, haciendo algunas obras en la colonia del Sacramento, luego un fuertecillo y enseguida una ciudad en la boca del río de San Juan, y después otra donde el río de San Salvador entra en el Uruguay. Pero todo lo destruyeron los charrúas, quienes aunque no pudieron embarazar el que los portugueses se fijasen el año de 1679, en la isla de San Gabriel y en la costa inmediata a la colonia del Sacramento, nunca les permitieron salir un paso de sus murallas. Cuarenta y siete años después se edificó el fuerte y ciudad de Montevideo, cuyos valientes españoles rempujaron a los charrúas hacia el Norte a costa de mucha sangre.

7. Poco antes del último año citado, exterminaron los charrúas las dos naciones llamadas *yaros* y *bohanes*, y tal vez habrían practicado lo mismo con la de *minuanes*, pero hicieron alianza y estrecha amistad con ellos para sostenerse y atacar a los españoles que acababan de principiar las obras de Montevideo. Hiciéronlo en efecto muchos con valor y suerte varia, hasta que creciendo mucho los reclutas españoles y teniendo un diestro y valiente caudillo, forzaron a los charrúas a alejarse hacia el Norte, dejando muchos campos libres que poblaron los de Montevideo con dehesas o estancias de ganados, ganándolas y sosteniéndolas a costa de mucha sangre. Últimamente una porción de charrúas y de minuanes forzada por los españoles, se ha incorporado a los pueblos más centrales de las Misiones del Uruguay, y otra está hoy tranquila en la Reducción de Caiasta. Pero otra porción que hay libre por los treinta y treinta y un grado de latitud, hade la guerra a sangre y fuego a veces a portugueses y siempre

a los españoles; como que de las partidas que yo enviaba de cincuenta y cien hombres, me mataron muchos soldados.

8. El arma de los más, es una lanza de 4 varas con la moharra de fierro, comprada a los portugueses cuando están en paz. Otros usan las flechas comunes y cortas que llevan en carcax a la espalda y jamás han conocido las bolas del número 43 como dice Barco, Canto 10. Crían yeguas y caballos montando en pelo los varones, y usando freno de fierro, si lo han podido robar o comprar: las mujeres usan enjalma muy sencilla, y montan con las piernas abiertas. A nadie presta su caballo el charrúa, sino a sus hijos y mujer, esto cuando tiene muchos: porque si tiene uno solo, le monta él, y hace le siga a pie toda su familia, y que lleve a cuestas todos sus muebles.

9. Cuando han resuelto una invasión, ocultan las familias en algún bosque, y anticipan 6 leguas a lo menos algunos *bomberos* o exploradores bien montados y separados. Estos adelantan con suma precaución. Se detienen a observar y van siempre echados a la larga sobre los caballos dejándolos comer para que si los ven se crea que los caballos están sin jinetes. Con esta mira no usan freno, sino que atan la mandíbula inferior con una correa, de la que salen dos que sirven de riendas. Como nos aventajan mucho en la extensión y perspicacia de la vista y en el conocimiento de los campos, logran observar nuestros pasos sin ser descubiertos. Cuando llegan a una o 2 leguas del objeto que quieren atacar, traban sus caballos al ponerse el Sol, y se aproximan a pie agachados y ocultos con el pasto para imponerse bien de la casa o campamento, de sus avenidas y avanzadas, centinelas, caballada etc. Los mismos reconocimientos y precauciones usan en todos sus viajes; aun cuando piensan no atacar, siguen

siempre sus bomberos a los españoles, si los hay en campaña: de modo que, aunque no se vea un indio, debe el que manda tener por cierto que le cuentan todos los pasos, y que será atacado si no le preservan sus precauciones; cuales son estar quieto de día y marchar de noche. Además debe tener partidas avanzadas que observen, si el ganado vacuno principalmente el silvestre huye, o si los caballos cimarrones atacan en columnas, porque sucede lo primero cuando se acercan jinetes, y lo segundo cuando se aparecen caballos mansos con pasajeros.

10. Bien impuesto de todo los bomberos, vuelven a dar el aviso: pero si han sido descubiertos, escapan con rumbo opuesto del que trae su gente, y no hay que esperar alcanzarlos porque llevan caballos superiores, y en pelo que corren más que con aparejo. Hecha la relación a su tropa, determinan si les conviene más desviarse de la derrota de los españoles, o atacarlos. En este caso se reparten según los puntos que se proponen, marchando despacio pero en llegando a tiro, gritan dándose palmadas en la boca, y se arrojan como rayos, matando irremisiblemente cuanto encuentran, menos a las mujeres y a los muchachos menores de como doce años. Los despojos son del que los coge porque nada reparten. El que pilla mujeres o niños, los lleva a su toldo o choza, y los agrega a su familia, para que le sirvan, dándoles de comer hasta que se casan. Entonces si es mujer se va con su marido, y si es varón forma familia y casa aparte, quedando tan libre e independiente como si fuese charrúa, y es reputado por tal. Esta libertad y nueva vida acomoda tanto a los cautivos, que es raro quieran volver a estar con sus padres y parientes. A esto alude Rui Díaz, lib. I, capítulo 3, diciendo que son humanos con los cautivos. Aunque los citados ataques son poco

antes del alba, también los hacen de día si advierten inferioridad, miedo o mala disposición en el que manda. No ignoran el hacer ataques falsos, emboscadas oportunas y fugas fingidas: y como llevan ventaja en lo jinete y en los caballos, no se les escapa ninguno de los que se separan para huir, ni de los que vuelven la espalda en retirada. Por fortuna no continúan la victoria y se contentan, logrado el primer golpe: de no ser así, quizás las campañas al Norte del Río de la Plata no estarían aun pobladas de españoles. Barco, canto 10, dice falsamente, que desollaban la cara a los enemigos muertos, y que por cada uno se daban una cuchillada.

11. La experiencia ha hecho conocer, que es muy bueno cuando acometen, echar pie a tierra, y esperar bien unidos delante de los caballos del diestro sin disparar sino uno u otro tiro de muy cerca. Solo así respetan las armas de fuego, y se retiran después de haber hecho algunas morisquetas, porque si la descarga es general, no dan lugar a segunda, y todo perece. Quizás han derramado los charrúas hasta hoy más sangre española que los ejércitos del Inca y de Motezuma, y sin embargo no llegan en el día a cuatrocientos varones de armas. Para sujetarlos se han despachado muchas veces más de mil soldados veteranos ya unidos ya en diferentes cuerpos; y aunque se les ha dado algunos golpes, ellos existen y nos hacen continua guerra. Nos llevan muchas ventajas, en lo jinete, en la economía, cuidado y descanso que procuran a sus caballos; en montar en pelo, en no llevar equipajes ni víveres, comiendo lo que encuentran, en pasar más tiempo sin comer ni beber; en soportar mejor toda especie de fatigas y trabajos, y en no detenerse por embarazos de ríos, lagos ni esteros o cenagales. Mas no son ni han sido tan veloces a

pie que pillen a correr los ciervos y avestruces como quiere Barco, canto 10.

12. Regulo la estatura media de los Charrúas una pulgada superior a la española; pero los individuos son más igualados, derechos y bien proporcionados, sin que entre ellos haya contrahecho o defectuoso, ni que peque en gordo ni en flaco. Son altivos, soberbios y feroces; llevan la cabeza derecha, la frente erguida, y la fisonomía despejada. Su color se acerca tanto o más al negro que al blanco, participando poco de lo rojo. Las facciones de la cara varoniles y regulares; pero la nariz poco chata y estrecha entre los ojos. Estos algo pequeños, muy relucientes, negros, nunca de otro color, ni bien abiertos. La vista y el oído doblemente perspicaces que los de los españoles. Los dientes nunca les duelen ni se les caen naturalmente aun ten la edad muy avanzada, y siempre son blancos y bien puestos. Las cejas negras y poco vestidas. No tienen barbas, ni pelo en otra parte, sino poco en el pubis y en el sobaco. Su cabello es muy tupido, largo, lacio, grueso, negro, jamás de otro color, ni crespo, ni se les cae: solo encanece a medias en edad muy avanzada. La mano y pie algo pequeños y más bien formados que los nuestros: el pecho de las mujeres no tan abultado como el de otras naciones de indios.

13. No se cortan el cabello, y las mujeres le dejan flotar libremente: pero lo atan los varones, y los adultos ponen en la ligadura plumas blancas verticales. Las charrúas y todas las indias que conozco, y aun las mulatas del Paraguay, buscan los piojos y las pulgas con afición y gusto, por el que a ellas les resulta de tenerlos un ratito pataleando en la punta de la lengua sacada de la boca, y de comerlos y masticarlos después. Los varones no se adornan con pinturas ni las mujeres

usan sortijas, arracadas ni adornos, pero el día que aparece la primera menstruación, las pintan tres rayas azules oscuras: la una cae verticalmente por la frente desde el cabello a la punta de la nariz siguiendo el caballete de esta, y las otros dos una al través de cada sien. Estas rayas son indelebles; porque las ponen picando la piel y poniendo arcilla negrizca. A pocos días de haber nacido un varón charrúa, le agujerea la madre el labio inferior de parte a parte a la raíz de los dientes, y en el agujero le introduce la insignia viril que es el *barbote*, que no se quita en toda la vida ni para dormir, sino para poner otro si se rompe. Es un palito de más de medio palmo con dos líneas o la sexta parte de una pulgada de grueso hecho de dos piezas. La una tiene cabeza como clavo, ancha y plana en un extremo para que no pueda salir por el agujero en el cual la meten de modo que la cabeza toque la raíz de los dientes, y la otra extremidad apenas salga fuera del labio. La otra pieza más larga del barbote se introduce a fuera, y se afianza en un agujerito que tiene la primera en la punta exterior.

14. Por allá llaman *toldo* a la casa o habitación del indio silvestre, y *toldoría* al pueblo o conjunto de muchos toldos. El charrúa o más bien su mujer, corta tres o cuatro varas verdes poco más grueso que el dedo pulgar, y las dobla clavando entrambas puntas en tierra. Sobre estos arcos apartados unos de otros, tiende una piel de vaca, y queda hecha la casa o toldo para un matrimonio y algunos hijos; pero si estos no caben, hacen al lado otro. Entran como los conejos y duermen boca arriba sin almohada, como todo indio silvestre, sobre una piel. Es ocioso decir que no conocen sillas, mesas, etc., y que sus muebles son casi ningunos: hacen la cocina fuera de casa.

15. Nadie cubre la cabeza y los varones van totalmente desnudos sin ocultar nada; pero para abrigarse cuando hace mucho frío, suelen tener una camiseta muy estrecha de pieles sin mangas ni cuello, que no siempre llega a cubrir el sexo. Los que en la guerra han pillado un *poncho* o sombrero se sirven de este contra el Sol muy ardiente y de aquel en vez de la camiseta. El poncho es un pedazo de tela muy ordinario de lana, ancho como 7 palmos, largo 10 con una raja en medio por la que sacan la cabeza. Las mujeres no hilan, quizás porque su país no produce algodón, ni crían ovejas. Se envuelven en el citado poncho, o se ponen una camisa sin mangas de lienzo ordinario de algodón, cuando sus maridos o padres la han podido adquirir o robar. Jamás lavan su vestido, ni las manos ni cara; pero se bañan alguna vez cuando hace calor. Nunca barren el toldo; son muy puercas, huelen muy mal y también sus casas.

16. Nada cultivan, ni comen sino algún animal y vacas silvestres. Las mujeres arman y desarman los toldos, y hacen la cocina que se reduce al asado. Para esto ensartan la carne en un palo, cuya punta clavan en tierra de modo que quede algo inclinado: así le arriman el fuego, y cuando notan que la carne está asada de un lado, dan vuelta al palo para que se ase del otro. A un mismo tiempo ponen muchos asadores, y cualquiera de la familia que tiene gana saca uno sin avisar a nadie, le clava en tierra aparte y come sentado en sus talones. Aun cuando se congregan padres e hijos, nadie habla mientras comen, ni beben hasta haber comido.

17. No tienen juegos, bailes, cantares ni instrumentos músicos, tertulias ni conversaciones ociosas; y les es tan desco-

nocida la amistad particular, como que nunca se avienen dos para cazar, ni para otra cosa, que para la común defensa. Su semblante es inalterable, y tan formal que jamás manifiesta las pasiones del ánimo. Su risa se limita a separar un poco los ángulos de la boca, sin dar la menor carcajada. La voz nunca es gruesa ni sonora, y hablan siempre muy bajo, sin gritar aun para quejarse si los matan: de manera que si camina unos diez pasos delante, no le llama el que le necesita, sino que va a alcanzarle.

18. No hay un charrúa ni de otra nación celibato, y se casan luego que advierten la necesidad de este enlace. Como son silenciosos y no conocen riquezas, jerarquías, bailes, lujo, adornos ni otras cosas que entran en la galantería, los negocios del amor se determinan entre ellos cuasi con la frialdad que entre nosotros el ir a la comedia. Se reduce, pues el matrimonio a pedir la novia a sus padres, y a llevársela con su beneplácito, porque nunca se niega la mujer a esto, y se casa siempre con el primero que la pide, aunque sea feo o viejo el pretendiente.

19. En el momento que un soltero se casa, forma familia aparte y trabaja para alimentarla, porque hasta entonces vive a expensas del padre, sin hacer nada ni ir a la guerra. La poligamia es permitida, pero muy raro el que dos hombres se avengan con una mujer; y las muchas mujeres dejan al polígamo luego que encuentran marido con quien estar solas. También es libre el divorcio, mas se verifica rara vez si hay hijos. La resulta del adulterio es dar el agraviado algunas puñadas o cachetes a los cómplices si los pilla in fraganti; y aun esto cuando es celoso el marido, que es cosa poco común. Nada mandan, enseñan ni prohíben a sus hijos, ni es-

tos respetan ni obedecen a los padres sino en lo que quieren, haciendo siempre lo que les da la gana sin respeto ni sujeción. A los huérfanos, cuando los hay los recoge algún pariente, o algún indio más compasivo que los otros.

20. Los varones cabezas de familia se juntan todos los días al anochecer, formando círculo sentados en sus talones, para convenirse en las centinelas que han de apostar y vigilar aquella noche, porque nunca las omiten, aun cuando nada teman. Dan cuenta allí de si en lo que han caminado aquel día han descubierto indicio de enemigos, y hace cada uno relación de los campos adonde irá a cazar o a pasearse el día siguiente para deducir quién le ocasionó la muerte u otra desgracia si le sucede. Si alguno forma un proyecto común como mudar a otra parte la toldería, atacar a otra nación o defenderse de ella, lo propone. La asamblea delibera, y verifican la idea los que la aprueban, sin asistir los que no aprobaron, y muchas veces tampoco algunos de los aprobantes, los cuales no incurren en pena ni están obligados a cumplir lo que ofrecieron. Las partes interesadas componen las diferencias particulares que rara vez les ocurren, sin que nadie se entrometa en ellas. Pero si no se avienen, se acometen a puñadas ensangrentándose las narices y alguna vez arrancándose o rompiendo algún diente, hasta que cansados vuelve el uno la espalda, y nadie habla más del negocio. En estas cosas nunca intervienen armas ni he visto ni oído que un charrúa ni otro indio silvestre haya muerto a otro de su misma nación por ningún motivo.

21. Aunque las mujeres y los hijos de familia solo beban agua, los varones cabezas de familia se emborrachan siempre que pueden con aguardiente, y en su defecto con *chicha* que

preparan desliendo miel en agua y dejándola fermentar. No he notado ni sé que padezcan enfermedad particular ni la de gálico y creo que viven aun más que nosotros. Tienen sin embargo sus médicos que a toda especie de enfermedades aplican el mismo remedio, que es chupar con mucha fuerza el estómago del paciente, persuadiendo que así extraen los males para que les gratifiquen.

22. Cuando muere alguno, le llevan al cementerio común, que tienen en un cerrito, y le entierran, matando sobre el sepulcro su caballo de combate (que es lo que más aprecian) si así lo ha dejado dispuesto, que es lo común. La familia y parientes lloran, o más bien gritan por los difuntos, y les hacen un duelo bien singular y cruel. Si el muerto es padre, marido o hermano que haga cabeza de familia, se cortan las hijas, la viuda y las hermanas casados un artejo o coyuntura por cada difunto, principiando por el dedo chico o meñique: se clavan además el cuchillo o lanza del muerto repetidas veces de parte a parte por los brazos y por los pechos y costados de medio cuerpo arriba. A esto agregan estar dos lunas tristes y ocultas en su casa comiendo poco. Barco, canto 10, dice que se cortan un dedo por cada pariente muerto, pero es como yo digo.

23. El marido no hace duelo por muerte de su mujer, ni el padre por la de sus hijos; pero si estos son adultos cuando fallece su padre, están desnudos ocultos dos días en casa comiendo poco, y esto ha de ser *yuambu* o perdiz o sus huevos. La tarde segunda de este entierro, les atraviesa otro indio de parte a parte la carne que puede pillar, pellizcando el brazo con un pedazo de caña larga un palmo, de modo que los extremos de la caña salgan igualmente por ambos lados. La

primera caña se clava en la muñeca, y se pone otra a cada pulgada de distancia siguiendo lo exterior del brazo hasta la espalda y por esta. Las cañas son astillas de dos o cuatro líneas de anchura sin disminución sino en la punta que entra. En esta miserable y espantosa disposición se va solo y desnudo al bosque o a una loma o altura, llevando un garrote punteagudo con el cual y con las manos escava un pozo que le llegue al pecho. En él pasa de pies el resto de la noche, y a la mañana se va a un toldo o casa, que siempre tienen preparado para los dolientes, donde se quita las cañas y se echa dos días sin comer ni beber. Al siguiente y en los días sucesivos hasta diez o doce, le llevan los muchachos de su nación agua y algunas perdices, y sus huevos ya cocidos, y se los dejan cerca retirándose sin hablarle. No tienen obligación de hacer tan bárbaras demostraciones de sentimiento, y menos ellos que quizás miran con indiferencia la falta de los que mueren, sin embargo rara vez las dejan de practicar. El que las omite en el todo o en parte, se reputa por flojo, pero esta opinión no le causa pena ni perjuicio en la sociedad con sus camaradas.

24. Los que se figuran que ninguno obra sin motivo, y pretenden averiguar el porqué de todo, pueden ejercitar su sagacidad discurriendo de donde sacaron los charrúas y otras naciones la idea de unos duelos tan extravagantes y crueles por los padres, maridos y hermanos, a quienes se nota poco que amen ni respeten cuando viven.

Indios yarós
25. Cuando descubrieron los españoles el Río de la Plata, vivían los yarós de la pesca y caza en la costa oriental del río

Uruguay entre los ríos Negro y San Salvador internándose poco en los campos rasos, y sin acercarse a los que corrían los charrúas. Son tan escasas las noticias de esta nación, que apenas se comprende que tenía idioma diferente de todos; que usaba en la guerra garrotes, dardos y las flechas que se describirán en el número 60, y que era sumamente diminuta, no componiendo apenas cien familias. Sin embargo tuvieron valor para acometer y matar algunos españoles con su capitán Juan Álvarez y Ramón primer descubridor del río Uruguay En el siglo XVI fueron exterminados los yarós por los charrúas; pero estos conservaron, según acostumbraban los indios silvestres a las mujeres y muchachos que están hoy mezclados sin poderse distinguir.

Indios bohanes

26. Son aun más escasas las noticias de esta nación que de la precedente con quien confinaba. Yo la creo menos numerosa, y que tenía idioma diferente de todas. Habitaba la costa oriental del río Uruguay al norte de los yarós: vivía como estos, y una parte de ella creo fue conducida al Paraguay por los españoles que desampararon a San Salvador, y el resto exterminado por los charrúas cuando los yarós y por el mismo tiempo.

Indios chanás

27. Al arribo de los primeros españoles, habitaba una nación en las islas del río Uruguay enfrente de la boca del río Negro, y cuando despoblaron los españoles la ciudad de San Salvador, pasaron los chanás a establecerse en la costa oriental del mismo Uruguay por debajo de la costa del río

de San Salvador. Acosados después por los charrúas, volvieron a sus islas, fijándose principalmente en la llamada de los Vizcaínos. Pero temiendo padecer el exterminio de los yarós y *bohanes* que era reciente, solicitaron que los españoles de Buenos Aires los defendiesen, ofreciendo ser cristianos. En efecto el gobernador de dicha ciudad los sacó de las islas, les formó el pueblo de Santo Domingo Soriano, y les dio una guardia dejándoles vivir con la misma libertad que tenían los españoles sin sujetarles a encomiendas ni al gobierno en comunidad. De esto ha resultado naturalmente que estos indios han vivido contentos, y que se han civilizado a la par de los españoles, perdiendo su idioma, costumbres, etc. y mezclándose con los españoles, de modo que casi todos pasan hoy por tales. Existen sin embargo algunos chanás, y entre ellos uno de más de cien años. Por lo que este y otros cuentan, y por algunos papeles antiguos se sabe que su nación apenas componía cien familias, que tenían idioma diferente de todos, que usaban canoas y vivían de la pesca, y que no ceden a los charrúas en la estatura y proporciones. Se ignoran sus antiguas costumbres, porque los viejos nacieron de padres ya cristianos.

Indios minuanes

28. En tiempo del descubrimiento, vivía esta nación en los campos del Norte del Paraná, sin apartarse de este río sino como 30 leguas, y extendiéndose desde donde el Uruguay se junta al citado río hasta enfrente de la ciudad de Santa Fe de la Vera-Cruz. Por el Mediodía confinaba con los guaranís que habitaban las islas del Paraná: por el Norte tenía grandes desiertos; y por el Levante mediaba dicho Uruguay entre los Minuanes y las naciones ya descritas.

29. Se equivocan Barco canto 24 y Lozano, lib. 3, capítulo II, diciendo que nada valían, pues mataron a *Juan de Garay* famoso capitán y a muchos que le acompañaban. Cuando los Charrúas se internaron hacia el Norte, ajustaron con ellos la más estrecha alianza y amistad viviendo juntos muchas temporadas, pasando y repasando el río Uruguay y acometiendo acordes a los españoles de Montevideo y sus campañas. De aquí ha nacido el confundirlos comúnmente llamándolos indiferentemente ya charrúas ya minuanes. En el día se separan rara vez, y es igual su situación como lo son sus armas, caballos, color, facciones, ojos, vista, oído, dientes, pelo, vello, carecer de barba, mano, pie, seriedad, no reír, hablar poco y bajo, no gritar ni quejarse, voz y ninguna limpieza. Lo son también en la igualdad sin clases, en vestidos, muebles, casas, casamientos, no cultivar, borracheras, modo de comer, precauciones, en no adornarse ni servir uno a otro, y en tener lugar destinado para enterrar los muertos.

30. Lo mismo digo de obsequios, leyes, premios, castigos, honor, amistad particular, bailes, cantares, músicas, juegos y tertulias. Igualmente se juntan en la asamblea al anochecer, y terminan sus diferencias particulares a puñadas. Se diferencian principalmente de los Charrúas en que no son tan numerosos, en su idioma diferente de todos, en parecerme una pulgada más bajos, más descarnados, tristes y sombríos, y menos espirituales, activos soberbios y poderosos, y que el pecho de las mujeres parece más abultado que el de las charrúas. Además la poligamia y divorcio parecen más raros. Tienen de muy singular el que los padres solo cuidan de los hijos hasta desmamarlos. Entonces los entregan a algún

pariente casado o casada, sin volverlos a admitir en su casa ni tratarlos como hijos.

31. En la primera menstruación se pintan hoy las mozuelas como las charrúas, aunque algunas omiten las rayas de las sienes, siguiendo en esto su antigua costumbre. A los niños les pintan tres rayas azules indelebles de una mejilla a la otra cortando la nariz por enmedio: muchos adultos se pintan postizamente las quijadas de blanco; pero muchos varones omiten toda pintura imitando en esto a los charrúas desde que viven juntos. También los imitan en el modo de curar los enfermos; pero difieren porque no todos los médicos son varones, mezclándose en esta farándula algunas mujeres más o menos viejas. Estas ejercitan toda su habilidad en persuadir a los viudos y solteros, principalmente que tienen en su arbi-trio la vida y la muerte, y metiéndolos miedo consiguen que alguno se case con ellas.

32. Por la muerte del marido se corta la mujer una coyun-tura de un dedo. Corta también la punta de su cabellera, se tapa el rostro con la misma, cubre el pecho con una piel o trapo, o con su mismo vestido, y está oculta en casa algunos días. El mismo duelo hacen las hijas adultas por la muerte del que las crió en sus casas; pero no por su verdadero padre. El duelo de los varones solo dura la mitad del tiempo que entre los charrúas, y es el descrito en el número 23; pero en vez de pasarse las cañas, se atraviesan una espina gruesa de pescado, metiéndola y sacándola, como quien cose, por las piernas y muslos interior y exteriormente, también desde la muñeca al codo.

33. El padre jesuita Francisco García, intentó formar sobre el río Ybicui, la doctrina o pueblo de Jesús María fijando a los minuanes; pero estos volvieron a su vida errante y libre, menos muy pocos que se pudieron agregar al pueblo Guaraní llamado San Borja. La suerte posterior de algunos minuanes se ha visto en el número 7.

Indios pampas

34. Así llaman los españoles a esta nación porque vive errante en las Pampas o grandes llanuras entre los 36 y 39° de latitud, pero los conquistadores del país los llamaron *querandís*. Ellos mismos se llaman *puelches*, y aun de otros modos, porque cada trozo de su nación lleva su nombre. Cuando arribaron los primeros españoles, habitaban por la costa austral del Río de la Plata enfrente de los charrúas, sin comunicar con ellos, porque no tenían embarcaciones. Solo tenían indios inmediatos a los guaranís del Monte grande, y del Valle de Santiago que les caían al Poniente, y se llaman hoy San Isidro y las Conchas.

35. Disputó esta nación con admirable constancia y valor el terreno a los fundadores de Buenos Aires, forzándoles a abandonar la empresa y el sitio. Pero habiendo vuelto a fundar por segunda vez la misma ciudad, cuarenta y cinco años después, otros españoles bien provistos de caballos, no pudieron resistirles los Pampas, que aun no los montaban. Entonces se retiraron hacia el Mediodía viviendo de la caza de tatús, liebres, ciervos, avestruces, etc. Poco después se multiplicaron y extendieron mucho los caballos silvestres; los Pampas principiaron a pillar algunos y a comerlos. Las vacas se llevaron mucho después y aun tardaron en hacerse

silvestres; y como los pampas estaban ya bien surtidos de alimentos con los caballos y la citada caza silvestre, no mataban las vacas para comer, ni aun hoy las comen, sino a los caballos. Así el ganado vacuno no encontró dificultad para procrear y extenderse a lo menos hasta el río Negro a los cuarenta y un grado de latitud, y de Levante a Poniente, desde la mar hasta las faldas orientales de la cordillera de Chile, habitadas por diferentes naciones de indios silvestres. Estos luego que vieron aparecer las vacas en su país, principiaron a comerlas, y a vender las sobrantes a los famosos araucanos y a otros indios.

36. Así se apocaron las vacas hacia aquellos lugares; las que restaban, viéndose perseguidas, corrieron hacia el Oriente concentrándose en el país que corrían los pampas, que no las incomodaban. Los indios, que se ha dicho que comían y vendían las vacas, las fueron siguiendo haciendo amistad con los pampas, que ya tenían buenos y abundantes caballos. Entonces todos juntos acopiaban muchos caballos y vacas, y los iban a vender a otros indios y a los españoles de Chile, pasándolos juntos a la Villarrica destruida, donde la cordillera de Chile se interrumpe repentinamente dejando un paso llano y ancho una milla. Los españoles de las ciudades de Córdoba, Mendoza y Buenos Aires también hicieron muchos destrozos en los mismos ganados vacunos, para vender sus pieles y sebo.

37. Así se exterminaron las vacas silvestres de aquellas partes; y como los pampas y demás naciones coligadas las echaban menos para continuar el comercio de ellas, principiaron antes de la mitad del siglo XVIII a robar el ganado vacuno manso que tenían en sus dehesas o estancias los españoles

de Buenos Aires y su distrito. No se limitaban a robar, sino que quemaban las casas campestres y mataban a los varones adultos conservando las mujeres y niños para tratarlos según se dijo en el número 10.

38. Con estas hostilidades lograron los citados indios asolar aquellas campañas, y cortar no solo el camino que va de Buenos Aires al Perú, sino también el de carretas que iba a Chile por la Villarrica según dije en el número 36. Finalmente pusieron tanto miedo a la ciudad de Buenos Aires, que la precisaron a cubrir su frontera con once fuertes guarnecidos de artillería y de setecientos veteranos de caballería, sin contar las milicias. Lo mismo han hecho las ciudades de Córdoba y Mendoza, que padecían lo mismo de parte de dichos indios. Es cierto que en esta guerra intervinieron varias naciones coligadas, pero siempre los pampas entraron en liga como parte principal, y su valor puede colegirse del caso siguiente. Habiendo sorprendido a cinco pampas, los quisieron llevar a España y los embarcaron en un navío de guerra de setenta y cuatro cañones. Al quinto día de feliz navegación, dispuso el capitán sacarlos del cepo, dándoles libertad de pasearse por el navío: ellos resolvieron de repente apoderarse del buque matando a toda la tripulación. Para esto se hizo uno el distraído para acercarse a un cabo de escuadra; repentinamente le pilló el sable, y mató en pocos momentos a dos pilotos y catorce marineros; pero no pudiendo más se arrojó a la mar. Sus compañeros hicieron lo mismo después de haber intentado apoderarse de las armas, que la guardia defendió sin dejárselas tomar. Los padres Jesuitas principiaron una reducción a los pampas cerca del arroyo Salado, y otra en el cerrito llamado impropiamente del Volcán, pero nada adelantaron ni existen hoy.

39. Hace como trece años que los pampas hicieron la paz con los españoles: sin embargo me siguieron contándome los pasos sin presentárseme cuando anduve reconociendo su país. Compran o permutan con los indios de la costa patagónica y con otros que los caen al Sur, plumas de avestruz y mantas de pieles; y de los indios de la cordillera de Chile, jergas y ponchos de lana. Lo dicho y otros artículos propios, como son bolas, lazos, pieles, sal, etc., lo conducen los pampas y lo venden o permutan en Buenos Aires por dinero y mejor por aguardiente, azúcar, dulces, *yerba del Paraguay*, higos secos, pasas, sombreros, espuelas, frenos, cuchillos, etc. Aunque entre los indios que hacen este comercio hay muchos que no son pampas, procuran uniformarse en lo exterior y dicen siempre que lo son: así no será extraño si algo de lo que digo por informes y por lo que he podido observar en lo que he visto en Buenos Aires pertenece a otras naciones.

40. Yo regulo que los pampas compondrán unos cuatrocientos guerreros o familias: su idioma es diferente de todos y puede escribirse con nuestro alfabeto, pues no le he notado narigal ni gutural. Me parece ademas que su voz es más sonora y entera, y que hablan más unos con otros. Verdad es que también hablan bajo en la conversación, pero cuando su cacique echa su arenga al virrey español, habla él mismo, y más comúnmente el orador que lleva, esforzando mucho la voz, haciendo una corta pausa a cada tres o cuatro palabras, y cargándose muy reparablemente en la última sílaba, al modo de los militares cuando mandan el ejercicio. El objeto de tales arengas es asegurar la paz, y pedir que les den el regalo acostumbrado, que es al cacique, casaca azul, con vueltas y chupa encarnadas, y un sombrero y bastón de puño de

plata. No quieren camisa, calzones ni calzado, porque dicen que les dan mucha sujeción: a los demás se les da aguardiente y alguna friolera. Creo que su estatura pasa a la española, y me parece que su totalidad no solo es más membruda que la de todos los demás indios, sino también que su cabeza es más redonda y gruesa, la cara más grande y severa, los brazos más cortos, y el color algo menos oscuro. No se pintan ni cortan el cabello: los varones levantan todas las puntas arriba, sujetándolos con una correa o cuerda que ciñe la cabeza por la frente. Las mujeres dividen el pelo en dos partes iguales, una en cada costado, haciendo una muy gruesa, larga y apretada coleta con una cinta o correa, de modo que parece llevan un cuerno sobre cada oreja, que cae a lo largo de cada brazo. No solo se peinan y lavan, y son las más aseadas entre aquellas naciones, sino también me parecen las más vanas, altivas y menos condescendientes.

41. No se pintan las mujeres: usan collares, pendientes y muchas sortijas de poco valor. Dicen que en sus toldos o casas no están muy tapadas, pero para entrar en Buenos Aires se ocultan con el poncho sin descubrir el pecho, ni otra cosa que la cara y manos: las casadas con indios ricos y sus hijos, se adornan más y con mejores prendas; cosen en un poncho o manta diez o doce planchas de cobre delgadas, redondas de 3 a 6 pulgadas de diámetro, a iguales distancias unas de otras. Las mismas llevan botas de piel muy delgada claveteadas de tachuelas de cobre de cabeza cónica y ancha en su base como media pulgada. Montan como los hombres lo mismo que toda india, pero las pampas ricas llevan las correas de la cabezada del caballo cubiertas de planchuelas de plata y los estribos y espuelas de este metal. Sus maridos y padres usan los mismos jaeces de caballo, y aunque cuando

corren el campo van totalmente desnudos, tienen sombreros, chupa o chamarra y poncho con que se abrigan cuando hace frío y cuando entran en Buenos Aires: además se envuelven la cintura con una jerga que baja hasta la rodilla. En ninguna otra nación silvestre he notado esta desigualdad en riquezas, ni semejante lujo en vestidos y adornos; pero creo que en esto son lo mismo los aucas o araucanos y otros que se indicarán en el número 45. Quizás se distinguen en lo dicho, porque son las únicas naciones comerciantes.

42. Aunque los caciques o capitanes pampas heredan de su padre este empleo o dignidad, la pierden también si los indios encuentran otro que les de pruebas de mayor talento, astucia y coraje. Por esto suelen hacer lo que el cacique les propone relativo a su seguridad, sin sufrir jamás que exija de ellos servicio ni tributo alguno, ni que los mande, reprenda ni castigue. Cada cacique vive aparte con los que le reconocen, y a este conjunto del cacique y su gente, llaman *parcialidad de indios*, aunque a veces se compone de dos o más caciques y sus gentes. Se separan hasta 50 y más leguas los de la misma nación; pero se visitan de tanto en tanto, y se juntan para hacer la guerra y para lo que es cosa común. Por el número y forma de los humos que hacen, se avisan el día y paraje donde se han de juntar si hay enemigos y en que lugar, etc. Para hacer su toldo o casa, clavan en tierra, apartados como 6 palmos y en línea, tres palos como la muñeca; el del medio largo como 10 palmos, los otros menos, y todos con horquilla en la punta. A distancia de 4 a 6 varas clavan otros tres palos idénticos; de estos a aquellos ponen en las horquillas tres cañas o palos horizontales y sobre estos tienden pieles de caballo: esta es la casa para una familia; pero si tienen frío acomodan otras pieles verticales en los costados. Tengo

entendido que los casados se aman más que entre otras naciones, y que manifiestan más ternura por sus hijos, aunque en nada los instruyen, y los alimentan hasta que se casan. Por lo demás nada cultivan, trabajan, hilan ni tejen: se casan y se emborrachan como los charrúas.

43. No usan arcos ni flechas, y aunque algunas relaciones dicen que antiguamente las usaban, no dudo que se equivocan creyendo que eran suyas las de los guaranís que, aliados con los pampas, hicieron la guerra a los conquistadores; porque ninguna nación de aquellas ha abandonado sus antiguas costumbres ni su armamento, no obstante que desde que tienen caballos usan la lanza, sin olvidar sus flechas. Como quiera usaban antiguamente de una especie de lanza o dardo hecha de palo puntiagudo, con que herían de cerca, y aun de lejos arrojándolo: hoy usan de la lanza a caballo, y también de las bolas que usaban sus antepasados. Esta es una arma tan temible como las de fuego y que quizás se adoptaría en Europa si la conociesen. Es en dos maneras, la una, son tres piedras redondas como el puño, forradas separadamente con piel de vaca o caballo, y unidas las tres a un punto o centro común por cordones de piel gruesos como el dedo, y largos 5 palmos. Toman con la mano la una, que es algo menor, y haciendo girar los dos restantes sobre la cabeza hasta tomar violencia, despiden las tres, llevando su caballo a toda carrera, a más de cien pasos, y matan del golpe o se enredan en las piernas, cuello o cuerpo del hombre o animal sin permitirle escape ni defensa.

44. La otra manera de bolas, que llaman *bola perdida* no es más que una gruesa como las citadas, pero si son de cobre como las llevan muchos Pampas, son mucho menores.

También la forran en piel de caballo, pero sale del forro una correa o cordón de 5 palmos cuya punta toman para hacer girar la bola con violencia y dar el golpe mortal sin soltarla, si el objeto está inmediato. Si está de ciento y cincuenta a doscientos pasos distante sueltan la bola perdida con la violencia que la da el girar del brazo, y la carrera del caballo. Los pampas llevan siempre muchas de unas y otras bolas a la guerra, y son diestrísimos en manejarlas, porque diariamente se ejercitan en pillar caballos y otros animales silvestres. Con ellas, usándolas a pie, mataron ren una batalla a muchos españoles, entre estos a don Diego de Mendoza hermano del fundador de Buenos Aires, y a otros nueve esforzados capitanes: yo preferiría mandar a una caballería provista de bolas, contra otra armada de espadas, o pistolas y corazas. Atando mechones de pajas encendidos a las cuerdas de las bolas perdidas, lograron los pampas incendiar algunas embarcaciones y muchas casas cuando se fundó Buenos Aires. Por lo demás su modo de hacer la guerra es como el de los charrúas descrito en los números 9 y 10, pero como su país es más llano, sin bosques, ni ríos, tienen poco lugar las emboscadas. En cuanto a su resuelto valor, destreza y buenos caballos nadie les aventaja.

Indios aucas y otros

45. Hacia la parte del Poniente de los Pampas viven los Aucas y otras naciones de indios silvestres, a quienes dan diferentes nombres en la frontera de la ciudad de Mendoza, las cuales vinieron del Occidente a establecerse allí por el motivo citado en el número 36. Ellas han sido la causa de haberse abandonado el camino de carretas que iba de Buenos Aires a Chile, porque se han fijado en el mismo camino. Los aucas

son de una división o *parcialidad* de los famosos Araucanos de Chile. Yo no los he visto ni tampoco a las demás citadas naciones, y así hablaré poco de ellas, y esto por noticias ajenas o que me han dado. Todas son más diminutas o más que los pampas errantes, y usan idiomas totalmente diferentes. A veces se unen con dichos Pampas; juntos han hecho la guerra a Buenos Aires y han exterminado los ganados según se dijo en los números 35 y siguientes. Algunas de estas naciones van a recoger la cosecha de manzanas silvestres en las cercanías del río Negro de la costa patagónica, como 30 o 40 leguas al Poniente de donde se le junta el río Diamante. Las citadas naciones cultivan poco, pero crían algunos vacas, caballos y ovejas: de su lana tejen jergas y ponchos y las permutan con los pampas, quienes las llevan a vender en Buenos Aires. Por lo demás parece que en todo se asemejan a dichos Pampas y a todos los reputo de la clase de indomables, como lo ha hecho ver la experiencia en los aucas o araucanos.

Indios balchitas, uhiliches, telmelchis y otros
46. Entre los cuarenta y un grado de latitud y el estrecho de Magallanes, desde la costa patagónica a la cordillera de Chile, habitan errantes al Sur de los pampas, varias naciones más silvestres que los del número 35. Algunas veces se adelantan hacia el Norte y pasando los ríos Negro y Colorado, permutan sus pieles y plumas de avestruz con los pampas, y también se han solido combinar con ellos para hacer guerra a Buenos Aires. Lo extraño es que ninguna de las naciones que habitan al Mediodía del Río de la Plata, o de los 36° de latitud, hace ni ha hecho jamás la guerra, que yo sepa, a otra sino únicamente, a los españoles, cuando las que habitan hacia el Norte del citado paralelo, están frecuentemente

y han estado siempre destrozándose unas a otras: y no es porque aquellas sean inferiores en estatura, armas, fuerzas y talento. Aunque no he visto ni tratado las naciones de que ahora hablo, ni aun sé el número de ellas, no ignoro que son bastantes, ni que las hay de nuestra estatura, otras menores y otras mayores: lo que concilia las noticias de los viajeros que han hecho gigantes a los *telmelchis* o patagones, con las de otros que les conceden estatura regular. Se hace más admirable esta diferencia, sabiendo que todos viven errantes en la misma llanura, cuyas producciones son idénticas. Llegaron a Buenos Aires dos Patagones incorporados con muchos Pampas, y dice quien los midió que el uno tenía 6 pies y 4 pulgadas francesas, y el otro 2 pulgadas menos. Otros que han visto bastante, me dicen que su estatura media es de 6 pies.

47. Las noticias que he podido adquirir me persuaden que cada nación tiene idioma diferente; que nada cultivan ni trabajan; que subsisten de tatús, liebres, ciervos, caballos, guanacos, hurones, yaguares, yagueretés, guazaros, aguarachais, avestruces y perdices; que no crían ovejas ni vacas; que carecen de leyes, juegos y bailes; que se gobiernan por la asamblea citada número 20; que tienen pocos y cuidan menos de los caballos porque viven en paz con sus confinantes, y que sus casas son como las de las pampas. Se diferencian de estos en no conocer desigualdad de riquezas, y en que su vestido se reduce a una manta casi cuadrada de como 7 palmos, formando su centro con pieles de aguarachai, guanaco o liebre, y el contorno o cenefa con las de yaguarés: las pintan mucho de rojo y negro por el lado opuesto al pelo, y se envuelven con ellas, sin usar otro vestido ambos sexos.

Indios guaranís

48. Cuando se descubrió la América, poblaban los guaranís la costa austral del Río de la Plata desde Buenos Aires a las Conchas, y continuaban por la misma costa, sin pasar a la opuesta, ocupando todas las islas del río Paraná e internándose en el país unas 16 leguas hasta los 29 o 30° de latitud. Desde este paralelo se extendían por la costa oriental del dicho Paraná y enseguida por la misma del río Paraguay hacia los 21° de latitud, sin pasar al Occidente de estos ríos; pero se prolongaban a Sol caliente hasta la mar y ocupaban todo el Brasil, la Cayena y aun más. Tenían también pueblos interpolados con los de otras naciones en la provincia de los chiquitos, y los chiriguanás del Perú eran también guaranís.

49. Todos los del Brasil fueron cautivados; la mayor parte vendidos por esclavos, y mezclados con los negros de África. La misma suerte tuvieron muchos guaranís libres o silvestres, y los de dieciocho o veinte pueblos reducidos por los españoles, que los portugueses de San Pablo, llamados antiguamente *mamalucos* se llevaron con violencia internándose en los países españoles. Los de la provincia de los chiquitos, fueron reducidos e interpolados en los de otras naciones por los españoles, y aun conservan el nombre de *garaios*: los del Paraguay están reunidos y son cristianos en unos cincuenta pueblos; de modo que no hay más guaranís libres que conserven sus costumbres antiguas, sino los chiriguanás y algunos llamados coaiguás (montesinos) en el Paraguay.

50. A su tiempo hablaré de los guaranís reducidos o sujetos, y ahora de su nación silvestre. Para esto no me valdré de

las descripciones que hace de ellos *Alvar Núñez*, capítulo 17 y 26, porque la creo falsa y arbitraria; ni me servirán los chiriguanás porque no los conozco: lo que hablaré será tomado de historias y papeles antiguos, y de relaciones que me han hecho algunos que han visto a dichos coaiguás.

51. La nación Guaraní era la más numerosa y entendida del país, pero no tenía un jefe, ni formaba un cuerpo político como la mexicana; porque cada pueblo era independiente de los demás, y tenía su nombre particular, como son en el Paraguay los de imbeguás, caracarás, timbús, corondás, colástines, tucagués, calchaquís, quiloazás, ohomas, mongolás, acaai, ytati, tois, tarois, curupaitís, curumiais, y otros que algunos escritores han olvidado y creído alguna vez que pertenecían a naciones diferentes. Así sucede a Schmidels, capítulo 17, llamando *macuarendas* a los quiloazás y creyéndolos de diferente nación que los timbús. El nombre más general de la nación fue antiguamente el de *carios* y hoy lo son los guaranís y tapes.

52. Como si quisiesen ocultar sus pueblos, todos estaban inmediatos y dentro de grandes bosques, o a lo largo de ríos donde hay siempre mucho bosque; si estaban en campiñas francas era cuando distaban mucho de otra nación diferente. Todos cultivaban calabaza, judías, maíz, maní, batatas y mandioca: comían la miel y frutas silvestres, y cazaban aves, monos, capibaras, etc. De esto subsistían agregando los de junto a ríos, el pescado que pillan a flechazos y con anzuelo de palo duro, sirviéndose de canoas muy pequeñas. Schmidels, capítulo 13, se las da con demasiada ponderación largas 80 pies, y en el capítulo 23, dice que los mongolas criaban gallinas, gansos y ovejas: cosa que no creerá quien conozca

la vida errante y descuidada de los indios silvestres, ni quien sepa que no las tienen hoy ni las hubo en América hasta que las llevaron de Europa. Rui Díaz, libro I, capítulo 5, escribe que los chiriguanás comieron la carne de sus enemigos mientras conquistaron; pero como esta conquista es una fábula, digo lo mismo de comer carne humana.

53. El idioma guaraní es diferente de todos y pasa por el más abundante, aunque le faltan muchas. El padre franciscano fray Luis Bolaños, inventó acentos sencillos para expresar escribiendo lo que tiene de nasal y gutural; tradujo al guaraní nuestro catecismo, y compuso el diccionario y gramática que los padres jesuitas imprimieron. El guaraní es idioma muy difícil, pero útil para comunicar con las demás naciones silvestres; porque muchas de estas tienen algunos cautivos Guaranís.

54. Cada pueblo se dirige por una asamblea igual a la citada en el número 20 en la que suele adoptarse el dictamen del cacique, si este es reputado por sagaz y valiente. El *cazi cazgo* es una especie de dignidad hereditaria como nuestros mayorazgos, pero muy singular porque el que la posee no difiere de los demás indios en casa, vestido, ni insignia; ni exige tributo, respeto, servicio, ni subordinación, y se ve precisado a hacer lo que todos para vivir. Tampoco manda en la guerra, y si es tonto le dejan y toman otro. Aunque diga Schmidels, capítulo 13, que los guaranís son altos y grandes, y Ruiz Díaz, lib. 2, capítulo 6, que los timbús eran agigantados, ambos autores se equivocan puesto que en esto no pudieron diferenciarse los pueblos de que hablan del resto de su nación, cuya estatura seguramente es más de 2 pulgadas inferior a la española. También encuentro su totalidad más

carnosa, de color más rojizo y menos oscuro que en mis demás naciones; con semblante más frío, triste y tan abatido,
que no miran al objeto con quien hablan ni la cara del que les
mira: no se arrancan las cejas y pestañas, y algunos varones
tienen pelos, aunque pocos en la barba y cuerpo.

55. Schmidels, capítulo 13, dice de un pueblo guaraní, que
los varones embutían en la nariz estrellitas de piedra blanca
o azul: en el capítulo 16 que llevaban piedrezuelas cerca de
la nariz, y en el capítulo 17 que las llevaban junto a la nariz.
Rui Díaz, lib. 1, capítulo 4, pone a los mismos una piedre-
cilla azul o verde en cada falda de la nariz. Pero yo no les
creo fundado en la ambigüedad con que se explican, en que
no advirtieron tal adorno en otros muchos pueblos guaranís
que vieron ni le usan hoy los guaranís silvestres, y en que no
he visto más bien dudo haya tales piedras por allí. Aunque
nadie haya dicho que tuviesen por insignia viril el barbote
citado número 13, yo creo que la usaban; porque lo usan
los hoy silvestres; y es de goma transparente, largo medio
palmo, del grueso de una pluma de escribir, con una traviesa
o muletilla en la cabeza para que no se salga del agujero del
labio. Hoy usan los varones una corona en la cabeza al modo
que nuestros clérigos, pero mucho mayor; no llevan gorro ni
sombrero y van totalmente desnudos.

56. Me dicen que las mujeres de algunos pueblos silvestres
no hilan, y que las de otros hilan y tejen del modo que se dirá
en el número 112. Añaden que aquellas no usan más vestidos que una piel u otra cosa en la cintura, y los varones un
equivalente: que las segundas se visten según se dirá, número
112, y lo mismo los varones. Ninguno corta ni ata el cabello
ni lleva sortija, ni adornos; pero al bajar la primera mens-

truación, se hacen multitud de líneas oscuras indelebles, del modo que dije en el número 13 que bajan verticalmente desde el cabello al horizonte que pasa por lo inferior de la nariz: yo creo que a esto llama heridas en la cara Schmidels, capítulo 13. En los campos de Caazapá y Yuti se suelen encontrar enterradas tinajas de barro con residuos de guaranís muertos; pero pocas y apartadas. Ignoro lo que en esto harán hoy, y si practican los duelos de otros indios.

57. Hay quien asegura que sus huesos en los cementerios se convierten en polvo mucho antes que los de Europa, y que vivos nadan naturalmente como los cuadrúpedos. No son celosos, y vemos que entregaban con gusto sus hijas y mujeres a los españoles, ni tienen la fecundidad de estos, pues habiendo examinado muchos padrones o listas de pueblos antiguos y modernos, nunca han correspondido sino a tres y medio o cuatro por familia inclusos los padres, no obstante de no haber un celibato o un viudo mucho tiempo. Cotejando los sexos, he advertido que a catorce mujeres corresponden trece hombres, y cuando se redujeron los del pueblo de Ycape, las dos terceras partes eran mujeres. Estas tienen unos labios grandes y abultados con exceso.

58. Estoy persuadido de que todo lo dicho en el número precedente, conviene a todas mis naciones de indios. También se asemejan a ellas los guaranís en tener sus individuos más igualados que los españoles, sin pecar en gordos ni en flacos con exceso, y sin haber uno defectuoso, ni ciego, ni sordo, los ojos pequeños no muy abiertos, muy relucientes, negros y jamás de otro color: la vista y oído doblemente perspicaz que nosotros, los dientes blancos, bien puestos, y sin dolor ni caerse jamás; el cabello tupido, grueso, largo, negro,

lacio, nunca de otro color ni crespo, muy arraigado; la mano y pie pequeños.

59. Igualmente se asemejan a todos en no barrer las casas o tiendas, ni lavar el vestido ni las manos y cara; en oler mal; en el semblante severo que no manifiesta las pasiones del ánimo ni se ríe; en la voz nunca gruesa ni sonora, en hablar bajo y poco, en ser todos iguales, ni servir uno a otro, ni conocer amistad particular; en la frialdad de sus galanteos y casamientos descritos en el número 18; en no gritar y quejarse en los dolores; en decidir las partes sus diferencias del modo dicho, número 20, y en no instruir ni prohibir nada a los hijos.

60. Los guaranís no hacen más guerra que la inevitable y alguna sorpresa, con macanas o garrotes de una vara con porra en el extremo, y con flechas de siete cuartas con lengüetas de palo duro. El arco cuasi no tiene curvatura; es grueso en medio como la muñeca, disminuye para que sus agudas puntas sirven de lanza. No le violentan sino cuando han de disparar. Entonces atan la cuerda de firme a las puntas que llevan arrolladas a la una y apoyándolo en tierra verticalmente estriban en él, con el pie le violentan cuanto pueden, y disparan la flecha casi tan lejos como un fusil la bala, aunque la puntería es incierta, y el aire la desvía. No llevan carcax, y también usan otro arco menor con que despiden bolas de arcilla endurecidas para matar pájaros.

61. La pusilanimidad es el carácter que más resplandece y distingue los guaranís de las otras naciones. Temen aquellos tanto a estos, que dudo se atrevan diez o doce contra uno; y la experiencia en aquellos países ha hecho ver que estos guaranís son los únicos que se han sometido. Todos los del

Brasil y del Río de la Plata quedaron subyugados a la primera aparición de los europeos, y todos nuestros pueblos de indios allí son de su nación. Pero ningún europeo ha podido someter a las demás naciones, aunque son muy diminutas, según se ha visto y veremos. Lo mismo se observa en México y en el Perú. En poco tiempo dominaron los españoles a todos los vasallos del Inca y de Motezuma; pero queriendo extender sus conquistas fuera de los límites de estos dos imperios, encontraron otras naciones tan diminutas y silvestres como las que describo, a quienes no pudieron domar, ni se ha podido hasta hoy. Es cosa admirable y aun increíble si no se viese, que las naciones Mexicana, Perulera y Guaraní hayan sido las únicas dominadas en América, siendo como son las únicas enormemente extendidas e incomparablemente más numerosas que las que no han querido dejarse dominar. Vendría bien hacer aquí un cotejo de las naciones de México y el Perú con la guaraní, las cuales, aunque muy diferentes en idioma y en civilización, se han de parecer en otras cosas, cuando se asemejan tanto en la pusilanimidad y poco espíritu. Pero no habiendo yo visto más que unos pocos momentos a tres indios peruleros, solo puedo decir que me pareció su estatura menos rolliza y algo inferior a la guaraní, su cara menos oscura y cuadrada, más despejada, descarnada y estrecha en la parte inferior.

Indios tupís

62. Habita esta nación, entre los pueblos de San Ángel y San Javier, los bosques que hay en la costa oriental del río Uruguay, extendiéndose a lo menos hasta los 27° y medio de latitud, y sin pasar al occidente del mismo río.

63. Los guaranís de las Misiones o pueblos del Uruguay, tienen terror pánico a los tupís, porque les han muerto muchos en los *beneficios* de *yerba del Paraguay* y cuidando de los ganados, y porque también han sorprendido y muerto algunos demarcadores de límites. No los he visto, pero en los citados pueblos me informaron que los tupís eran tan errantes, que no tenían domicilio, ni dormían dos noches en el mismo sitio; que no tenían idioma y aullaban como los perros; porque su labio inferior estaba cortado en dos mitades por un tajo vertical; que comían carne humana; y que habiendo pillado a dos, murieron en los pueblos sin querer comer ni beber. Un manuscrito que leí de un jesuita, copiaba mucho de lo dicho, añadiendo que viven en jaulas que hacen en lo alto de los árboles.

64. Yo creo que el miedo ha inventado estas noticias; lo cierto es que en enero de 1800 salieron del bosque como doscientos tupís, y atravesando a vado el río Uruguay, que a la sazón estaba muy bajo, por un arrecife entre los pueblos de Concepción y Santa María la mayor, subieron a la lomada de Mártires. De allí se dirigieron al Norte 12 leguas, y destruyendo un pueblo principiado a los guaranís matando a muchos, siguieron y se internaron en los bosques. Alarmados los pueblos vecinos siguieron de lejos a los tupís y pillaron algunos muchachos extraviados, que se fugaron luego por el descuido que hubo en guardarlos; menos una mujer de unos dieciocho años y otra de doce, que permanecieron un mes en casa del administrador del pueblo de Concepción, y se escaparon también al bosque.

65. Según me informó dicho administrador, sus huéspedas se bañaban con frecuencia, bailaban alguna vez solas, y

buscaban cada una un guaraní para dormir, enfureciéndose contra quien intentaba estorbarlo. Su idioma pareció diferente a todos sin nasal ni gutural: según se pudo comprender, los tupís tienen pueblos y las casas cubiertas con hojas y esteras de palma; cultivan los frutos y raíces del país, de que viven y de la caza, miel y frutas silvestres; al pan de maíz y de mandioca llaman *ense*; los varones no se pintan y van totalmente desnudos, aunque muchos tienen para el frío una camiseta muy corta, estrecha sin mangas ni cuello, tejida del caraguatá por las mujeres; estas envuelven la cintura con una manta o pedazo de la misma tela, las mismas llevan al cuello sartas de lentejuelas hechas de conchitas, ambos sexos no se arrancan cejas ni pestañas, cortando el cabello a la altura del hombro y el de delante a media frente. Su estatura es algo más alta que la guaraní, el color más claro, el semblante más despejado y alegre, y las facciones mejores. Parece que hacen la guerra a toda nación, quitando la vida a todos los sexos y edades. He visto sus armas que son el garrote y flechas descritas en el número 60; y he tenido unos cestos perfectamente tejidos de caña en que meten la fruta y lo que encuentran, y los llevan suspendidos de una cuerda que ciñe la frente.

Indios guayanas

66. Son muy diferentes de los que en el Paraguay llevan este nombre siendo guaranís. Habitan los bosques orientales al río Uruguay desde el río Guairai para el Norte, y también los orientales de río Paraná mucho más arriba del pueblo de Corpus. Parece que sus pueblos son muy pequeños e independientes unos de otros. Difieren de todos en el idioma; en hablar alta, agria y desentonadamente, en su color muy notablemente más claro; en el semblante más alegre y activo,

y en que algunos tienen ojos azules: su estatura peca algo en descarnada, bien proporcionada, sin ceder a la española. No tienen barba y conservan las cejas y pestañas. Son pacíficos y aun cariñosos con los extranjeros. A los varones se les conocen en brazos y muslos muchas cicatrices, que creo sean resultas de los duelos y fiestas semejantes a las de los charrúas del número 23, y de otras naciones. Los mismos ciñen la frente con una venda de pluma tejidas con hilo de caraguatá, siendo las rojas las que más aprecian, pero van totalmente desnudos, y las mujeres cubren la cintura con un trapo tejido de dicho caraguatá. Parece que temen pasar ríos grandes, y se asemejan a los tupís en las armas, en las habitaciones, en ser agricultores, y en no tener animales domésticos.

67. Cuando la conquista se hallaba esta nación, como las dos precedentes, circundada de guaranís en la provincia de Ytati o campos de Jerez. La redujeron los españoles formando de ella un pueblo que fue asaltado y destruido por los portugueses, sus indios conducidos al Brasil y vendidos como esclavos. Barco los hace guerreros y les da nombres guaranís, como lo hizo con otras naciones; pero según lo que deduzco de la relación misma del que los conquistó, pasaban de quinientas almas en cuatro pueblos: vivían de la agricultura del país: eran tranquilos y amables, y usaban idioma propio.

Indios nalicubgas
68. Ignoraría hasta el nombre de esta nación, si los indios albayas que la han visto, no me dijesen, que habita dos jornadas al Levante de los campos de Jerez, como por los 21° de latitud, en cuevas subterráneas; que son pocas familias, totalmente desnudos y con idioma diferente de todos; que

cultivan las semillas del país y que se parecen a los Guaranís en la estatura, color y pusilanimidad, aunque defienden la entrada de sus casas con las flechas del número 60.

Indios guasarapós

69. Este nombre les dan las relaciones antiguas, aunque es muy frecuente llamarlos hoy guachies. Siempre han vivido en unos lugares bajos y pantanosos inmediatos a las albercas donde principia el río Guasarapó o Guachic que entra por el Este en el del Paraguay en los del 19° 16' 30" de latitud. Su domicilio no puede reconocerse sino entrando por el mismo río Guasarapó por donde ellos bajan en canoas iguales a las de los payaguas hasta el río Paraguay y luego por este buscan a los indios albayas, de quien son y han sido siempre tan íntimos amigos, como que hacen juntos la guerra a los ninaquiquilas, a nuestros pueblos de chiquitos y a otros; y aun suelen los de la una nación casarse con las mujeres de la otra. Así es que estando juntos, no se diferencian en el color, ni en la estatura que será de 5 pies y 8 pulgadas, ni en la elegancia de sus formas; ni en raparse el pelo casi a navaja, ni en el valor y soberbia, ni en llevar la cabeza sin gorro ni sombrero: su idioma es diferente de todos.

70. Parece que toda la nación no llega a setenta guerreros, que no cazan ni cultivan y que subsisten del arroz silvestre de sus lagunas, pescando a flechazos y con anzuelos de palo y fierro, comprándolos a los españoles por mano de los albayas. Estos aseguran que hombres y mujeres guasarapós van totalmente desnudos; pero vemos que algunos tienen una manta adquirida en la guerra o comprada a los albayas, a quien se parecen en no tener barbas, en arrancarse las cejas

y pestañas, y en usar el barbote del número 13. En la guerra usan el garrote sin porra como los albayas, y las flechas del número 60, y solo conservan las mujeres y niños como dije, número 10, de los que tienen algunos.

Indios guatos

71. Han vivido siempre estos indios dentro de una laguna al Occidente del río Paraguay, con quien comunica en los 19° 12' de latitud, y algunos escritores los han equivocado con los guasarapós. Jamas salen de su laguna, y la navegan en canoas sumamente pequeñas dos individuos en cada una; pero luego que descubren que alguno les mira, se ocultan entre los juncos y espadañas; de modo que nunca han tratado con indio ni español, ni se han dejado observar de cerca. Se presume que no llegan a treinta familias con idioma diferente de todos.

Indios orejones

72. Vivía esta nación cuando la descubrieron los españoles, en la falda oriental de la sierra de Santa Lucía o San Fernando, pegada a la orilla occidental del río Paraguay y en la costa de las lagunas maniore, yaibá y otras que comunican con dicho río, desde el paralelo de 19° hasta la isla que hay cerca de la boca del río Jaurú que también ocupaban. Alvar Núñez cautivó la mayor parte de esta nación, y por fuerza la llevó a la Asunción, donde fue repartida en encomiendas y confundida con los guaranís. Los pocos que se escaparon a Alvar Núñez, viven en la falda de la citada sierra y orilla del río inmediato en casas cubiertas con esteras de juncos. Los albayas les llaman *agintequedichagas* y Alvar Núñez, capítu-

los 32, 53, 54, 55 y 68, les da muchos nombres. Lo mismo hace Schmidels, capítulos 32, 34 y 35, y todos pertenecen a sus pueblos. Pescaban y pescan sin tener canoas, y subsistían principalmente de la agricultura; pero no tenían las gallinas que dice Alvar Núñez, ni las almendras, uvas, etc., que les da Rui Díaz, lib. 2, capítulo 2. Schmidels, capítulo 32, cuenta que las mujeres se cubrían de la cintura a la rodilla, y en el capítulo 34, que eran hermosas y totalmente desnudas. Los albayas dicen que ambos sexos van desnudos del todo, y que los varones usan barbote; pero Schmidels lo hace también llevar a las mujeres, y dice que es de cristal azul de un dedo. Alvar Núñez da a los dos sexos las orejas que diré de los lasguas, número 128; y Schmidels viene a decir lo mismo de los varones: pero los albayas solo agrandan las orejas de las mujeres y cuelgan de las de los varones piedras de varios colores, y se las engastan en la nariz. Estas variedades pueden venir de la diferencia de pueblos; más no puede creerse lo que dice Alvar Núñez que se anudaban las orejas al cogote. Los citados albayas dan a los orejones mayor estatura que a los guaranís, aunque el mismo color. Les niegan la barba, les dan idioma propio y desconocido, con flechas y garrotes solo para defenderse.

Indios neuquiquilas

73. Así los llaman los albayas: creo son los *potereros* de Chiquitos y los *simanos*, *barcenos* y *lathanos* de Schmidels, capítulo 45. Habitan un bosque que principia por los 19° de latitud, separado algunas leguas del río Paraguay, y divide el Chaco de la provincia de los Chiquitos. Tiene la nación muchos pueblos, independientes unos de otros; los más australes están en amistad con los albayas, y los demás en guerra

con flechas y garrotes, limitándose a la defensiva: subsisten de la agricultura y no conocen animal doméstico. No tienen barbas, ni cortan el cabello, ni se arrancan cejas ni pestañas. En su estatura, color, cabello y formas son como los guaranís: su idioma propio y desconocido: las mujeres se envuelven en mantas que tejen del Caraguatá, y adornan la garganta con sartas de judías de lindos colores. Los varones adornan la cabeza con coronas de plumas, y aunque lo común sea ir desnudos, usan de dichas mantas para cuando tienen frío.

Indios guanas

74. Los españoles les dan este nombre: los indios *lenguas* el de *apianche*, los *enimagas* el de *chane* y los *machicuis* el de *sologuá*. Los últimos dividen la nación guaná en ocho parcialidades o pueblos principales con los nombres de *Layana*, *Ethelenoe*, o *Quiniquinao*, *Charabaná* o *Choroaná* o *Echoaladi*, *Cainacono* o *Nigotesibué*, *Ynmaenó Tay* y *Yamocó*; casi nada nación de sus confinantes, divide los guanás en más o menos trozos, dando a cada uno su nombre diferente, como sucede también a Schmidels, capítulo 14 y 45; y a otros autores. La confusión y variedad de nombres, puede ocasionar el que los no impuestos en ellos los crean diferentes naciones multiplicándolas, y también el que crean haberse exterminado las mencionadas por los escritores, y que no se encuentran hoy.

75. Cuando arribaron los primeros españoles, vivían los guanás entre los paralelos de 20 y 22° en el Chaco o al Occidente del río Paraguay, y no pasaron este río hasta el año 1673. Los españoles los dividen en seis parcialidades, que se gobiernan sin dependencia unas de otras por la asamblea

citada, número 54, y cada una tiene uno o más caciques, que en todo son como dije en dicho número. Tienen la costumbre de que el primogénito del cacique, sea reputado por cacique, viviendo el padre, de todos los que nacen algunas lunas antes y después que él.

76. La parcialidad llamada *Laiana* o Eguacaachigo, que numera como 1.800 almas, habita hoy en el sitio llamado Lima, pasé al Norte del río Jejuí que vierte en el del Paraguay por el Este en los 24° 7' de latitud. La parcialidad *Echoaladí* o Chabaraná que tendrá unas 2.000 almas, se estableció en 1797, en las tierras del pueblo de *Caazapa* por los 26° 11' de latitud. La *Equiniquinao* que será de 600, está dividida viviendo parte en el paralelo de 21° 16' al Occidente del río Paraguay, distando de él 8 leguas, y el resto incorporado con los albayas.

77. La *Ethelena* compondrá como 3.000 individuos, parte de los cuales está al Poniente del río Paraguay cerca de los equiniquinaos, y los demás al Levante del mismo río por los 21° de latitud en una serrezuela llamada por ellos Echatiyá. La *Niquicactemia*, que tendrá como 300 almas con tres caciques, está por los 21° 32' de latitud al Poniente del citado río dividida en cuatro pueblos. La última es la *Echoroaná* que cuenta con 600 individuos, está incorporada con los albayas bajo los 21°, en unas lomadas al Este del río Paraguay.

78. Las casas de cada uno de sus pueblos, forman una plaza cuadrada, y el plano topográfico de cada casa, se encierra en dos líneas paralelas largas 20 varas, distantes 10, uniendo sus extremos con un semicírculo en cada lado. En ambas paralelas clavan varas y las encorvan, y añadiendo otras bien

atadas a sus puntas, llegan a formar arcos a un palmo unos de otros y verticales. A ellos atan a la misma distancia varas horizontales que con los arcos, forman un enrejado. Luego cubren el todo con paja larga bien atada a las varas, quedando una bóveda cilíndrica de una a otra paralela, que cierran por los costados con bóvedas cónicas hechas con varas y paja unidas a la cilíndrica.

79. No hay más pared que el grueso de la bóveda, ni más agujero que la puerta; sirve la casa para doce familias, que se acomodan sin mamparas ni divisiones. No duermen en el suelo sobre pieles como las demás naciones, sino en camas. Las hacen clavando en tierra cuatro estacas con sus horquillas, en las que afianzan cuatro palos horizontales, que forman un bastidor, sobre el cual ponen varas delgadas, luego pieles y encima paja. Difieren de las demás naciones, en que diariamente barren sus casas, y en el idioma muy gutural, nasal y difícil.

80. Regulo su estatura media en 5 pies y 3 pulgadas francesas, aunque sus individuos no me parecen tan iguales como en las demás naciones. Tienen de común con ellas, no tener barba. También se les asemejan en no reír a carcajadas, en lo flemático de sus procedimientos, en lo dicho en los números 57, 58 y 59, y en no usar luz artificial, ni tener juegos, bailes, cantares, ni instrumentos músicos.

81. Reciben, alojan y dan de comer a los pasajeros algunos días acompañándolos hasta el pueblo inmediato. Son menos silvestres que las demás naciones; hablan más unos con otros y a veces forman tertulias. Poseen muy pocos caballos, vacas y ovejas, y subsisten principalmente de la agricultura del

país. Se arrancan las cejas y pestañas, llevan los varones el barbote del número 13, cortan el cabello a media frente; se afeitan una grande media Luna sobre cada oreja; el pelo restante crece y cae naturalmente. Algunos se rapan la mitad anterior de la cabeza, y otros toda, dejando un mechón en lo alto. Los varones que han estado largas temporadas con los españoles, visten como estos, pero los demás lo hacen como los payaguas, y lo mismo las mujeres según se dirá en el número 112, pintándose el cuerpo del mismo modo.

82. El matrimonio lo verifican sin otra ceremonia que hacer un regalito el novio a la novia, precediendo pedirla a los padres que convienen fácilmente, pues no conocen desigualdad de clases ni de fortuna. Antes de todo estipula el pretendiente con la novia, en presencia de sus padres y parientes, el género de vida común, y las obligaciones de cada contrayente, por que no son las mismas en todos los matrimonios, dependiendo mucho del capricho de las mujeres. Regularmente recae, sobre si la mujer ha de hilar y tejer una manta al marido; si le ha de ayudar y en qué términos a cultivar la tierra, si ella ha de traer o no la leña y el agua, si lo ha de guisar todo o solo las legumbres; si el marido ha de tener una sola mujer y la mujer muchos maridos: en este caso, de cuantas noches o días estarán juntos: finalmente contratan hasta las cosas más mínimas que pueden ocurrir. A pesar de tales contratos, no contraviene en pena el que falta a ello; ni por eso deja de ser el repudio o separación tan libres como todas las cosas, y aun más frecuente en esta nación que en ninguna, casi siempre ocasionado por las mujeres.

83. El motivo de esto es, ser muchos más los varones que las mujeres; no por disposición de la naturaleza, sino por que

las madres conservan a sus hijos varones, y entierran vivas luego que las han parido a muchas de sus hijas. No todas las madres practican esta barbaridad y las que lo hacen no es con todas las hijas, sino con la mitad poco más o menos. También las hay que entierran algunos varones, pero con el cuidado de conservar muchos más hijos que hijas, para que así sean estas más felices y buscadas según dicen las madres.

84. Efectivamente las mujeres guanás son más apreciadas, limpias y altivas: se casan a los nueve años, dan la ley en los contratos matrimoniales, y aun usan algunas coqueterías. Los varones se casan más tarde, no son tan puercos, se adornan y pintan algo más que en las otras naciones. Pasan por sodomitas; es frecuente robarse las mujeres y escaparse con ellas: apalean los maridos al adúltero, no a la adúltera. La poligamia dura poco, y no es tan frecuente como parece debería ser.

85. Al arribo de los primeros españoles, iban como hoy, voluntariamente porciones grandes de guanás a incorporarse con los albayas, para cultivarles la tierra y servirles en traer leña, guisar, armar los toldos o casas, cuidar de los caballos, y en lo que les mandan, sin más estipendio que la comida. Por esto los albayas les llaman sus esclavos; pero esta sujeción la dejan los guanás cuando les da la gana sin oposición de los albayas; estos les mandan pocas cosas, nunca con imperio ni precisión, y dividen con los guanás cuanto tienen sin exceptuar a sus mujeres. Yo he visto que un *albaya* quería abrigarse con su manta, y viendo que se abrigaba con ella su esclavo, ni aun insinuó que la quería.

86. También van al Paraguay con mucha frecuencia cuadrillas de cincuenta y cien guanás, sin llevar muchachos y casi siempre sin mujeres; ya porque estas escasean, y ya porque no quieren viajar sino en buen caballo y con otras comodidades que pocos maridos tienen. Dejan en depósito todas sus armas en la casa del primer alcalde español que encuentran; alquilan sus brazos para la agricultura a los españoles, y aun para servir de marineros en los barcos que van a Buenos Aires. Trabajan con flema, y para que no los hostiguen, prefieren ajustar lo que han de hacer por un tanto. Algunos hacen su casa, cultivando por su cuenta, y a veces se hacen cristianos casándose con alguna negra o india guaraní de las que hay en las casas españolas. Si no viesen la esclavitud en que tiene a los guaranís de nuestros pueblos su gobierno en comunidad, los guanás se españolizarían luego con mucha utilidad. Por lo común al cabo de un año o dos, se retiran a su país las cuadrillas de guanás tomando al paso sus armas, llevando el producto de su trabajo en vestidos y herramientas. Si tardan más en regresar, va a persuadirles la vuelta algún indio acreditado de su pueblo, y se van con él.

87. Los médicos de los guanás son algunas mujeres viejas, que les curan como se dijo número 21. Entierran a los muertos a la puerta de su casa, y los llora la familia. Jamás hacen otra guerra que la defensiva con flechas y garrotes; pero se defienden con valor, y matan a todo varón adulto, conservando las mujeres y muchachos, dándoles el destino dicho en el número 10.

88. Aunque nada enseñan ni prohíben a los hijos, ni estos hacen nada hasta casarse formando familia aparte, les dan alguna vez algún bofetón para contener sus impertinencias.

A la edad de unos ocho años, hacen los muchachos una fiesta que no repiten los mismos sino otros los años sucesivos. Consiste en irse juntos de madrugada al campo, y volver, sin haber comido ni bebido, en procesión silenciosa al pueblo. Allí las madres y demás mujeres les calientan la espalda en una hoguera, y las viejas con un hueso puntiagudo les atraviesan los brazos muchas veces, sin que los pacientes den indicio de sentimiento; siendo el postre de la función, darle las madres judías y maíz hervidos. También los guanás adultos tienen sus fiestas iguales a las que escribiremos de los *paiguas*, números 115, 116 y 117.

Indios albayas

89. Los indios machicuis les llaman *tajuanich*; los *enimagas*, guaiquiles; y Schmidels de muchas maneras en los capítulos 25 y 44. Cuando arribaron los españoles vivían los albayas divididos al Occidente del río Paraguay por los 20 y 22° de latitud: allí se combinaron con los *payaguas*, y mataron a Ayolas y a muchos españoles, según se verá, capítulo 18, número 40. Después en 1661, pasaron los albayas la primera vez el citado río y acometiendo al pueblo de Santa María de Fe, que estaba junto al mismo río en los 22° 5' de latitud, mataron muchos guaranís y precisaron a los demás a transmigrar. Enseguida volvieron muchos albayas a su país, quedándose la mayor parte en el conquistado o al Este del río Paraguay. En 1672, descubrieron el pueblo de Ypané o *Pitun*, y acercándose de noche, pasaron la zanja que le circundaba sobre un puente que hicieron con sus lanzas; pero habiéndoles oído los del pueblo se retiraron.

90. Encontraron al paso, paciendo en el campo, algunos caballos viejos que arrearon para adelante, y fueron los primeros en que se ensayaron a montar. Locos de contentos con esta adquisición tan nueva para ellos, volvieron pocos meses después y robaron otros caballos y yeguas. Ufanos con sus ventajas, determinaron destruir al citado pueblo y marcharon contra él en diciembre de 1673; mas teniendo el pueblo noticia anticipada del ataque que le amenazaba, lo avisó al de Guarambaré y juntos se dirigieron a la capital del Paraguay incorporándose al paso el pueblo de Atirá.

91. Con esto quedaron los albayas dueños de la provincia de Ytati, que se extendía desde los 24° 7' de latitud, o desde el río Jejuí hasta los 20°, sin pasar al Poniente del río Paraguay, y en ella han dado nuevos nombres a todo, dificultando la inteligencia de la historia. Por ejemplo, llaman *Guachie*, *Appa* y *Aquidaban*, a los ríos Guasarapó, Corrientes, y Piray y *Agaguigo* al distrito de *Pitun*, Pirai e Ytati, etc.

92. Desde dicha provincia de Ytati hicieron correrías hacia el Mediodía, y con sus repetidos ataques en diferentes tiempos, hicieron muchos destrozos en el pueblo de Tobatí, precisándole a transmigrar en 1699. No satisfechos con esto, venían desde dicha Ytati cuando les daba la gana y atacaban hasta las quintas de la Asunción, logrando destruirlas y matar a muchos centenares de españoles, faltando poco para exterminarlos totalmente. Pero oportunamente llegó entonces don Rafael de la Moneda por nuevo gobernador, quien con sus buenas disposiciones, precavió los ataques y logró, el año de 1746, hacer la paz con los albayas, que habían ya puesto en los mayores apuros a la villa de Curuquati. Después no siendo conforme a su sistema el vivir en paz, dirigieron la

guerra contra los orejones, nalicuegas, y guaranís silvestres, y contra los pueblos de la provincia de Chiquitos, en la que han precisado a transmigrar al del Santo Corazón. También la han hecho por temporada a los portugueses.

93. Los albayas se dividen en cuatro parcialidades principales. Las tres llamadas *Echiquebó*, *Gueteadebó* y *Beutuebó* que juntas compondrán dos mil almas: viven al Este del río Paraguay en las serrezuelas que ellos llaman *Noatequidí* y Noateliyá, situadas entre los 20° 40' y los 21° de latitud. La parcialidad Catiquebó, está dividida en tres pueblos. El uno de trescientas almas, habita las serrezuelas llamadas por ellos *Nogoná* y Nebatena en los 21° de latitud al Este del río Paraguay: el otro de quinientos individuos, está entre los ríos Ypané y Appa o Corrientes, cerca del Paraguay; y el 39 que no baja de mil almas, está situado al Occidente del dicho Paraguay por los 21° 5' de latitud en la orilla de la laguna llamada antiguamente de Ayolas. Este último pueblo tiene por cacique principal a *Nabidigisi* o Cambá cuya estatura es de 6 pies y 2 pulgadas. El año de 1794 le pregunté la edad que tenía, y dijo que la ignoraba: pero que vio principiar la obra de la catedral de Asunción, estando ya casado y teniendo un hijo. Dicha obra se hacía en 1689, y suponiendo tuviese entonces quince años, resultaba su edad de ciento veinte. Cuando le pregunté tenía el cuerpo algo agobiado, el cabello por mitad cano, y la vista debilitada según él decía: pero no le faltaba diente ni muela ni pelo en la cabeza, y montaba a caballo, empuñaba la lanza e iba a la guerra.

94. Los albayas se creen la gente más noble del mundo, la más valerosa, generosa y leal en cumplir su palabra, desdeñando toda otra ocupación, no hacen sino cazar y pescar

para vivir, y la guerra. Para esto tienen bastantes y buenos caballos, que estiman mucho; y los que destinan para las batallas no los enajenarían por nada del mundo. Algunos usan freno de hierro, otros lo hacen con dos palos que sirven de alacranes atravesando otro para bocado; los restantes atan la mandíbula inferior del caballo con una correa, de la cual salen dos para riendas. Montan en pelo casi sobre las ancas, aunque sus mujeres lo hacen a piernas abiertas sobre un mal aparejo.

95. No conocen las bolas de los pampas, números 43 y 44, ni el lazo de los españoles, ni se sirven de las flechas sino para cazar y pescar. Sus armas son una lanza muy larga y una *macana* o garrote de una vara y casi 2 pulgadas de diámetro, igual, muy pesado, y capaz de matar un hombre o romperle las piernas cuando lo arrojan de lejos y mejor sin soltarle de la mano.

96. Cuando van a la guerra, montan sus peores caballos, pero para acercarse al enemigo, cada uno conduce por la brida el destinado para la batalla, y le monta soltando el malo luego que están a punto de obrar. Si no logran sorprender, intentan circundar, y si no lo consiguen, se apean tres o cuatro y se acercan mucho a pie arrastrando y sacudiendo pieles de *yaguareté* con la idea de espantar y desordenar los caballos enemigos y para incitar que sobre ellos se haga una descarga general. Si lo consiguen se arrojan todos como rayos, y son raros o ningunos los que se les escapan.

97. Para contener estos ataques, es preciso buscar apoyo en los costados, y poner a pie tres o cuatro hombres en ellos, y en el centro que sean los mejores punteros, para que de muy

cerca estropeen o maten alguno de los de las pieles, conservándose los restantes en buena e inmóvil formación. Conseguido el objeto, se destacan algunos albayas a recoger el muerto, y permitiéndoselo se van todos. Pero si para seguir a alguno que con estudio se separa de los otros, o para recoger los caballos malos que ellos dejaron, se pierde la formación, vuelven caras y acometen con furor. También saben disponer emboscadas peligrosas, hacer falsos ataques, y en fin, aun con la ventaja de las armas de fuego, no hay que lisonjearse tantos a tantos, ni aun con alguna superioridad de número. De contado, si la victoria está por ellos raro enemigo se les escapa; y si les es contraria, pierden poca gente por la ventaja de los caballos. Matan a todo enemigo adulto, conservando a los muchachos y mujeres tratándolos como a los guanás sus esclavos según dije, número 85, de modo que el *albaya* más pobre, tiene tres o cuatro de estos esclavos habidos en la guerra, y entre ellos algunas españolas, que aunque las cogieron adultas y con hijos no quieren volver a estar con sus parientes y maridos.

98. Computo la estatura media de los albayas, en 5 pies y 8 pulgadas francesas, y creo que sus formas y proporciones son muy superiores a las europeas. Llevan los varones el barbote del número 13 y los dos sexos se afeitan la cabeza, dejando las mujeres una cresta o tira ancha una pulgada, alta poco menos, desde la frente a lo más elevado de la cabeza. Nadie deja de arrancarse las cejas y pestañas, y dan por motivo, que no son animales para criar pelos. Miran con más despejo que las naciones precedentes, y hablan más unos con otros, aunque se les parecen en lo dicho en los números 57, 58 y 59.

99. Su idioma es diferente de todos sin narigal ni gutural; me parece pomposo y que sus nombres propios son significativos como entre los vizcaínos. Además de la particularidad de no conocer nuestra letra F tiene la de terminar las mujeres y los muchachos las palabras de diferente manera que los varones adultos. Sus caciques son como queda dicho, número 54, y nadie les manda en paz ni en guerra gobernándose por la asamblea citada en el número 20. Sus casas o toldos son los descritos número 42, pero espaciosos, elevados y cubiertos con esteras de juncos, no tejidos sino puestos a lo largo y cosidos o pasados con algunos hilos.

100. Schmidels capítulo 44 dice, que tenían domésticas gallinas y otras aves y ovejas de Indias; pero seguramente no hubo tal. Modernamente se han provisto algunos de los albayas de canoas como las de los payaguas; pescan con anzuelos y a flechazos; y también se han dedicado a criar caballos, ovejas y vacas en cortas cantidades sin ordeñarlas, porque aborrecen la leche como todo indio silvestre. Por lo que hace a vestidos, adornos, pinturas, médicos y modo de curar los enfermos, fiestas y borracheras, todo es lo mismo que diré luego de los payaguas. Pero las mujeres albayas, que son francas y algo zalameras, hacen una o dos veces al año su fiesta particular. Dan vueltas al pueblo, llevando en las lanzas de sus maridos las cabelleras y despojos de los enemigos muertos en las batallas, y cada una pondera las hazañas de su esposo. Como todas pretendan que el suyo es el más valiente, se acaba siempre la función dándose muchos cachetes y puñadas, hasta que cansadas y ensangrentadas la boca y narices, se va cada una a su casa. Los maridos no toman parte en la fiesta, pero cuando la ven concluida, se emborra-

chan todos menos las mujeres y muchachos, que nunca beben sino agua.

101. Los varones albayas son altivos, soberbios e indomables, comen todo manjar, pero sus mujeres casadas, no prueban la vaca, capibara, ni mono, sino la carne de animales pequeños, todos los pescados y las legumbres. Las solteras no comen ninguna carne, sino legumbres y los pescados cuya longitud sea menor de palmo y medio. Ninguna de ellas prueba cosa que tenga o pueda tener gordura estando con su menstruación: porque dicen salieron cuernos a una que comió pescado gordo estando en dicha situación.

102. Las mujeres albayas abortan con violencia a todos sus hijos, y no conservan cada una sino uno. Este es por lo común el último que conciben, cuando se figuran que no tendrán más según la edad y robustez con que se sienten. Si equivocadas en este concepto conciben otro del que conservaron abortan al último concebido; y si esperando tener al último no le conciben, se quedan sin ninguno.

103. Reprendiendo yo un día tan bárbara costumbre, que no es muy antigua entre ellos, afeando el que matasen a sus propios hijos, de que se seguía el exterminio de su nación, me contestaron los maridos, que ellos no se mezclaban ni les correspondía en negocios de mujeres, y una mujer me dijo: «para que nos eviten el trabajo de criarlos y conducirlos en nuestras marchas frecuentes, hemos imaginado abortarlos luego que nos sentimos embarazadas».

104. Abandonan a los enfermos que no pueden seguir cuando el pueblo se transfiere a otra parte, y también cuan-

do la enfermedad es muy larga. La familia y parientes lloran a los difuntos, y su luto dura tres o cuatro lunas. Se reduce a que la mujer, hijas y esclavas no comen sino vegetales, y guardan tal silencio, que a nada contestan una palabra. Cada pueblo tiene su cementerio: si acaece la muerte tan lejos de él que teman corrupción, envuelven el cadáver en una estera, le cuelgan de un árbol hasta que se le caen las tripas y queda acartonado, y le llevan al cementerio. Entierran con él sus armas y alhajuelas, matando sobre el sepulcro cuatro o seis de sus mejores caballos. Yo me persuado que entierran las armas, etc., por separar todo lo que pueda traerles a la memoria el difunto; cosa que les incomoda tanto que jamás le nombran, ni le miran, ni tocan, y ni lo enterrarían sino lo hiciese alguna vieja o viejo por lo que les pagan mucho.

Indios payaguas

105. Esta nación así hoy como en el tiempo de la conquista, era puramente marinera, y dominaba privativamente la navegación del río Paraguay desde los 20° hasta su unión con el Paraná. Por esta razón llamaban entonces los guaranís a este río Paraguay, río de los payaguas; cuyo nombre alteraron algo los españoles. Estaba la nación dividida en los trozos *Cadiqué* y *Siacuá* que conservan hoy; pero los primeros españoles dieron al primero el nombre de paiguá que era el de toda la nación, y al segundo el de *Agás* y *Agacé* que era el de su cacique principal, cuya memoria se conserva aun. Rui Díaz que ignoró esto, en el libro 1°, capítulo 6, los hace dos naciones diferentes y supone equivocadamente que los agaces han sido exterminados. Los españoles del día llaman sariguee a los cadiqués y a los siacuás *tacumbús*.

106. Los cadiqués vivían en los 21° 5' donde comunica la laguna de Ayolas con el río Paraguay, y los siacuás más abajo de la Asunción, pero unos y otros mudaban con frecuencia sus domicilios o pueblos. No solo mataron los payaguas a muchos de los conquistadores como se verá en el capítulo 18, números 10, 31 y 41, sino que también destruyeron la villa de Talavera y el pueblo de Ohomas, y casi verificaron lo mismo en los de Ypané, Ytati y Santa Lucía. En el archivo de la Asunción hay una carga de autos en que constan sus innumerables fechorías, crueldades y perfidias contra los españoles, de quienes han sido los enemigos más constantes, y también de todas las naciones de indios.

107. Pero como son sumamente astutos, y observaron que se aumentaban los españoles en el Paraguay, y los portugueses en Cuibá, conocieron que los cogían en medio, y que sus fuerzas no bastaban contra tan poderosos enemigos. Entonces hicieron con los españoles alianza ofensiva y defensiva, reservándose la libertad de hacer la guerra particular a los indios que no fuesen protegidos por el gobierno español, y de poderse fijar, cuando les diese la gana, en la misma capital del Paraguay, sin que nadie se opusiese a su libertad, costumbres y modo de vivir. De resultas se establecieron los siacuás o tacumbús en la Asunción el año de 1740, y los sarigués o cadiqués en el de 1790, componiendo un total como de mil almas. No es posible distinguir unos de otros; pues aunque los tacumbús hacía cincuenta años que formaban un pueblo con los españoles, conservaban sus vestidos idioma y costumbres, sin tomar cosa alguna de los españoles. Prestan a estos algunos servicios útiles, vendiéndoles pescado, algunas canoas, vasijas de barro y mantas, etc., y el dinero que adquieren lo emplean luego en aguardiente, dulces, carne, etc.,

sin atesorar nada. El gobernador del Paraguay, deseando hacer mérito, pensó hacer bautizar a los payaguas menores de doce años. Con esta mira hizo que los españoles regalasen un vestido a cada uno y otras cosas a sus padres, y consiguió que el 28 de octubre y 3 de noviembre de 1792, se bautizasen ciento cincuenta y tres de los niños; pero al momento vendieron los regalos por aguardiente y dulces y ninguno quiso ser instruido, ni era fácil traducir el catecismo en su lengua. Se pensó entonces en violentarlos; pero amenazaron con la guerra y quedó todo como antes.

108. El idioma *payaguá* es diferente de todos, muy nasal y gutural, y tan difícil que nadie lo ha aprendido. Alvar Núñez, capítulo 17, después de referir de estos indios un cuento ridículo y falso, los hace como gigantes, pero yo regulo su estatura media en 5 pies y 4 pulgadas francesas: su color no es tan oscuro como el de los Guaranís, su fisonomía muy despejada, sus proporciones bellas y su agilidad y soltura parecen mayores que en los albayas, guanás y otros a quienes se parecen en arrancarse el vello, las cejas y pestañas y en el barbote del número 13. También se asemejan en lo dicho en los números 57, 58 y 59.

109. Igualmente se parecen a la mayor parte de todas las naciones, en comer a la hora que tienen gana sin avisar a nadie, y sin usar cuchara ni tenedor, con alguna separación de la mujer y los hijos, sin beber hasta después de haber comido; en aborrecer la leche; en el modo de encender fuego sin pedernal, haciendo girar una vara del grueso del dedo chico metida la punta en el agujero de una tablita, al modo de quien bate el chocolate, hasta que la frotación violenta

desprende un polvillo o aserrín encendido; y en temer que les caigan encima de noche nuestras casas.

110. Sus toldos son lo mismo que dije, número 99, de los albayas aunque no son tan espaciosos ni elevados. Las mujeres los arman y desarman, hacen las esteras, las ollas de barro muy pintadas y mal cocidas, guisan las legumbres y alguna vez el pescado, siendo lo común guisarlo el marido, el cual siempre cocina la carne y trae la leña. Las mujeres jamás comen carne, porque dicen les haría daño, y todos separan con la lengua y depositan en los carrillos las espinas pequeñas de los pescados, y las arrojan todas juntas después de haber comido.

111. Se gobiernan por la asamblea del número 20, y sus caciques son los que se dijo en el número 54. Hace poco que se acabó entre los tucumbás la descendencia del antiguo cacique *Agace*, y no han elegido otro. El de los sarigués es el primogénito de Cuatí a quien conocí de 120 años, porque me dio las mismas señales que dije de Navidriquí, número 93. Conservaba blancos y bien puestos todos sus dientes y cabellos, aunque estos eran canos la tercera parte. Se quejaba de no poder correr y de la cortedad de la vista; pero aun pescaba, remaba y se emborrachaba como los demás.

112. Las payaguas y todas las indias silvestres que hilan, hacen del algodón una larga salchicha sin torcerla y la envuelven flojamente en el brazo izquierdo. Luego sentadas en tierra con las piernas estiradas, resbalan el uso sobre el muslo desnudo, torciendo poco el hilo, que van recogiendo en la mitad alta del uso, que es largo 3 palmos. Cuando han hilado así, lo envuelto en el brazo, lo devanan en la mano izquierda

y lo tuercen segunda vez, recogiéndolo en la mitad inferior del uso. Así sin doblarlo, disponen el urdido entre dos varas apartadas lo que la manta o tela ha de tener de largo, y sin lanzadera ni peine pasan el hilo con la mano apretándole con una regla de madera. Las naciones del número 45, hilan regularmente y usan telares para tejer. Las payaguas y demás indias, nunca cosen ni cortan sus telas para hacer vestidos limitándose a envolverse en la manta desde el estómago abajo, y alguna vez desde el hombro. Llevan además un trapo de palmo y medio en cuadro sostenido por una cuerda que ciñe la cintura. Los varones van totalmente desnudos, pero si hace frío o entran en la ciudad, se echan al hombro su manta tapando lo esencial otros se ponen una estrechísima camisa sin cuello ni mangas. También los hay que pintan su cuerpo imitando la chupa, calzones y medias y van desnudos.

113. Usan los varones adultos brazaletes de muchas especies en lo grueso del brazo y en los tobillos; cuelgan de las muñecas las pezuñas de ciervos, para que suenen dando unas con otras, y de las orejas, pendientes que ellos fabrican de varias formas y materias: llevan moños de plumas, y tahalíes de canutillos de plata y de lentejuelas de concha, y pendiente de ellos una bolsita pequeña que no les sirve porque llevan el dinero en la boca; se pintan la cara y cuerpo con dibujos extraños inexplicables de varios colores. Nada llevan en la cabeza, cortan raso el cabello de delante, y a la altura de la oreja el de los costados, dejando intacto el restante para atarlo detrás con una correíta de piel con pelo del mono cay.

114. También cortan las mujeres raso el pelo de delante; no el de las sienes, que como el resto cae libremente sin atarlo jamás. Llevan sortijas de cualquiera cosa; pero no arracadas

ni otro adorno. El día de su primera menstruación, les pintan indeleblemente un listón muy oscuro que principia en el cabello y baja a la punta de la barba, saltando o dejando libre el labio superior. Además caen en cada lado desde el cabello, de siete a nueve líneas verticales, atravesando la frente y el párpado superior: de cada ángulo de la boca salen pintadas dos cadenetas paralelas a la mandíbula inferior, terminando a los dos tercios de la distancia a la oreja: agregando dos eslabones unidos que nacen del ángulo exterior de cada ojo y acaban en lo alto del carrillo: todas se hacen picando la piel; y las demás que llevan en la cara, pechos, brazos y muslos, son postizas como las de los varones. Nadie las asiste en sus partos; pero si no despachan pronto, acuden las vecinas con sartas de cascabeles y sacudiéndolos un rato con violencia sobre la cabeza de la paciente, la dejan y se van repitiendo lo mismo de rato en rato hasta que ha parido. Entonces se sitúan las vecinas en dos hileras desde la casa al río y ensanchando sus mantas, pasa por enmedio la parida y se lava.

115. Todo es permitido a los payaguas y por consiguiente también el divorcio, pero sucede rara vez. En este caso se agrega la mujer a nuevo esposo o a sus gentes, llevándose todos los hijos, la canoa, la casa y cuanto hay en ella sin quedar al marido, sino las armas y la manta si la tiene. Cuando les nace algún hijo, cuando aparece la primera menstruación a la hija, y cuando les da la gana se emborrachan. Para esto beben mucho aguardiente sin comer nada porque dicen que la comida les llenaría el vacío que debe ocupar la bebida. Mientras puede el borracho, va a la ciudad o a pasearse acompañado de la mujer o de otro, el cual le conduce a su casa cuando ve que apenas puede tenerse en pie y le hace sentar. Entonces comienza a decir en un tono bajo «¿quién se me pondrá de-

lante? Vengan uno, dos o muchos y los haré pedazos». Repite muchas veces lo mismo dando puñadas al aire como si riñese, hasta que cae dormido. Pero no hay ejemplar que un borracho tome las armas, haga daño, ni riña con otro, ni se descomponga con las mujeres: al contrario estas provocan a sus maridos estando borrachas. Los hijos de familia, que viven, hasta casarse, a expensas de los padres sin hacer nada, nunca beben licor espirituoso, y lo mismo las mujeres, pero si compra el aguardiente con dinero o alhajas de ellas, beben por mitad marido y mujer, sin que, por eso beba ella del que compra su marido. Estas fiestas o borracheras, sus motivos y resultas son comunes a los albayas, guanás, y a las naciones siguientes.

116. Además de dichas fiestas particulares celebran, los payaguas, y casi todos los indios silvestres, otra solemnísima por el mes de junio. Todos los varones, cabezas de familia se pintan la cara y todo el cuerpo lo mejor que saben, y adornan la cabeza con plumas y cosas que es imposible describir ni dejan de admirarse viéndolas. Tapan con pieles tres o cuatro ollas de barro, y de rato en rato las baten muy despacio con dos palitos como plumas de escribir. Al amanecer del día siguiente beben mucho aguardiente, y estando todos borrachos, cogen unos a otros la carne que pueden de un pellizco, y la atraviesan de parte a parte con un punzón de palo, o con una gruesa espina de raya. Lo mismo repiten con intervalos mientras dura el día, sin quedar uno que no esté atravesado en las piernas, muslos y brazos desde la muñeca al hombro, con intervalo de una pulgada de un agujero al otro. También se atraviesan de parte a parte muchas veces la lengua y el miembro viril, y no se ocultan para estas cosas; pues

los payaguas hacen esta fiesta públicamente en la capital del Paraguay.

117. Reciben en las manos la sangre que les sale de la lengua, y enseguida se frotan con ella la cara. A la que destila el miembro viril, la hacen caer en un agujerito hecho con el dedo en la arena, y no hacen caso de la que fluye por otras partes. He presenciado lo dicho tan de cerca, que veía a los pacientes sin advertir en ellos el menor movimiento que indicase dolor ni incomodidad. Dicen que con esto manifiestan su esfuerzo y coraje, sin dar otro motivo de esta fiesta. No aplican remedio a la hinchazón del cuerpo ni a sus heridas; pero las comprimen con los dedos para hacer salir el pus o materia, y las cicatrices duran toda la vida. Como no pueden buscar la comida en los días inmediatos después de la fiesta, padecen bastante necesidad las familias; pero la soportan más tiempo que nosotros y comen más en cada vez. Creen algunos en Europa que el beber con exceso licores fuertes, acorta la vida; pero todos los indios son extremadamente borrachos, y sin embargo viven más o tanto como nosotros, sin que en esto les aventajen sus mujeres que apenas beben sino agua.

118. Cuando alguna tempestad desconcierta sus casas, corren un trecho cara a ella, la tiran tizones encendidos, y dan muchas puñadas al aire. También las dan algunos de alegría al descubrir la Luna nueva.

119. Los payaguas como todos los indios silvestres son muy robustos, gozan de salud perfecta y no padecen enfermedad particular. Los médicos payaguas curan las enfermedades según dije número 21; pero si el enfermo paga bien, usan

de aparato extraordinario. Preparan su pipa y su calabaza: aquella es un palo de palmo y medio, grueso lo que la muñeca, muy dibujado por fuera, barrenado a lo largo y con un corto canutillo en una punta para chupar el humo del tabaco. La calabaza es hueca, larga 3 palmos, y compuesta de dos pegadas a lo largo con un agujero en cada punta, el mayor de 3 pulgadas y media de diámetro. Se pone el médico una gran corbata de estopa, que le llega a la cintura, y muy pintado todo el cuerpo sin otro vestido, toma la pipa y la calabaza, chupa el humo de aquella, y le sopla en esta por el agujero menor, y enseguida la baña repitiendo lo mismo tres o cuatro veces. Luego aplica el borde del agujero mayor de la calabaza al lado superior junto a la nariz, quedando la boca en medio del agujero; grita sin articular palabras y suena la calabaza con bastante extrañeza y variedad espantando a la enfermedad según ellos dicen. Así prosigue a veces horas, golpeando el suelo con el pie a compás, contoneando el cuerpo inclinado sobre el enfermo, que está en el suelo boca arriba descubierto y desnudo. Por último se sienta el médico, soba un rato con la mano el estómago del doliente, y se lo chupa con vehemencia extraordinaria, escupiendo en la mano y haciendo ver alguna espina, piedrezuela o sangre que anticipadamente puso en la boca para que crean que la sacó chupando.

120. Los médicos de todas aquellas naciones, han logrado persuadirlas, o a lo menos hacerlas dudar que ninguno moriría si ellos quisiesen curarles: así son siempre médicos los que saben persuadir que tienen esta habilidad. Por lo común son los más holgazanes y borrachos; sin embargo les pagan bien y les tienen alguna consideración, hasta permitirles disfrutar las primicias de las doncellas, según dicen algunos, aunque hay quien niega este hecho. Lo cierto es que si sucede morir

muchos de seguida, dan fuertes palizas al médico. No dan a los enfermos sino frutas y legumbres, en corta cantidad; y las resultas son las que entre nosotros, esto es, que los más escapan y los menos mueren.

121. En el momento en que muere el payagua le envuelve alguna vieja en su manta o camisa con las armas y alhajas, y un alquilado le lleva en la canoa a enterrar en su cementerio. Hasta poco ha los enterraban sentados, dejándoles la cabeza fuera cubierta con una olla o campana de barro cocido; pero porque los tatús y puercos silvestres se comían a muchos, los entierran hoy totalmente y tendidos como a los españoles. Cada familia tiene en el cementerio su lugar destinado, y le cubre con toldo igual al que habitan, barriéndole, arrancándole las yerbas, y poniendo encima muchas campanas de barro boca abajo, y unas dentro de otras. Solo las mujeres lloran dos o tres días por la muerte del padre y, marido; pero si ha sido muerto por enemigos, todas las mujeres dan vueltas día y noche al pueblo gritando.

122. Los payaguas no cultivan, cazan poco, y viven principalmente de la pesca a flechazos y más con anzuelos. Sus canoas de una pieza son largas de 4 a 8 varas, anchas de 2 a 4 palmos donde más, que es a los dos tercios contados de la proa. Esta es agudísima y poco menos la popa. El remo es largo tres varas y media inclusa la pala agudísima. Bogan en pie sobre la extremidad de la popa, y para pescar, se sientan en medio dejándose conducir por la corriente. Si se les vuelca la canoa al meter en ella los pescados grandes, se ponen derechos como en pie sumergidos hasta el pecho (aunque haya 10 brazas de agua), sacuden la canoa como si fuese lanzadera

de tejedor, y en pocos momentos echan el agua fuera y saltan dentro sin perder la caña, el pescado, el remo ni las flechas.

123. En sus guerras procuran siempre engañar y sorprender, y matan como los charrúas a los adultos conservando las mujeres y los muchachos. No se internan mucho en tierra, y cuando van a atacar, se colocan en pie seis u ocho a lo largo de cada canoa y la hacen volar. El remo les sirve de lanza por lo largo y agudo: usan el garrote y las flechas de los número 60 y 95, son diestrísimos en su manejo: y poniendo en la punta de la flecha algo que la embote, dan el golpe al pájaro o animal, le aturden y cogen vivo.

Indios guaicurús

124. Alvar Núñez, caps. 19, 25, 26 y 30, dice que el pueblo que vio de estos indios tenía veinte casas portátiles, de paja, de quinientos pasos pada una; que la nación componía cuarenta mil guerreros; que pillaban al correr los venados y avestruces; que por costumbre se entregaban esclavos al que los vencía; que cualquier enemigo suyo a quien iban a matar, quedaba libre con solo verle una mujer, y que se sentaban sobre un pie. Schmidels, capítulo 41, añade que eran canoeros, y que colgaban en su templo las cabelleras de sus enemigos, pero todo lo dicho es falso.

125. Lo cierto es que los guaicurús eran soberbios, vengativos, indomables, fuertes y aventajados en valor y estatura, y bastante numerosos. Vivían solo de la caza al Occidente del río Paraguay, cerca de él casi enfrente de la Asunción en pueblos o casas como las de los albayas, y tenían idioma diferente de todos. De esta nación solo existe hoy un varón

alto 6 pies de París, y tres mujeres que se han agregado a los tobas. Su exterminio no ha venido tanto de la guerra continuada que han hecho a los españoles y a toda casta de indios, como de haber adoptado sus mujeres (quizás las primeras) la barbaridad de abortar en los términos dichos, números 102 y 103.

126. Para tener una idea de lo que destruye esta costumbre, basta saber que el producto de ocho matrimonios será ocho hijos, de estos, según la probabilidad de la vida, morirán cuatro sin cumplir ocho años, y después dos sin llegar a los treinta y cinco o cuarenta, que es cuando conservarán a su último hijo, y restarán solo dos para unirse y conservar un hijo que será la segunda generación: y siendo la primera de ocho, resulta que cada uno solo es la octava parte de su precedente, y las naciones que han adoptado tal costumbre desaparecerán luego de la faz de la tierra. No puede verse sin dolor que un capricho mujeril extermine a las naciones más fuertes, altas, bellas y elegantes que conoce el mundo. Se cree que el amor principalmente de las madres a los hijos, viene de la naturaleza, con tal imperio, que no puede haber madre que no ame a sus hijos tanto como a sí misma. Pero muchas de mis naciones de indios, son la excepción de esta regla, y hacen ver que un capricho en las mujeres tiene más fuerza que la misma naturaleza.

Indios lenguas

127. Esta nación se denomina a sí misma Juiadgé; los payaguas la llaman *Cadalú*, los machicuis *Quiesmagpipó*, los enimagas *Cochaboth*, los tobas y otros *Cocoloth* y los españoles Lengua. Cuando llegaron los primeros europeos, vivía

solo de la caza como los guaicurús confinando con esta; por cuyo motivo las relaciones antiguas y modernas equivocan la una con la otra, porque ambas eran errantes, respetadas, formidables, altivas, feroces, presuntuosas, vengativas, implacables y tan holgazanes, que no hacían sino cazar y la guerra.

128. Su idioma es diferente de todos, y don Francisco Amansio González que lo entiende un poco, dice que es muy nasal, gutural y difícil en extremo, pero expresivo y elegante. Usan las mismas casas y armas que los albayas, montan también en pelo y hacen la guerra como ellos, conservando solo a las mujeres y muchachos. Computo su estatura media en 5 pies y medio de París, con las mejores proporciones. Cortan el pelo a media frente, y el resto a la altura del hombro, sin atarle. A los dos sexos cuando nacen, les agujerean las orejas; y poniendo toda la vida palos y ruedecitas cada vez mayores, llegan los agujero a ser tan grandes, que en la vejez meten en ellos roldanas de más de 2 pulgadas de diámetro, llegando las orejas casi a tocar los hombros, según dijimos de los orejones en el número 72. Además (solo a los varones) al nacer, hacen una cortadura horizontal en el labio inferior que penetra hasta la raíz de los dientes, y les ponen en ella una tablita delgada cada vez mayor de modo que se le va agrandando la cortadura, hasta que la tablita en los viejos es una semielipse o círculo, cuyo diámetro de pulgada y media y algo escotado, ajusta a la raíz de los dientes. La tal cortadura aparenta una segunda boca, y la tablita que sale por ella, una segunda lengua de donde han tomado los españoles el nombre que les dan. Como no puede ajustar el barbote o tablita perfectamente a la cortadura sino en los ángulos o extremos, se les salen continuamente por la cortadura la saliva y las babas, dando asco al mirarlos.

Indios silvestres

129. No tienen médico ni cacique, y se pintan poco. Practican las fiestas o borracheras descritas en los números 115, 116 y 117 y se arrancan las cejas, pestañas y vello. Se parecen a los guanás en no tener barbas y en lo demás que se dijo en el número 80 y también en el vestido. Es una atención, entre ellos, antes de hablarse, aparentar tristeza y aun llanto cuando se encuentran dos después de una ausencia; las mujeres no comen carne con gordura cuando menstrúan, ni hasta tres días después de haber parido, en cuyo trance nadie las auxilia.

130. Solo dan a los enfermos agua caliente, alguna fruta y tal cual friolera, y los abandonan si se alarga la enfermedad. No sufren que nadie muera en su casa, y cuando se figuran que no tardará a morir, le toman por las piernas y arrastrando le sacan como cincuenta pasos. Allí le ponen boca arriba con el trasero en un agujero, para que él haga sus necesidades; le encienden fuego en un lado, y en el otro le ponen una vasija de agua, se van y le dejan. Vuelven de tanto en tanto, no a hablarle ni darle nada, sino a ver desde alguna distancia si ha fallecido. Verificado esto, no pierden tiempo las viejas alquiladas para ir a envolverle con su manta y alhajas, y arrastrando le alejan hasta que se cansan y lo entierran cubriéndole apenas de tierra. Los parientes aparentan tres días sentimiento; pero ni ellos ni nadie de la nación nombran jamás al muerto, aun cuando hagan mención de sus hazañas. Lo raro está en que cuando muere cualquiera de su nación a manos de enemigos, mudan todos de nombre, sin que quede uno de los que tenían antes, y la razón que dan es que el que

mató a uno tomó los nombres de los que restaban para volver a matarlos, y que mudando los nombres, no encontrará cuando vuelva al que quiera matar.

131. Ha hecho tal destrozo en esta nación el aborto citado, números 102 y 103, como que en 1794 solo se componía de veintidós individuos, de los cuales cinco se agregaron a la casa del citado don Francisco Amansio, siete a la nación Pitilaga y los restantes a la Machicui.

Indios machicuis
132. Así los llaman los españoles: los lenguas los denominan *mascoi*, pero ellos se dan a sí mismos el nombre de *cabauataich*. Habitan lo interior del Chaco, al Occidente del río Paraguay, en las orillas del arroyo llamado por ellos Lacta y Nelguatá y que se une al río Pilcomayo. Está su nación dividida en diecinueve pueblos, cuyos nombres no pueden pronunciarse ni escribirse por nosotros, y los pondré aquí con alguna semejanza a lo que suenan. La primera *Cuomoquigmon* está dividida en tres y su cacique principal es *Ambuiamadimon*. La segunda se llama *Cabanatath*; la tercera *Quienuanapon*; la cuarta *Quiabanalabá*; la quinta *Cobaite*; la sexta *Cobastigel*; la séptima *Eusegiepop*; la octava *Quioaice*; la novena *Quiomomcomel*; la décima *Quioaoguaina*; la undécima *Quiaimmanagua*; la duodécima *Quiabanaelmaiesma*; la decimatercia *Quiguailieguaipon*; la decimacuarta *Siquietiya*; la decimaquinta *Quiabanapuacsie*; la decimasexta *Yoteaguaiencene*; la decimaséptima *Painuhinquie*; la decimaoctava *Sanguotayamoctae*; y la decimanovena *Apieguhem*. Estos nombres persuaden, no solo que su idioma es diferente de todos, sino que tiene razón don Francisco

Amansio González para decir que es tan narigal, gutural y de palabras tan largas, sincopadas y diptongadas que se admira le puedan aprender los hijos de sus mismos padres.

133. Una de las citadas divisiones *machicuis* es de a pie, y habita en cuevas subterráneas pequeñas y asquerosas, sin otra luz que de la pequeña puerta que jamás cierran. Otros dos pueblos que con el precedente compondrán 200 almas, son igualmente de a pie, y los quince restantes son de a caballo. Todos viven cultivando los frutos del país, agregando la caza y las pocas ovejas que comienzan a criar. Sus casas portátiles y modo de montar, son como las de los albayas y lenguas. Ceden poco a estos en la estatura y formas, como ellos agrandan sus orejas, y tienen todas sus costumbres, inclusa la del aborto, menos el barbote que es el del número 13. Pero no hacen más que defenderse y vengar los insultos que les hacen con las armas iguales a los lenguas y albayas.

Indios cuimagas
134. Así los llaman los españoles, y los machicús *esaboste*, pero ellos se denominan Cochabot. Conservan estos indios la tradición de que antiguamente vivían confinantes con los lenguas de quienes eran amigos, pero que se separaron para hacer la guerra a todas las naciones menos a la Guentusé, logrando subyugar a los albayas y hacerlos sus esclavos. En sus frecuentes batallas, tuvieron bastantes pérdidas que redujeron mucho su número y notándolo los albayas, se les escaparon hacia el Norte. En esta situación llegaron los primeros españoles al Paraguay, y hallándose los enimagas reducidos a solo dos pueblos en la ribera austral del río Pilcomayo muy adentro del Chaco y abandonados de los albayas; se acer-

caron a los lenguas y renovaron su antigua amistad. Mas no por eso dejaron de hacer la guerra a toda otra nación, menos a la Guentusé, hasta que hoy está reducida su nación a dos parcialidades; la una de 150 familias, que dejando su antiguo suelo, se ha fijado en la costa del río llamado por ellos *Flagmagmegtempela* que corta el Chaco y entra en el del Paraguay, en los 24° 24' de latitud, y yo creo es el brazo más caudaloso del Pilcomayo. La otra parcialidad, compuesta de veintidós varones y otras tantas mujeres, se fue en 1794 a la casa de don Francisco Amansio González que les da de comer y le sirven.

135. El citado González dice que su idioma es muy difícil, gutural y diferente de todos, pues aunque se asemeja en las frases y maneras al de los lenguas, no se entienden unos a otros. Son gente altiva, soberbia, feroz y de a caballo; subsiste de la caza, del robo y de la agricultura que hace practicar a sus esclavos, que son las mujeres y los muchachos conservados en la guerra. Su estatura, color, no tener barba, arrancarse las cejas, pestañas y vello, costumbres, armas y modo de hacer la guerra, son como en los lenguas, pero usan los varones el barbote del número 13 y las mujeres crían todos sus hijos. No tienen caciques y deben de propender al divorcio, pues he visto uno como de treinta, años que había ya repudiado a seis mujeres y estaba con la séptima.

Indios guentuses

136. Componen esta nación unas trescientas familias en dos pueblos, tan amigos de los enimagas, que siempre han vivido y viven inmediatos, sin mezclarse con ellos en las guerras ni por casamientos. Son de carácter muy opuesto porque

viven de su agricultura y alguna caza, no son inquietos ni tienen esclavos, ni hacen más guerra que la defensiva. Su frecuente trato de amistad con lenguas y enimagas, es causa de que su idioma participe del de aquellos, a quienes además se asemejan los guentuses en la estatura, color, no tener barba y demás costumbres; pero su barbote es el del número 13 y conservan todos sus hijos.

137. En la agricultura de estos y demás indios silvestres no intervienen animales domésticos: se reduce a hacer un agujero en tierra con un palo y meter dentro la semilla. Así siembran donde quiera que se hallan, sin detener su vida errante; después vuelven y comen lo que encuentran que ha producido. Si se detienen más en un sitio, usan de una azada que hacen acomodando una paletilla de vaca o caballo a un mango.

Indios tobas

138. Así los llaman los españoles: los enimagas *natecoet* y los lenguas *yncanabaité*. Son unas quinientas familias que viven errantes entre los ríos Pilcomayo y Bermejo o *Ypitá*. Subsisten principalmente de la caza, y de los ganados que roban a los españoles, pero de muy poco acá han principiado a criar vacas. Su amistad y trato frecuente con los pitilagas, ha hecho que sus idiomas participen uno de otro en las frases y propiedad, pero ellos los creen diferentes y se consideran naciones distintas. Son gente de a caballo y valiente como los lenguas a quienes se asemejan en la estatura, formas, costumbres y holgazanería, pero no agrandan las orejas: usan el barbote del número 13, y conservan todos los hijos. Muchos gobernadores jesuitas y eclesiásticos le han formado en reducciones, pero ninguna ha subsistido.

Indios pitilagas

139. Se compone esta nación de unas doscientas familias que comúnmente habitan no lejos de los tobas ni del río Pilcomayo, en un distrito que tiene lagunas de sal. Su idioma es diferente de todos, muy nasal y gutural, aunque, según se ha dicho, participa del de los tobas. Con estos se juntan con frecuencia cuando hay Luna y el río Paraguay está bajo, y le pasan para robar vacas y caballos a los españoles. Lo demás es lo mismo que en los tobas.

Indios aquílot

140. Este nombre dan los enimagas a unas cien familias desconocidas de los españoles. Habitaban las riberas del río Bermejo; pero el año de 1791, se fueron a incorporar con los pitilagas, y viven juntos. Ellos se creen nación diferente de todas; pero su idioma parece ser una mezcla del de los tobas y mocobés y puede presumirse sea una rama de la nación Mocobi, pues tienen la misma estatura, formas y costumbres.

Indios mocobis

141. Esta nación indomable, altiva, soberbia, holgazana y guerrera, se halla dividida en cuatro parcialidades que compondrán juntas unas dos mil familias, sin contar los de las tres reducciones que existen de ellos. Nada cultivan, y subsisten de la caza, corriendo el Chaco desde el río Ypitá o Bermejo, hasta los confines de la ciudad de Santa Fe; pero agregan algunas ovejas y vacas que comienzan a criar, y las muchas que roban a los españoles de dicha ciudad; de las de

Corrientes y del Paraguay. Su, idioma es entero, nasal, gutural, diferente de todos y tan difícil, que los padres Jesuitas no pudieron aprenderle para traducir en él el catecismo, en los veinticinco años que vivieron con los mocobis en el pueblo de San Javier de Santa Fe.

142. Computo su estatura media en 5 pies y medio de París y sus proporciones robustas y elegantes. Lozano, lib. 2, capítulo 5, y lib. 3, capítulo 12, les da nombres diferentes y desconocidos y los hace erradamente canoeros. Schmidels, capítulo 18, les pone una pluma en un agujero de la nariz, lo que también es error, porque el agujero está en el labio y la pluma era el barbote que usan, y es el descrito en el número 13; las mujeres pintan su pecho con variedad de dibujos, y conservan todos sus hijos. Son diestrísimos en montar a caballo en pelo como los albayas y lenguas; usan las mismas armas sin cederles en valor, y tampoco sufren vello, cejas ni pestañas; se visten, pintan y adornan como los payaguas, practican las mismas borracheras y costumbres, y tienen los mismos médicos, caciques y asamblea de gobierno. Ellos destruyeron la ciudad de Concepción de Buena Esperanza; se han consumido inmensos caudales inútilmente en formarles reducciones de las que solo existen las de San Javier, San Pedro y Ynespin, en las que no hay un indio civil ni cristiano.

Indios abipones

143. Los españoles les dan este nombre, los lenguas el de *Ecusginá* y los enimagas el de *Quiabanabaité*. Corrían el Chaco al Occidente del río Paraná hacia los 28° de latitud, sin tener las canoas ni el número de guerreros que les dan Schmidels, capítulo 18, y Lozano, lib. 2, capítulo 5. Hacia

la mitad del siglo XVIII, se empeñaron en una guerra sangrienta contra los alocobis, a quienes no ceden en orgullo, fuerzas ni estatura; mas como eran inferiores en número, se vieron precisados a solicitar la protección y una guardia que les acordaron los españoles, formándoles el pueblo de San Jerónimo, que encargaron a los padres Jesuitas en 1748. En él estuvo veinte años el jesuita alemán, que vuelto a su patria escribió en latín en un tomo en cuarto la historia o descripción de *Abiponibus*; pero no pudo entender su idioma lo bastante para traducir en él el catecismo; porque es muy gutural, difícil y diferente de todos. Continuando el fundado temor de los abipones de dicho pueblo, como la mitad de él pasó el río Paraná en 1770, y fundó el pueblo de las Garzas. En ambos pueblos visten mucho las camisas y ponchos que les dan los españoles, sin que haya un cristiano ni civil, y conservan casi todas sus antiguas costumbres iguales a las de los mocobis. Usan el barbote del número 13, y las mujeres adultas llevan indeleble una cruz en la frente y cuatro líneas horizontales entre las cejas, con otras dos en cada ángulo exterior del ojo.

Indios taraíes

144. Dieron su nombre al río Taurú, porque habitaban sus riberas desde donde emboca en el del Paraguay, hasta el arrecife que tiene diez jornadas más arriba. Se internaban 4 leguas en la provincia de Chiquitos, e ignoro lo que ocupaban en la de Matogroso; cuyos portugueses los han exterminado, a no ser que sean restos suyos los indios que ellos llaman *bororós*. Rui Díaz, lib. 1, capítulo 4, y Barco, canto 5, no los conocieron y los describen fabulosamente. Alvar Núñez, capítulo 59, da diferentes nombres a sus pueblos. Schmidels,

capítulo 35 y 36, se los altera, les da canoas y los hace vivir de la pesca y caza. Ambos autores les conceden estatura muy aventajada, y dicen que iban los varones totalmente desnudos; pero Schmidels les cuelga de las orejas un redondel, y los pinta desde el cuello a las rodillas con varios dibujos, poniendo en sus labios pedazos de cristal azul; siendo en esto más de creer que Alvar Núñez que les pone por barbote la cáscara de una fruta grande como un tortero. Pero se equivoca Schmidels dándoles bigotes y añade que las mujeres eran hermosas. En el capítulo 35 dice que se cubrían de la cintura abajo, y en el capítulo 36 que les servían de vestido único las labores, diferentes de las de los varones, con que se pintaban del pecho a las rodillas. Alvar Núñez refiere que se afeaban con las rayas y labores con que labraban el rostro. Su idioma diferente de todos.

Indios vilelas y chumipis

145. Solo puedo decir de ellos lo que me informaron los lenguas y enimagas. Son dos naciones con idiomas diferentes de todos, que viven hacia los términos de la ciudad de Salta al Mediodía del río Bermejo, componiendo cada una como cien familias pacíficas, pusilánimes, de baja estatura, agricultores y cazadores.

Indios quilmes y galianos

146. Estas dos naciones de idiomas diferentes, pacíficas y agricultoras, que juntas componían setecientas familias, vivían en el valle de los Quilmes hacia Santiago del Estero; en 1618 fueron conducidas por fuerza a las inmediaciones de Buenos Aires, donde se les formó el pueblo de su nombre, y

mezclándose con los europeos se han españolizado perdiendo sus idiomas y costumbres antiguas que ignoro las que serían.

Indios chanés, porrudos y otros

147. La nación Chané habitaba las orillas del río de su nombre que vierte en el del Paraguay en los 18° 7' de latitud. Lo creo diferente de la de los porrudos que vivía más al Oriente del mismo río. Aun parece que había otra o más naciones al Mediodía de las dos citadas y todas han sido esclavizadas por los portugueses, sin que sepa otra cosa de ellas, sino presumir que eran poco numerosas, pusilánimes, agricultoras y pescadoras. Interpoladas con pueblos guaranís, había en la provincia de los Chiquitos las naciones llamadas por Alvar Núñez, capítulo 56, *Chimenos*, *Caracaes*, *Gorgotoquies*, *Paizunoes*, *Estarapecocies*, y *Canderoes*; y por Schmidels, capítulo 45, *Paisenos*, *Maigenos* y *Cacocies*. De lo poco que hablan de estos pueblos o naciones, solo puede conjeturarse, que se pintaban y vestían como los jaraies, que eran poco numerosos, agricultores y que tenían lenguas diferentes. Los fundadores de Santa Cruz de la Sierra, las subyugaron a todas sin dificultad en poco tiempo, e interpolándolas entre sí y con guaranís, formaron de ellas muchos pueblos que después encargaron a los padres Jesuitas. Esta facilidad en someterse y conservarse lo mismo que la nación guaraní en todas partes, persuade que eran todas de inferior estatura y pusilánimes.

XI. Algunas reflexiones sobre los indios silvestres

1. Me ha parecido anotar aquí algunas reflexiones obvias sobre mis indios silvestres. Como la mayor parte de mis naciones son sumamente diminutas en número de individuos, se puede pensar que en cuanto a su modo de subsistir, no han padecido las alteraciones que engendra la muchedumbre en todas las sociedades. Cuando llegaron los primeros españoles, ninguna de ellas era pastora, ni vivía de los frutos espontáneos de la tierra; porque no conocían animal doméstico, ni el país da semejantes frutos, si no en corta estación del año y con mucha escasez, solo en pocos y determinados distritos. Creo por consiguiente que no fueron estos los medios primitivos de subsistir los primeros progenitores de mis naciones, si no la caza, la pesca y la agricultura, que eran las que practicaban aquellas gentes silvestres cuando las descubrieron.

2. Hablando en general, parece que las naciones de la mayor estatura y otras algo menos elevadas, pero todas de bellas proporciones, y las más errantes, holgazanas, fuertes, soberbias e indómitas, eran las cazadoras: que otras algo más bajas pero también guerreras, fuertes, indómitas, y más ágiles, astutas, pérfidas, y poco menos errantes, eran las pescadoras: que las menos andariegas, las más bondadosas y pacíficas eran agricultoras. Entre estas últimas hay algunas de buena estatura, pero también otras que son las más, bajas, feas y en todo las más pusilánimes y despreciables.

3. Se observa que aquellas naciones conservan por tradición y sin alteración sus vestidos y todas sus costumbres, con tal tenacidad, que a lo menos no las han mudado poco ni

mucho en los tres últimos siglos, aun los que han nacido y vivido cincuenta años en la misma capital del Paraguay con los españoles.

4. Al tiempo de la conquista, eran estas mucho menos errantes que hoy; por que no tenían caballos ni facilidad de transportar sus armas, casas y muebles. Vivían pues confinadas en determinados y espaciosos distritos, con poquísima comunicación de unas a otras; la guaraní encerraba en su distrito a muchas aislándolas totalmente sin comunicar ni mezclarse con ellas. Habitando todas mis naciones una misma llanura, donde hay los mismos vegetales, pájaros, y cuadrúpedos iguales en formas y magnitudes, es cosa muy extraña la diferencia que hay de unas a otras en los idiomas, estatura, fuerzas y soberbia, siendo las más de ellas indomables y las restantes pusilánimes en extremo. Los guaranís eran idénticos en todas partes por más distantes que estaban unos de otros.

5. Los portugueses en muy pocos años esclavizaron a todos los guaranís del Brasil, y en el mismo corto tiempo los españoles subyugaron a todos los guaranís del país que describo formando de ellos más de cuarenta pueblos, sin contar los que estuvieron al cuidado de los padres Jesuitas en el Paraná, Uruguay y en la provincia de Chiquitos; y por otro lado a excepción de algunas pusilánimes naciones indicadas en el capítulo anterior número 147, no han podido los mismos europeos domar a ninguna de mis otras naciones diminutas, aunque lo han procurado con eficacia y empeño, con caudales y persuasiones, y con todos los medios violentos desde la conquista hasta hoy.

6. Entre las muchas cosas comunes a todas o casi todas mis naciones, hay algunas que pueden considerarse como peculiares suyas, y otras como tomadas del hombre europeo. Las primeras son las crueldades extravagantes en sus grandes fiestas, en sus duelos, en poner el barbote y en agrandar tan enormemente sus orejas. Ellos no dan razón ni saben el objeto ni el motivo de tales cosas, y yo estoy tan lejos de adivinarlo, como que si no las hubiese visto practicar, me parecería imposible pudiera ocurrir a nadie tales barbaridades, ni aun un motivo para hacerlas. La facilidad con que paren las indias sin mala resulta, sin que les falte la leche, y sin dejar de hacer el mismo día lo que las corresponde: los dientes siempre blancos y bien puestos, la plena libertad para todo, sin conocer autoridad ni amistad particular, el dirigirse sin saber por qué por unas prácticas como si les fuesen innatas: el no conocer ambición, juegos, bailes, cantares, instrumentos músicos, la apatía con que soportan sin quejarse la intemperie, la escasez, las enfermedades, dolores duelos y fiestas la igualdad de clases, y no servir unos a otros: el no saber la edad que tienen, ni cuidar de lo porvenir aun para hacer provisiones, limitándose a tener para el día; el comer mucho de una vez, sin avisar ni convidar a nadie, bebiendo antes o después y nunca a media comida; el no tener hora fija para nada; el no lavarse, barrer ni coser, ni instruir a los hijos, echándolos luego de casa algunos y matándolos otros: el respetarse los indios de la misma nación, de modo que no se incomodan, roban ni matan, y el morir sin inquietud por la mujer e hijos que dejan.

7. Lo dicho en el número precedente son también diferencias con los hombres europeos, de quienes además difieren, en la superior estatura, igualdad de individuos y elegancia de

las formas de muchas naciones, y lo contrario en otras: en el color y no tener barbas; en el poco vello y cabello más espeso, firme, largo, grueso, lacio, nunca crespo, y siempre negro: en los ojos más pequeños nunca bien abiertos, y siempre negros y relucientes: en la vista y oído muy superiores: en los dientes más firmes en un país donde se les caen mucho a los españoles: en ser más flemáticos, menos risibles e irascibles, y manifestar menos sus pasiones al exterior: en no gritar ni tener voz gruesa ni sonora: en la menor sensibilidad y aun fecundidad según se dijo en el capítulo 10, número 57, de los Guaranís, debiendo entenderse lo mismo de los otros.

8. En el capítulo precedente se han mencionado treinta y ocho naciones de idiomas diferentes. Creo no exagerar diciendo, que además hay otros seis idiomas en los indios que viven al Occidente de los pampas: otros seis en los del Mediodía hasta el cabo de Hornos; y otros ocho entre las antiguas naciones de las provincias de Chiquitos y Moxos según se insinuó capítulo anterior números 45, 46 y 147.

XII. De lo que practicaron los conquistadores del Paraguay y Río de la Plata para sujetar y reducir a los indios, y del modo con que se les ha gobernado

1. Para no confundir las cosas, hablaré aquí de la conducta de los españoles y eclesiásticos seculares, respecto a los indios, reservando para el capítulo siguiente tratar de los padres Jesuitas en sus pueblos del Paraná y Uruguay. Como los españoles llevaron rarísimas mujeres de Europa, y necesitaban muchas, echaron mano de las indias en clase de concubinas. Por este medio se disminuyó bastante el número de indios transformándolos en españoles, porque el rey declaró tales a los mestizos que resultaron.

2. Los conquistadores de aquellos países hicieron distinción en el modo de tratar a los indios. Si ellos cometían insultos e injusticias contra los españoles, estos después de vencerlos en alguna batalla, se los repartían, y les obligaban a servir de criados: además de otros indios que voluntariamente solicitaron ser admitidos en el mismo servicio. De unos y otros, se formaron las encomiendas llamadas generalmente de *yanaconas* y en el Paraguay de indios originarios. Los encomendaderos o los que las poseían, tenían siempre en su casa todos los indios que les pertenecían de ambos sexos y de todas edades, y los ocupaban a su arbitrio en clase de criados. Mas no podían venderlos ni maltratarlos, ni despedirlos por malos, inútiles o enfermos: estaban obligados a vestirlos, alimentarlos, medicinarlos e instruirlos en algún arte u oficio y en la religión. De todo esto se hacía cada año una visita y examen prolijo por el jefe principal, oyendo al encomendadero, a los indios, y a su protector que era un español de los

más graves y caracterizados. En esta clase de encomiendas, fueron incluidos los guaranís de San Isidro, los conchas, los de las islas del Paraná y también algunos pampas, payaguas, albayas, y guaicutrus cogidos en las batallas y los citados en el capítulo 10, número 72.

3. Pero si los indios se sometían en paz o por capitulación en la guerra, el jefe español les forzaba a hacer sus casas, y formar pueblo fijo en el sitio que mejor les pareciese a su país. Para la justicia y policía, se nombraba corregidor a un cacique, y se formaba un ayuntamiento con dos alcaldes y regidores, todos indios, disponiéndolo todo como si fuere pueblo de españoles. De esta manera formaron aquellos españoles una multitud de pueblos que se nombran en la tabla al fin de este capítulo. Cuando lo dicho estaba ya corriente y establecido, formaba el jefe las encomiendas, componiendo cada una de un cacique y de los indios de quienes él lo era, para que así estuviesen unidos los parientes y amigos. Se conferían estas encomiendas en juicio formal a los españoles más beneméritos, y las llamaban de *mitayos*; pero no eran tan útiles como las de *yanaconas* del número precedente, porque solo los varones de dieciocho a cincuenta años estaban obligados a ir por turno, dos meses al año, a servir al encomendadero quedando los diez meses restantes tan libres como los españoles. Además siempre estaban exentos de todo servicio los mayores y menores de la edad citada, los caciques y sus primogénitos, las mujeres y todos los que en su pueblo ejercían cualquier cargo público. Aunque el encomendadero solo alimentaba a los indios mientras le servían, sin vestirlos, estaba obligado a instruir en la religión a todos los individuos de su encomienda y los instruyó hasta que hubo párrocos; después se le precisó a pagar a estos. Sobre todo esto se verificaba la

misma visita anual que dije en el número precedente se hacía de las *yanaconas*.

4. Como los encargos y órdenes de la corte eran siempre apretantes para adelantar los descubrimientos y conquistas, sin facilitar medios ni caudales, *Domingo Martínez de Irala*, jefe que arregló todas aquellas cosas, discurrió el medio siguiente de adelantar las conquistas sin el menor costo del erario. Luego que tenía noticia que había indios silvestres en alguna parte, y que no eran muchos, incitaba a algunos españoles voluntarios para que a su riesgo y expensas los redujesen o precisasen a agregarse a algún pueblo de su lengua donde sirviesen de *mitayos* o de *yanaconas* llevándolos a sus casas, según el reparto que los mismos españoles interesados arreglaban. Cuando sabía Irala que había muchos indios en un distrito, como sucedió en las provincias de Guairá, de Jerez, de Chiquitos, de Santa Cruz del Chaco y de Santa Fe, los hacía reconocer, y luego despachaba una compañía de españoles con orden de fundar una villa o ciudad en medio de los indios, y de repartírselos en encomiendas ya de *yanaconas* ya de *mitayos* según dictaban las circunstancias explicadas en los dos números precedentes.

5. La duración de todas las encomiendas, se fijó en la de la vida del primer poseedor, y la de su heredero: acabada ésta debían quedar abolidas, y los indios en la misma libertad que los españoles, con la sola diferencia de pagar al erario un tributo moderado en frutos del país. El que medite la formación de encomiendas y su duración, conocerá que reunió Irala en este punto cuanta reflexión, prudencia, humanidad y política cabe en un hombre. Estaba precisado a adelantar el descubrimiento y conquista, y le era imposible hacerlo con

unos soldados a quienes el rey no daba honores, sueldos, armas ni municiones, ni aun vestuario ni cosa alguna: ni Irala podía proporcionarles nada de eso en un país que no conocía metales ni fruto precioso. De modo que para estimular y mover a sus gentes, no tuvo otro resorte que el cebo de darles encomiendas, distinguiéndolas en dos especies de *mitayos* y *yanaconas* para conservar en lo posible justicia con los indios, a quienes libró de malos tratamientos con las citadas visitas. En cuanto a la duración de las dos vidas de las encomiendas, era el más corto tiempo necesario para civilizar e instruir a los indios bajo la dirección y trato inmediato de los encomenderos interesados en esto, y para recompensar los costos, fatigas y peligros de los conquistadores.

6. Sin embargo, desde entonces hasta hoy no han faltado gentes, que han declamado contra estas encomiendas, pintando a aquellos españoles con los más negros colores. Pero reflexionando la historia de las conquistas, no se encontrará otra con tan pocos excesos cometidos, ni que haya producido tantas ventajas a los conquistadores con tan poca sangre derramada.

7. Así estaban las cosas, cuando dispuso la corte que don Francisco de Alfaro, oidor de la audiencia de las Charcas, pasase al Paraguay en clase de visitador con instrucciones competentes y grandes facultades. Este hombre por los años de 1612, mandó, que así como fuesen muriendo los que tenían encomiendas, quedasen estas agregadas al real erario sin conferirse a nadie; y que los que las poseyesen entre tanto, no exigiesen de sus indios *mitayos* servicio personal, sino un corto tributo anual en frutos del país, y lo mismo de los indios *yanaconas*, debiendo dar a estos tierras para cultivar

por su cuenta, de donde sacar el citado tributo, el cual debería entrar en el erario luego que vacasen estas encomiendas. La corte aprobó esta providencia pero como dejaba a los españoles sin un criado ni criada, no siendo entonces decente allí que un español sirviese a otro y no habiendo esclavos negros, lo representaron al visitador, y este convino en dejar las cosas como estaban antes, insistiendo en que no se confiriese ninguna encomienda de las que vacasen. Así se verificó con las de los vecinos de Buenos Aires, de Santa Fe y Corrientes, pero no con los del Paraguay, cuyos gobernadores continuaron dando todas las que vacaban, conservando el servicio personal. Aun en el año de 1801 sucedía lo mismo; pues aunque como veinte años antes había mandado el consejo cumplir lo dispuesto por Alfaro, representó el gobernador y el ayuntamiento, y quedó todo como antes. Verdad es que los padres Jesuitas lograron después de muchos años de las disposiciones de Alfaro, libertar de encomiendas los pueblos citados, capítulo 13, número 11.

8. Mandó el visitador, que no se fundase en lo sucesivo ninguna encomienda de indios, apoyando esta y todas sus providencias en los supuestos excesos cometidos por los españoles en la caza de indios citada número 4, en que no era lícito forzar a ser esclavos a los indios libres, y en que se conseguiría su civilización y sumisión mucho más fácilmente confiándolas enteramente a los eclesiásticos. Los últimos padres Jesuitas del Paraguay, se jactaban de que los de su sotana habían dictado a Alfaro sus providencias, y contaban esto entre sus grandes servicios hechos a la humanidad y al estado. Pero yo no sé cómo no reflexionó el visitador, y más la corte, que en un país tan apartado, donde el rey no tenía un soldado pagado, ni facilitaba el menor auxilio para nada,

el cortar la formación de encomiendas equivalía a extirpar de raíz el único estímulo que podía animar a los españoles particulares, a adelantar los descubrimientos, las conquistas y la civilización de los indios, y que nada de esto podría verificarse, ni aun conservar lo conquistado, prohibiendo que ningún español secular tuviese parte en ello.

9. Esta reflexión se hará evidente, al que considere que desde las providencias de Alfaro hasta poco ha no se fundó ningún pueblo español: que muchos de los que había anteriores, han sido destruidos o abandonados; que bastante españoles, disgustados del gobierno, se fueron a establecer en San Pablo y otras partes entre los portugueses, y que el imperio español, lejos de adelantar, fue perdiendo y perdió totalmente las provincias de Vera, de Santa Catalina y Cananea, del Guairá, de Jerez, de Itatí, de Cuyabá, de Matogroso, del río grande de San Pedro y del Chaco. El mismo convencimiento sacará el que lea al fin de este capítulo, la tabla de los pueblos de indios fundados por los españoles seculares, si advierte que las fechas de sus fundaciones y sujeción de sus indios son anteriores a Alfaro: pues aunque hay en ella diez de fecha posterior, leyendo sus fundaciones en los capítulos 16 y 17, se encontrará que para formar los cuatro, se despreció lo dispuesto por Alfaro, y que los restantes lejos de estar consolidados, aun no tienen un indio civil ni cristiano, y no se piense que las disposiciones de Alfaro han fundado otros, pues no se mostrará ni uno como luego veremos.

10. El gobierno portugués siguió las máximas contrarias a las de Alfaro, pues sobre incitar por todos medios a los particulares, les daba auxilio, armas y municiones, y les permitía vender por esclavos perpetuos a los indios que pillaban en

sus *malocas* o incursiones. Con esta conducta libre, atrajeron muchos españoles desertores o malcontentos; buscaron y encontraron muchos indios silvestres, y cuando escasearon, se llevaron los de dieciocho o veinte pueblos fundados y catequizados antes por los españoles. Con semejantes correrías descubrieron y se apoderaron de las provincias citadas en el número anterior, y de las minas de oro y piedras preciosas de Cuyabá, de Montegroso y de otras.

11. En la formación de los pueblos de la citada tabla, nadie intervino sino los encomendaderos que por su particular interés sujetaban a los indios, los instruían del modo posible en las artes, oficios y en el catolicismo. Ningún eclesiástico hizo ni pudo hacer nada en aquellos primeros tiempos con los indios, porque solo hubo un clérigo con los primeros conquistadores, y aun cuando veinte años después llevó el primer obispo canónigos, clérigos y frailes, en todos no eran sino diecisiete. Solo uno de ellos entendía el guaraní o lengua de los indios, mas no lo suficiente para traducir nuestro catecismo ni para predicarles. Llegó ya el caso de haber ya fundadas siete u ocho ciudades españolas, y como cuarenta pueblos de indios no siendo los eclesiásticos sino veinte, incluso el señor obispo. Dos únicos entre ellos; que entendían el idioma, corrían continuamente de unos pueblos a otros, y se conoce lo poco que aprovecharían en todas partes. Viéndose la extrema necesidad de eclesiásticos, los solicitaron con las mayores instancias, hasta que el año de 1611 llegaron los padres Jesuitas, a quienes el juez eclesiástico encargó inmediatamente las atenciones parroquiales de toda la provincia de Guairá, que aun no había tenido párroco alguno, no obstante de haber en ella una ciudad española y trece pueblos numerosos de indios, fundados cuarenta y cuatro años antes. En el Pro-

pio caso estaban los antiguos pueblos de Tarey, Bomboy y Coaguazú que se encomendaron a otros dos Jesuitas llegados después en 1632 y el de San Ignacio-guazú a otro el de 1609.

12. Por las ordenanzas del visitador Alfaro citadas números 7 y 8, se prohibieron todos los medios seculares o de la fuerza practicados hasta entonces para reducir y civilizar indios silvestres, y se encargó este tan grave negocio privativamente a los eclesiásticos, franqueándoles con libertad y continuamente abundantes caudales de las tesorerías de bulas y vacantes de obispados. Luego se han buscado eclesiásticos que han convenido en irse a vivir entre los indios pampas, minuanes, mocobis, abipones, tobas, pitilagas, lenguas, albayas y payaguas, precediendo el beneplácito de los indios, ofreciéndoles dar vestidos, la comida y herramientas. Convenidas estas cosas, se han formado pueblos de chozas en los sitios elegidos por los indios, los eclesiásticos dotados con buenos sueldos o rentas, se han ido a vivir entre ellos sin tener más ocupación que la de repartirles lo prometido, sin poder hacer otra cosa, porque los indios no los han podido entender, ni ser entendidos de los eclesiásticos. Yo he visto principiar muchas doctrinas o pueblos de esta manera eclesiástica, y también los he visto acabar; ya porque se agotaron los caudales asignados, y ya porque aburridos los curas, los abandonaron. Me consta además haber acaecido lo mismo a otros muchos, aunque no se anotan en la tabla al fin de este capítulo por no venir al caso; pero no se mostrará en aquel país un pueblo existente formado sin la fuerza sino eclesiásticamente, en el que todos sus indios, ni aun uno de ellos sean sumisos civiles y cristianos. Lo único que se ha visto en esto es, que si los eclesiásticos han sido muy constantes y los caudales han dado en manos económicas, se ha prolongado

la destrucción de los pueblos. Así ha sucedido a los seis últimos de la citada tabla, sin que por eso se hayan civilizado,
catequizado ni sujetado sus indios, que están como el primer
día. Si contra esto se dice que el rey envía continuamente de
España doctrineros de todas las religiones y que estos tienen formados innumerables doctrinas o pueblos en todas las
partes de América, responderemos que también los envía al
Paraguay, donde he dicho que nada han adelantado, siendo
de presumir lo mismo en todas partes, aunque yo solo hablo
de lo que he visto.

13. Verdad es que los eclesiásticos, ignorando la historia
y más el carácter de las diferentes naciones de indios, han
preferido para sus empresas las citadas en el número anterior
que son tan indomables, como que ni los heroicos conquistadores pudieron sujetarlas ni adelantar nada con ellas, ni creo
posible que nadie lo consiga por otro medio que el de buen
trato y comercio, hasta que mezcladas con nosotros, adop-
ten insensiblemente nuestras costumbres, lengua y religión.
La fuerza podrá a la larga exterminarlas, mas no domar-
las ni persuadirlas. Si los eclesiásticos se hubiesen dirigido a
los guaranís silvestres más dóciles que las citadas naciones,
no habrían encontrado tantas dificultades, sin que por esto
crea yo que hubiesen logrado formalizar sus proyectos sin el
auxilio de la fuerza secular, porque me consta que ninguna
reducción de indios se ha formalizado sin ella.

14. Aun así se me hace imposible que se adelante nada con
otras naciones por más dóciles que sean por la dificultad de
aprender sus idiomas y de traducir en ellos nuestro catecismo, faltando a todos las palabras precisas para expresar lo
intelectual y espiritual, de que no tienen idea. Los padres

Jesuitas vivieron más de veinte años en clase de curas doctrineros, entre los tobas, pitilayas, abipones, mocobis, albayas, pampas y minuanes sin poder formar una gramática ni catecismo en tales lenguas. Cuando hubiesen llegado a entenderlas y hablarlas perfectamente, no era posible transmitirá otros lo que ellos supiesen, porque casi todos estos idiomas usan de sonidos que no pueden escribirse con nuestro alfabeto. Se conocerá más la dificultad sabiendo, que aunque hay en América tantos idiomas diferentísimos y que en grande número de ellos se han intentado traducir nuestro catecismo por los misioneros, creo que no se puedan mostrar sino cuatro traducciones: a saber en las lenguas aimará, quichoa, mexicana y guaraní. Aun estos se han formado, porque los españoles criollos han adoptado tales idiomas y les ha sido menos difícil suplir con el español lo que faltaba a los otros: de modo que se puede desconfiar que sean sus catecismos exactos, y más no habiendo yo encontrado sino solo tres curas que se atreviesen a predicar el evangelio en guaraní; no obstante de que este era el idioma nativo de todos los curas. Oigo hablar de que los eclesiásticos han catequizado infinidad de indios de innumerables lenguas; mas no creo se muestren traducciones del catecismo en más idiomas que los cuatro citados. Por esto quisiera me dijesen ¿qué instrucción han podido o pueden dar, fuera de los dichos cuatro idiomas, a unos indios que no entienden el de sus predicadores? Se podrá pensar que han principiado enseñándoles nuestra lengua, más no creo que puedan mostrar un solo pueblo donde haya sucedido tal cosa, ni la creerán los que conozcan a los indios silvestres, a quienes solo la fuerza puede hacer que quieran oír, más no que entiendan.

15. Vimos en el número 7 que contra las disposiciones de Irala, habían continuado estos indios con la servidumbre de encomiendas; pero en lo demás se les dio plena libertad como a españoles. Así estuvieron un siglo, hasta que se les aplicó el gobierno en comunidad inventado por los padres Jesuitas, de que se hablará en el capítulo siguiente, y desde entonces han sufrido las vejaciones ya insinuadas. En cuanto a lo demás, estos indios cultivan y pastorean lo mismo que los españoles que los han instruido y aun son los únicos carpinteros y tallistas del país. Se ignora su capacidad para el comercio, porque no se les ha permitido comerciar sino frioleras a hurtadillas. El trato con sus encomendaderos les ha enseñado a fabricar cada familia su casita con divisiones por dentro, con cocina y algunos muebles, el haberles permitido trabajar para sí dos días de la semana, y el hacer lo mismo muchos días de fiesta, ha proporcionado a muchos el tener algunas vacas lecheras, un burro, algunos caballos, gallinas y cerdo. En punto a religión los creo muy atrasados aunque no tanto como a los indios jesuíticos, y lo atribuyo a que como sus curas han sido siempre hijos del país, cuya lengua nativa es la de los indios, les ha sido más fácil recibir la instrucción.

Tabla de los pueblos de indios formados por los conquistadores

Nombre de los pueblos	Año de fundación	Latitud	Longitud
Ita	1536	25° 30' 30"	59° 45' 2"
Aca	1536	25° 34' 56"	59° 40' 14"
Yaguaron	1536	25° 33' 20"	59° 39' 14"
Aregua	1539	25° 18' 1"	59° 46' 24"
Altos	1539	25° 16' 6"	59° 38' 30"
Tobati	1539	25° 1' 35"	59° 29' 1"
Yois	1539	25° 16' 45"	59° 31' 26"
Ipané	1539	25° 16' 26"	59° 22' 10"
Guarambaré	1539	25° 23' 1"	59° 19' 29"
Atira	1539	24° 4' 17"	59° 28' 1"

Maracayú	1539	24° 7' 25"	57° 52' 54"
Terecañí	1539	24° 9' 30"	58° 12' 10"
Abiranariyá	1539	24° 22' 56"	58° 15' 28"
Candelaria	1539	24° 30' 43"	58° 29' 4"
Loreto	1555		
San Ignacio Miri	1555		
San Javier	1555		
San José	1555		
Anunciación	1555		
Santos Ángeles	1555		
San Miguel	1555		
San Antonio	1555		
San Tomé	1555		
Concepción	1555		
San Pablo	1555		
San Pedro	1555		
Jesús María	1555		
Calchaquí	1573	32° 34' 2"	63° 26' 30"
Periçogüazú	1576	25° 10' 30"	59° 15' 2"
Lejuí	1576	24° 4' 0"	59° 20' 4"
Carumial	1580	23° 0' 0"	57° 1' 0"
Pacauin	1580	20° 25' 0"	57° 41' 0"
Baradero	1580	33° 46' 35"	62° 6' 30"
Qhoma	1588	27° 46' 0"	61° 0' 0"
Guaçaras	1588	27° 27' 31"	60° 55' 12"
Ytatí	1588	27° 17' 0"	60° 31' 12"
Santa Lucía	1588	25° 59' 30"	61° 18' 2"
Tarcí	1592	22° 4' 0"	60° 12' 4"
Bomboi	1592	22° 14' 0"	60° 0' 0"
Caaguazú	1592	25° 30' 0"	59° 30' 0"
Caazapá	1607	26° 11' 8"	58° 49' 49"
San Ignacio Guazú	1609	26° 54' 36"	59° 4' 14"
Yutí	1610	27° 18' 55"	58° 39' 29"
Quilmes	1618	34° 38' 45"	60° 36' 50"
Arecaia	1632	24° 22' 40"	58° 37' 0"
Sto. Domingo			
Soriano	1650	33° 23' 56"	60° 38' 20"
Yiapé	1673	25° 23' 0"	58° 28' 33"
San Javier	1743	30° 32' 15"	62° 27' 15"
San Gerónimo	1748	29° 10' 20"	61° 43' 46"
Caiastá	1749	31° 9' 20"	62° 39' 0"
San Pedro	1765	29° 57' 0"	62° 37' 0"
Garzas	1770	28° 28' 49"	61° 11' 40"
Ynispen	1795	29° 43' 30"	62° 40' 30"

XIII. De lo practicado por los padres jesuitas para reducir y gobernar a los indios

1. Llegaron los padres Jesuitas al país de mi descripción el año de 1639 y administraron temporal y espiritualmente treinta y tres pueblos de indios guaranís o tapes que es lo mismo. Tres de ellos que son los últimos de la tabla al fin de este capítulo, están a la parte Norte de la provincia del Paraguay, y los treinta restantes componen la provincia de Misiones del Paraná y Uruguay. De los treinta y tres citados pueblos, solo fundaron los padres los veintiocho de la citada tabla; porque los cinco restantes son los que hoy existen de los que les encargaron a su arribo, ya formalizados mucho antes, y aun repartidos en encomiendas, según se dijo en el precedente capítulo número 11 y consta de los papeles del archivo de la Asunción, por cuyo motivo se han anotado entre los de dicho capítulo.

2. Según escriben los mismos padres redujeron los veinticinco primeros pueblos de la citada tabla, predicando y soportando trabajos y martirios como misioneros apostólicos. Pero separando los seis que son colonias, porque su fundación les dio poco que hacer, no puedo menos de notar, que para fundar los dieciocho primeros, solo emplearon veinte años dejando pasar después ciento doce desde la fundación de San Jorge a la de San Joaquín, sin fundar otro que el de Jesús, sujetando algunos indios silvestres con otros muchos sacados del de Ytapuá que tenía ya setenta y un años de antigüedad; de modo que Jesús puede decirse colonia de Ytapuá, como lo son los seis que le siguen en la tabla. La circunstancia de haber coincidido los citados veinte años fecundos en formar

pueblos con los mismos, en que los portugueses llamados allí entonces *mamelucos*, persiguieron con furor por todos lados a los indios guaranís, y en que estos llenos de pavor, huyeron a refugiarse entre los grandísimos ríos de Paraná y Uruguay y en sus bosques inmediatos, donde no penetraron, ni era fácil, aquellos inhumanos corsarios, digo que esta coincidencia del tiempo fortalece mucho la presunción de que en la fundación tan rápida de aquellos primeros pueblos, tuvo tanta parte el miedo de los *mamelucos* como la que tuvo el miedo de las armas españolas en la formación de los del capítulo anterior. El grande mérito de los padres Jesuitas, estuvo en la constancia y habilidad con que dirigieron y libertaron a los indios de tan terrible persecución a costa de tan largas y trabajosas peregrinaciones, de las cuales puede tomarse alguna idea leyendo lo poco que se dirá de cada pueblo en particular en los capítulos 16 y 17.

3. El modo de formar los padres los tres últimos pueblos de la citada tabla, no solo comprueba mi presunción anterior, sino que hace ver que nadie conoció mejor que ellos la insuficiencia de los medios eclesiásticos o persuasivos. Instruidos de que había en el Tarumá guaranís silvestres, les despacharon algunos indios instruidos de los pueblos del Paraná, que eran de la misma lengua, con algunos regalitos diciendo se los remitía un padre jesuita que los amaba mucho y deseaba llevarles otros con abundancia de vacas para existir sin trabajar y que aun quería vivir entre ellos. Se repitieron iguales embajadas y reconocimiento del país, y de resulta marchó el padre el año de 1720 con las ofertas, acompañado de bastantes indios escogidos en los pueblos del Paraná, que llevaron el equipaje y ganados, y que se quedaron para cuidarlos, para servir al jesuita y para fabricar las casas o chozas precisas.

Comidas las vacas, se llevaron otras y otras por muchos indios de los citados pueblos que se fijaban allí con varios pretextos. La abundancia de comida, la dulzura del padre, la buena conducta de los indios del Paraná, las músicas y fiestas, y el no molestar en nada a los indios silvestres, atrajeron a cuasi todos los de esta especie que había en la comarca, y se llamó esta reunión pueblo del Rosario. Pero cuando el año de 1724 hubo ya más indios del Paraná que silvestres, reemplazó al primer jesuita otro del carácter que convenía, el cual con su fuerza armada circundó a los indios silvestres, y se los llevó al pueblo de Santa María de Fe y enseguida los repartió en otros pueblos de los del Paraná, donde los sujetaron y redujeron, menos a sesenta familias que lograron escaparse a su Tarumá el año de 1733.

4. Quedó así la cosa, hasta que noticiosos el obispo y gobernador del Paraguay de que dichas familias estaban en su país, instaron mucho a los padres Jesuitas para que les formalizasen un pueblo donde estaban. Comenzó esta nueva negociación con regalitos como la primera, y fue el padre cura con vacas, indios, etc., cuando tuvo bastante gente escogida para sujetar a los silvestres, los circundó una mañana, intimándoles con buenas razones la necesidad de hilar a las mujeres y de trabajar a los varones. Así quedó como de repente formado el nuevo pueblo en 1746 con el nombre de San Joaquín en vez del Rosario que tuvo el que se había abandonado antes; pero se ejercitó bien la vigilancia del padre por algún tiempo para que no se le escapasen y también su dulzura, contemplación y suavidad, principalmente con los más díscolos. Concluido este pueblo, pensaron los padres Jesuitas en formar otro hasta comunicar los que tenían en el Paraná, con los de su provincia de los Chiquitos. Con esta

mira formalizaron a 13 de noviembre de 1749, el pueblo de San Estanislao por los mismos medios dichos para el de San Joaquín. En ambos he visto muchos menos indios de los del Tarumá que de los que fueron con las vacas, etc., del Paraná, y todos refieren lo que he dicho de la fundación de sus pueblos, mereciéndome más crédito que el padre José Mas, uno de los primeros curas de San Joaquín, que dice en un escrito que dejó allí, que solo llevaron doce indios del Paraná. Sin duda quiso ocultar la violencia que hicieron, sin reparar que también ocultaba la habilidad, sagacidad, moderación y prudencia con que la manejaron y que hacía a sus padres tan ignorantes, que no conocían la utilidad de los medios persuasivos o eclesiásticos.

5. Siguiendo la idea de formar una cadena de pueblos hasta los Chiquitos, enviaron los padres sus embajadas y regalitos a los indios albayas: convenidas las cosas como para los dos pueblos precedentes, marchó el padre José Labrador con vacas, etc. y porción de indios escogidos en el Paraná con los cuales formó el pueblo de Belén, bajo del trópico el año de 1760. Conociendo desde luego que era imposible adelantar persuadiendo, y dar sujeción a los albayas con cuantos guaranís pudiese llevar, escogitó el medio de deshacerse de los más esforzados albayas, figurándosele sería después más fácil supeditar a los demás. Con esta mira hizo creer a los albayas que los indios de la provincia de los Chiquitos deseaban por su mediación hacer paz con ellos, y restituirles algunos prisioneros, que les habían cogido en una sorpresa. Así logró el padre que fuesen con él a los Chiquitos todos los albayas de quienes se quería deshacer, y habiendo llegado al pueblo del Santo Corazón, se celebró su arribo con bailes y torneos, pero habiéndolas separado mafiosamente para dormir, al to-

que de campana a medianoche fueron los albayas atados, y los mantuvieron presos hasta la expulsión de los padres. Entonces los nuevos administradores les dieron libertad, y regresaron a su país donde refieren lo que he copiado. Mas nada se adelantó con lo dicho en la reducción de Belén, que se quedó y existe con solo los guaranís llevados del Paraná.

6. Habiendo hablado de los pueblos fundados por los padres Jesuitas, y del modo como los fundaron, trataré del gobierno que establecieron en ellos. Pero en cuanto a esto incluiré no solo a los veintiocho pueblos de la tabla al fin de este capítulo, sino también a los cinco indicados en el número 1, porque a los treinta y tres doctrinaron y dieron leyes.

7. Había en el pueblo de Candelaria un padre, especie de provincial, llamado *superior de las Misiones*, quien con facultad del papa, podía confirmar a los indios y era el jefe de todos los curas o pueblos. En cada uno de estos residían dos padres, cura y sotacura que tenían asignadas sus funciones. Las del sotacura eran todas las espirituales, y las del padre cura las temporales en todos los ramos y sentidos: como estas necesitaban muchos conocimientos y experiencia, eran siempre los curas, padres muy graves, que habían sido antes provinciales o rectores de sus colegios, importando poco que ignorasen o supiesen el idioma de los indios. Su antecesor le dejaba en un prolijo diario anotado lo que convenía disponer para labores, fábricas, etc., y ellos eran en suma los que todo lo disponían. Aunque había en cada pueblo un corregidor, alcaldes y regidores indios, que formaban el ayuntamiento al modo que en los pueblos españoles, no ejercían jurisdicción, ni eran más que los ejecutores de las órdenes del cura, el cual civil y criminalmente daba sus disposiciones siempre

blandas; pero sin permitir apelación ante otros jueces o audiencias españolas.

8. No daban los padres curas licencia a nadie para trabajar en utilidad propia, precisando a todos sin distinción de edad ni de sexo, a trabajar para la comunidad del pueblo cuidando el mismo cura de alimentar y vestir igualmente a todos. Para esto almacenaba todos los frutos de la agricultura y los productos de la industria, dando la salida más ventajosa en las ciudades españolas a los sobrantes de algodón, lienzos, tabaco, menestra, cueros al pelo, yerbas del Paraguay y maderas, conduciéndolas en embarcaciones propias por los ríos más cercanos, trayendo en retorno herramientas y lo que habían menester.

9. De esto se colige, que los padres curas eran árbitros de los fondos sobrantes de las comunidades de los pueblos, y que ningún indio podía aspirar a tener propiedad particular. Esto quitaba todos los estímulos de ejercitar la razón y los talentos; pues lo mismo había de comer, vestir y gozar el más aplicado, hábil y virtuoso, que el más malvado, torpe y holgazán. Colígese igualmente, que si por un lado era este gobierno adecuado para enriquecer a las comunidades, por el otro hacía que todo trabajo fuese lánguido no importándole nada al indio, que su comunidad fuese rica. Sin embargo, este gobierno de los indios, mereció los mayores elogios de algunos sabios de Europa, que creyeron ser los indios incapaces de alimentar a sus familias, por su ninguna economía ni previsión para conservar nada para los tiempos de escasez: en suma los creyeron como unos niños, a quienes no podía convenir otra especie de gobierno, y que con él eran felices.

10. Pero ignoraron dichos sabios que los pueblos de indios del capítulo precedente, que eran de la misma nación que los jesuíticos, existieron un siglo vistiendo y alimentando sus familias particularmente cada uno, sin necesidad de ecónomo que almacenase el fruto de su trabajo que no era completo, porque el de dos meses al año pertenecía a un encomendadero. Tampoco reflexionaron que los indios jesuíticos como todos cuando eran silvestres, trabajaban y tenían previsión y economía bastante; pues que alimentaban cada uno a su familia. No hubo pues tal niñez, e incapacidad en los indios; y cuando quiera suponerse, lo cierto es que el gobierno en comunidad no se las quitó en más de siglo y medio, persuadiendo claramente que semejante conducta embotaba los talentos.

11. Los pueblos de Loreto, San Ignaciomirí, Santa María de Fe, Santiago, Corpus, Itapua y San Ignacio-guazú, estaban sujetos a encomiendas cuando los padres jesuitas se encargaron de ellos y continuaron muchos años después. Esto no podía menos de incomodar mucho a los padres; porque los encomenderos les quitaban de sus pueblos la sexta parte de los indios más útiles, llevándolos por turno a más de 60 leguas de distancia y privando por consiguiente a las comunidades de los mismos pueblos, del trabajo que utilizaban los encomenderos. Agregábase que con motivo de visitar las encomiendas, iban anualmente los gobernadores con grandes comitivas y soldadesca costeadas por los pueblos, deteniéndose lo que les daba la gana. Para evitar todo esto, solicitaron los padres la abolición total de encomiendas en dichos sus pueblos. A la verdad pedían una cosa justa, habiendo terminado ya las vidas de los dos primeros poseedores, según estaba convenido, y unida a la justicia de su pretensión, el

favor que tenían en la corte, lograron los padres abolir las encomiendas en sus citados pueblos, pero es de creer que no sería sin grave sentimiento de los gobernadores que las conferían a sus amigos y de todos los españoles que aspiraban a obtenerlas.

12. Aunque hubo en el Paraguay licencia en punto a mujeres, y poca frecuencia de sacramentos porque faltaban eclesiásticos, según vimos en el anterior capítulo, no hubo ni pudo haber ningún vicio de los que tanto se ponderaron. No se conocía allí moneda metálica, minas, fábricas, edificios costosos, ni cuasi comercio, ni había lujo en nada, contentándose, el que más, con una camisa y calzones del peor lienzo del mundo. Todo esto y la suma pobreza del país, consta de muchos papeles del archivo de la Asunción. El ponderado trabajo de los indios, se reducía a la agricultura para alimentar un puñado de encomenderos, y a cuidar de sus animales que eran entonces bien pocos. En cuanto a beneficiar yerba, no llegaba su cantidad a la décima parte que hoy, y no la beneficiaban solo los indios jesuíticos, sino igualmente todos los de los pueblos del capítulo anterior: de modo que creo por mis cálculos, que apenas podrían trabajar en esto doce indios jesuíticos.

13. Los escritores de todas las naciones acriminaron hasta lo sumo la conducta de los españoles respecto a los indios. ¿Pero procedieron mejor los ingleses, holandeses, franceses y portugueses, y los alemanes que envió a América su paisano Carlos V? Digan lo que quieran; pero solo los españoles han compuesto un código de leyes que rebosa en humanidad, y que protege tanto a los indios como que les iguala a los españoles, y aun los prefiere en muchas cosas. Dirán que tales

leyes no se han observado; pero no es difícil cotejar los padrones o listas de los indios que había cuando se fundaron los pueblos que existen y he visto en aquellos archivos, con los individuos que tienen en el día; y se hallará, como yo he hallado, que los indios netos han aumentado, no obstante que innumerables se han convertido en españoles y mulatos por las mezclas. Además los españoles conservan hoy muchos millones de indios civiles y silvestres, cuando otras naciones europeas se hallarán quizás embarazadas para mostrar una aldea de indios en sus dominios americanos. Si muestran algunas silvestres, no será en lo interior como nosotros, sino fuera de sus fronteras de donde los van alejando a balazos o suscitando guerras entre las mismas naciones europeas. Aun pudiera añadir más pruebas de lo mismo pero me limito a decir aquí, que lo que más han vituperado los filósofos de Europa, son nuestras encomiendas, y lo que más han aplaudido, es el gobierno en comunidad de los pueblos, no obstante que lo primero limitado a las dos vidas, fue el mayor esfuerzo de la prudencia humana, según vimos en el capítulo anterior número 5, y lo segundo lo peor en materia gubernativa, según se dijo en los números 8, 9 y 10.

14. El haber libertado de encomiendas a los pueblos jesuíticos, fue imponiéndoles la carga de pagar cada uno 100 pesos fuertes a título de décimas, y uno de tributo por cada indio varón de dieciocho a cincuenta años. Pero como el erario debía rebajar de esto 1.200 para sínodo a los dos padres cura y sotacura, al confrontar el cargo y la data, casi venía a salir igual y si había alguna diferencia en favor de los curas, la condenaron siempre al erario. En suma fueron estos pueblos tan estériles al fisco, como los del capítulo precedente,

porque además llevaban sus efectos, y los vendían en todas partes libres de derechos.

15. La corte notificó a los padres que después de siglo y medio empleados en educar a sus indios, debían estos saberse gobernar por sí y tratar con los españoles, saliendo de la sujeción del gobierno en comunidad, y conociendo la propiedad particular. Pero los padres sostuvieron la incapacidad de los indios y los males que resultarían a sus costumbres y religión si trataban con españoles. Propusieron al mismo tiempo que lo mejor era dar a cada indio alguna tierra y libertad dos días a la semana para su cultivo, para que dejándole usar a su arbitrio de la cosecha, se fuese poco a poco acostumbrando a manejarse por sí y a conocer la dulzura de los derechos de propiedad. Quedó la corte satisfecha, pero no previó que no permitiéndose, como no se permitía, al indio vender su sobrante a ningún español, ni a indio de otro pueblo, no podía adelantar otra cosa que comer como suyo lo mismo que le daba la comunidad, sin poder comprar nada sino a lo sumo permutar un alimento por otro. En efecto se vio que todos ellos llevaron sus cosechas al almacén de la comunidad, y que esta se las distribuía como antes.

16. Es menester convenir, en que aunque los padres mandaban allí en un todo, usaron de su autoridad con una suavidad y moderación que no puede menos de admirarse. A todos daban su vestuario y alimento abundantes. Hacían trabajar a los varones sin hostigarlos poco más de la mitad del día. Aun esto se hacía a modo de fiesta; porque iban siempre en procesión a las labores del campo, llevando músicos y una imagencita en andas, para lo cual ante todas se hacía una enramada, y la música no cesaba hasta regresar al pueblo

como habían ido. Les daban muchos días de fiesta, bailes y torneos, vistiendo a los actores y a los del ayuntamiento de tisú, y con otros trajes los más preciosos de Europa, sin permitir que las mujeres fuesen actrices sino espectadoras.

17. Tampoco las permitían coser, cuya ocupación estaba vinculada en las músicos, sacristanes y monacillos. Pero las hacían hilar algodón, y los lienzos que tejían los indios, reducido el vestuario, los llevaban a vender con el algodón sobrante a las ciudades españolas, lo mismo que el tabaco, menestras, *yerba del Paraguay*, maderas y cueros al pelo. Los padres curas y compañero o sotacura, tenían sus habitaciones que no pasaban de regulares, y sino es para pasear la grande huerta cerrada de su colegio, jamas salían de ellas ni pisaban las calles del pueblo, ni entraban en casa de ningún indio, ni se dejaban ver de ninguna mujer, ni de otros varones que los muy precisos para distribuir sus órdenes. Si algún enfermo necesitaba auxilio espiritual, se le conducía de su casa indecente a un cuarto cerca del colegio destinado con limpieza a solo este fin, y el sotacura llevado en silla de manos con grande aparato, le administraba allí los sacramentos. Cuando se manifestaban en el templo, aunque fuese solo para decir misa rezada, era con una ostentación que no cabía más, vestidos de lo más precioso, rodeados y asistidos de sacristanes, monacillos y músicos que creo no bajasen de ciento. Todas sus iglesias eran las mayores y más magníficas de aquellas partes, llenas de grandísimos altares, de cuadros y dorados; los ornamentos no podían ser mejores ni más preciosos en Madrid ni en Toledo. Todo esto convence que en templos y sus accesorios, en vestir los días de fiesta a los actores y ayuntamientos, gastaron los padres los grandísimos caudales que pudieran apropiarse si hubieran sido ambicio-

sos. Lo mismo digo de otros muebles, como relojes de mesa y de cuarto, de los que había muchos muy buenos en todos sus colegios; y de contentarse con el poco trabajo que, sin hostigarlos querían hacer los indios. Verdad es que si por un lado este menos trabajo de los indios acredita la moderación de los padres, no deja de ser por otro disminución de la industria y del caudal de la nación.

18. Sus pueblos tenían calles anchas a cordel, y los edificios al piso, consistían en cuadras largas, una para todos los que pertenecían a un cacicazgo, bien que después las dividieron en cuartitos de 7 varas, uno para cada familia, pero sin ventana ni chimenea, ni otra cocina, reduciéndose sus muebles a una hamaca de algodón para el amo, y los demás dormían sobre pieles en el suelo, sin tabiques que los ocultasen. Muy poco o nada costaba a los padres el alimento de sus indios, pues les sobraba la carne de vaca o toro en el procreo de sus estancias. Daban por vestido a los varones un gorro, una camisa, calzones y poncho, todo de lienzo de algodón grueso, claro y ordinario, les hacían cortar raso el cabello, sin permitirles calzado. Tampoco lo permitían a las mujeres, reduciéndose todo su vestido al *tipós* o camisa sin mangas del citado lienzo, ceñida a la cintura. Las precisaban a hacer de su cabello una coleta como los soldados, y a deshacerla al entrar en el templo para llevar el pelo tendido, sin nada que cubriese la cabeza. según he podido juzgar visitando todos los pueblos ninguno entendía el español, ni leían ni escribían, sino en guaraní los pocos precisos para llevar cuenta de las entradas y salidas de almacenes, etc. Ciencia ninguna y de las artes poco, porque solo tejían lienzos para vestirse, y para esclavos o gente muy pobres: por el propio estilo la herrería, platería, pintura, escultura, música y baile, etc., que

de todo intentaron enseñarles los Jesuitas llevados con este objeto. Todos estaban bautizados, sabían las oraciones, por que precisaban a todos los muchachos y a las solteras a decirlas altamente en comunidad bajo del pórtico del templo al romper el día. Sin embargo, dicen los que han reemplazado a los padres que había poco fondo de religión, y no es extraño cuando dicen los mismos indios que tuvieron pocos curas jesuitas capaces de predicar el Evangelio en guaraní. Aun en el Paraguay donde cuasi no se habla sino el guaraní, solo he hallado dos eclesiásticos que se atreviesen a predicar en dicha lengua, confesando el mucho trabajo que les costaba. Ni bastaba uno o dos padres para pueblos en que había de seis y ocho mil almas. Para remediar en parte este inconveniente, hicieron los Jesuitas que algunos indios ladinos aprendiesen algunas pláticas, y que las predicasen en la plaza después de alguna fiesta o torneo: yo he oído algunas, y decir en ellas bastantes disparates que el orador metía de su cabeza. Como el carácter del indio es tan grave, tan poco hablador y bullicioso, admira su formalidad y compostura en los templos.

19. El año de 1768, dejaron sus pueblos los padres Jesuitas a igual número de frailes; pero solo se fió a estos lo espiritual, encargando lo temporal que antes tenía el jesuita cura a un administrador secular. Se creó también un gobernador militar de todas las misiones del Paraná y Uruguay y pudiendo decirse, que todo lo de aquellos pueblos no mudó sino de mano; pero como los Jesuitas eran más hábiles, moderados y económicos, miraban a sus pueblos como obra suya y como propiedad particular los amaban y procuraban mejorar. Los gobernadores seculares, y los administradores citados puestos por ellos, sobre no tener la inteligencia de los padres Jesuitas, han mirado los bienes de las comunidades como una

mina que no podían disfrutar sino un corto tiempo. Así no es extraño que las comunidades hayan empobrecido, y que los indios hayan sido más hostigados en las labores, menos vestidos y peor alimentados. En suma el erario tampoco utiliza nada en estos pueblos, que están hoy en el mismo pie que los del capítulo precedente. Lo único que han logrado algunos indios particulares tratando con los españoles, es tener bienes y bastantes ganados y conveniencias para vestirse y tratarse a la española. Pero como no se tiene el cuidado que tenían los padres Jesuitas, ha desertado como la mitad de los indios de cada pueblo, y andan libres mezclados con los españoles viviendo de su trabajo. A esta deserción se debe el haber poblado las campiñas de Montevideo y Maldonado, y la mayor parte de los adelantamientos que se admiran en la agricultura, navegación, comercio y número de ganado mansos.

20. Pondré aquí algunas cosas que supe y observé visitando todos los pueblos del capítulo anterior y del presente; porque darán alguna idea del carácter tape o guaraní, y del estado de su civilización. Aunque a estos indios parece que no les disgustan los empleos con apariencia de mando, no los pretenden, y sin dificultad los dejan para tomar otro cualquiera que sea; porque conocen poco el precio de las dignidades, el honor y la vergüenza. No omiten el robo ratero, porque casi lo creen habilidad, ni a esto llaman hurtar, sino tomar; y si son ganados arrear; no hacen robos violentos ni de grandes cantidades, aunque puedan; nada enseñan ni prohíben a sus hijos; se dejan fácilmente seducir para lo malo, y no son celosos. Tal vez no hay ejemplar que la india de diez años arriba, haya dicho que no a ningún solicitante, sea viejo o mozo, libre o esclavo, blanco o negro. El amor y la compasión son

en ellos pasiones tan frías, como que muchas veces de orden del administrador azota fuertemente el marido o el padre a la mujer o al hijo.

21. Se embriagan siempre que pueden sin mala resulta, y nunca dejan de ponerse a hacer lo que se les manda, aunque no sepan ni lo entiendan; pero para que no les manden dicen siempre que no saben, cuando se les pregunta si saben hacer alguna cosa. Nunca dicen paremos ni comamos acompañando a un viajero, y si va este delante, jamás le advierten si yerra el camino. Por esto si van de guías, es menester hacerles ir cincuenta pasos adelante. Sufren mucho la intemperie, lluvia, mosquitos y el hambre; pero en llegando a comer lo hacen con mucho exceso. Les gusta ir a caballo corriendo; aman las fiestas, torneos, sortijas y carreras de caballos, pero tienen poco cuidado de estos animales; los maltratan sin lástima con excesos de fatiga, y con los malos aparejos. A los perros y gatos no les dan sino lo que ellos pillan y nunca los matan, dejándoles criar todo lo que paren. Tampoco cuidan ni dan nada a las gallinas y cerdos; en todo son espaciosos, puercos y tan sumamente sufridos en los dolores y enfermedades, que jamás se quejan. No tienen médicos y si algún español o el cura les receta alguna medicina la repugnan mucho; si es lavativa se dejan morir con preferencia. Cuando se conocen muy agravados, piden se les ponga fuego bajo de la hamaca, no toman ningún alimento, ni hablan ni quieren que se les hable, y mueren sin inquietud por lo que dejan ni por lo futuro. Los he visto ir al suplicio de horca con igual serenidad de semblante que a una fiesta. También ven morir y matan sin piedad.

22. Finalizaré este capítulo añadiendo que los padres Jesuitas también intentaron someter a los indios silvestres del Chaco y a otros; pero como las fuerzas guaranís, de que podían disponer, eran incapaces de sujetarlos, tomaron el camino inútil de la persuasión mañosa. Así formaron muchos pueblos mencionados en sus escritos, de los cuales solo existen hacia Santa Fe, el de San Francisco Javier, San Jerónimo, San Pedro y Caiastá, que se han puesto con los del capítulo anterior, porque aunque cuidaron de ellos los padres, su fundación fue secular; pero aun no hay en ellos según he visto y me han informado, los que los conocen, ningún indio sujeto civil ni cristiano. Mas ¿cómo es posible otra cosa con unos indios tan libres, valientes e indomables, y por doctrineros que hasta hoy no han entendido los idiomas de los indios, ni estos los de los doctrineros?

Tabla de los pueblos de indios formados por los conquistadores

Nombre de los pueblos	Año de fundación	Latitud	Longitud
Itapúa	1614	27° 20' 16''	58° 12' 59''
Concepción	1620	27° 58' 44''	57° 57' 13''
Corpus	1622	27° 7' 23''	57° 52' 29''
Santa María la Mayor	1626	27° 53' 44''	57° 46' 4''
Yapeyú	1626	29° 31' 47''	58° 58' 28''
Candelaria	1627	27° 26' 46''	58° 7' 34''
San Nicolás	1627	28° 12' 0''	57° 39' 53''
San Javier	1629	27° 51' 8''	57° 34' 4''
Lacruz	1629	29° 29' 1''	58° 58' 28''
San Carlos	1631	27° 44' 36''	58° 17' 12''
Apóstoles	1632	27° 54' 43''	58° 9' 19''
San Luis	1632	28° 25' 6''	57° 22' 14''
San Miguel	1632	28° 32' 36''	56° 59' 27''
San Tomé	1632	28° 32' 49''	58° 17' 43''
Santa Ana	1633	27° 23' 45''	57° 58' 41''
San José	1633	27° 45' 52''	58° 8' 57''
Mártires	1633	27° 47' 37''	57° 50' 2''
San Cosme	1634	27° 18' 55''	58° 39' 29''
Jesús	1685	27° 2' 36''	58° 25' 6''
San Borja	1690	28° 39' 51''	58° 15' 58''
San Lorenzo	1691	28° 27' 24''	57° 8' 30''
Santa Rosa	1698	26° 53' 19''	59° 14' 41''
San Juan	1708	28° 26' 56''	56° 43' 40''
Trinidad	1698	27° 7' 35''	58° 4' 59''
San Ángel	1707	28° 17' 19''	57° 0' 12''
San Joaquín	1746	25° 1' 47''	58° 33' 20''
San Estanislao	1749	24° 38' 31''	58° 56' 15''
Belén	1760	23° 26' 17''	59° 28' 0''

XIV. De los pardos

1. Para mejor inteligencia de lo que iré diciendo, será bueno saber que en los principios todo el país que describo y mucho más, componía un solo gobierno con un solo obispo que residían en la Asunción del Paraguay; pero no se tardó mucho en separar de él las provincias de Santa Cruz de la Sierra, de Moxos y Chiquitos, ni los portugueses en apoderarse de la isla de Santa Catalina y de las provincias de Cananea, de Vera, de San Pablo y del Guairá que todas pertenecían al mismo gobierno. De lo que restaba en 1620, se formaron dos, el del Paraguay y el de Buenos Aires, cuyos límites, largo tiempo indeterminados, se fijaron en el curso del río Paraná quedando aun sin asignarse en la parte de Chaco. El del Paraguay perdió mucho con haberle usurpado los portugueses las provincias de Jerez y Cuyabá y luego la de Matogroso.

2. Está poblado aquel país de tres castas de hombres muy diferentes, que son indios, europeos o blancos, y africanos o negros. Las tres se mezclan francamente resultando los individuos de que voy a hablar llamados con el nombre general de Pardos, aunque bajo el mismo incluyen a los negros.

3. Si el pardo es hijo de indio y blanco, le llaman *mestizo*, y lo mismo a toda la descendencia de este, con tal que no intervenga en ninguna de sus generaciones quien tenga sangre de negros poca ni mucha. Si el africano se une con blanco o con indio, llaman el resultado *mulato*, y también a la descendencia de este, aunque por continuar sus generaciones con blancos llegan a resultar individuos muy blancos y rubios con pelo lacio y largo. En algunas otras partes les dan otros

nombres: por ejemplo, si el hijo mulato hijo de negro y blanco se junta con blanco, sale lo que llaman *cuarterón* por tener solo la cuarta parte de negro; pero si la tal junta o unión del mulato es con negro, le llaman *salto atrás*, porque en vez de salir a blanco, se retira teniendo tres cuartos de negro.

4. Siéndome imposible saber todas las mezclas que han intervenido para formar un mestizo o mulato, hablaré algo de lo físico y moral de ellos con la generalidad que he dicho dan a estos nombres, prescindiendo de su color más o menos claro, de su pelo, y de las más o menos generaciones que le hayan formado: ni quiero que en materia tan oscura se tenga mi opinión por cosa demostrada, sino llamar únicamente la atención para que otros la mediten.

5. Los conquistadores llevaron pocas o ninguna mujer al Paraguay, y uniéndose con indias, resultaron una multitud de mestizos a quien la corte declaró entonces por españoles. Hasta estos últimos años puede con verdad decirse que no han ido mujeres de afuera, ni aun casi hombres europeos al Paraguay, y los citados mestizos se fueron necesariamente uniendo unos con otros, de modo que casi todos los españoles allí, son descendientes directos de aquellos mestizos. Observándolos yo encuentro en lo general, que son muy astutos, sagaces, activos, de luces más claras, de mayor estatura, de formas más elegantes, y aun más blancos, no solo que los criollos o hijos de español y española en América, sino también que los españoles de Europa, sin que se les note indicio alguno de que desciendan de india tanto como de español. De aquí puede deducirse, no solo que las especies se mejoran con las mezclas, sino también que la europea es más inalterable que la india, pues a la larga desaparece esta y prevalece

con ventajas aquella. Verdad es que como dichos vienen de españoles con indias, queda alguna duda de que lo que prevalece puede ser el sexo viril tan bien como la especie. Como al gobierno de Buenos Aires han arribado siempre embarcaciones con españoles y mujeres de Europa que se combinaron con los mestizos hijos de los conquistadores, la raza de estos se ha ido haciendo más europea, no se ha conservado tan pura ni conseguido las ventajas dichas de los paraguayos; los cuales, en mi juicio, por esto aventajan a los de Buenos Aires en sagacidad actividad, estatura y proporciones.

6. Las resultas de africano e indio que se llaman *mulatos*, y que por lo general tienen un color oscuro amarillazo, también aventajan algo en las formas y sagacidad a sus padres, principalmente a la parte de indio. Pero me parece que estas ventajas no llegan con mucho a las de los mulatos resultantes de africano y europeo; porque tengo a estos por la gente más ágil, activa, robusta, vigorosa, de mayor talento, viveza y travesura. Tal vez harían ya un gran papel por allá, sino fuese porque en llegando a ser pasablemente blancos, mudan muchos de pueblo y diciendo que son españoles pasan por tales dejando su clase. En cuanto a la moral, noto muy poca diferencia entre mestizos y mulatos, pues aunque entre ellos los hay muy honrados, lo más general es ser inclinado a la embriaguez, al juego de naipes y a las raterías. Las leyes ponen al mulato en la última clase, después de los europeos y sus hijos, de los indios mestizos y aun negros; pero la opinión común los gradúa iguales a los negros y mestizos y superiores a los indios.

7. En mi tiempo se hizo en el Paraguay el padrón o lista del número de españoles y de negros y mulatos, y resultó de él,

haber allí cinco de aquellos por cada uno de estas dos clases; y aunque no se haya hecho igual padrón en el gobierno de Buenos Aires, yo creo que aun son más allí o a lo menos tantos los españoles respecto a los negros y mulatos. Estas dos clases se dividen en libres y esclavos y el número de aquellos al de estos es en el Paraguay, según el citado padrón, como 174 a 100; esto es, que por cada cien negros y mulatos esclavos hay 174 de los mismos libres. Esta misma proporción es generalmente en las colonias no españolas de América como 1 a 35, y la del número de blancos al de negros y mulatos, como 1 a 45. La enorme diferencia entre estas proporciones que hace conocer los pocos esclavos del Paraguay, viene principalmente de que allí no se pone reparo en que los esclavos se casen con indias, cuyos hijos nacen libres. Pero también deben muchos su libertad a los generosos paraguayos, quienes además los tratan con humanidad poco común; de modo que la suerte de los esclavos allí, es igual y muchas mejor que la de los blancos del común del pueblo.

8. En el gobierno de Buenos Aires, los negros y mulatos libres no pagan tributo al erario, y viven sin más diferencia con los españoles, que la de no obtener autoridad pública. No es así en el gobierno del Paraguay, donde dispuso el visitador don Francisco Alfaro, que desde la edad de dieciocho a cincuenta años pagase cada varón 3 pesos de tributo anual; pero como entonces no se conocía allí la moneda ni había comercio, no podían muchos negros y mulatos pagar tal tributo. Por esto se discurrió lo que llaman *amparo*, que es entregarlos a los eclesiásticos y españoles pudientes, para que a su arbitrio, y como si fuesen sus esclavos, los hiciesen trabajar pagando el tributo por ellos. No tardaron mucho aquellos gobernadores en entregar dichos pardos libres a sus

favoritos, importándoles poco que pagasen o no el tributo, haciendo lo mismo con las mujeres y con todas las edades. Aun hoy sucede casi lo mismo; bien que lo más viven libremente sin pagar nada, por ignorarse su paradero en las campañas; y si les hostigan se pasan a otro gobierno. Los pocos que lo pagan, no es al erario, sino a lo que llaman ramo de guerra, que es un fondo de que disponen los gobernadores.

9. Un gobernador que en 1740 se vio muy acosado de los indios albayas, sacó del amparo a muchos negros y mulatos; y libertándolos del tributo, fundó con ellos el pueblo de la Emboscada, obligándoles a hacer el ejercicio militar que no habían aprendido hasta entonces.

XV. De los españoles

1. La diferencia en el origen de los españoles indicada en el capítulo anterior número 5, ha producido otra en los idiomas de los gobiernos de Buenos Aires y Paraguay, porque en aquel solo se habla el castellano, y en este solo el guaraní, sucediendo esto mismo en la ciudad de Corrientes por su inmediación al Paraguay: solo los más cultos entienden y hablan el español. Esto tiene una excepción en la villa paraguaya de Caraguati, donde los varones hablan siempre entre sí español, y con las mujeres siempre el guaraní. Todos convienen en considerarse iguales, sin conocer aquello de nobles y plebeyos, vínculos y mayorazgos, ni otra distinción que la personal de los empleos, y la que lleva consigo el tener más o menos caudales o reputación de probidad o talento. Verdad es que algunos quieren distinguirse diciendo que descienden de conquistadores, de jefes y aun de simples europeos; pero nadie les hace más caso por eso, ni ellos dejan de casarse, reparando poco en lo que pueda haber sido antes el contrayente. Tal es la idea de su igualdad. De aquí viene que en las ciudades ni el virrey encuentra un lacayo blanco o español, y es preciso que se sirva de indios, negros o pardos.

2. Pueden llamarse únicas poblaciones españolas allí, las ciudades de Buenos Aires, Montevideo, Maldonado, Santa Fe, Corrientes y la Asunción; pues aunque hay otras villas y parroquias o pueblos de españoles, no están sus pueblos unidos en población, sino muy desparramados por las campañas en casas solas: de modo que solo el párroco con algún herrero, tendero o tabernero viven junto a la capilla o iglesia. Aun cuando algunos otros tengan allí sus casas, se sirven de

ella solo los días de grande fiesta. En las citadas ciudades, hay tal vez tantos españoles como en el resto de aquel país, en lo que hay un grave perjuicio pues quitan a las campañas los brazos que necesitan y que realmente son la verdadera riqueza de todo pueblo o nación. Además el habitar en las ciudades o en los campos, ocasiona tan graves diferencias entre aquellos españoles, como creo deber describirlos con separación.

3. Como son las ciudades las que engendran la corrupción de costumbres, allí es donde reina, entre otras pasiones, aquel aborrecimiento que los criollos o españoles nacidos en América profesan a todo europeo y a su metrópoli principalmente: de modo que es frecuente odiar la mujer al marido y el hijo al padre. Se distinguen en este odio los quebrados de fortuna, los más inútiles, viciosos, holgazanes, y los que habiendo estado en Europa, regresan sin empleo y aburridos de las sujeciones y molestias de los pretendientes. Con poca reflexión conocerían sus muchas ventajas sobre los europeos; pues su país les franquea libertad, igualdad, facilidad de ganar dinero de muchos modos, y aun de comer casi sin trabajo ni costo; pues los comestibles son buenos, muy baratos y abundantes. No les dan sujeción las leyes sin vigor dictadas de tan lejos, ni las contribuciones, que son muy poca cosa, ni la precisión de servirse de esclavos y pardos a que están acostumbrados; lo único que alguna vez puede incomodarles, es la pasión o impertinencia de algún jefe.

4. Apenas nacen, los entregan sus padres por precisión a negras o pardas, que los cuidan seis o más años, y después a mulatillos, a quienes no verán ni oirán cosa digna de imitarse, sino aquella falsa idea de que el dinero es para gastarlo, y

que el ser noble y generoso consiste en derrochar, destrozar y en no hacer nada; inclinándolos a esto último la natural inercia, mayor en América que en otras partes. Con tales principios, no es extraño que desdeñen toda sujeción y trabajo, aun los hijos de un marinero u otro artesano, y que no quieran seguir la ocupación de sus padres. Como ven la dificultad de poder subsistir por sí mismos, toman muchos el partido de seguir aquella carrera u oficio que se les presenta más fácil y expedita. Mas no por eso dejan de tener vanidad, ni de desear de obtener empleos por más que aparentan desdeñarlos y agradecerlos poco.

5. Aunque son inclinados al juego fuerte, la embriaguez solo se nota entre los más despreciables. A mi ver tienen mucho despejo, e ingenio tan claro y sutil, que si se dedicasen con la aplicación y proporciones que los europeos, creo sobresaldrían mucho en las artes, ciencias y literatura. En Buenos Aires y la Asunción, solo les enseñan gramática latina, teología y algo de cánones: además el consulado ha establecido escuelas de náutica y de dibujo. No hay fábricas, y las artes y oficios, que se reducen a los indispensables, se ejercen por algún europeo que llegó muy pobre, y por los pardos, indios y negros. Lo general de otras costumbres, de vestidos, modas y muebles es como en España; pero hay más lujo y mejores habitaciones y muebles en Buenos Aires y Montevideo, porque son más ricas que las demás ciudades, y están en puertos de mar. Generalmente son las mujeres limpias y se ocupan cosiendo y jugando en sus casas; pero solo hilan las de las ciudades interiores, el algodón que produce su suelo. Todas las ciudades tienen las calles tiradas a cordel menos la Asunción: la arquitectura no ha hecho progresos, y es rara la casa que tenga alto.

6. Principio a tratar de los españoles campestres, diciendo que me parecen más sencillos y dóciles que los ciudadanos, y que no alimentan aquel odio terrible que dije contra la Europa. Sus casas, por lo general, son unos ranchos o chozas desparramadas por los campos, bajas y cubiertas de paja, con las paredes de palos verticales juntos clavados en tierra, y tapados sus clavos con barro. Las más carecen de puertas y ventanas de tabla, y las cierran con pieles cuando les incomoda el aire o el frío. La capilla que en cada distrito les sirve de parroquia, es por lo común pequeña y fabricada como sus casas. En todas las del Paraguay, hay un maestro que enseña a leer y escribir a los niños, que van cada mañana y regresan por la noche a sus casas, distantes 2 y 4 leguas, sin haber comido sino las raíces de mandioca asadas que llevaron. No hay tales maestros en las parroquias del gobierno de Buenos Aires y por esto son pocos los que allí saben leer.

7. Como las capillas o parroquias distan algunas veces, 4, 10, 30 o más leguas, rara vez oyen misa y muchos que van, la oyen a caballo desde el campo, estando la puerta abierta. Los bautismos se dilatan a veces muchos años; pero jamás omiten el enterrar los muertos en el cementerio. Para esto si la distancia no pasa de 20 leguas, visten al difunto, le ponen a caballo con estribos, etc., le aseguran atado a dos palos en aspa, y así le llevan a la parroquia; pero si la distancia es mayor o temen corrupción, dejan podrir al cadáver cubierto de ramas o piedras, o le hacen pedazos descarnando con el cuchillo la carne, y llevan los huesos para que el cura los entierre, metidos en un saco de cuero.

8. Los campestres del gobierno de Buenos Aires, no conocen más medicina que algún remedio que les aplica alguna vieja o cualquiera otro; pero en cada distrito del Paraguay hay un curandero. Este va los días de fiesta a la parroquia, y sentado a la puerta de la iglesia, espera que los enfermos le envíen lo que llaman sus aguas, que son unos orines en un cañuto de caña. Luego vierte unas gotas de ellos en las manos, las mira contra el Sol, y las tira al aire, repitiendo lo mismo dos o tres veces: según le parece que caen en bolitas o en rocío, dice que la enfermedad es de frío o de calor, y entrega una de las yerbas que lleva para que las tome el enfermo en infusión. Estos curanderos no conocen otras enfermedades que las citadas, ni visitan a los enfermos, ni oyen la relación de sus dolencias; pero algunos, muy pocos, que han leído a Madama Fauguet o el recetario citado, capítulo 5, número 30, visitan y recetan según su corta inteligencia. Este punto está tan descuidado en todo aquel país, como que solo en Buenos Aires y Montevideo hay médicos, cirujanos y boticarios que han ido de Europa, y en la Asunción otros. En los pueblos de indios cristianos, se elije como los alcaldes, el indio que por un año ha de ser médico, pero sirve solo para avisar al cura que vaya a confesar o enterrarle.

9. Los españoles campesinos se dividen en agricultores y pastores o estancieros. Estos dicen a aquellos que son mentecatos, pues si se hiciesen pastores, vivirían sin trabajar y sin necesidad de comer pasto como los caballos, porque así llaman a la ensalada, legumbres y hortalizas. En efecto solo cultivan la tierra los que no pueden proporcionarse tierras y ganados para ser estancieros o no encuentran otro modo de vivir. En este caso de ser agricultores, está más de la mitad de los españoles del Paraguay, y los que habitan las cercanías

del Río de la Plata y de las ciudades. Estos se distinguen de los pastores en que sus casas están mucho más cerca una de otras, son más aseadas y con más muebles, y en que sus vestidos son algo mejores. Saben también hacer sus guisados de carne y de sus vegetales y comen también pan, que son cosas poco conocidas en los pastores. En el capítulo 6 dije lo que es aquella agricultura, y en mi obra de cuadrúpedos, expliqué lo que son allí las ocupaciones pastoriles cuidando de dieciocho millones de cabezas de ganado vacuno, y tres millones del caballar con bastantes ovejas. A esto ascenden mis cómputos de aquellos ganados: la sexta parte en el gobierno del Paraguay, y el resto en el de Buenos Aires. Aunque en estos comprendo los ganados de los pueblos de los indios cuidados por estos, no incluyo en dicho número otros dos millones de ganado vacuno silvestre, ni las innumerables yeguadas alzadas o sin dueño.

10. Es de advertir, que cuanto se ha dicho y dirá de la gente campesina, no pertenece solo a la española, porque es de todas las castas de hombres. En las casas pastoriles es general no haber más muebles que un barril para llevar agua, un cuerno para beberla, asadores de palo para la carne y una chocolatera para calentar el agua del mate. Para hacer caldo a un enfermo, he visto poner pedacitos de carne en un cuerno y rodearle de rescoldo, hasta que hervía. No es común tener alguna olla y un plato grande con alguna silla o banquillo, porque se sientan sobre sus talones o sobre una calavera de vaca. Comúnmente duermen en el suelo sobre una piel, aunque otros arman su cama, que se reduce a un bastidor hecho de cuatro palos, atado a cuatro estacas o pies con una piel encima, sin colchón, ni sábanas ni almohada, pero en el Paraguay se ven algunas hamacas. No comen sino carne asada

en un palo, y para esto no suelen esperar hora, ni unos a otros, ni beben hasta haber comido. Entonces no teniendo mesa, mantel ni servilleta, se limpian la boca con el mango del cuchillo, y enseguida a este y los dedos en las botas. No gustan de las aves, y poco de la ternera, aun de la vaca apenas comen sino las costillas, la entrepierna y lo que llaman *matambre* que es la carne que cubre el vientre; arrojan el resto, atrayendo a las cercanías de la casa muchos pájaros, y la grande corrupción que engendra infinitas moscas, escarabajos y mal olor. En el Paraguay donde hay más economía, aprovechan la carne *charqueándola*, que es cortarla a tiras delgadas como el dedo para secarla al Sol y al aire, así las conservan y comen cuando les acomoda.

11. Los que tienen algunas conveniencias, visten regularmente, pero los jornaleros y criados suelen no tener camisas ni calzones, aunque no les falta nunca el poncho, sombreros, calzoncillos blancos y el chiripá, que es un pedazo de jerga atado a los riñones que les llega a la rodilla. Llevan también botas de medio pie, sacadas de una pieza de la piel de las piernas de potros o terneras, sirviéndoles la corva para talón. Nunca tienen ropa de remuda, y cuando llueve, suelen muchos poner la puesta bajo de la piel en que van montados, y acabada el agua se la ponen enjuta. Si llueve y quieren comer en el campo, entre dos extienden un poncho y otro hace fuego, y asa la carne debajo. Llevan la barba bastante larga porque ellos mismos se afeitan, muchas veces con el cuchillo. Sus mujeres son puercas y van descalzas sin más vestido que el *tipós* o camisa que dije de las indias en el capítulo 13, número 18. Las más no la tienen de remuda, y se la quitan, lavan y tienden al Sol, y enjuta vuelven con ella puesta del río a su casa. Sus ocupaciones son por lo común, barrer, hacer

fuego para asar la carne, y calentar el agua para tomar el mate, sin hilar ni coser.

12. Apenas nace un niño entre los campestres, le toma su padre o hermano, y le lleva delante a caballo por el campo, hasta que llora y le vuelven para que le den de mamar. Esto dura hasta que pueden dejarle ir solo en un caballo viejo. Así se crían, y como no oyen reloj, ni ven medida ni regla en nada, sino largos ríos, desiertos, y pocos hombres cuasi desnudos corriendo a caballo tras de fieras y toros, les imitan sin apetecer la sociedad de los pueblos ni conocer el pudor, ni la decencia ni las comodidades. Por supuesto que no tienen otra instrucción que la de montar a caballo, ni sujeción ni amor patriótico; y como se ocupan desde la infancia en degollar reses, no ponen el reparo que en Europa en hacer lo mismo con los hombres, y esto con frialdad y sin enfadarse. Son en general muy robustos: se quejan poco o nada en los mayores dolores; aprecian poco la vida y se embarazan menos por la muerte. Nadie se mezcla en disputas ajenas ni pendencias, ni arrestan a ningún delincuente. Miran estas cosas fríamente, y aun tienen por maldad descubrir a los reos, y el no ocultarlos y favorecerlos. No ponen reparo en servir en el campo mezclados con indios negros o pardos, y aun a la orden de estos; pero cuando les da la gana, le dejan sin el menor motivo; porque no se les nota afición a sitio ni a amo, ni hacen más que su antojo presente. Son hospitalarios, y al pasajero dan comida y posada aun sin preguntarle quién es, ni adónde va: nunca le dicen que se vaya aunque se detenga meses, y si pide caballo para continuar, se lo dan. Sin embargo conocen poco la amistad particular.

13. Para jugar a naipes a que son muy aficionados, se sientan sobre los talones, pisando las riendas del caballo para que no se lo roben, y a veces con el cuchillo o puñal clavado a su lado en tierra; prontos a matar al que se figuran que les hace trampas; sin que por esto dejen ellos de hacerlas siempre que pueden. Aprecian poco el dinero, y cuando lo han perdido todo, muchas veces poniéndolo a una sola carta, se juegan la ropa que llevan puesta, siendo frecuente quedarse en cueros, si el que ganó no le da algo de la suya, si es peor que la del que perdió. Las pulperías o tabernas, que hay por los campos, son los parajes de reunión de esta gente. No beben vino sino aguardiente; y es su costumbre llenar un vaso grande y convidar a los presentes pasando de mano en mano, y repitiendo hasta que finaliza el dinero del convidante, tomando a desatención el no beber siendo convidado. En cada pulpería hay una guitarra, y el que la toca bebe a costa ajena. Cantan *yarabis* o *tristes* que son cantares inventados en el Perú, los más monótonos y siempre tristes, tratando de ingratitudes de amor, y de gentes que lloran desdichas por los desiertos.

14. Son inclinados a robar caballos, y les repugna tanto caminar a pie, que cuasi no lo saben hacer. Aun para pasar una calle montan, y cuasi todo lo hacen a caballo. En sus juntas o tertulias en el campo, están horas hablando sin apearse. Si necesitan barro, por poco que sea, van y vienen, haciéndolo amasar al caballo. Un ejercicio tan continuado no les cansa jamás, y les da una destreza increíble en el montar, no obstante que estriban largo y ensanchan mucho los muslos. No reparan montar a cualquier potro, aun de los silvestres, y seguro está que los derribe, ni que pierdan el equilibrio, no obstante que sus estribos son triangulares de palo, y tan pequeños, que solo meten la punta del dedo pulgar. Cuando

cae el caballo, se quedan sin lesión en pie a un lado, con las riendas en la mano, para que no se les escape. Es increíble el conocimiento de los caballos: basta ver a doscientos o más por dos minutos paciendo en el campo, para que digan al día siguiente si falta uno y de qué color es. No es menos admirable el tino con que los prácticos *baqueanos* conducen al paraje que se les pide por terrenos horizontales, sin caminos, sin árboles, sin señales ni aguja marítima, aunque disten 50 y más leguas.

15. Además de los dichos hay por aquellos campos, principalmente por los de Montevideo y Maldonado, otra casta de gente, llamados más propiamente gauchos o gauderios. Todos son por lo común escapados de las cárceles de España y del Brasil, o de los que por sus atrocidades huyen a los desiertos. Su desnudez, su barba larga, su cabello nunca peinado, y la oscuridad y porquería de semblante, les hacen espantosos a la vista. Por ningún motivo ni interés quieren servir a nadie, y sobre ser ladrones, roban también mujeres. Las llevan a los bosques, y viven con ellas en una choza, alimentándose con vacas silvestres. Cuando tiene alguna necesidad o capricho el gaucho, roba algunos caballos o vacas, las lleva y vende en el Brasil, de donde trae lo que le hace falta. Yo recogí entre otras, a una de tales mujeres española; me contó que hacía diez años que la había robado un tal Cuenca: que a este le había muerto otro; que a este había muerto un tercero; y a este el que la estaba poseyendo.

16. Añadiré después de haber hablado de todas aquellas especies de gentes, que las gobierna un virrey, cuya autoridad se extiende a muchos más países de los que he descrito y terminaré este capítulo con una breve noticia de su comercio.

17. Como aquel país no produce oro ni plata, le despreció al comercio de España, pero temiendo que por allí se internasen mercaderías del Perú en perjuicio de las flotas y galeones, logró que al Río de la Plata se le prohibiese todo comercio exterior. Clamaron los agraviados, y en 1602 se les concedió, por seis años, extraer en barcos propios y de su cuenta 2.000 fanegas de trigo en harina, 500 quintales de cecina y otros tantos de sebo; conduciéndolo todo al Brasil y a Guinea, y no a otros puertos, y llevando en retorno sus necesidades. Finado este permiso, se solicitó prórroga sin limitar tiempo, ampliándolo sin límite en los granos, ni en los buques propios o fletados, y además poderlos conducir a España. Se opusieron mucho a esto los consulados de Lima y Sevilla; pero en 8 de septiembre de 1618, se concedió por tres años al Río de la Plata dos registros que no pasasen de cien toneladas cada uno bajo ciertas condiciones. Y para que nada se internase en el Perú, se estableció aduana en Córdoba del Tucumán, que cobraba cincuenta por ciento de lo que se introdujere, sin permitir se llevase hacia Buenos Aires oro ni plata, ni aun el que les resultaba de la venta de mulas. Concluido el tiempo de este permiso, continuó el propio comercio sin limitación de tiempo por orden de 7 de febrero de 1662. Así siguió el comercio, aunque una u otra vez se permitió a algún navío cargado, hasta que el 12 de octubre de 1778, se permitió allí todo comercio libre, y también la internación.

18. En el día el gobierno del Paraguay solo comercia con Buenos Aires, Santa Fe y Corrientes, y podrá formarse idea de su comercio por la tabla siguiente que formé por el quinquenio de 1788 al de 1792 ambos inclusive. También se formará juicio del de Buenos Aires y demás puertos del Río de

la Plata, por la tabla que acompaña formada del quinquenio desde 1792 al de 1796 ambos inclusive.

Tabla del comercio del Paraguay

Extracción para	Buenos Aires			Totales	Prec.	
Yerba arrobas	181.955	9.759		3.388	0	12 r.
				195.102		
Tirantes varas	17.449	189		252 "	17.890	7 r.
Vigas varas	1.749			"	1.748	12 r.
Trozos Id	7.696	62	"	241 "	7.299	21 r.
Kullizos de	30			10 r.		
Feterebí		"	30 "			
Palos para	1			50 p.		
arbuladura		"	1			
Palos para	1			" "	1	11 1/2 p.
vergas						
Tablones						
de lapacho	187	"	"	"	187	6 r.
varas						
Id. de cedro	1.829	"	"	"	1.320	4 r.
vs.						
Id. de Ibitaró	93	"	"	"	93	8 r.
vs.						
Tablas de-	37	"	"	"	37	8 r.
beras Id.						
Atravesaños	25	"	"	"	25	6 1/2 r.
Ligazones						
para						
barcos	34	"	"	"	34	4 p.
Carretas	9	"	"	"	9	40 p.
Mazas de ca-	300	"	"	"	300	5 p.
rreta						
Ejes de ca-	164	"	"	"	164	2 p.
rreta						
Piñas de Id.	25	"	"	"	25	2 p.
Rayos de Id.	30	"	"	"	30	10 p.
Palmas	4.187	"	"	"	4.187	6 p.
Tacuaras	862	"	"	"	862	3 p.
Palmas de	2	"	"	"	2	4 p.
canoa						
Mesas de es-	2	"	"	"	2	20 p.
trado						
Sillas y tabu-	24	6	6	"	36	10 p.
retes						
Papeleras	2	"	"	"	2	40 p.
Cajitas de	2	"	"	"	2	10 p.
costureras						
Sirgas	2	"	"	"	2	8 p.
Azúcar	197	14	39	191	1.397	4 p.
arrobas						

Miel arrobas	715	68	82	532	441	12 r.
Dulces	135	22	"	"	157	3 p.
arrobas						
Almidón	39	"	"	"	39	3 p.
arrobas						
Sal arrobas	39	"	723	539	1.262	8 r.
Tinajas de	171	8	5	"	184	2 p.
barro						
Lienzo de	1.375	"	159	"	1.534	2 1/2 r.
varas						
Algodón	3.075	192	51	"	3.328	12 r.
arrobas						
Cueros al	201	"	"	"	201	12 r.
pelo						
Aguardientes	1	"	1	"	2	22 p.
barriles						
Cera arrobas	3	"	"	"	3	6 p.
Piedras de	3	"	"	"	3	10 r.
afilar						
Tabaco, em-						
bases						
y fletes	"	"	"	"		

Suma ...   395.108

Pesos   2 1/2

XVI. Breve noticia de los pueblos y parroquias existentes en el Gobierno del Paraguay

1. Cuasi se reducirá a una lista, porque en la tabla que de ellos se pondrá al fin, se expresarán los años de antigüedad, sus posiciones geográficas y el número de almas. Advierto además que solo las ciudades y pueblos de indios y pardos están a manera de pueblos, y las demás parroquias con las casas desparramadas. El año de 1793 había entre todas las poblaciones y parroquias ciento treinta y cuatro clérigos; cuyas rentas no pasan, ni apenas llegan a lo necesario para vivir.

Asunción

2. La principió *Juan de Ayolas* en la orilla oriental del río Paraguay, y en 1555 le llegó el primer obispo. Fue capital del imperio español en aquellas partes, hasta que en 1620 se hizo en Buenos Aires otro gobierno y obispado. De ella salieron los fundadores de las ciudades llamadas Ciudad Real, Jerez, Santa Cruz de la Sierra, Corrientes, Concepción del Bermejo, San Juan, Santa Fe de la Vera Cruz y Buenos Aires, y las villas de Ontiveros, Villarrica y Talavera. Su piso es inclinado y arenisco, las calles son torcidas no igualmente anchas, los edificios sin segundo piso, y las mejores casas de ladrillo cocido o piedra, trabados con barro, tomadas las juntas con mortero de cal, y los tejados de teja. Su obispo se dice tener 6.000 duros de renta allí, y le dan además en Potosí 1838 y 2 reales. Su deán tiene 807 de dichos duros; las tres dignidades y dos canónigos 700, con un racionero 300. Tiene conventos de franciscos, mercenarios y dominicos, con ciento diez

frailes al todo, y un colegio donde enseñan hasta filosofía y teología, con un comisario de la inquisición.

Villarrica del Espíritu Santo

3. Se fundó en la provincia de Guairá 2 leguas al Este del río Paraná; pero luego se trasladó más al Oriente junto al río Huibai, después adonde este río se junta al Curubatí. En 1631, cuando los portugueses se llevaron los indios de aquel distrito, se incorporó a Villarrica la Ciudad Real, y juntas se fijaron 10 leguas al Norte de la actual villa de Curuguatí. En el de 1634, se situó entre los arroyos Jejuigauzú y Jejuimirí y luego donde existe dicha Curuguatí; pero por haberse llevado los portugueses todos los indios de los pueblos vecinos en 1676, transmigró la Villarrica tomando asiento junto a la actual parroquia de los Ajos: desde allí se fijó donde está hoy, en el año de 1680. El de 1715 parte de sus gentes fundaron la villa de Curuguatí; y antes, estando en el Guairá, otra parte formó la segunda ciudad llamada Jerez. Desde sus antiguos tiempos, tuvo y conserva un conventillo con dos o tres frailes franciscos. Sus habitantes se dedican mucho a beneficiar la *yerba del Paraguay*.

Curuguatí

4. Esta villa es colonia de la precedente; sus vecinos se dedican a lo que aquellos y a la agricultura, no permitiendo su distrito formar estancias de ganados por falta del Becerro citado en el capítulo 3, número 1.

Nota

5. Siguen treinta y cuatro parroquias de españoles, que no ofrecen que decir sino lo que se lee en la tabla al fin del capítulo.

Ytá

6. Se compone de indios guaranís, llamados antiguamente carios, y que fueron los primeros de su nación vencidos por *Juan de Ayolas*.

Yaguarón

7. Sus indios eran también carios, y fueron vencidos juntamente con los de Ytá. Vivían entonces en las orillas del arroyo Yaguarí, que vierte en el Tebicuarí: una porción de ellos dio principio al pueblo de San Ignacio-guazú.

Yapané

8. También tuvo el nombre de *Pitun* cuando se fundó en la provincia de Ytatí en el sitio que le señala la tabla al fin del capítulo 12: temiendo a los albayas, transmigraron sus indios que eran guaranís, al sitio que ocupan, a fines de noviembre de 1673. Después han padecido mucho en los ataques que les han dado los indios del Chaco y los payaguas.

Guarambaré

9. Tomó el nombre de un cacique. Se fundó no lejos del precedente con indios guaranís donde dice la misma tabla del capítulo 12, y por los motivos citados, transmigró junto con el de Ypaná al sitio que ocupa.

Atira

10. Se fundó en la misma provincia cuando los dos precedentes, en el sitio llamado hoy Lima a media legua al Norte del río Jejuí. Sus indios guaranís transmigraron juntamente con los precedentes y se incorporaron a los del pueblo de los Yois.

Aregua

11. Creo se fundó con los guaranís llamados entonces mongolás; pero habiéndolos dado en clase de *yanaconas* el visitador Alfaro al convento de mercenarios de la Asunción, y habiéndolos disfrutado los padres cuasi dos siglos, llegaron a figurarse que eran sus esclavos, hasta en 1783 se declaró formalmente que no lo eran, sino *yanaconas*.

Altos

12. Se llamó también Hitirizú y se fundó donde está. El 7 de noviembre de 1677, se le incorporaron los indios de Arecayá, siendo todos guaranís. Este último pueblo se fundó por los años de 1632 cerca del río Curuguatí, donde dice la tabla del capítulo 12; pero el gobernador del Paraguay le deshizo

en 1600, picado de que le quisieron matar sus indios, y los repartió por las casas de los españoles. El de 1665, se reunió el pueblo en los 25° 11' 45" de latitud y 59° 54' 18" de longitud, permaneciendo hasta unirse al de los Altos.

Tobatí

13. Se fundó con guaranís donde dice la tabla del capítulo 12; pero habiéndole los albayas muerto mucha gente, pasó a donde está, el día último de febrero de 1699.

Tabapí o Acam

14. Habitan las tierras de este pueblo algunas parcialidades de guaranís que fueron sometidas por Juan Ayolas que les formó el pueblo que Rui Díaz llama muchas veces de Acaai. Después se dieron sus indios en encomienda a los padres dominicos, y habiéndose mezclado con sus esclavos, no quieren se llame pueblo de Acaai, ni aun pueblo, sino Estancia de Tabapí. Se compone de trescientos treinta y ocho mestizos y mulatos libres que descendientes de los indios del citado pueblo de Acaai, en clase de amparados, calificaban todas sus tierras Juntamente con más de trescientos esclavos arrendando el resto a doscientos españoles. Dicen los padres compraron las tierras en 1553 y 1555, y que les dio otra porción Martín Suárez de Toledo en 1573.

Taazapá

15. Se encomendó al padre fray Luis Bolaños en donde hoy está el de Ytapé; cuyo sitio se llamaba Guaibicá: de allí pasó no sé cuándo adonde está.

Yutí

16. Varias expediciones españolas forzaron a estos guaranís a formar el pueblo adonde hoy está el de San Cosme, y de allí transmigró al sitio que ocupa en 1673.

Ytapé

17. Dos parcialidades guaranís, cuyas dos terceras partes eran mujeres, que vivían en el bosque de las cabeceras del río Tebicuarí precisadas del hambre, solicitaron reducirse, y el gobernador las repartió en los dos pueblos precedentes; pero siete años después se les formó el pueblo donde está.

San Ignacio-guazú

18. Don Hernando Cueva y el padre Marcial de Lorenza, este jesuita y aquel cura de Yaguarón, le fundaron con indios escogidos de dicho Yaguarón en el sitio llamado Ytaquí, que está en 26° 57' 53" de latitud y 59° 20' 49" de longitud. Luego se retiró el citado cura, y varios expedicionarios españoles forzaron a los guaranís de la comarca a reunirse con los yaguarones. Dieciocho años estuvo allí el pueblo, y se mudó a donde está hoy la capilla de San Ángel, distante un cuarto de legua por el Este 12° Sur del pueblo actual al cual se transfirió cuarenta años después. El de 1640 le agregaron los padres jesuitas como trescientos indios guaranís, de los que por las costas del río Uruguay huían la persecución de los portugueses.

Santa María de Fe

19. El capitán Juan Caballero Bazán con su tropa española formó el año de 1592 en la provincia de Ytati tres pueblos de guaranís que llamó Tarei, Bomboi, y Caaguazú por los 22° de latitud al Este del río Paraguay, encargándolos al cura Hernando Cueva. El año de 1632, temiendo a los portugueses, se reunieron los dos primeros tomando el nombre de San Benito, y se encargaron interinamente a dos padres Jesuitas, que les mudaron los nombres llamando al de San Benito, Santa María de Fe, y al Caaguazú, San Ignacio. Los portugueses los asaltaron en 1649 matando un jesuita y llevándose muchos indios. Los restantes auxiliados de españoles se fijaron en la orilla del río Pirai, hoy Aquidaban, por los 23° 9' 30" de latitud, cuyo sitio se llamaba Aguaranambi. Pasados siete años volvieron los pueblos a su situación primera: esto es, el de Santa María de Fe a los 22° 4' de latitud, poco al Sur de donde se junta el río Corrientes o Appas al del Paraguay, y el de San Ignacio allí cerca. El año de 1661, mataron los albayas muchos indios del de Santa María de Fe; los que escaparon se unieron a los de San Ignacio y se internaron 12 leguas al Este por los 22° 30' de latitud. Finalmente temiendo a los mismos albayas, transplantaron ambos pueblos los padres Jesuitas a las cercanías del río Paraná, donde están, el año de 1672. Todo consta en el archivo de la Asunción. Con parte de los indios de Santa María de Fe formaron los padres Jesuitas el de Santa Rosa el 2 de abril de 1760.

Santiago

20. Es el que acompañó al precedente con el nombre de San Ignacio, que dejó por haber ya por allí otro con este nombre.

Santa Rosa

21. Es una colonia de Santa María de Fe.

San Cosme

22. Le fundó el padre Jesuita Formoso en la sierra del Tapé, que hoy pertenece a la capitanía portuguesa del río grande de San Pedro. De allí en 1638, temiendo a los *mamelucos* o portugueses, fue a fijarse entre el actual pueblo de Candelaria y el arroyo Aguapei: pasó luego a la orilla septentrional del Paraná, para volver a incorporarse con el citado Candelaria. Se separó en 1718, colocándose una legua al Este; y en 1740 pasé al Norte del Paraná, fijándose a tres cuartos de legua al Norte del sitio que ocupa, que tomó en 1769.

Itapuá

23. Le formalizaron los padres Jesuitas cerca de donde está, trasladándolo en 1703. Le agregaron los padres 960 almas también guaranís, de su pueblo de Santa Teresa del Igai o Yacuí, que fue destruido por los *mamelucos* en 25 de diciembre de 1637. También le agregaron algunos restos de la Natividad, fundado en 1624, sobre el río Acarai, y destruido

poco después por los portugueses. Una parte de este pueblo pasó a fundar el de Jesús en 1685.

Candelaria
24. Le fundaron los padres Jesuitas hacia el origen del arroyo Pirain, que vierte en el Piratiní cerca del pueblo de San Luis; pero temeroso de los portugueses, pasó a fijarse cerca del de Itapuá al Norte del Paraná. Volvió a repasar este río, situándose cerca de la boca del Igarupá poco más abajo de donde está, fijándose allí en 1665. Es el pueblo capital de las Misiones; no porque sea el mayor ni el mejor, sino por estar como en el centro a la orilla del Paraná. Sus alrededores son tan malos para la agricultura, como que solo cultivan tierras en la orilla opuesta, teniendo que pasar el Paraná para hacer sus labores.

Santa Ana
25. El sitio en que los padres Jesuitas fundaron este pueblo de guaranís fue al Este del río Igai o Yacul, que hoy poseen los portugueses del Río grande de San Pedro. Por miedo de los *mamelucos* en el año de 1636 se situó no lejos del Paraná, como a legua y media del lugar que ocupa desde el año de 1660.

Loreto
26. Se fundó este pueblo, el siguiente y once más junto al río Paranapané de la provincia del Guairá. Se repartieron sus indios guaranís en Encomiendas, pero no habiendo clérigos para doctrinarlos, se encargaron todos a dos padres Jesuitas

por abril de 1611; los cuales en diciembre de 1631, salvaron este pueblo y el siguiente de los *mamelucos* que se llevaron y esclavizaron los once restantes. Huyeron pues dichos dos pueblos fijándose este Loreto a fin de marzo de 1632 sobre el arroyo Yabebiri en el sitio donde le corta el camino que va al de San Ignacio-mirí. Luego se mudó un poco más arriba; pero volvió donde antes, hasta que en 1686 se fijó donde está.

San Ignacio-mirí

27. Todo como el precedente, y ambos huyendo llegaron juntos al Yabebiri estableciéndose este pueblo donde dicho río Yabebiri forma una grande vuelta. De allí se acercó al Paraná, y el 11 de junio de 1659 se fijó donde está.

Corpus

28. Lo fundaron los padres jesuitas sobre el arroyo Iniambey al Occidente del Paraná, donde se le incorporaron como la mitad de los indios del pueblo de la Natividad que escaparon de la persecución portuguesa, y la otra mitad al de Itapisa. En 1647, pasó el río, Paraná situándose como tres cuartos de legua del lugar que ocupa donde se fijó el 12 de mayo de 1701.

Trinidad

29. Es colonia del de San Carlos. La establecieron los padres Jesuitas en 27° 45' 2" de latitud y 57° 57' 46" de longitud, pero el año de 1712 se trasladó a donde está.

Jesús

30. Lo fundaron los padres Jesuitas sobre el río Monday cerca del Paraná. Luego transmigró al Poniente, y con el auxilio de los indios del pueblo de Ytapuá se situó cerca de dicho Monday sobre el arroyo Ybaroti. De allí pasó al arroyo Mandizobi y luego al Capibari hacia el camino que va hoy al pueblo de Trinidad. Últimamente se estableció 500 varas al Levante en donde hoy existe.

San Joaquín

31. Se fundó con el nombre del Rosario del modo dicho en el capítulo 13, números 3 y 4 en los 24° 44' 49" de latitud y 58° 58' 55" de longitud: pasó adonde está en 1753 por miedo a los albayas.

San Estanislao

32. Su fundación está explicada en el capítulo 13, números 3 y 4.

Belén

33. Se fundó del modo explicado en dicho capítulo 13, número 5.

Emboscada

34. El gobernador don Rafael de la Moneda sacó de las casas españolas donde estaban en amparo una porción de

negros y mulatos; con ellos formó este pueblo para que fuese antemural contra las invasiones de los albayas.

Nota

35. En la siguiente tabla, C. significa ciudad, V. villa, P. parroquia, Y. pueblos de indios guaranís, y M. *idem* de gente de color:

Poblaciones del Gobierno del Paraguay

Nombres de las ciudades	Año de fundación	Latitud	Longitud	Número de almas
Asunción	1536	26° 16' 40"	59° 20' 8"	7.088
Villarica	1577	25 48 55	58 50 55	3.014
Curuguatí	1715	24 28 10	58 13 21	2.254
Luque	1635	25 15 30	59 51 13	3.815
Frontera	1718	25 23 50	59 54 59	2.187
Lambaré	1766	25 20 0	59 59 56	825
Limpio	1785	25 10 25	59 50 45	1.769
Concepción	1773	23 23 8	59 35 0	1.551
Yguamandiyu	1784	24 6 12	59 17 27	949
Carimbatai	1760	24 33 35	58 16 3	372
Hiati	1773	25 44 47	58 53 8	1.232
Yacaguazú	1785	25 58 2	58 51 15	866
Bobí	1789	26 54 46	58 37 46	427
Arroyos	1781	25 29 36	59 6 11	1.227
Ajos	1758	25 26 34	58 48 56	715
Caraly	1770	25 30 27	59 11 2	654
Ybitimiri	1783	25 45 43	59 11 58	620
Pisibebuy	1640	25 27 54	59 23 33	3.595
Caacupé	1770	25 24 21	59 28 20	1.066
San Roque	1770	25 22 28	59 22 17	733
Cuarepoti	1783	24 23 25	59 32 2	540

Piralú	1769	25 29 19	59 34 5	2.352
Paraguari	1775	25 36 51	50 29 45	507
Capiatá	1640	25 21 45	59 50 44	5.395
Ytauguá	1748	25 24 44	59 43 2	2.235
San Lorenzo	1775	25 21 14	59 55 56	1.720
Villeta	1714	25 30 55	59 55 21	3.098
Remolinos	1777	26 10 0	60 22 46	453
Carapeguá	1725	25 45 31	59 25 52	3.346
Quindi	1733	25 58 26	59 33 45	1.894
Ybicui	1766	26 0 54	59 20 8	1.500
Quinquió	1776	26 13 13	59 19 46	1.136
Accai	1783	25 54 7	59 27 57	858
Caapucú	1787	26 11 21	59 34 19	659
Ñembucú	1779	26 52 24	60 30 24	1.730
Laureles	1790	27 13 57	59 39 30	621
Tacuaras	1791	26 50 43	60 8 13	520
Ytá	1536	25 30 30	59 43 58	965
Yaguarón	1536	25 33 20	59 38 10	2.093
Ypané	1538	25 27 44	59 52 11	278
Gurambaré	1538	25 29 48	59 49 12	368
Atisa o Iois	1538	25 16 45	59 32 57	972
Aregua	1538	25 18 1	59 45 38	200
Altos	1538	25 16 6	59 37 26	869
Tobati	1536	25 16 16	59 27 57	932
Tabapi o Acaal	1538	25 54 56	59 40 14	644
Caazapá	1607	26 11 18	58 48 45	725
Yutí	1610	26 36 56	58 35 44	674
Ytapé	1673	25 52 0	58 58 29	124
San Ignacio Guazú	1609	26 54 36	59 3 10	864
Santa María de Fee	1592	26 48 12	59 17 50	1.144
Santiago	1592	27 8 40	59 7 30	1.097
Santa Rosa	1698	26 53 19	59 13 37	1.283
San Cosme	1634	27 18 55	58 38 25	1.036
Ytapuá	1614	27 20 16	58 11 55	1.049
Candelaria	1627	27 26 46	58 6 31	1.514
Santa Ana	1633	27 23 45	57 57 37	1.430
Loreto	1555	27 19 28	57 53 35	1.519
San Ignacio Mirí	1555	27 14 52	57 54 10	806
Corpus	1622	27 7 23	57 51 27	2.267

Trinidad	1706	27 7 35	58 3 55	1.017
Jesús	1685	27 2 36	58 24 2	1.185
San Joaquín	1746	25 1 47	58 32 10	854
San Estanislao	1749	24 38 31	58 55 11	729
Belén	1740	23 26 17	59 36 56	361
Emboscada	1740	25 54 56	59 40 14	840
Suma de almas				92.347
Españoles parro- quianos de los pue- blos de indios no comprendidos en sus padrones				5.533
Total de la población				97.480

XVII. Breve noticia de los pueblos y parroquias existentes en el Gobierno de Buenos Aires

1. Como muchos de ellos no ofrecen que añadir a lo que dice la tabla al fin del capítulo, me limitaré a hablar solo de los que lo merezcan por alguna particularidad. Sucede también aquí cuasi lo mismo que en el gobierno del Paraguay: esto es que las parroquias tienen las casas desparramadas por los campos. Y es de notar que el número de almas en muchas se ha puesto a juicio prudente, por no haberse hecho hasta hoy listas de su vecindario. En cuanto al número de eclesiásticos en este gobierno, no hay sino los párrocos precisos y muy pocos más; exceptuando a Buenos Aires que en 1793 tenía ciento treinta y siete sin contar los frailes.

Buenos Aires

2. Se llama ciudad de la Trinidad y puerto de Santa María de Buenos Aires. Se principió su fundación el 2 de febrero del mismo año que se fundó la de Lima; esto es en 1535. Pero se despobló en el de 1539 y se volvió a poblar en 1580 con sesenta paraguayos, siempre en el mismo sitio. Estuvo subordinada a la de la Asunción, hasta que en 1620 se hizo cabeza de un nuevo gobierno y obispado. El de 1665 se erigió en ella una real audiencia, que se suprimió en 1672, y después el de 1776 se elevó a cabeza de un vasto virreinato, dotado con 40.000 duros anuales. Al mismo tiempo se erigieron en ella no solo la real audiencia con regente, cinco oidores y dos fiscales, dotados con 6.000 duros el primero, y 3.000 cada uno de los otros, sino también un tribunal de cuentas, y un enjambre de empleos y empleados conservando los tres

oficiales reales que antes había únicamente. La renta de su señor obispo, se regula en 18 a 20.000 duros, y su catedral, que acaba de hacerse, tiene los mismos prebendados que la del Paraguay, pero cada uno con tanta renta como todos aquellos juntos. Hay en la ciudad cinco parroquias, convento de monjas capuchinas y catalinas y de frailes franciscanos, mercenarios, dominicos y belemnitas. Estos cuidan de un hospital y hay otro de mujeres con casas de expósitos y huérfanas. Sus puertos son la Ensenada y el Riachuelo citados en el capítulo 4, números 24 y 25. Está la población sobre la barranca austral del Río de la Plata en suelo llano, con calles anchas a cordel y como la mitad de ellas empedradas; pero todas tienen las aceras enladrilladas para la gente de a pie. El virrey habita un fuertecillo con cuatro baluartes de ladrillos y barro, que mira al río y domina la plaza mayor. Todos los edificios son de dicho ladrillo cocido y barro, y son muy raros los que tienen segundo piso. En cuanto a la enseñanza es igual a la que hay en el Paraguay, también en un colegio, y no le falta un comisario de la inquisición de Lima.

Montevideo

3. Así se llaman aunque al fundar esta ciudad le pusieron el de San Felipe. Se dieron las órdenes para hacer este pueblo el año 1724; pero hasta el de 1726, no llegaron los primeros pobladores llevados de las islas Canarias. Toda la ciudad está circundada del mar, y de una muy baja y mala muralla sin foso menos por donde hay un fuertecillo de ladrillo y barro con cuatro baluartillos; pero por esta parte se están construyendo nuevas fortificaciones más sólidas. Las calles son anchas y a cordel sin empedrar, y se hace en ellas muchos barros cuando llueve. Sus edificios como los de Buenos Aires,

tiene una parroquia y un convento de franciscanos. En ella residen un gobernador militar, y el jefe de la marina del Río de la Plata.

Maldonado

4. Se principió al mismo tiempo que Montevideo, pero adelantó muy poco, hasta que por los años 1780 principaron a fijarse allí más gentes, y el de 1786 se erigió en ciudad. Su asiento es llano y arenisco, las casas y calles como las de Montevideo; pero como dista una legua del puerto descrito en el capítulo 4, número 28, es de presumir, que la ciudad se trasladará a la isla de Gorriti o a la punta del Este del mismo puerto, o que se formará allí otra.

Colonia del Sacramento

5. El gobernador portugués del río Janeiro la fundó en 1679, y el de Buenos Aires la destruyó el 7 de agosto de 1680; pero el año siguiente se permitió interinamente a los portugueses volverla a poblar. El año de 1705 la tomó segunda vez el gobernador de Buenos Aires, y se devolvió el de 1715. Otra vez la tomaron los de Buenos Aires en 1762, y habiéndola restituido se tomó la cuarta vez, y se demolió en 1777. Pero después han reedificado algunos españoles bastantes casas, que tienen una indecente capilla. Está a la orilla septentrional del Río de la Plata, y de su puerto hablé en el capítulo 4, número 26.

Santa Fe de la Vera Cruz

6. Se fundó esta ciudad en el sitio que hoy tiene el pueblo de Caiastá, y en 1651, se trasladó a donde está: su asiento llano, las calles y casas como en Montevideo, y tiene una parroquia con tres conventos de frailes. Va en decadencia desde que se ha dado libertad a los vecinos del Paraguay para introducir su yerba por Buenos Aires al Perú y Chile, cosa que hasta entonces no podían hacer sino por Santa Fe.

Corrientes

7. Su fundador dio a esta ciudad el nombre de *San Juan de Vera de los siete corrientes*, situándola sobre la barrancao-riental del río Paraná. Su piso llano y gredoso; las calles dere-chas y anchas y los edificios como en Santa Fe. También tiene tres pequeños conventos de frailes con una sola parroquia.

Ybatí

8. Sujetaron a los guaranís de este pueblo los españoles de la ciudad precedente, y algún tiempo después la formaron su pueblo en el sitio, llamado entonces Yaguarí distante 10 le-guas de la ciudad Paraná arriba. Allí se le incorporaron otros guaranís que vivían cerca; y pasados más de cuarenta años, se trasladó el pueblo a donde está en la orilla austral del Pa-raná, aumentándole con más guaranís que vivían en la isla de Apipé. Estos indios arrojaron a sus curas que eran frailes franciscanos, y llamaron a los padres Jesuitas, los cuales al instante le mudaron el nombre en el de *Santa Ana*; pero les pusieron pleito dichos frailes y se les restituyó el pueblo en

1616. Los payaguas y otros indios del Chaco el año de 1748, mataron muchos indios de este pueblo y de los dos siguientes.

Guacaras

9. Lo fundaron los españoles de Corrientes con los guaranís que habían llevado del Paraguay sus encomendaderos el mismo año que al precedente y cuasi lo destruyeron los payaguas el de 1748. Entre sus pocos pobladores hoy hay algunos mestizos.

Santa Lucía

10. Lo formaron los mismos españoles que al precedente al Norte y pegado al río Santa Lucía con cuatro parcialidades de indios guaranís, los cuales poco a poco han ido desertando, de modo que no hay hoy ni un descendiente de los primeros. Los, que le componen son todos desertores de los pueblos jesuíticos y de los del Paraguay que en diferentes tiempos se han fijado voluntariamente allí: siempre ha estado cuidado por frailes franciscanos, En 1748 le mataron muchos indios los del Chaco y los payaguas.

San José

11. Lo fundaron los padres Jesuitas en Ytaguatia, que es un sitio de la sierra del Tapé poseído hoy por los portugueses. Huyendo de estos, cinco años después se estableció entre los pueblos de Corpus y San Ignacio-mirí, hasta que en 1660 se fijó donde está.

San Carlos

12. Lo principiaron en Caapi, como a otros que fueron destruidos por los portugueses y de los guaranís que los Jesuitas pudieron recoger y salvar de ellos, formaron este pueblo.

Apóstoles

13. Lo fundaron los Jesuitas en la sierra del Tapé llamándole Natividad: cinco años después huyendo sus guaranís de los portugueses, se fijó donde está con el nombre que lleva.

Concepción

14. Lo fundó, donde está, el jesuita Roque González el 8 de diciembre de 1620. En él se refugiaron las reliquias de Ybiticari, Caapi, San Miguel, Mártires, Caazapaguazu, Santa María la Mayor, y el conjunto de que se formó el de Mártires. Los de Ybiticarai y Caapi se le separaron en 1687 para formar el de San Luis.

Mártires

15. Fundaron los padres Jesuitas en Ybiticarai el pueblo de Jesús María, y tres años después en Caapi, los de San Carlos, San Cristóbal, San Joaquín o San Pedro y San Pablo todos guaranís; pero habiéndolos destruido los portugueses en 1638, reunieron los padres a los fugitivos con quienes formaron este pueblo entre Concepción y Santa María la Ma-

yor, cerca de este, de donde subió a la lomada en que está el año de 1704.

Santa María la Mayor
16. Los padres Jesuitas lo fundaron donde se juntan los dos grandísimos ríos Yguazú y Paraná; de donde temiendo a los portugueses, se transplantaron en 1633 a donde se ha dicho que estuvo primero el de Mártires. De allí pasó este pueblo guaraní al sitio que ocupa.

San Javier
17. Lo fundaron los padres Jesuitas con guaranís sobre el arroyo Italin poco al Norte de donde existe.

San Nicolás
18. Los padres Jesuitas lo fundaron sobre el arroyo Piratinimiri, pero huyendo de los portugueses o *mamelucos* pasó el río Uruguay por enero de 1638, y se estableció sobre el arroyo Aguarapucay entre los dos pueblos precedentes. El año de 1650, se unió este pueblo al de Apóstoles, y en 2 de febrero de 1667 se separó y fijó donde está.

San Luis
19. Es el mejor pueblo de las misiones. Tuvo el nombre de San Joaquín cuando los padres Jesuitas lo fundaron sobre el río Ygay o Yacin; pero huyendo de los portugueses, se unió en 1638 al de Concepción, de quien se apartó el de 1687 para situarse en Caazapamiri en el sitio que antes tuvo el de

Candelaria. De allí pasó a un sitio cercano al que hoy tiene agregándosele los indios también guaranís que ocuparon de los pueblos siguientes: Jesús María fundado al Este del río Yacui en Ybiticarai: la Visitación de Caapi; y San Pedro y San Pablo de Gaaguazu. Estos tres pueblos fueron destruidos por los portugueses que vendieron a sus indios por esclavos como lo hacían con cuantos pillaban.

San Lorenzo
20. Es colonia del de Santa María la Mayor.

San Miguel
21. También lo fundaron los padres Jesuitas en la citada sierra del Tapé; pero huyendo de los portugueses pasó el río Uruguay, a situarse cerca del de Concepción, de donde en 1687 fue a fijarse donde le vemos hoy.

San Juan
22. Es colonia del precedente, y tiene de particular estar el colegio o habitación de los padres, edificado sobre un montón artificial de tierra apisonada que domina las cercanías.

San Ángel
23. Es colonia del de Concepción que situaron los padres Jesuitas entre los dos ríos Yivi; pero pasando después al mayor río lo fijaron donde está.

San Tomé

24. Lo fundaron los padres Jesuitas sobre el arroyo Tebicuarí cerca del río Ybicuí pero huyendo de los portugueses en 1639, se acercó al río Uruguay, y después lo pasó a tomar el sitio en que está.

San Borja

25. Es colonia del precedente.

La Cruz

26. Los citados padres lo fundaron al Occidente del río Uruguay, donde este confluye con el arroyo Acaraguá. De allí bajó al río Albororé: después se incorporó al pueblo siguiente, separándose y fijándose donde existe, el año de 1657.

Yapeyú

27. Lo fundaron los padres mencionados donde está con los indios guaranís de la comarca al Poniente, pegado al río Uruguay. Fue el más numeroso, pues le dejaron los Jesuitas con 8.510 almas.

San Francisco Javier

28. Una parcialidad de indios mocobis, pidió reducción al comandante de Santa Fe, quien en 4 de julio de 1743, dio el encargo y los auxilios a los padres Jesuitas, y estos formaron el pueblo en el sitio que ocupa el de Caiastá. Pero ni

los padres Jesuitas, ni hasta hoy se ha logrado civilizar a un solo indio. Ellos se van y vuelven cuando les da la gana, y se detienen porque se les da de comer.

San Jerónimo
29. Es de indios abipones, y en todo lo mismo que el precedente.

Las garzas
30. Una porción de indios del pueblo anterior que se separó, quiso formar el presente, que en nada difiere de los dos anteriores.

San Pedro y San Pablo
31. Téngase aquí por repetido todo lo dicho en el número 28.

Caiastá
32. Una tropa española que sorprendió una porción de indios charrúas y minuanes, los expatrió y formó con ellos este pueblo, que está según se dijo en el número 28.

Inespin o Jesús Nazareno
33. Lo formó un comandante de Santa Fe a los indios mocobis, y lo entregó a clérigos; pero está como los cinco precedentes.

El varadero

34. No dudo que lo fundaron los conquistadores con los indios guaranís llamados albeguás; pero como no se le dio el gobierno de comunidad, y se abolieron sus encomiendas con la muerte de sus dos primeros poseedores, han obrado con la libertad de los españoles; y mezclándose con estos, pasan hoy por españoles y mestizos, habiendo desaparecido su idioma y sus costumbres.

Quilmes

35. En el capítulo 10, número 146, se habló de la fundación de este pueblo, cuyos indios se han españolizado como los del precedente.

Santo Domingo Soriano

36. En el capítulo 10, número 27, se explica la fundación de este pueblo, que fue media legua al Occidente de donde está, donde se fijó en 1704. También se ha españolizado como los dos anteriores.

Nota

37. La tabla siguiente no expresa la fundación de algunos pueblos ni exactamente el número de almas, porque se ignoran, y solo difiere de la del capítulo precedente en que F. significa fuerte militar.

Poblaciones del Gobierno de Buenos Aires

Nombres de las ciudades	Año de fundación	Latitud	Longitud	Número de almas
Buenos Aires	1535	34° 36' 28"	60° 43' 30"	40.000
Montevideo	1724	44 54 36	58 30 42	15.245
Maldonado	1724	33 53 12	57 7 44	2.000
Colonia	1679	34 26 10	60 9 15	300
Santa Fe	1573	31 40 29	63 6 0	4.000
Corrientes	1588	27 27 21	61 6 0	4.500
Ytatí	1588	27 17 0	60 31 38	712
Guacarás	1588	27 27 31	60 55 12	60
Santa Lucía	1588	28 59 30	61 18 2	192
San José	1633	27 45 52	58 8 57	1.352
San Carlos	1631	27 44 36	58 17 12	1.280
Apóstoles	1632	27 54 43	58 9 19	1.821
Concepción	1620	27 58 44	57 57 13	1.104
Mártires	1633	27 47 37	57 40 2	937
Santa María la Mayor	1626	27 53 14	57 46 4	911
San Javier	1629	27 51 8	57 34 4	1.379
San Nicolás	1627	28 12 0	57 39 53	3.667
San Luis	1632	28 25 6	57 22 14	3.500
San Lorenzo	1691	28 27 24	57 8 30	1.275
San Miguel	1632	28 32 36	56 59 27	1.973
San Juan	1693	28 26 56	56 48 40	2.388
San Ángel	1707	28 17 19	57 0 12	1.986
San Tomé	1632	28 32 49	58 17 43	1.500
San Borja	1690	28 39 51	58 15 58	1.800
La Cruz	1629	29 29 1	58 48 28	2.500
Yapeyú	1626	29 31 47	58 58 28	5.500

San Francisco Javier	1743	30 32 15	62 27 15	1.308
San Gerónimo	1748	29 10 20	61 43 46	482
La Garzas	1770	28 28 49	61 11 40	218
San Pedro y San Pablo	1765	29 57 0	62 37 0	643
Caiastá	1749	31 9 20	62 39 0	67
Yuispin	1795	29 43 30	62 40 30	600
Baradero	1580	33 46 35	62 6 30	900
Quilmes	1677	34 38 45	60 36 50	800
Santo Domingo	1650	33 23 56	60 38 20	1.700
Magdalena	1730	35 5 6	59 55 40	3.000
San Vicente	1730	35 2 20	60 46 30	1.750
Morón	1730	34 40 10	61 4 45	1.100
San Isidro	1730	34 40 0	60 4 45	2.000
Conchas	1769	34 24 56	60 53 20	2.000
Luján	1730	34 36 0	61 40 30	1.500
Pilar	1772	34 25 56	61 33 40	2.058
La Cruz	1772	34 16 22	61 43 30	1.772
Areco	1730	34 14 2	62 7 10	2.300
San Pedro	1780	33 39 47	62 13 0	600
Arrecife	1730	34 4 10	62 47 10	1.728
Pergamino	1780	33 53 28	63 3 50	1.200
San Nicolás	1749	33 19 0	62 45 4	4.220
Chascumús	35 33	40	60 22 15	1.000
Ranchos		35 30 40	60 36 14	8.000
Monte		35 25 40	61 10 54	750
Luján		34 39 30	62 4 50	2.000
Salto		34 18 45	62 54 40	750
Rojas		34 11 30	63 19 50	740

Melincué		33 44 30	64 9 56	400
Piedras	1780	34 45 24	58 32 4	800
Canelón	1773	34 25 23	58 35 55	3.500
Santa Lucía	1781	34 30 35	58 40 41	460
San José	1781	34 22 17	59 13 22	350
Colla	1780	34 19 39	59 41 43	300
Real Carlos	1680	34 25 8	60 9 56	200
Víboras	1780	33 56 20	60 31 30	1.500
Espinillo	1780	33 33 30	60 32 15	1.300
Mercedes	1791	33 12 30	60 17 40	850
Martín García	34 11	5	60 33 40	200
Arroyo de la China	1780	32 29 18	60 33 55	3.600
Guale- guaichú	1780	32 59 15	60 47 8	2.000
Gualeguai	1780	33 8 19	61 48 10	1.600
Pando	1782	34 41 18	58 9 4	300
San Carlos	1778	34 44 45	57 4 4	400
Minas	1783	34 21 30	57 25 34	450
Rocha	1800	34 22 0	56 32 58	350
Santa Teresa	1762	33 58 5	55 54 15	120
San Miguel	1733	33 44 44	55 55 30	40
Melo	1795	32 23 14	56 37 44	820
Santa Tecla	1773	31 16 8	56 34 24	190
Batobí	1536	30 36 1	57 6 24	948
Caacatí	1536	27 31 0	60 21 0	600
Burucuia	1536	27 57 50	60 35 25	356
Aladas	1536	28 15 20	60 50 20	1.200
San Roque	1536	28 33 33	60 57 30	1.390
Bajada	1536	31 44 15	63 4 30	3.000
Negoia	1536	32 17 43	62 24 34	1.500
Coronda	1536	31 58 47	63 21 50	2.000

Rosario	1536	32 56 4	63 11 20	3.500
Río Negro	1536	40 50 0	64 43 30	300
Maluinas	1536	51 32 0	59 57 30	600

XVIII. Del descubrimiento y conquista del Río de la Plata, licencia del rey y primera expedición

1. Juan Díaz de Solís natural de Lebrija y piloto mayor en España, poseído del entusiasmo común en su tiempo de hacer descubrimientos, pidió al rey licencia y se la dio para satisfacer sus deseos. En consecuencia dispuso con su caudal una embarcación, y con ella siguiendo los pasos de Vicente Yáñez Pinzón, pasó al cabo de San Agustín el año de 1512. Desde allí fue reconociendo legua por legua la costa del Brasil, hasta que hallándose en los 40° de latitud austral, reflexionó que había dejado por los 35 y 36° una abra grandísima. Retrocedió pues a reconocerla principiando por la costa que le estaba más cerca, que era la meridional, y fue fijando en sus árboles algunas cruces que atestiguasen haber estado allí. Trató amigablemente con los indios guaranís, que encontró a donde están hoy Buenos Aires, San Isidro, las Conchas e islas inferiores del río Paraná: y lo que de ellos y de la dulzura de aquellas pudo comprender fue, que aquello no era abra ni golfo del mar, sino un río llamado *Paraná guazú*, que significa Paraná grande. Reflexionó Solís, que aquel río de caudal tan enorme, debía atravesar precisamente dilatadas y remotas regiones, cuyo reconocimiento produciría de seguro mucha gloria y quizá grandes riquezas a quien lo hiciese, pero considerando que su embarcación, gente y preparativos no eran suficientes para tan ardua empresa, se salió a la mar, y cargando al paso su buque de palo del Brasil llegó felizmente a España.

2. Francisco López de Gómara en su *Historia general de Indias*, capítulo 89, y Martín del Barco Centenera en el canto

1° de su *Argentina* dicen, que Solís impuso al citado río el nombre de Río de la Plata, por las muestras que en él vio de este metal, y el padre Jesuita Lozano, lib. 2, capítulo 1, de su historia manuscrita del Paraguay, escribe que le llamó *Río de Solís*. Pero Solís no pudo ver lo que suponen y dichas denominaciones se dieron después al río por motivos diferentes.

3. Dio Solís cuenta al rey de lo ocurrido en su viaje, pidiéndole la privativa en el descubrimiento, conquista y gobierno de los países regados por aquel río; y habiéndole sido acordada sin facilitarle auxilio alguno, alistó por su cuenta tres naves: una de treinta toneladas y de la mitad cada una de las otras, con sesenta hombres además de las tripulaciones, y víveres para dos años y medio. Listo todo salió de Lepe el 8 de octubre de 1515, y llegando a la boca del mencionado río, entró reconociendo su orilla más próxima, que era la septentrional. Vio en aquella algunos indios charrúas que le observaron, y figurándose fatalmente que eran de la misma nación, o a lo menos de la misma buena índole que los guaranís que en su viaje precedente había tratado en la ribera opuesta, quiso hablarles y no tuvo reparo en salir afuera en el bote con algunos españoles. Pero apenas habían desembarcado junto a la boca de un arroyo, cuando dichos indios con otros que de improviso salieron, se arrojaron sobre ellos y los mataron a todos, menos a uno que se pudo salvar. Por esta desgracia conserva aun dicho arroyo el nombre de *Arroyo de Solís* entre Montevideo y Maldonado. Los mencionados escritores López y Lozano, *ibid.*, y Antonio León Pinelo en su representación hecha en 1623 al Consejo de Indias, añaden que los charrúas se comieron asados a los españoles muertos; pero no les creo, por que no habiendo cosa tan durable como las costumbres entre los bárbaros, si lo hubiesen hecho

lo harían y no es así, ni conservan memoria de semejante comida. Esta voz la esparcieron sin duda un hermano del Solís y su cuñado Francisco Torres, que iban de pilotos y fueron testigos del desgraciado suceso, del que quedaron tan atemorizados, que al instante tomaron la vuelta de España, donde hicieron del caso y del país la pintura tan triste y fea, que por algunos años quitaron a otros la tentación de repetir el reconocimiento de aquel río, al cual con mucho motivo denominaron entonces *Río de Solís*.

XIX. Segunda expedición por el veneciano Sebastián Gaboto

4. El primero que siguió la derrota o viaje de Solís, fue el veneciano Sebastián Gaboto. Este sirviendo al rey de Inglaterra, había buscado infructuosamente aunque con pericia y valor, un paso a la India Oriental por el Norueste de la América; y habiendo venido poco satisfecho a España, ofreció al rey conducir una expedición para la citada India por el estrecho de Magallanes. Aprobó el rey la propuesta nombrando piloto mayor a Gaboto, y contratando con él a 4 de marzo de 1525, que le proporcionaría tres embarcaciones con víveres y todo lo que dijese Gaboto ser necesario. Fue nombrado para su segundo Martín Méndez, para alguacil mayor Pascual Rivas, y para piloto mayor faltando Gaboto, Miguel Rodas. En la nave capitana, Francisco Concha era contador, y Hernando Calderón tesorero. De la llamada Santa María del Espinar, era capitán Gregorio Caro, contador Miguel Valdés, y tesorero Juan del Junco: y los mismos empleados en la nombrada Trinidad, eran Francisco Rojas, Antonio Montoya, y Gonzalo Núñez Balboa hermano del que primero, vio el mar Pacífico. Otra embarcación se aprontó por cuenta de Miguel Rufis confidente de Gaboto; y la gente ascendía a unos doscientos cincuenta o trescientos hombres, entre los cuales había bastantes hijosdalgo, como Gaspar Celada, Rodrigo Benavides, Juan Concha, Sancho de Bullón, Jerónimo y Juan Núñez de Balboa, hermanos de Gonzalo, Martín Rueda, Francisco Maldonado, Martín Hernández de Urquizú, Cristóbal de Guevara, Hernán Menéndez, Rui Mosquera, Nuño de Lara, etc.

5. Mientras se alistaban las cosas, algunos envidiosos hablaban muy mal de Gaboto, y recelando este le quitasen su destino los que con el mayor empeño lo pretendían, aceleró sus disposiciones, y aun riñó con los diputados reales porque no se daban priesa, ni le aprontaban los víveres pedidos. Viendo que sus enemigos ganaban terreno en la corte, determinó hacerse a la vela, aun faltándole muchas cosas. Salió pues de Sevilla a primeros de abril de 1526, y temiendo que le faltasen los víveres, estableció cuidado extraordinario y economía en su distribución. Esto produjo entre sus gentes mucha murmuración, resultando al fin que por escrito le hicieron un requirimiento, solicitando fuese a tomar víveres en la costa del Brasil. Disimuló Gaboto el disgusto que le daba este incidente, y creyendo no deber hacer otra cosa, arribó a la isla de Santa Catalina, donde perdió la mayor de sus embarcaciones, que tocó en la costa al tomar puerto. Se salvó la gente y se le juntaron Enrique Montes y Melchor Ramírez, que vivían con los indios, habiendo dejado al hermano de Solís cuando fondeó allí en su regreso a España. También encontró y se le agregaron otros quince españoles desertores de una expedición que iba a las Molucas mandada por Rodrigo Acuña. Compró los víveres que pudo de aquellos indios guaranís, y viendo que no le bastaban para su viaje, para el cual también le hacía grande falta la embarcación perdida, determinó abandonar su navegación a la India Oriental, y compensarla continuando el descubrimiento del río de Solís. Todos aplaudieron el pensamiento menos Martín Méndez, Francisco Rojas y Miguel Rodas con muy pocos soldados que prefirieron quedarse allí, para pasar luego al Brasil de donde escribieron al rey contra Gaboto. El padre Lozano en el lugar citado dice, que Gaboto dejó abandonada dicha gen-

te en la isla de Flórez, sin advertir que era imposible vivir en ella porque no hay que comer, y también lo era el poder salir.

6. Mientras duraron los debates sobre ir o no a las Molucas, construyó Gaboto una galeota, y se hizo a la vela el 15 de febrero de 1527 para ir a fondear en el puerto de los Patos y no a la bahía de Todos Santos según dice López. Compró allí algunos víveres de aquellos guaranís, llevándose cuatro muchachos, para que en adelante le sirviesen de intérpretes. Continuó, y entrando por el río de Solís, reconoció luego la isla de Flórez pero hallándola desierta y sin puerto, se fue a fondear en la de San Gabriel. Desde allí despachó sus botes en solicitud de puerto más seguro, y con la noticia que le trajeron, se fue a dar fondo el 6 de abril en la boca de un río que denominó *San Lorenzo* y hoy llaman de San Juan enfrente de Buenos Aires. Metió dentro tres de sus embarcaciones, despachando la cuarta con el capitán Juan Álvarez Ramón a reconocer el río Uruguay, que desemboca allí, y a buscar un buen puerto. Mientras tanto edificó una casa de paja circundada de palizada, para custodiar las embarcaciones y efectos que le embarazaban contra los indios charrúas, que no se le dejaban ver. Entonces se le presentó Francisco del Puerto, que habiendo escapado de la matanza de Solís se juntó a los indios yarós, los cuales le admitieron a vivir libremente entre ellos por la costumbre de todo indio silvestre de recibir y tratar con igualdad a todo hombre que se les presenta voluntariamente no siendo en acción de guerra. El citado Álvarez Ramón navegó el río Uruguay, hasta que una tormenta al tercero día, le arrojó sobre el banco de arena que hay poco encima de dos islas que están enfrente, del río Negro, donde en aguas bajas se descubren aun los restos de tal embarcación, sabiéndose por tradición que son de Álvarez. Salvose la

gente, y regresaba parte en el botecillo y el resto a pie por la orilla oriental del río, cuando los indios yarós los acometieron, y mataron al capitán con algunos otros; pero los demás llegaron adonde estaba Gaboto.

7. Instruido este por los náufragos y por los botes que había despachado a reconocer aquel golfo, de que el río Uruguay no era el de mayor caudal, ni el más apropósito para navegarse, dejó en San Juan la mayor de sus embarcaciones con algunos efectos, que se figuró no serles necesarios, con cuarenta y dos hombres a la orden de Antón Grageda, y el día 8 de mayo de 1527 navegó con la galeota y carabela. Atravesó el golfo hasta entrar por el brazo más austral del río de Solís, llamado *Río de las Palmas*, y siguiéndole trató amistosamente con los Indios albeguas y otros que después se redujeron en el pueblo del Varadero. También compró de ellos algunos víveres, sirviéndoles de intérpretes los cuatro muchachos que había sacado del puerto de los Patos en la costa del Brasil que todos eran guaranís. Después tomó a mano izquierda el que llaman Riacho y es brazo del Paraná que viene de Coronda, hasta encontrar en los 32° 25' 12" de latitud la boca del río Carcarañal, así llamado porque vivían allí los guaranís llamados caracarás. De estos y de los timbús que habitaban poco más arriba la isla enfrente de Coronda, dice Ulderico Schmidels, capítulo 13, que eran quince mil guerreros altos y grandes; que usaban canoas largas de 80 pies y que las mujeres llevaban heridas en la cara; pero todo es mucha ponderación, y las que llaman heridas eran las marcas azules que usan las mujeres de aquellas naciones silvestres. Barco Centenera, canto 19, yerra diciendo que los timbús mataron a Gaboto.

8. Como quiera los albeguas, caracarás y timbús informaron a Gaboto de que había países muy extensos hacia el Poniente, y de que más arriba habitaban muchos pueblos guaranís. Estas noticias y al ver la docilidad de aquellos indios, que hacían cuanto él les ordenaba, le sugirieron la idea de intentar dos descubrimientos: uno hacia el Sudueste, y otro continuando su navegación; pero como necesitaba apoyarlos en algún punto que sirviese de escala, determinó hacer allí mismo un establecimiento. Tomada esta resolución y no pudiendo dudar que los que habían quedado en Santa Catalina por no quererle seguir, escribirían contra él a la corte donde sabía tener bastantes enemigos, quiso justificarse con el rey y en sustancia le escribió: que la estrechez de víveres le obligó a buscarlos en la isla de Santa Catalina, donde no encontró los suficientes para su viaje: que tampoco pudiera haber seguido después de la pérdida de su nave principal: que en esta situación con dictamen de todos, menos de muy pocos, había subrogado al viaje de la India Oriental, la continuación del descubrimiento del río de Solís: que esta idea le había salido tan bien, como que de contado había ya descubierto un gran país fértil, de excelente clima, y muy poblado de naciones que se le habían sometido, de las cuales enviaba algunos individuos a prestar vasallaje personalmente: que iba a emprender los dos descubrimientos y el establecimiento que tenía meditado, con lo que se prometía en breve hacerle soberano de países inmensos, de naciones sin número y de riquezas abundantes. Concluyó pidiendo auxilios y el mando de sus descubrimientos.

9. Despachó esta carta por una embarcación que debía volver de San Juan con algunas cosas que le faltaban, marchando luego a España la que allí había con la carta, encargando

a sus amigos Hernando Calderón y Roger Barto que iban bien impuestos para ponderar las ventajas del descubrimiento. Con este objeto les ocurrió adornar los indios que llevaban, con planchuelas y otras bagatelas de plata en las orejas, cuello y brazaletes, dando a entender eran adornos usados en su país: esta misión salió tan a su gusto, como que por estas frioleras se dio al río de Solís el nombre de Río de la Plata. Se aprobó además la conducta de Gaboto; se le nombró jefe de aquel descubrimiento y se le mandó enviarle los auxilios que pedía. Pero como el Erario escaseaba de fondos, escribió el rey a fines de octubre de 1527, a los comerciantes de Sevilla incitándoles a tomar parte en las empresas de Gaboto. Se tomaron tiempo dichos comerciantes, y hallando no tenerles cuenta, se excusaron contestando al año siguiente; pero Su Majestad mandó nuevamente que por cuenta de su Erario se auxiliase a Gaboto.

10. Este mientras tanto ayudado de los indios caracarás se puso a edificar encima de la boca del río Carcarañal y pegado a ella, un fuertecillo llamado Santispiritus; que según sus restos era cuadrado rodeado de foso y palizada con los ángulos elevados con terraplén. Al mismo tiempo construía un bergantín; y estando de vuelta la carabela con los efectos de San Juan, despachó a cuatro españoles, el uno llamado César para que caminando por tierra hacia el Sudueste, descubriesen lo interior del país, y volviesen al fuerte a los cuatro meses. Puso remos a la galeota y bergantín y dejando en Santispiritus la carabela con sesenta hombres mandados por Gregorio Caro, sobrino del obispo de Canarias, principió a navegar con los dos buques de remos el 23 de diciembre de 1527 siguiendo el brazo o riacho del Paraná que pasa por Coronda, hasta salir por el llamado Colastine al río prin-

cipal. Compró víveres y trató amistosamente con los indios timbús, calchaquis, quiloasas, colastines y otros, todos guaranís. Continuó después por el río Paraná hasta que le impidió ir más adelante el Ytu o Salto, que es un arrecife por los 27° 27' 20" de latitud y 59° de longitud geográfica. Allí también compró víveres de varias parcialidades o pueblos guaranís que encontró en aquellas inmediaciones y en la isla de Apipé, que tiene 30 leguas de largo. De estos indios se formó después el actual pueblo de Ytati, y los mismos informaron entonces en verdad a Gaboto por medio de los intérpretes, que aquel río tenía más arriba saltos o arrecifes insuperables para sus embarcaciones. Con esta noticia denominó Gaboto a aquel sitio puerto de Santa Ana; y después de haberse detenido un mes, retrocedió el 26 de marzo de 1528, en solicitud del río Paraguay, cuya boca había visto antes al paso y dejando atrás por parecerle menos caudaloso que el Paraná como en efecto lo es. Se introdujo pues, por dicha boca hasta encontrar por su izquierda la del río Ypitá o Berbejo. Pero su bergantín que estaba algo adelantado, reconociendo la orilla opuesta u oriental, descubrió en ella algunos indios agaces o paiaguas, cuya toldería o pueblo portátil estaba cerca de allí en el bañado de embucú. No pudieron los españoles comunicarse con ellos sino por señas; y la interpretación que les dieron determinó a unos quince a veinticinco españoles con los oficiales Gonzalo Núñez Balboa y Miguel Rufis a tomar tierra y seguir a los pocos agaces que caminaban delante hacia su pueblo. Pero apenas se apartaron de la orilla lo bastante para no perder ser socorridos del bergantín, fueron asaltados y muertos todos por los agaces que salieron de una emboscada. Esta desgracia hizo conocer a Gaboto, que aquellos indios eran en fuerzas y valor muy superiores a los guaranís que hasta entonces había únicamente visto; y por consiguiente que si continuaba más adelante, le opondrían dificultades que no podría vencer con las fuerzas que tenía. Esta juiciosa reflexión le determinó a retroceder sin poder satisfacer su venganza. A las 30 leguas bajo de la boca del río Paraguay encontró a Diego García que subía navegando con la pretensión de disputar a Gaboto la gloria de aquel descubrimiento. Le hizo Gaboto relación puntual de todo, y no atreviéndose García a ir más adelante, retrocedió y ambos se bajaron juntos a Santispiritus.

11. Rui Díaz, lib. 1, capítulo 6, y el padre Lozano, lib. 2, capítulo 1, dicen que Gaboto subió navegando por el río Paraguay, hasta que por los 25° 38' 38" de latitud en el sitio llamado la Angostura, le dieron los agaces una batalla naval con 300 canoas logrando coger un botecillo en que iban Juan Fuster, Héctor de Acuña y Antón Rodríguez; de los cuales los dos primeros dicen fueron encomendaderos muy peritos en la lengua paiguá cuanto se rescataron: que después subió Gaboto hasta el sitio llamado la frontera que está en los 25° 23' 30" de latitud, donde adquirió de los guaranís las piezas de plata y oro que envió al rey con sus agentes. Y como aquellos países no producen metales, dice Rui Díaz, capítulo 1, libro 9, que los trajo del Perú del modo que explica el portugués Alejo García a quien mataron los guaranís robándole. Pero todo es increíble porque el citado Diego García que encontró a Gaboto saliendo del río Paraguay dice en su relación hecha al rey: que Gaboto no pasó de los 27°; por consiguiente no pudo tener otra batalla que la citada del embucú, ni ver un indio guaraní en el río Paraguay. Tampoco despachó a sus agentes con las planchuelas de plata desde donde suponen, sino luego que llegó a Santispiritus porque solo así pudieron llegar a manos de Su Majestad antes del

fin de octubre de 1527, según dije en el número 9: esto es cuado Gaboto aun no había entrado en el río Paraguay. Siendo pues falso que las planchuelas de plata remitidas al rey por Gaboto fueron adquiridas por este en la citada frontera, resulta que cuanto sobre ellas escribe Rui Díaz, libro 1, capítulo 5, es una novela con imposibilidades e inconexiones que no pueden apoyarse como pretenden, atrasando cuatro años la salida de Gaboto de España, ni con decir que Alejo García fue muerto en Tabaré dejando un hijo a quien él conoció, ni con la transmigración de los chiriguanas. Porque Gaboto salió de España al mismo tiempo y quizás antes que el supuesto Alejo García de San Vicente: porque este Alejo regresó sano a San Vicente sin dejar hijo en el Paraguay según dice Alvar Núñez Cabeza de Vaca en el capítulo 50 de sus comentarios, y porque muchos años antes eran ya los chiriguanas vasallos del Inca Tupanqui, según Garcilaso, lib. 7, capítulo 17: basta de crítica y voy a hacer conocer el objeto del viaje de Diego García el que tropezó con Gaboto en el río Paraná.

XX. Expedición a cargo de algunos comerciantes, mediante contrata con el Gobierno: otra por cuenta de este, y fundación del puerto de Santa María de Buenos Aires

12. Mientras los españoles particulares no se determinaban a seguir las pisadas del desgraciado Solís, no dejaba la corte el negocio de la mano, incitándolos, hasta que logró que los comerciantes Hernando Andrada, Cristóbal de Haro, Rui Bastante y Alonso Salamanca entraron en la especie bajo de una capitulación, aunque ignoro la que fue, pero es de presumir tendría dos polos bien distintos: el rey miraría a descubrir países para ensanchar sus dominios, y el de los comerciantes al aumento de sus ganancias. Estos en consecuencia equiparon una embarcación de cien toneladas, un patache de veinticinco, y un bergantincillo en piezas para armarle donde conviniese. Se dio el mando al piloto Diego García, hijo de Moguer, y por segundo y socio a Rodrigo de Area. Listo todo salió de Finisterre el 15 de enero de 1526, tocó en Canarias saliendo el 1 de septiembre para el cabo Verde, continuando hasta el cabo de San Agustín. Luego costeó el Brasil y el 15 de enero de 1527, fondeó en San Vicente que era un pueblo portugués fundado por Martín Alfonso de Sousa el año 1506. Allí tomó víveres e hizo el comercio, que era su objeto predilecto, compró un bergantín y fletó su mayor embarcación para conducir negros a Europa a un bachiller, ofreciendo enviársele desde el río de Solís. De allí fue costeando el Brasil y comerciando en todas partes hasta que entró en dicho río de Solís o de la Plata y fondeó en San Juan, de donde al momento despachó su mayor embarcación con el citado bachiller que se había embarcado e iba con él. Lozano, lib. 2, capítulo 2, hace salir a García de San Vicente

a fines de septiembre para hacer posible que en el puerto de los Patos se encontrase con Gaboto; pero los comercios y flema en todo de García, y la actividad de Gaboto, que salió de Santa Catalina el 15 de febrero, hacen increíbles la salida tan repentina de aquel de San Vicente, y el encuentro de ambos en el puerto de los Patos.

13. Armó García en San Juan su bergantín y siguió las aguas de Gaboto hasta Santispiritus, y después hasta que le encontró de regreso, y bajaron juntos. Continuó García hasta España y se quedó Gaboto en dicho Santispiritus esperando resultas de sus emisarios en la corte. Esta según vimos en el número 9 estaba muy decidida a favor de Gaboto; pero no pudiendo el Erario aprontar lo pedido por él, adelantaban poco sus agentes. Esta tardanza tenía impaciente a Gaboto, ignorando que lo podría pensarse de él hasta que finalmente recogió todo lo que tenía en San Juan abandonándolo, y dejando en Santispiritus ciento diez soldados al mando de Nuño de Lara, con su alférez Mendo Rodríguez de Oviedo y el sargento mayor Rui Pérez de Vargas, se embarcó y llegó a España el año de 1530. López de Gomera, capítulo 89, dice que se retiró sin hacer cosa buena; pero por lo visto se conoce que hizo bastante.

14. Dicho Nuño de Lara conservó la paz con los indios caracarás y timbús, hasta que en el año de 1532, la turbó el caso siguiente. Se enamoró Mangoré cacique de los timbús de Lucía Miranda mujer legítima del soldado Sebastián Hurtado ambos naturales de Écija, quiso satisfacerse a fuerza aprovechando la ocasión de haber salido del fuerte en el bergantín el capitán Rui García Mosquera con cuarenta españoles a buscar víveres por aquellas islas y riberas. Juntó

Mangoré a su gente, y la ocultó en unos sauces que aun se ven a un tiro de Santispiritus y acercándose de noche con diez o doce indios, llamó a la puerta diciendo traía que comer. La guardia, que le conocía viendo que venían pocos, les abrió, pero Mangoré y los suyos se opusieron a que se cerrase, y acudiendo de repente los de los sauces, se introdujeron y mataron a todos los españoles menos a dicha Lucía no sin pérdida suya; porque Nuño de Lara y algunos que pudieron empuñar sus armas, mataron a Mangoré y a otros muchos indios. No tardó mucho en regresar el bergantín, y viendo los cadáveres, lloraron lo que es de figurarse; pero Sebastián que no encontró el de su mujer, como loco salió al campo a buscarla. En efecto la encontró entre los indios, que le habrían muerto a no mediar las lágrimas de Lucía, de quien se había ya apropiado Siripio, hermano de Mangoré, y no omitía diligencia para interesarla en sus deseos. Así pasaron algunos días hasta que cansado o celoso Siripio, la hizo quemar viva, presente Sebastián atado a un árbol y muerto enseguida a flechazos. El sitio del fuerte y las cercanías llevan aun el nombre de *Rincón de Gaboto*; y Domingo Ríos, que las ha heredado de sus antepasados, me hizo la relación de este suceso, según lo he escrito, diciendo haberle oído contar muchas veces a su madre, que murió muy vieja. Él mismo me mostró el sitio preciso donde murió Lucía con su esposo, en el bosque del Bragado a la orilla del riacho de Coronda como una legua al Norte de la capilla de este nombre. Rui Díaz, lib. 1, capítulo 7, cuenta de otro modo este suceso, y supone se salvaron cinco mujeres y cuatro o cinco muchachos.

15. Rui García Mosquera y sus compañeros del bergantín, enterraron los muertos y navegaron hasta salir a la mar; pero como la embarcación no era propia para llevarlos a España,

costearon de muy cerca el Brasil, hasta que tomaron tierra en la Bahía de Iguá distante 24 leguas de San Vicente. Allí se fijaron y vivieron en buena correspondencia con los indios comarcanos y con los portugueses, hasta que en 1534 dieron acogida a Duarte Pérez, bachiller portugués, desterrado por su corte a San Vicente con toda su familia. Este apoyado de los españoles, hablaba mal de su rey y ministros, y picados sus compatriotas de San Vicente, le reclamaron con la alternativa de entregarlo jurando todos vasallaje a Portugal, o desamparar el sitio en el término de treinta días. Los españoles contestaron negándose a todo, y quedó la guerra declarada. Justamente en esta ocasión llegó un navío francés corsario que fondeó fuera de la vista del pueblo español; pero observando que en el bote salían algunos marineros a examinar la tierra, los sorprendieron los españoles y entrada la noche, se acercaron al corsario fingiendo ser los que salieron en el bote que volvían con canoas cargadas de víveres, logrando abordar y tomar la embarcación a costa de algunas cuchilladas. Así se proveyeron de armas y municiones y de algunos cañoncitos que colocaron en tierra oportunamente, por si llegaban los portugueses. En efecto llegaron dos compañías de ochenta hombres cada una con muchos guaranís auxiliares; pero encontraron tan inopinada resistencia, que con gran desorden se retiraron dejando bastantes muertos y prisioneros entre estos el Comandante Pedro Goes. Los españoles siguieron al alcance hasta entrar y saquear a San Vicente, retirándose con algunos portugueses que eran sus amigos secretos, y luego todos juntos se dieron a la vela y fueron a establecerse en la isla de Santa Catalina.

16. Poco después de haber abandonado a Santispiritus, llegaron a él de regreso aquel César y sus compañeros despa-

chados por Gaboto a reconocer los países interiores; y viéndolo desierto, volvieron a internarse según Rui Díaz, libro 1, capítulo 9, sin contratiempo y atravesando larguísimas regiones por entre variedad de naciones de indios, cortaron la gran cordillera, y llegaron a hablar al soberano del Perú; y no sabiendo qué hacer de vuelta en Santispiritus, retrocedieron, y al fin se juntaron con las tropas de Pizarro. Llamaron a este viaje la conquista de los Césares, y quizás de aquí tomó principio la fábula de los Césares, que aun creen muchos en Chile.

17. Instaba entre tanto Gaboto a la corte para que se le aprontasen los auxilios que tenía pedidos como necesarios a la continuación de sus descubrimientos; pero el Erario exhausto del rey, nada le podía facilitar. En estas circunstancias incitado de las ponderaciones de Gaboto, se le metió en la cabeza a don Pedro de Mendoza gentil hombre de cámara de Su Majestad y mayorazgo rico de Guadix, hacer al rey una propuesta ofreciendo terminar dichos descubrimientos bajo las siguientes condiciones: 1ª Que se le señalasen 2.000 ducados de sueldo pagaderos del producto de la conquista, y de no producirlos, el Erario no se obligaba a pagar nada a título de sueldos, indemnización ni otro alguno. 2ª Que se le diese título, honores y facultades de Adelantado del Río de la Plata. 3ª Que su jurisdicción principiase al Norte de la isla de Santa Catalina, siguiendo la costa del mar, dando vuelta al cabo de Hornos y 200 leguas más en el mar Pacífico, hasta encontrar con el gobierno de Diego Almagro en Chile. 4ª Que se obligaba a construir desde luego tres fortalezas para defender al país; a abrir comunicaciones con el Perú, a conducir por su cuenta armas, municiones, víveres y soldados, cien caballos y yeguas, ocho frailes, médico cirujano y boti-

ca. Y 5ª que se le diese para sí y sus herederos, la tenencia de alcalde de una de las fortalezas a su elección, y la vara de alguacil mayor en el pueblo de su residencia. Aprobó el rey esta propuesta el 21 de mayo de 1524, con condición de permanecer tres años en la conquista, pasados los cuales podría volver a España, dejando en su lugar persona que fiscalizase la conquista.

18. Para administrar la real hacienda, nombró el rey al factor Carlos de Guevara, al contador Juan de Cáceres natural de Madrid, al veedor García Venegas hijo de Córdoba, y al tesorero Gutiérrez Laso de la Vega, sobrino del obispo de Plasencia, de donde era hijo. Nombró también alcaide de la primera fortaleza a Nuño de Silva, y por regidores de las primeras poblaciones, a Luis Valenzuela, Bernabé Segovia, Luis Gallego, Juan Santa Cruz, Francisco López del Rincón, Luis Hoces, Juan Oviedo, Hernando de Molina, Martín Ruiz, Gaspar Quevedo, Hernando de Castro, Juan Cienfuegos vecino de Cuéllar, Antonio de Monte Herrera, Álvaro Almada, Luis Martínez, Diego Armayo, Alonso Hurtado, Rodrigo Villalobos, Antonio Ayala, Juan del Junco, Antonio Castillo, Pedro Ventura, Tomás Castro, Tomás Armenteros, Martín Heredia, Juan de Segovia, Luis Asturias, Juan de Orné y Juan Orduña. Se nombró almirante a don Diego hermano del adelantado, alguacil mayor a Juan de Ayolas, vizcaíno favorito del adelantado y su mayordomo, y sargento mayor a Luis de Rojas y Sandoval. Los demás capitanes y oficiales eran: Juan Osorio natural de Ávila, Juan Salazar de Espinosa, hijo de villa de Pomar; Francisco Ruiz Galán de León, Domingo Martínez de Irala, de Vergara, Gonzalo de Mendoza de Baeza, Jorge Laxan, Diego Avalos, don Francisco de Mendoza hijo del conde de Castro Jerez, gentil

hombre de Su Majestad y mayordomo del rey de romanos; Diego Barba de León, Sanjuanista, Hernando de los Ríos, Andrés Hernández el Romo, los dos de Córdoba; Perafán de Rivera; Hernando de Rivera, Juan Manrique, Diego Abreu, Pedro Ramiro de Guzmán, los cinco sevillanos; Felipe de Cáceres hermano del contador Juan Carbajal sobrino del obispo de Plasencia; Juan Ortega, Luis Hernández de Zúñiga, los dos montañeses; Francisco Avalos Piscina, de Pamplona; Hernando Arias, de Mantilla; Gonzalo Aguilar y el capitán Medrano, de Granada; Hernando Luis de la Cerda, Sancho del Campo pariente del adelantado, Agustín Ocampos los tres de Almodóvar; Diego Luján, don Juan Ponce de León, hermano del duque de Arcos, los dos de Osuna; Juan Romero, Francisco Hernández de Córdova, los dos del marquesado de Priego; Antonio de Mendoza, Bartolomé Bracamonte, los dos salamanquinos; los hermanos Pedro y Diego de Estopiñán, el capitán Figueroa Alonso, Suárez de Ayala, Juan de la Vera, los cinco de Jerez de la Frontera; Jaime Resquin valenciano; Carlos Dubrin hermano de leche del emperador Carlos V, Simón Jaques de Ramón, los dos flamencos; Bernardo Centurión genovés, cuatralbo de las galeras del príncipe Deria; Pedro Benavides sobrino del adelantado, y Luis Pérez de Cepeda hermano de Santa Teresa de Jesús. Estas gentes fueron sin duda las más distinguidas e ilustres entre los conquistadores de Indias.

19. Aunque Rui Díaz, lib. 1, capítulo 10, y López de Gomera, capítulo 89, hacen salir a esta armada el año de 1535, yo creo más bien por venir en ello Schmidels y Lozano que dicen salió el 24 de agosto de 1534 de Sevilla y el 1 de septiembre de San Lúcar. Se componía de catorce embarcaciones con sesenta y dos caballos y yeguas, dos mil quinientos

españoles y ciento cincuenta alemanes, sajones y flamencos. Entre ellos el soldado raso Ulderico Schmidels natural de Stranmbinga en Baviera, el cual vuelto a su patria después de veinte años escribió la historia del descubrimiento del Río de la Plata como testigo presencial. No tardaron en sufrir un temporal que hizo arribar unas embarcaciones a la isla Gomera, otras con el adelantado a la de Tenerife, y tres a la de la Palma, estando cuatro semanas en reunirse y separarse. Luego en diez días fondearon en la isla de Santiago del cabo Verde, deteniéndose cinco. Después navegaron dos meses sin ver más tierra que la isla de la Ascensión, poblada solo de pájaros, donde estuvieron tres días, y saliendo de allí separó a la armada una tormenta, dirigiéndose el almirante y otros al Río de la Plata, y los demás al río Janeiro. En este puerto, hallándose débil y enfermo el adelantado, nombró por su maestre de campo para que mandase, a Juan de Osorio, lo que excitó tanto los celos de los demás oficiales, que estos llenaron de chismes la cabeza del adelantado. De modo que irritado este, mandó a cuatro capitanes *Juan de Ayolas*, Juan de Salazar, Jorge Luján y Lázaro Medrano que matasen a Osorio. Este se paseaba por la playa con Carlos de Guevara, cuando Ayolas y sus compañeros le arrestaron y condujeron adonde estaba rodeado de mucha tropa el adelantado, a quien dijo Ayolas que se había adelantado; *ya está arrestado, disponga usted lo que ha de hacer*. Entonces lleno de enojo dijo el adelantado: cumplan lo que he mandado, y volviendo Ayolas a encontrar a Osorio, le cosió a puñaladas ayudado de sus tres compañeros. Luego fue expuesto el cadáver en la playa sobre un repostero con un papel que decía: por traidor y alevoso; y el adelantado publicó un bando con pena de muerte al que tomase la demanda o defensa del difunto, cuya arrogancia y soberbia decía habían hecho necesaria su muerte. Mas nada bastó para que no se sintiese y murmurase mucho este asesinato, porque Osorio pasaba por íntegro, soldado fuerte, hábil, oficioso, liberal y apacible con los soldados y compañeros: llegó a tanto el descontento, que algunos comenzaron a desertar, prefiriendo el quedarse en aquellas costas, a servir bajo un jefe tan violento, el cual luego que advirtió esto, se dio prisa dando a la vela a los catorce días de su arribo, y llegó principiado el año 1535 a la isla de San Gabriel donde le esperaba su hermano.

20. Inmediatamente ordenó el adelantado que la gente desembarcase en la costa donde está hoy la colonia, y lo hicieron sin dificultad, no hubiéndose presentado los indios charrúas a oponerse ni a parlamentar. También mandó reconocer la misma costa y la opuesta; y finalmente se determinó a fundar en la costa austral a donde hizo pasar toda la expedición. En ella construyó un fuertecillo con tapias sobre la misma barranca en los 34° 36' 28" de latitud y 60° 46' 26" de longitud con el nombre de *Puerto de Santa María de Buenos Aires*. La primera parte del nombre alude a haberse fundado el 2 de febrero o cerca de él, del año de 1535, y la segunda a haber dicho, tomando el primero tierra Sancho del Campo: *qué buenos aires son estos*. Entre tanto se introdujeron las embarcaciones en el riachuelo para estar más seguras y no muy distantes. La ciudad de Lima se fundó al mismo tiempo.

21. Los indios guaranís y los querandís que eran los más cercanos, supieron el arribo de los españoles, se les presentaron pacíficos y les vendieron víveres hasta que conociendo su proyecto de fijarse, se alejaron. Viendo esto envió el adelantado al alcalde Juan Pabon o Juan Bomban con algunos soldados a persuadirles que continuasen su amistad y comercio.

Habiendo encontrado a 4 leguas a los indios, estos los acometieron y persiguieron hasta la nueva ciudad, cuyas obras intentaron arruinar e impedir con repetidos asaltos, hasta que al fin fueron rechazados. Para castigar este atentado, despachó el adelantado a su hermano con 300 infantes y doce de a caballo, entre los cuales se cuenta a sí mismo Schmidels. Los oficiales principales eran además del jefe, Perafán de Rivera, Francisco Ruiz Galán, Bartolomé Bracamonte, Juan Manrique, Pedro Ramiro de Guzmán, Sancho del Campo, Diego Luján y Pedro Benavides. Llevaban además la orden de hacer otra fortaleza donde les pareciese oportuno. Caminó esta tropa dos jornadas y descubrió la parte opuesta de una cañada, que creo sea la de Escobar, por donde desagua una laguna o estero, a una multitud de indios guaranís y querandís o pampas, que aparentaban querer acometer. Mandó el jefe atacarlos pasando la cañada que era muy fangosa, y viendo los indios cuan embarazados estaban los españoles en el cieno, los embistieron en media Luna, arrojándoles muchas flechas, dardos y bolas, logrando matar al comandante don Diego de Mendoza, a Bartolomé Bracamonte, a Perafán de Rivera con su alférez Marmolejo, a Juan Manrique, a Pedro Ramiro de Guzmán, y a Pedro Benavides. También pereció Diego Luján y otros, cuyos huesos se encontraron después en la orilla de un río, a quien por esto llamaron y llaman río de Luján. Además de los citados oficiales, murieron como veinte soldados, habiendo ocasionado la de tantos oficiales el haber los indios con sus bolas hecho caer a los caballos enredándoles las piernas. Los indios perdieron mucha gente, y fueron perseguidos hasta su toldería o pueblo que saquearon los españoles, sin encontrar sino algún pescado y pieles de quiyá; pues aunque Schmidels dice que tambíén harina y manteca son cosas que no producía el país. Tres días estuvieron allí registrando el campo y eligieron el sitio en frente de la capilla del Pilar, llamado hoy los Cerrillos, para construir un fuerte, dejando para esto cien hombres, que en efecto le construyeron de tapias con su foso cuyas ruinas he visto. La gente restante volvió a Buenos Aires. Rui Díaz, lib. 1, capítulo 11, cuenta la batalla como él se la figuró, haciendo morir en ella a todos los españoles, menos a ochenta, y sin dejar a ninguno en el nuevo fuerte. Pero yo sigo al testigo Schmidels sin añadir sino la construcción del fuerte, porque lo he visto, y porque la tradición dice ser de aquel tiempo.

22. La tristeza por lo sucedido, no detenía el circundar de tapias a Buenos Aires; pero como hechas de priesa y el clima propende a la humedad, se desmoronaban fácilmente, aunque eran gruesas 3 pies y altas una lanza. Estando en esto, una noche se encontró muerto en la cama con cuatro o cinco puñaladas al capitán Lázaro Medrano, confidente del adelantado, quien por sospechas arrestó a algunos amigos y parientes del difunto Osorio; mas nada pudo averiguar. Se puso muy triste y caviloso, aumentando su melancolía una epidemia de que morían muchos y la escasez de víveres que se comenzaba a experimentar. Para obtenerlos despachó una embarcación con Jorge Luján a las islas inferiores del Paraná, otra con Gonzalo de Mendoza a la costa del Brasil, y otras dos y una barca con *Juan de Ayolas* a descubrir río arriba y fundar en sitio oportuno el tercer fuerte que le ordenaba su contrata con el Rey. Schmidels que marchó con Luján, ignoró la salida de las otras embarcaciones, o se olvidó de escribirla.

23. Estaba el adelantado melancólico, medroso y resuelto a irse a España, esperando solamente el regreso de Ayolas, pero para disimular, esparció la voz de que quería ir al Brasil

en busca de víveres y auxilios, y sin perder instante, aprontaba lo preciso para escaparse. Mientras tanto regresó Luján con la gente enferma y sin víveres; porque los guaranís de San Isidro, las Conchas e islas inferiores del Paraná, habían abandonado sus pueblos sin dejar nada, temerosos de que Luján fuese a castigarlos por haberse hallado juntamente con los pampas o querandís en la batalla última, y porque tenían ya resuelto volver a atacar a Buenos Aires. En efecto la misma confederación de indios, reforzados cuanto pudieron, embistieron el 24 de junio de 1535 a Buenos Aires y a los navíos del riachuelo a un tiempo, arrojando mechones de paja encendidos y atados a las bolas y flechas, logrando quemar algunas embarcaciones, y cuasi todas las casas de la ciudad que estaban cubiertas de paja. Mas al fin fueron repelidos con mucha pérdida, siendo la de los españoles treinta hombres con un alférez. Schmidels, capítulo 12, pone a los timbús y charrúas en esta batalla, y no hubo tal, porque los primeros estaban en paz con Ayolas entonces y los charrúas no tenían canoas ni podían comunicar con los querandís. Dice también que la casa del adelantado era de piedra, cuando allí no hay ninguna.

24. Afligido el adelantado con tantos trabajos, y de ver que aumentaban las enfermedades y la escasez de víveres, resolvió escaparse sin esperar a Ayolas; pero habiendo llegado este, la noche antes de marcharse, haciendo salvas y diciendo haber edificado en tierra de los timbús un presidio llamado Puerto de Corpus Cristi por haber llegado a él este día del año 1535 añadiendo la bella índole de los timbús que le vendieron muchos comestibles y le ayudaron a edificar el presidio en que había dejado cien soldados a la orden de Francisco Albarado, mudó de parecer y determinó pasar a

dicho presidio que estaba 5 leguas bajo de Coronda en la misma costa, y más arriba de Santispiritus. Tales fueron las esperanzas que concibió con estas noticias de Ayolas, que mudó el nombre al puerto llamándole Puerto de Buena Esperanza. Nombró por su segundo a *Juan de Ayolas*, y por comandante de Buenos Aires a Francisco Ruiz Galán, y se hizo a la vela en cuatro bergantines y otros buques menores que había hecho construir, llevándose más de la mitad de la gente, de la cual murieron cincuenta en los dos meses que tardaron en llegar a Buena Esperanza, porque muchos iban enfermos. También hallaron en el presidio donde habían ya fallecido algunos de la epidemia y miserias y otros pensaban en desertar para vivir entre los indios incitados de Gonzalo Romero desertor de Gaboto, según dice el san Lozano, lib. 1, capítulo 4.

25. Como el artículo cuarto de su contrata le obligaba a buscar comunicación con el Perú despachó a dos soldados voluntarios por tierra en solicitud del camino; pero no volvieron, aunque se dijo habían llegado a su destino, y después a España. También alistó embarcaciones y tres o cuatrocientos hombres al mando de Juan Ayolas para que buscasen la misma comunicación con el Perú por el río arriba. En esto se pasaron cuatro meses, y no cuatro años, según dice Schmidels, capítulo 14, y salió Ayolas el año de 1536 con orden de volver a los cuatro meses; pero como no regresaba pasado más del doble dicho término, se fue el adelantado triste y cuasi baldado de manos y pies a Buenos Aires. Allí creció su melancolía viendo la mucha gente que había perecido de epidemias, y no de hambre, como con extremada ponderación cuentan Schmidels, Rui Díaz, Barrio y Lozano; pues la caza era tan abundante, que bastaría para alimentarlos a

todos, y el pescado lo mismo. El propio deseo de exagerar el hambre, y de acriminar injustamente la dureza increíble del comandante Ruiz Galán, hizo inventar a Rui Díaz, lib. 1, capítulo 12 y 13, y al criminal Lozano un cuento que no merece refutarse por ser ridículo por contradicciones y suposiciones falsas.

26. Después que el adelantado llegó a Buenos Aires, arribó del Brasil Gonzalo de Mendoza con víveres y con dos embarcaciones más que se le habían agregado en que venían Rui García Mosquera y los que se habían fijado en Santa Catalina; todos bien armados y surtidos de criados tomados entre los guaranís del Brasil. Mucho celebró el adelantado este refuerzo, y poco después despachó a Juan de Salazar y al mismo Gonzalo de Mendoza en dos bergantines con ciento cincuenta hombres en busca de Ayolas. Apenas habían salido viéndose el adelantado absolutamente tullido e inútil para todo, alistó las dos embarcaciones que quiso le llevasen a España.

27. Mientras disponía este negocio, recomendó a Ruiz Galán la justa economía de los víveres confirmándole en el mando de Buenos Aires, para sucederle en el empleo de adelantado a *Juan de Ayolas*. Dispuso también que este nombramiento se despachase a Ayolas río arriba, llevándose al mismo tiempo una instrucción, que según Lozano, lib. 2, capítulo 4, decía en sustancia: 1° Que dejando las embarcaciones en paraje donde pudiesen encontrarlas los auxilios que pensaba enviarle de España descubriese por tierra las riquezas del Perú. 2° Que prefiriese a los que le habían sido fieles, sin exasperar a los demás. 3° Que fuese moderado justo y prudente. 4° Que aunque por bullicioso se llevaba a Juan

Cáceres, que tratase bien a su hermano que quedaba con el empleo de contador. 5º Que no consintiese que los conquistadores del Perú le usurpasen parte alguna de su gobierno, sosteniéndose con la fuerza, y a no poder más con protestas sin permitir que sus soldados se fuesen a unir con ellos. 6º Que cediese a Diego Almagro, si lo quería, el gobierno del Río de la Plata por 100 o 150.000 ducados cuya décima parte sería para él; pero que si en sus descubrimientos hacía alguna presa considerable, se acordase que su adelantado había consumido su mayorazgo y sufrido grandes trabajos. 7º Que conservaría toda la vida el gobierno si cumplía bien y se acordaba de quién se lo daba. Y 8º que le despachase a Francisco Ruiz Galán con el oro y plata que en su descubrimiento hubiese adquirido a informarle de todo.

XXI. Regreso y muerte del adelantado don Pedro de Mendoza. Sigue la expedición y descubrimientos con el mismo título y autoridad don Juan Ayolas

28. Salió el adelantado para España, cuya navegación agravó sus males, y hallándose inapetente, sin víveres frescos, hizo matar una perra, y comió su carne resultándole un grande desasosiego y dos días después la muerte sobre las islas Terceras. Los que iban con él llegaron felizmente a España a fines de 1537, y Juan Cáceres notició a la corte de todo lo sucedido.

29. Salió *Juan de Ayolas* según vimos en el número 25 con tres o cuatrocientos hombres entre ellos Ulderico Schmidels, y a las 4 leguas encontró los indios corondás que creo vivían en el bosque llamado hoy Colastiné como una legua debajo de la capilla de la Coronda. Se detuvo dos días comprando víveres y llevándose dos indios paira intérpretes, continuó hasta encontrar los indios calchaquis en la orilla de la laguna llamada hoy Setúbal. Estos indios y los precedentes eran guaranís; pero Schmidels capítulo 16 y 17, exagera su número y les cambia los nombres. Cuatro días se detuvo Ayolas comprando víveres a los calchaquis, y habiendo navegado dieciocho sin ver a nadie, encontró en la isla que hay enfrente de la primera fundación de Santa Fe, a los indios quiloasás, que eran guaranís, aunque Schmidels les da idioma diferente abultando su número. En los cuatro días que se detuvo Ayolas vio el culebrón llamado Quiriyú descrito en el capítulo 8, número 4, de quien Schmidels habla con excesiva ponderación. Continuó la expedición, y a los cuatro días encontró a los guaranís llamados tucaqués, que creo habitaban dentro

del bosque de Mocorotá, de donde se habían acercado a pescar en el río. De todos los indios que vio hasta aquí Ayolas y de los timbús y caracarás, se formó sobre el Carcarañal el pueblo de Calchaquí, que se ha españolizado.

30. Solo un día se detuvo Ayolas con los tucaqués, y navegó hasta encontrar en la orilla occidental del río muchos indios abipones por los 28° de latitud. Quiso Ayolas hablarles, y le contestaron a flechazos, precisándole a matar algunos con las bocas de fuego, de cuyas resultas se retiraron una legua tierra adentro donde estaba su pueblo o toldería. Los siguieron los españoles saltando en tierra; pero se retiraron sin pillar nada. Schmidels, capítulo 18, exagera su número, y añade falsamente que los abipones eran canoeros, y que la citada batalla fue naval. Continuó Ayolas, y metiéndose por el río Paraguay, vio por su izquierda el río Ypitá que viene de Salta y Tarija atravesando el Charco. Mas adelante se detuvo tres días en buena amistad con los indios mocobis, a quienes Lozano, lib. 2, capítulo 5, da erradamente otro nombre y los hace, de su cabeza, canoeros. Schmidels yerra también poniéndoles una pluma en la nariz, por lo menos hoy no la usan.

31. Siguió la expedición hasta que según Rui Díaz, en la angostura que esta 25° 38' 38" de latitud y tal vez antes según Schmidels la acometieron los agaces con sus canoas tan desesperadamente, que lograron matar a quince españoles aunque perecieron muchos de ellos escapándose los demás por tierra donde inútilmente los persiguieron. Continuó río arriba hasta la Villeta, llamada también la Frontera, en los 25° 21' 50" de latitud. Allí vio bastantes indios hacia la parte oriental en el valle de Guarnipitán que no se acercaban a par-

lamentar; y deseando tratarlos, desembarcó su gente dejando sesenta hombres con las embarcaciones y se dirigió a los indios. Estos le esperaron; y mientras Ayolas les hablaba por sus intérpretes, comenzaron muchos a tirarles flechas. Así principió una batalla la cual duró hasta que muertos muchos por las espadas y arcabuces, se desordenaron los indios y se metieron en el bosque inmediato al cerrito de Lambaré logrando matar a dieciséis españoles desde detrás de los troncos. Tres días los tuvo Ayolas como bloqueados, sin omitir diligencia para componer una paz, y la consiguió. Se dio esta batalla el 15 de Agosto de 1536 según Lozano, lib. 1, capítulo 5, y según lo da a entender Rui Díaz, lib. 1, capítulo 13, y no el año de 1539, como dice a mi ver equivocadamente Schmidels, capítulo 21. Los indios principales en la batalla fueron Lambaré y Nandúa, cuyos nombres aun conservan los pequeñísimos cerros donde tenía sus pueblos, que seguramente no eran ciudades grandes ni estaban fortificadas como suponen Schmidels y Lozano. Estos indios se redujeron formando el pueblo de Ytá donde aun conservan la tradición de la batalla y del sitio en que se dio que se llama *Guaraní-epitá* y significa, donde se dejó *la pelea o batalla*, aunque le han alterado algo llamándole Guarnipitán. Como había entonces otros muchos pueblos de esta misma lengua y nación, se puede presumir llamasen a estos, *los de la batalla o guaranís*, que es lo mismo, y que de aquí viene el nombre de guaranís que se ha dado a la nación entera, porque antes de la batalla eran conocidos por el de carios.

32. La paz concluida, se buscó sitio acomodado para hacer una casa fuerte, y se halló en los 25° 16' 40" de latitud en la orilla oriental del Paraguay. Se le dio el nombre de la Asunción, por el día de la batalla, aunque se dio más abajo.

La hizo fabricar a los indios, y estos incitaron a Ayolas a destruir los agaces que eran también sus enemigos. En efecto marcharon los españoles y guaranís confederados, y logrando encontrar dormidos a los agaces, los atacaron al alba, matando cuantos adultos encontraron, tomándoles muchas canoas y quemando su toldería. Enseguida regresaron a la Asunción, adonde al cabo de un mes llegaron algunos agaces a pedir la paz que se les acordó.

33. Pasaron los españoles algunos meses en la Asunción reponiéndose de las fatigas y acopiando víveres de los indios de Ytá de Yaguano y de Acaai, que también se les sometieron voluntariamente; y dejando alguna guarnición en la casa fuerte, se hicieron a la vela río arriba llevándose muchos criados guaranís. A las 5 leguas, les sacaron a vender en la orilla del río algunos víveres los indios mongolás que tenían su pueblo en Tapúa. Eran también guaranís, y con ellos se formó el pueblo actual de Aregua; mas no criaban gallinas, gamos y ovejas, como erradamente dice Schmidels, capítulo 23, pues nada de esto había en el país. Siguieron los españoles hasta los 22° de latitud, y tomaron víveres de los últimos guaranís de la costa del río llamado *Tareis* y *Bombois* que después se redujeron en los pueblos de Santa María de Fe y Santiago. Alvar Núñez, capítulo 47, llama a este sitio Guaviaño. Continuaron, y en los 21° 22' de latitud, encontraron en la costa oriental un cerrito notable en aquella llanura de país, a quien llamaron monte de *San Fernando*. Hoy le dan los españoles el nombre de pan de azúcar, y los guaranís el de Ytapucú-guazú. Finalmente el 2 de febrero de 1537 fondearon en los 21° 5' de latitud llamando al sitio Puerto de Candelaria. Allí se hallaban pescando algunos *payaguas sarigues* que eran de la misma nación que los agaces: ellos condujeron

a los españoles a su pueblo que estaba cerca en la orilla de una laguna que poco después se llamó de *Ayolas*, y creo que hoy es conocida por *Laguna de la Cruz*. Desde este paraje determinó Ayolas ir por tierra al Perú. Con este objeto bajó y anegó algunas embarcaciones y dejó el mando de todas con alguna gente a *Domingo Martínez de Irala* con orden de esperarle seis meses, según dicen Rui Díaz, lib. 1, capítulo 13, y Lozano, lib. 29, capítulo 5, Schmidels, capítulo 24, dice que la orden fue de esperar cuatro meses y Herrera, dic. 5, lib. 1, capítulo 15, que hasta que le falten los víveres. Luego mandó cargar lo que quiso llevar a 300 indios de los que llevaba de la Asunción, y no a los payaguas como dicen Schmidels y Lozano, porque es increíble lo hiciesen; y el día 12 del mismo mes y año, marchó con dos o trescientos españoles, porque en esto varían los citados autores. Le acompaño y condujo un *payaguá* o algún esclavo suyo hasta el pueblo más inmediato que era precisamente de indios guanás o albayas, y sacando nuevos guías, continuó y atravesó las provincias de los Chiquitos y de Santa Cruz de la sierra hasta llegar a las faldas de la cordillera del Perú padeciendo mucho y venciendo en muchas batallas.

34. Mientras Ayolas caminaba, subió Juan Salazar a reforzarle según vimos número 26, quien con bastantes fatigas llegó a la Candelaria, y encontró a *Domingo Martínez de Irala* poco satisfecho de aquellos indios comarcanos que eran payaguas, guanas, albayas y algunos guasarapós; porque no eran dóciles ni le obedecían, como los guaranís, y le vendían pocos víveres de mala gana. Luego navegaron juntos ambos capitanes reconociendo la costa río arriba, y no encontrando rastro de Ayolas, le dejaron escritas en una tabla las noticias que querían supiese, y se volvieron a Candelaria. Enseguida

trocó Salazar un navío nuevo por otro viejo que le dio Irala, y quedando este allí, bajó Salazar a la Costa fuerte, que fue la primera de la ciudad de la Asunción. En ella dejó sesenta españoles al mando de Gonzalo de Mendoza, de lo que manifestó mucha alegría el cacique Nandúa, y después navegó hasta Buenos Aires. Allí hizo relación de su viaje ponderando principalmente la buena disposición de aquellos guaranís, y la abundancia de comestible. Estas noticias determinaron a Francisco Ruiz Galán, jefe de Buenos Aires, a encargar aquel mando a Juan Ortega, y a ir con Salazar al Paraguay a ver las cosas y acopiar víveres. Al paso tomó alguna gente de Corpus-Cristi, y llegado a la casa fuerte, tuvo el disgusto de saber que una plaga de langosta había devorado gran parte de la cosecha.

35. A este mismo tiempo llegó de río arriba *Domingo Martínez de Irala*, y al momento fue arrestado Ruiz Galán, por haber desamparado su apostadero; pero como se disculpase con haber esperado mucho más del tiempo del que le habían mandado, y con la precisión de venir a buscar víveres, fue luego puesto en libertad mediando algunos amigos de ambos y ofreciendo volver luego a su destino. Recogió Ruiz Galán, los víveres que pudo, y navegó río abajo, pero en Buena Esperanza encontró la novedad de haberse ahuyentado los indios comarcanos con motivo de haber muerto a muchos y robado sin motivo sus pueblos el comandante Francisco Alvarado por consejo de su secretario Pedro Hernández, y de otro a quien Schmidels llama Juan Baban en el capítulo 27, y Lozano, lib. 2, capítulo 5, Juan Pabon. Este autor y Rui Díaz, lib. 1, capítulo 14, aplican las muertes y robos de los indios a Ruiz Galán; pero la relación de Schmidels, capítulo 27, que iba con Galán y quedó en Buena Esperanza, convence que el

autor de ellas fue Alvarado, a quien equivocadamente llama Francisco Ruiz. Irritado Ruiz Galán contra Alvarado y sus compañeros, los sacó de allí, dando el mando del fuerte a Antonio de Mendoza y dejándole ciento veinte soldados con prudentes instrucciones para precaverse y atraer de nuevo los indios a la amistad precedente. Al punto de embarcarse Ruiz Galán, se le presentó un indio amigo de los españoles aconsejándole que no dejase ningún español porque los indios habían resuelto echarlos del país, o acabar con todos, y que él seguía el mismo camino incitado de su familia. Ruiz Galán le dijo que con seguridad podía venir al fuerte con su familia, pues no podrían los indios destruirlo ni forzarlo y además que él volvería luego. Enseguida se puso en viaje con Alvarado y con los cómplices para Buenos Aires.

36. Allí encontró al veedor Alonso Cabrera natural de Loja. Este había salido de España mandando cuatro embarcaciones, la principal llamada Marañona: la segunda era un galeón al mando de Antonio López de Aguilar: la tercera una carabela mandada por Antón Cabrera, sobrino del veedor; y la cuarta al mando de Gillen Barrasa. Dos de ellas pertenecían a los comerciantes de Sevilla Martín Orduña y Domingo Zornosa, los cuales sabiendo la muerte del adelantado, con quien habían tratado enviarlas, no querían hacerlo, pero les obligó el rey permitiéndoles ir al Perú por el estrecho de Magallanes, en caso de no haber españoles en el Río de la Plata. Las otras dos embarcaciones eran fletadas por la real hacienda; las dos primeras llegaron a Buenos Aires, y las otras arribaron a la isla de Santa Catalina. Traía este convoy algunos oficiales, 200 reclutas, armas, municiones, ropas y mercadurías, todo para venderlo al que pudiese pagarlo. También fueron entonces dos padres franciscos, fray Bernar-

do Armenta natural de Córdoba, y fray Alonso Lebron hijo de Canarias, con los padres mercenarios fray Juan Salazar y otro, y el padre jerónimo fray Luis Herrezuelo, Lozano, lib. 2, capítulo 6, dice fueron seis franciscanos y dos jerónimos; pero en un papel del año 1540 que he visto, solo se cuentan los que he citado. Luego que llegaron a Buenos Aires las dos embarcaciones, se determinó, que Felipe de Cáceres y Francisco Alvarado marchasen en la Marañona a informar al rey y al consejo de aquellas cosas según la orden que trajo Cabrera para hacerlo.

37. Apenas hubo salido la Marañona, encontraron los españoles del fuerte Luján en poder de unos indios, la vela del bergantín que iba y venía de Buenos Aires a Buena Esperanza con algunas armas y vestidos, de donde indujeron que dicho bergantín había sido sorprendido y muerta su tripulación. Con este antecedente y los que se tenían de los caracarás y tumbus, temió Ruiz Galán, una fatalidad en Buena Esperanza, para donde despachó al instante sesenta hombres en dos bergantines mandados por Simón Jaques de Ramón y Diego Abreu. No se engañó Ruiz Galán, porque dichos tumbus y caracarás, deseando vengar el agravio que les hizo Alvarado, enviaron al fuerte un hermano de aquel indio que habló a Galán al salir de allí para que dijese al comandante, que despachase algunos españoles a buscar a su hermano, que quería con su familia ir a vivir en el fuerte, cosa que no se atrevía a hacer sin escolta. Supo fingir tan bien el indio, que el comandante le dio cincuenta españoles al mando del alférez Alonso Suárez de Figueroa. Caminó esta tropa como media legua hasta el pueblo de los indios, y fue bien recibida y regalada con buena comida; pero a lo mejor del banquete, se arrojaron sobre ellos los muchos indios que había emboscados, y

los mataron a todos, menos a un joven llamado Calderón, que se escapó y llevó la triste noticia al fuerte. Orgullosos los indios con este ensayo y armados con las espadas de los muertos, bloquearon al fuerte, le dieron repetidos asaltos, y mataron al jefe con un dardo que le atravesó una ingle cuando hacía una salida; pero faltando que comer a los indios, después de quince días, se ausentaron el día 3 de febrero de 1538. Los españoles atribuyeron esta retirada a San Blas, santo del día, y le proclamaron por patrono de la conquista. A este tiempo llegaron las embarcaciones de Buenos Aires, y reflexionando que se hallaban cercados de enemigos, y sin medios para subsistir, de acuerdo común, se embarcaron y pasaron todos a Buenos Aires. He copiado aquí a Schmidels, testigo presencial en el capítulo 28 sin pararme en lo que a su modo cuentan Rui Díaz y Lozano.

38. Quince días después del arribo de los de Buena Esperanza, llegó allí una de las embarcaciones que en el número 36 dejamos en Santa Catalina diciendo haber quedado allá la otra con necesidad de auxilios. Inmediatamente alistó Ruiz Galán una embarcación pequeña y los auxilios pedidos con veinte hombres, entre ellos Schmidels, quien en el capítulo 29, equivoca el nombre del que la mandaba. Llevó este buque la orden de comprar en Santa Catalina, mandioca y otros víveres. Y como casi todos creían ya que *Juan de Ayolas* era muerto, de acuerdo común se determinó dejar el mando de Buenos Aires al capitán Juan Ortega con la gente menos posible, y pasar las demás a la Asunción para elegir nuevo jefe, en caso de haber muerto Ayolas, obedeciendo en esto la real cédula fecha en Valladolid a 12 de septiembre de 1536, que había traído el veedor Cabrera, y que nos copia Rui Díaz, lib. 4, capítulo 16.

39. Cuando esta comitiva arribó a la Asunción, encontró haber llegado poco antes *Domingo Martínez de Irala*. Había este subido buscando a Ayolas hasta el puerto de San Fernando sin conocer rastro en la costa. De allí subió y en el puerto de Candelaria supo hacía poco que había salido de una toldería de indios. Fondeó receloso en una isla, y se le presentaron cuatro canoas de indios guasarapós a quienes preguntó por Ayolas y por el clérigo Aguilar que con dos más se había rezagado a pescar en una canoa la tarde antes y no parecían; pero careciendo de intérprete, nada se supo. Al día siguiente, buscando a dicho clérigo, se cogió a un payagua pescando con su mujer, y quedándose con esta se dio libertad a aquel dándole a entender con señas que se deseaba hablar con los de su pueblo. En efecto a las dos de la tarde del día siguiente llegaron dos canoas payaguas con pescados; y mientras se les examinaba se advirtió que venían como cuarenta canoas más llenas de payaguas. Como ciento de estos tomaron tierra en la parte inferior de la isla en que estaba Irala y se dirigieron a él: pero haciendo alto antes de llegar, dieron por señas a entender que venían de paz, desnudos y sin armas, y que pedían a los españoles dejasen las suyas para acercarse sin recelo. Como Irala deseaba hablarles, mandó arrimar las armas de la gente que tenían en tierra sin alejarse de ellas. Entonces los payaguas se acercaron y mientras Irala preguntaba a algunos por Ayolas, sin poder entender lo que le respondían, se iban los demás deslizando, como si quisiesen hablar de más cerca con los españoles, hasta que a una voz se arrojaron todos abrazándolos estrechamente esperando que otros indios de las canoas viniesen a matarlos. Irala que fue el más precavido, empuñó la espada y rodela antes que lo abrazasen y en un instante mató a los doce que le

estaban más cerca y a los que ya tenían en el suelo al alférez Vergara y a Juan Vela. Luego los tres con Juan de Carvajal y Pedro Sebastián Maduro y otros, acabaron de libertar a los que habían sido sorprendidos, a tiempo que ya estaban cerca los que venían de las canoas armados para acabar con los que sus compañeros tenían oprimidos luchando; pero como llegaron tarde, tuvieron que retirarse, sin dejar de batirse con los españoles que los seguían. Al mismo tiempo las canoas intentaron apoderarse de las embarcaciones; pero fueron rechazados distinguiéndose allí los soldados Céspedes y Almaraz. Murió en este día de un flechazo en la garganta don Juan Carbajal y dos soldados, y hubo cuarenta heridos entre ellos Irala con tres heridas; pero de los payaguas muchos más. Se pudo comprender de algunos heridos que ellos habían muerto al clérigo Aguilar y sus dos compañeros.

40. Navegó Irala el día siguiente sin encontrar rasgo alguno de gentes, y pasó la noche fondeando en medio del río, pero oyendo al alba voces en la costa occidental, y viendo que las daba un solo indio desde la orilla le hizo llevar a su presencia donde en castellano hizo relación de la jornada de Ayolas sustancialmente en estos términos: «*Juan de Ayolas* peleando repetidas veces atravesó por muchas naciones de indios, una de ellas la mía; de donde me llevó por su criado imponiéndome el nombre de Gonzalo. Continuó hasta la falda de la cordillera del Perú de donde le recibieron de paz los indios samacosis y sibicosis facilitándole bastante metales. Dejó entre ellos sus enfermos y heridos, y regresó también peleando a veces, hasta cerca de este río, habiendo perdido la mitad de la gente en su jornada. Por último encontró a los indios albayas o acaso guanas que le recibieron y trataron bien los tres días que se detuvo con ellos; pero continuando

su marcha, los citados albayas o guanas confederados con los payaguas en la mitad de la distancia de sus pueblos le armaron una emboscada, y le mataron como a todos sus compañeros escapando yo como por milagro». Allí murieron don Carlos de Guevara, don Carlos Dubrin, don Juan Ponce de León hermano del duque de Arcos y Luis Pérez de Cepeda hermano de Santa Teresa de Jesús. Varían los autores en cuanto al número total de muertos. Schmidels, capítulo 25, dice que 150, Alvar Núñez, capítulo 49, dice que 80, y Rui Díaz, capítulo 14, lib. 1, dice que 200. El citado Alvar Núñez echa la culpa de esta desgracia a Irala, porque le aborrecía; pero por lo mismo no se le puede creer; y menos si se observa que los demás autores no le culpan. Lo que no tiene duda es que la desgracia fue cerca de la laguna que por esto llaman de Ayolas al Occidente del río Paraguay con quien comunica en los 21° 5' de latitud.

XXII. Habida la muerte de Ayolas es elegido jefe don Domingo Martínez de Irala: siguen los descubrimientos y conquistas, fundándose la ciudad de Asunción

41. No pudiendo ya dudarse con la venida de Irala a la Asunción la muerte del jefe principal *Juan de Ayolas* sin haber nombrado sucesor en el mando, y estando allí junta la mayor y principal parte de los conquistadores, trataron de elegirse un jefe a votos según la real cédula citada. Aunque todos los capitanes pretendieron y alegaron méritos, tres fueron los que tuvieron más partido. Alonso Cabrera daba mucha importancia a su empleo de veedor. Francisco Ruiz Galán se apoyaba con más razones que todos en que mandaba por el adelantado en ausencia de Ayolas, no solo en Buenos Aires sino también en la Asunción, según se vio cuando arrestó a Irala. Juan de Salazar también alegaba méritos y tenía partidarios. Pero llegado el momento de elegir como a mediados del año de 1538 todos los partidarios se reunieron contra Ruiz y se convinieron en nombrar a Francisco Martínez de Irala; que aunque tenía grande talento y valor, no igualaba en mérito a Ruiz Galán, Rui Díaz, lib. 1, capítulo 16, supone que Ayolas había nombrado antes a Irala, sin acordarse que dijo poco antes que Galán su jefe le había arrestado. Alvar Núñez, capítulo 75, atribuye la preferencia de Irala a la esperanza que tenían de poderle manejar, por ser de menos calidad que todos los capitanes. Como quiera por esta competencia Rui Díaz nieto de Irala tomó a Galán tal ojeriza, que le atribuye mil iniquidades faltando a la verosimilitud y a la verdad, y le oculta todo lo bueno que hizo, que no fue poco. Lozano copia a Rui Díaz y aun le excede en sus invectivas.

42. Lo primero que Irala hizo al encargarse del mando fue juntar a todos los españoles, haciéndoles notar los pocos que eran para sostener entonces puntos tan distantes como la Asunción, Buenos Aires y Luján. Los hizo reflexionar que en los dos últimos puntos había pocos indios dóciles, y que aquellos países no conocían la agricultura ni podía entablarse faltándoles bueyes, caballerías o instrumentos de labor para los frutos de Europa que eran los únicos adecuados a aquel suelo: que al contrario en la Asunción abundaban los guaranís indios dóciles y sumisos que cultivaban y cogían con poco trabajo mucho maíz, mandioca, batatas, judías, calabazas y algodón sin contar el pescado del río ni las frutas y maderas silvestres. Concluyó diciendo su opinión de despoblar a Luján y Buenos Aires para reunirse todos en la Asunción y fundar allí una ciudad. Todos aprobaron la propuesta del gobernador; y este despachó al instante a Diego Abreu con embarcaciones a recoger y llevar los españoles de Luján y Buenos Aires a la Asunción.

43. Sin perder tiempo convocó los indios de Ytá, de Yaguarón y de Acaai hoy de Tabapi que estaban ya sometidos; pero viendo que eran pocos determinó buscar más con que surtir de encomiendas a los españoles. Principió pasando el río con alguna gente e indios de los ya sumisos hasta encontrar a poca distancia una toldería de lenguas o guacurios; a quienes Rui Díaz, libro 1, capítulo 18, y su copiante Lozano, libro 2, capítulo 7, llaman mal yaperús. Los acometió y venció, pero conoció en su resistencia que eran indios de otra especie de quienes no sacaría el partido que de los guaranís. Así se retiró luego a la Asunción, y repartió solares para casas a todos los españoles al rededor de la casa fuerte, que estaba

donde hoy la de ayuntamiento, en la orilla oriental del río, dominando a este sobre una barranca elevada. Eligió para la suya tras del convento actual de Dominicos el sitio que hoy tiene la de las señoras de Acosta y para el primer templo lo que llaman corralón de Santo Domingo, fijando el cementerio enfrente con calle por medio en lo que ahora es plazoleta. Señaló para convento de Franciscanos lo que llaman San Francisco Tuia al Oriente de la iglesia de San Blas; para los Mercenarios el lugar que ocupa la casa de los gobernadores; y para los Jerónimos el sitio que ocupa hoy el convento de San Francisco.

44. Principió desde luego obras tantas; pero como para terminarlas fuesen pocos los indios de Ytá, Yaguarón y Acaai salió y subyugó sin dificultad los mongolás de Tapúa y los indios de Ybitiruzú o cordillera, formando de ellos los pueblos de Arebuá, Altos, Yois y Tobati. Enseguida pasó el río Monday de cuyos indios estableció los pueblos de Candelaria, Yboraparyá, Terecañé y Maracaiu. Por último fue a la provincia de Ytati, y subyugó sin tropiezo casi bajo del trópico de Capricornio los indios de que fundó los pueblos de Atirá, Guarambaré e Ypané o *Pitun*. Todos los citados indios eran guaranís y fueron repartidos a los españoles por Irala en encomiendas de Mitayos y muchos conducidos a la Asunción para trabajar en las obras.

45. Durante esta expedición llegó a la Asunción Diego Abreu con las guaniciones y efectos de Luján y Buenos Aires; y por él se supo que poco antes de su arribo a Buenos Aires había llegado sin tropiezo de Santa Catalina la embarcación que había fondeado allí falta de auxilios según vimos en el número 38. Pero la embarcación menor que fue a buscar la

otra con Schmidels tardó más de un mes en llegar a Santa Catalina y se detuvo dos auxiliando a la otra y proveyéndose de víveres. Salieron las dos juntas, y la menor llamada Panchaldo, tocó la víspera de Todos Santos en un banco, al entrar en el riachuelo de Buenos Aires, y se perdió con grande parte de su carga, aunque se recogió lo que se pudo. Schmidels, capítulo 29, llama a Panchaldo Gonzalo de Mendoza, que estaba entonces en el Paraguay; y supone el naufragio en el banco inglés; pero la pequeñez del buque, y el modo soldadesco con que pinta la cosa, no se me hace tan creíble como lo que he copiado de Rui Díaz, lib. 1, capítulo 17, mucho menos pudiéndose dudar que Schmidels presenciase tal naufragio, cuando en el capítulo 26 da a entender que asistió a la elección de Irala. También dice que en la embarcación grande que llegó felizmente, venían 200 españoles, que es el número que traían las cuatro de Cabrera. Pero tampoco creo a Rui Díaz cuando dice, que la embarcación perdida era genovesa, y había salido de Italia con solo el objeto de comerciar en Lima, pues de ser así no conduciría como dice muchos oficiales distinguidos nombrando a Antón Cabrera, Perantón Aquino, Tomás Riso y Bautista Troche; ni habrá ido a auxiliar tal embarcación a la que fue de Buenos Aires; que es la que pereció y no la que dice Rui Díaz.

46. Juntos ya todos los conquistadores de la Asunción, los pasó Irala revista, y solo halló 600 hombres, habiendo perecido, como 1.400 de los que habían llegado a aquellas regiones. Los encontró además escasos de vestuario y de municiones; pero estando provisto de indios, se dio priesa en fabricar las casas cubiertas de paja y las paredes de estacas verticales unidas y enlodadas, como son las más en el país. Edificó el primer templo y le dedicó a la Encarnación del hijo de Dios,

nombrando por primer cura al clérigo vizcaíno Juan Gabriel Lezcano. A todos repartió en las cercanías tierras para quintas, tomando para la suya la que ocupa el presidio de San Miguel en la orilla del río encima de la ciudad, a quien dio por armas las efigies de la Asunción y San Blas, una casa fuerte y un coco, que es una especie de palma común allí. Nombró por alcaldes a los capitanes Juan de Salazar y Gonzalo de Mendoza, y por regidores a seis de los que trajo el adelantado con este destino.

47. Todo lo disponía y animaba Irala con suma habilidad, y, circundaba la ciudad con las estacas que encontraba en el mismo desmonte; pero fatigados los indios con tantos trabajos, determinaron acabar con los españoles. Para esto se convinieron los que trabajaban con los que estaban en sus pueblos en que estos se introducirían en la ciudad insensiblemente, con pretexto de pasar la semana santa viendo las procesiones que hacían los españoles: y en la que llamaban de la sangre porque los más se disciplinaban según la costumbre devota de aquellos tiempos, caer repentinamente sobre ellos y acabarlos hallándose sin armas. Todo estaba pronto, y el Jueves Santo de 1539 poco antes de dicha procesión, reveló el secreto al alcalde Salazar una criada india que tenía, declarándole los principales cómplices. Inmediatamente se dio parte a Irala, y este hizo publicar un bando a todos los españoles, y a los indios principales conjurados, que al instante acudiesen bien armados a su casa, para deliberar lo conveniente; pues tenían y estaban cerca de atacarlos los guicurús y los agaces. Verificado esto puntualmente, se fueron arrestando dichos indios cabezas cuando se llegaban, y tomándoles la confesión en que declararon su delito, fueron luego ahorcados, publicando la causa y al mismo tiempo el

perdón para todos los demás. Copio este acaecimiento de Rui Díaz, lib. 1, capítulo 18. Lo mismo hace Lozano, libro 2, capítulo 7; sin embargo puede dudarse sea cierto, cuando Schmidels no lo menciona.

48. Añade el mismo Rui Díaz, que escarmentados los guaranís con el pronto castigo de los cómplices principales, y agradecidos a la clemencia con los demás, entregaron a los españoles cuantas mujeres quisieron de las que resultaron después muchos mestizos que fueron reputados y declarados por españoles.

XXIII. Expedición de Alvar Núñez mediante contrata y condiciones estipuladas con el Gobierno

49. Mientras las cosas sobredichas pasaban en aquellos puntos, llegó a España la nave Marañona con Felipe Cáceres que hizo relación del estado de la conquista. De resulta de estas noticias determinó Alvar Núñez Cabeza de Vaca, caballero de Jerez de la Frontera hacer al rey una propuesta, que he leído en su despacho o título y existe en el archivo de la Asunción firmado el 5 de agosto de 1540. Por ella se obligó a expender 8.000 ducados en ropas, armas, pertrechos, caballos y reclutas, costeando además el trasportarlo todo al Río de la Plata. Las condiciones fueron las mismas cuatro primeras de don Pedro de Mendoza citadas en el número 17, y no se le cedió, un dozavo de lo que en la tierra se cogiera, entrase y saliese, como dice el mismo Alvar Núñez, capítulo 1. Pero se añadió, que tales condiciones solo tendrían lugar en caso de haber muerto Ayolas; porque si este viviese debía Alvar Núñez estarle subordinado con toda su gente, pertrechos y embarcaciones, quedándole únicamente el gobierno particular de Santa Catalina con subordinación al citado Ayolas, quien si quisiese y le pareciese podría nombrarle su segundo. Lozano, lib. 2, capítulo 8, se equivoca creyendo que Núñez fue nombrado por el rey teniente general de Ayolas, y también diciendo que la citada contrata se aprobó el 18 de mayo.

50. Se entregó a Núñez algunas órdenes e instrucciones en que se mandaba no permitir letrados ni procuradores en la conquista; porque tales gentes ocasionaban pleitos y discordias: que los repartimientos de tierras fuesen perpetuos para que los poseyesen cinco años; que el trato y comercio con los

indios fuesen libres: que cuando quisiesen pudiesen los españoles volver a Europa, escribir a Su Majestad y enviar procuradores a promover sus negocios: que los alcaldes ordinarios de los pueblos pudiesen ser en los casos de hermandad; que de los tenientes se pudiese apelar al jefe principal y de este al consejo; que si estas apelaciones fuesen criminales rigiesen las leyes de Castilla, y si civiles de 2.000 pesos para arriba no se negase tal apelación: que el juez recusado, se acompañase: que se señalasen ejidos a los pueblos: que los ríos y aguadas fuesen comunes, que a nadie se ejecutase en cuatro años por deudas reales: que en diez años no se pagase almojarifazgo, ni en cinco años más de un castellano por crías de ganados, ni quintos de otra cosa que de oro y plata; y que se cuidase mucho de los bienes de los difuntos. Lozano, lib. 2, capítulo 8, refiere estas órdenes o contrata.

51. Compró Alvar Núñez en Sevilla, armas, pertrechos, víveres, etc., y dos naves y una carabela, determinando comprar otra en Canarias, reclutó cuatrocientos soldados sin contar los marineros y cuarenta y seis caballos. Los oficiales principales eran Francisco López e Indiano, hijo de Cádiz y Juan Pabon de Badajoz: de Jerez de la Frontera, fueron Pedro Estopiñán, primo de Alvar Núñez, Alonso Riquel padre del historiador Rui Díaz de Guzmán, Alonso de Fuentes, hijo de un veinticuatro, Antonio Navarrete, don Martín Villavicencio y Francisco Peralta: de Sevilla Rui Díaz Melgarejo con su hermano Francisco Vergara, Martín Suárez de Toledo, Pedro Esquivel, Luis Cabrera, y Fernando Saavedra. De Córdoba Alonso Valenzuela, Lope de los Ríos, Pedro Peralta, Alonso Augusto y Luis Ribera: de Ontiveros, García Rodríguez Vergara, hermano de fray Domingo Soto confesor del rey: de Béjar el factor Pedro Dorantes: de Madrid volvía Felipe de

Cáceres con Juan Delgado y el capitán Samargo: de Almodóvar, Agustín Ocampos: de Trujillo Nuflo de Chaves, Luis Pérez de Vargas, y el capitán Herrera; de San Lúcar Francisco Espínola, y de Vizcaya y Guipúzcoa, Martín Orué, Ochoa Yzigarre, Miguel Vorruti y el capitán Estigarribia.

52. Salió esta expedición de San Lúcar el 2 de noviembre de 1540 y no un año después como dice López capítulo 89. A los nueve días fondeó en la Palma, isla de Canarias, donde se detuvo veinticinco, y en diez después arribó a la de Santiago del Cabo Verde. Allí ocupó veinticinco días en hacer aguada y tomar un rumbo a la capitana, y pasando al Cabo frío, fue luego a fondear en la Cananea. Alvar Núñez, capítulo 2, dice le sucedieron en esta travesía circunstancias increíbles, lo cierto es, que al instante fijó el escudo de sus armas en la costa, creyendo pertenecía aquel distrito al de su gobierno de Santa Catalina, a donde el 29 de marzo de 1541 fondeó y desembarcó la gente, los pertrechos, y los caballos y yeguas que le restaban. Como en el caso de vivir Ayolas solo debía mandar en dicha isla, tomó posesión de ella; y procurando reconocer la costa de tierra firme, una tormenta le echó a pique 8 leguas de allí dos embarcaciones salvándose la gente.

53. Alvar Núñez, capítulo 3, dice, que los padres franciscanos Bernardo Armenta y Alonso Lebron estaban a 14 leguas de allí en Viaza y temiendo a los indios buscaron la protección de dicho Núñez, pero no nos dice como los religiosos estaban allí; no pudiendo ser, sino por haberlos abandonado Cabrera que los llevó de España y fondeó en Santa Catalina, o por haberse ellos separado de Cabrera que los llevaba, o por haberse escapado por tierra desde la Asunción. Lozano, lib. 2, capítulo 8, es el único que sin apoyo lo dice disculpan-

do la idea del supuesto viaje de los padres con el celo de predicar a los indios. Pero no advierte que ignoraban el idioma guaraní, ni que cuando lo supiesen era extraño fuesen a buscar neófitos en Viaza cuando los tenían en las provincias del Paraguay del Guairá y de Vera que debieron atravesar antes. Núñez supone en el capítulo 4, que le llegó a Santa Catalina un batel o bote con nueve desertores de Buenos Aires que iban a quejarse al rey de sus jefes. Pero como hacía dos años y medio que estaba despoblada Buenos Aires, es falso que salieron de allí los desertores, y que pudiesen ir a España en tan pequeña embarcación. Si la deserción se supone anterior, no pudieron tales gentes informarle de la muerte de Ayolas, ni de lo demás que dice de Irala sin arreglarse en todo a la verdad. Lozano, *ibidem*, supone la deserción del Paraguay, sin apoyo de otros escritos, y sin salvar las dificultades de su aserción. Rui Díaz, lib. 2, capítulo 1, dice, que Alvar Núñez recogió en Santa Catalina a dos desertores de Buenos Aires que le informaron del estado de la provincia, y nos repite la historia de tales desertores que refirió en el libro 1, capítulo 16. Pero yo tengo por cuento fabuloso lo que dice, y aun por imposible. Así sigo la historia como creo que sucedió.

54. Recogió Alvar Núñez a dos españoles desertores de la embarcación de Antón Cabrera o de la que fue a socorrerlo con Schmidels, que estaban en Viaza. Ellos le informaron lo que sabían y se reduce a que la ciudad de Buenos Aires se hallaba con el arribo de Alonso Cabrera surtida de víveres y soldados y que sucedía lo mismo a la de la Asunción, desde donde había salido últimamente Irala en solicitud de Ayolas; a quien generalmente se creía muerto, según lo que tardaba en volver. No pudieron informarle de la población de Buenos Aires, pues la ignoraban, y por esto en mayo de

1541, despachó Alvar Núñez a Felipe de Cáceres en una embarcación a saber lo que pasaba allí; pero un temporal no le permitió llegar, y le pareció arribar a santa Catalina. Allí se suscitó la duda sobre ir a la Asunción por mar o por tierra: el piloto Antonio López y Felipe de Cáceres opinaron que por la mar; pero Alvar Núñez con la pérdida de dos de sus embarcaciones y otra que tenía muy quebrantada temió embarcarse, según Schmidels, capítulo 31, o le pareció llegaría antes por tierra, según él dice, capítulo 5. Ignoraba el rumbo y la distancia, y para tomar noticias destacó algunos españoles e indios con el factor Pedro Donantes, quien volvió a los tres meses diciendo, que después de atravesar serranías, y grandes bosques y tierras desiertas, había encontrado campiñas pobladas de indios. Resuelto por fin a ir al Paraguay por tierra e informándole los naturales que podría llegar antes a las citadas campiñas introduciéndose por el río Ytabacú que desemboca enfrente de la punta de la isla a 18 o 20 leguas de donde estaba fondeado, dispuso recorrer dicho río: y entre tanto deshizo una de las dos embarcaciones que le restaban recogiendo la jarcia y clavazón. Lozano, libro 2, capítulo 8, dice que los padres franciscanos citados, número 53, que habían ido desde la Asunción informaron a Alvar Núñez del camino; pero de ser así no venía al caso el reconocimiento de Donantes ni Alvar Núñez habría sido el primero que hizo este viaje de lo que se vanagloria.

55. Hecho el acopio de víveres y efectos que creyó preciso llevar por tierra, quedaron en santa Catalina ciento cuarenta españoles con lo que debía ir por mar, y el 18 de octubre de 1541, marchó Alvar Núñez a entrar por el citado río Ytabucó con 250 arcabuceros y ballesteros, todos sus caballos y muchos indios del país. Navegó por dicho río, y no pudiendo

más, desembarcó la gente y lo que había de llevar, y despachó la embarcación para que embarcando lo que había dejado en Santa Catalina, lo condujesen a Buenos Aires bajo la dirección y mando de Felipe de Cáceres, según dicen Rui Díaz y Lozano; y les creo más que Alvar Núñez que da este mando a Pedro Estopiñán; por que este no tenía la práctica de aquel del país. Enseguida marchó Alvar Núñez a los indios y españoles que cargaron a cuestas todo el matalotaje, y el día 2 de noviembre del mismo año, principió su camino penetrando los bosques de montañas desiertas hasta que a los 19 días salió a las dilatadas llanuras de *Ytatuá* pobladas de indios guaranís. Tomó posesión de ellas ante el escribano Juan de Araoz y las denominó *provincia de Vera*. Continuando el viaje cortó el río Yguazú el día 1° de diciembre, y dos días después el *Tibahibá*; donde encontró a muchos indios guaranís. Estos relevaron a los que fueron despedidos. Siguiendo su derrota, encontró el 19 del mismo mes muchos de aquellos pinos descritos en el capítulo 5, número 12. Alvar Núñez, capítulo 8, dice que un solo día de esta última distancia echó 18 puentes sobre los ríos y ciénagas que pasó; pero no le creo; ni tampoco cuando supone que sus gentes solo caminando podían digerir lo que comían. En el capítulo 9, refiere, que su tropa se alimentaba con frecuencia de gusanos, etc., de una especie de hormigas de que suelen en Santa Fe hacer tortillas. Entre los citados pinos o curiys se detuvo hasta el 28 de diciembre en un pueblo guaraní, y después encontró otros el 10 de enero de 1532. Continuó, y el día 14 del mismo mes llegó al río Pequirí desde donde escribió a la Asunción pidiendo le enviase auxilios y embarcaciones al río Paraná. Hecho esto dispuso se quedasen atrás catorce enfermos que tenía, para que le siguiesen poco a poco, y él con el resto se metió por despoblados caminando por ellos los ocho días anteriores al 19 de febrero en que llegó al río Yguazú encima de su salto grande que queda descrito en el capítulo 4, número 11. Allí encontró los guaranís que después formaron el pueblo de Santa María la mayor a quienes compró algunas canoas que hizo bajar arrastrándolas por tierra y en hombros hasta lo inferior del salto, y luego hasta el Paraná. En ellos pasaron todos este río sin más desgracia que ahogarse un español por volcarse la canoa. Alvar Núñez, capítulo 14, dice que se vio muy confuso aquí porque los españoles de la Asunción sabiendo que él iba no le habían enviado los bergantines que les había pedido desde el río Pequirí al cual equivocadamente llama Paraná. Pero si hubiese reparado que desde el 14 de enero en que llegó al Periquí, hasta los primeros días del mes siguiente no había pasado el tiempo suficiente para llegar de la Asunción los bergantines ni aun la respuesta a su carta habría cesado toda su confusión. Lo cierto es que viéndose en el Paraná con treinta enfermos, e imposibilitado de continuar por tierra, formó balsas con las canoas apareándolas de dos en dos, y atravesando encima zarzos de cañas y palos, en ellas embarcó sus enfermos al cuidado de Nuflo de Chaves para que bajando por el Paraná hasta encontrar el río Paraguay, subiese por este a la Asunción. Él siguió por las inmediaciones del río Mondai, donde encontraría precisamente los cuatro pueblos formados por Irala, según vimos en el número 44. Continuó luego hasta los del Ybitiruzú formados igualmente por el mismo; desde donde según Ruiz Díaz escribió a Irala y este envió para cumplimentarle a los capitanes Juan de Salazar y Juan de Ortega, y al veedor Alonso Cabrera. Estos lo encontraron en el pueblo de Acani, y el día 11 de marzo de 1542 a las nueve de la mañana entro Alvar Núñez en la Asunción con aplauso general, encargándose al momento del mando aunque no presentó sus títulos ni prestó el juramento ante el cabildo hasta el día 13 del mismo mes, según he leído en las diligencias originales que están en el archivo de la Asunción. Rui Díaz, lib. 2 capítulo 1, dice que Alvar Núñez en este viaje desde Santa Catalina no perdió ni un hombre. Lozano, lib. 2, capítulo 8, que solo uno, y Schmidels con más verosimilitud, capítulo 81, que ciento. Alvar Núñez capítulo 13, dice que encontró a Felipe de Cáceres en la Asunción sin advertir que venía de España en su compañía, y que el mismo le había embarcado en el buque que aun no había llegado de Santa Catalina.

56. Luego que Irala recibió la carta que le escribió el adelantado desde el Pequirí despachó bergantines al Paraná los cuales encontraron a Nuflo de Chaves con sus impedidos en la isla de Apipé, donde los embarcaron y condujieron a la Asunción llegando un mes después que el adelantado, con la desgracia de haberse comido a uno el *yaguareté*. Poco después del arribo del citado Chaves, despachó igualmente bergantines al adelantado a socorrer la embarcación que venía de santa Catalina, y la encontraron debajo de donde hoy está la ciudad de Corrientes, la proveyeron de víveres y la acompañaron a la Asunción. Así lo dice Rui Díaz, lib. 2, capítulo 2. Pero Alvar Núñez, capítulo 15, supone que él construyó los bergantines citados y que los despachó con orden de poblar a Buenos Aires y de fundar la ciudad de San Juan; aunque no lo verificaron y regresaron a la Asunción con la desgracia de haberse derrotado una barranquera del río volcando la galera, etc. Pero ni tuvo tiempo para construir los bergantines ni necesidad de tal cosa, pues los había en la Asunción, y acababan de llegar con Chaves. Lo que añade de fundar a San Juan y del fracaso de la galera, con cosas acaecidas muchos años después, según aseguran Rui Díaz,

ibid., y Lozano, lib. 2, capítulo 16, y yo creo que llegaron a su noticia y se las apropió en sus comentarios; sin advertir que entre las embarcaciones que despachó no había ninguna galera, siendo todas bergantines. Mas no le faltó la advertencia de dilatar la vuelta de las embarcaciones hasta el 20 de diciembre para darles lugar de hacer lo que dice.

57. Mientras el adelantado alistaba los bergantines, que era lo más urgente, pasó revista y encontró 800 españoles según Schmidels, capítulo 32, más de 1.300, según Rui Díaz, lib. 2, capítulo 2, según Lozano, lib. 1, capítulo 9; pudiendo venir la diferencia de que el primero contó solo a los presentes y no a los que venían con Cáceres y Chaves. Al mismo tiempo trabó tan estrecha amistad con *Domingo Martínez de Irala*, que le nombró su segundo o maestre de campo haciéndole jurar unión fraternal. Luego juntó a los oficiales y eclesiásticos, y después de haberles leído una real cédula que mandaba tratar a los indios con suavidad y justicia, los exhortó al cumplimiento y a los eclesiásticos a que los doctrinasen, entregándoles cuando llegaron las embarcaciones algunos ornamentos, harina y una pipa de vino para misas. Poco después sucedió lo que acostumbran ejecutar aquellas naciones cuando están en paz, y es ir algunos a ofrecer obediencia, vasallaje y fidelidad al nuevo gobernador pidiéndole algún regalito. Fueron los primeros los guaranís de los pueblos ya reducidos, y el adelantado los recibió, según es costumbre, exhortándolos a continuar con buena armonía en la obediencia, ofreciendo favorecerles. Alvar Núñez, capítulo 16, después de manifestar las quejas que supone le dieron los guaranís de los oficiales reales o ministros de hacienda dice: que los exhortó para que no comiesen carne humana. Pero debía saber que estando los indios en encomiendas, no paga-

ban tributo ni derechos reales, ni los oficiales tenían medio alguno para suscitar quejas. También es tan falso comiesen carne humana dice el sermón compuesto por Lozano, lib. 2, capítulo 9. Con este motivo llegaron después a ver al adelantado los agaces, echando la culpa de algunos robos hechos a los guaranís inmediatos, a unos mozos que ellos habían ya castigado, y pidiendo se les restituyesen algunos indios y mujeres cogidos por los españoles en las guerras pasadas; pero se les contestó que convenía quedasen las mujeres para instruirlas en la religión y mandándoles observasen mejor la paz, sin acercarse con sus canoas a donde pescaban los guaranís, y españoles, ni a sus quintas cercanas al río.

58. He leído en el archivo de la Asunción una formal justificación en que consta que habiendo llegado por este tiempo Felipe de Cáceres con los que venían de Santa Catalina, presentó el adelantado un pedimento solicitando le pusiese en posesión de una plaza de regidor, en virtud de un real despacho que habían leído muchos, y era público de Madrid, aunque se le había perdido; y que el adelantado sin admitir el pedimento trató a Cáceres con dureza, concluyendo que no le pondría en posesión de tal empleo. De la misma justificación consta que Alvar Núñez era áspero, incomplaciente, impolítico con indios y españoles, y que por esto le aborrecían generalmente, según dicen también Schmidels, capítulo 34, y López, capítulo 89. Dicha justificación fue pocos años después a la corte con el mismo Alvar Núñez donde este la vio, y para precaverse escribió en el capítulo 18 de sus comentarios, que chocó con los oficiales reales uno de ellos Cáceres porque no quiso darles el auxilio que le pedían para cobrar una imposición nueva inventada por ellos sobre el pescado, manteca, miel, maíz, etc., y porque no aprobaba los agravios

y vejaciones que hacían cobrando lo que se debía a Su Majestad; sobre lo cual dice se le quejaron todos los conquistadores y pobladores. Ni siquiera repara Alvar Núñez aquí en que de ser cierto lo que dice, los conquistadores aborrecían a los oficiales reales; y no era sino al contrario, que los sostenían tantos como a él le detestaban: conociéndose claro que todo lo que dice es supuesto.

59. Por este tiempo Pedro de Mendoza, Juan de Salazar Cuparatí, Francisco Ruiz Mairarú, Lorenzo Moquerati y Gonzalo Mairarú indios todos mongolás que vivían en la Asunción cuyas hijas eran mancebas de los españoles y cuyos apellidos habían tomado, se quejaron de que los de su pueblo llamado hoy Areguá, habían sido asaltados en sus quintas por los indios guaicurús, que les habían muerto veinte personas y robado lo que tenían en Tapúa: Alvar Núñez, capítulo 19, equivoca el nombre del pueblo. De resultas declaró el adelantado la guerra a los guaicurús y alistando 200 arcabuceros y ballesteros con doce caballos, salió el 12 de junio de 1542 para el pueblo de Areguá o Mangola distante 5 leguas, y allí se le juntaron tropas de los guaranís amigos de los pueblos de la Cordillera. El día siguiente despachó dos españoles con indios mongolás para adquirir nuevas del enemigo; y volvieron diciendo, que los guaicurús habían levantado su pueblo para establecerse en otra parte. Con esta noticia pasó el adelantado el día 14 con sus tropas a la otra orilla del río Paraguay en dos bergantines y muchas canoas de las cuales se volcó una ahogándose Diego Isla, natural de Málaga, y Juan Valdés, hijo de Palencia. El día siguiente marchó la tropa; y las avanzadas dieron repetidos avisos de que el enemigo caminaba sin manifestar tener noticia de los españoles; pero poco después de puesto el Sol hizo el adelantado encender

las mechas a precaución sin detener la marcha con la Luna. Casualmente sucedió luego, que encontró la tropa con un yagureté, y le tiraron algunos arcabuzazos cuyas pelotas dice Alvar Núñez, capítulo 24, le pasaron a raíz de la cara, y que se tuvo entonces por cierto se las tiraron para matarle por complacer a Irala. Pero si esto fuese verdad habría desconfiado de Irala, no se habría valido de él después como lo hizo para todo, reputándole su mayor amigo y de mayor confianza. Es de saber que cuando escribía achacándole esta maldad le aborrecía mucho. Cenó la tropa y continuó hasta que antes del alba atacó la toldería guaicurú, matando a muchos, y poniendo en fuga a los demás con pérdida de los españoles y doce auxiliares con una yegua: cuyo cuello abrazó y atravesó con tres flechas un guaicurú sin quererle soltar hasta que le mataron. El adelantado siguió un poco a los fugitivos, quemó la toldería o pueblo y regresó a la Asunción por el camino que había llevado. Alvar Núñez capítulo 25 dice que llevó artillería a esta jornada cosa que le era imposible y en los capítulos 29, 30 y 31 añade que en ella hizo cuatrocientos cautivos o prisioneros los cuales recogió y sacó de las manos que los habían pillado para que no los tuviesen como esclavos; dio libertad a uno para que dijese a los demás que fuesen a ajustar la paz como lo hicieron, de cuya resulta dio a todos la libertad. Pero yo me atengo a un papel de aquel tiempo que leí en el archivo de la Asunción y dice: que el recoger dichos prisioneros fue para venderlos inmediatamente por esclavos y aprovecharse del producto como lo hizo. Rui Díaz, lib. 2, capítulo 3, pretende justificar a su tío Alvar Núñez diciendo contra el testimonio de éste, que los prisioneros se interpolaron con los mongolás; pero es falso. También se equivoca poniendo esta jornada después de la que Núñez hizo al puerto de los Reyes.

60. Al regreso dio libertad a seis indios lenguas a quienes Alvar Núñez, capítulo 27 y 32, llama mal *Yaperues* y *Apernes*. Se habían presentado pidiendo la paz a Gonzalo de Mendoza, jefe de la Asunción, el día antes de llegar a ella el adelantado, temerosos de que se les hiciese igual guerra que a los guaicurús, y Mendoza los detuvo hasta el arribo de éste. De resultas de allí a pocos días regalaron los lenguas al adelantado unas mozuelas, que dice Alvar Núñez, capítulo 32, entregó a los eclesiásticos para doctrinarlas: lo que era imposible ignorando el idioma. Poco después los agaces robaron algunas quintas de los españoles matando algunos indios de encomiendas y llevándose sus mujeres. Sobre la marcha les formó proceso el adelantado y uniéndolo a otros que antiguamente se les había formado, les declaró la guerra a sangre y fuego, y vendió por esclavos a catorce que tenía presos, según he leído en un papel de aquel tiempo en el archivo de la Asunción, que me hace más fe que el capítulo 33 de Alvar Núñez que dice los hizo ahorcar.

XXIV. Proyecto de expedición al Perú que no se verificó: varios acontecimientos, guerras, etc. Llegada al puerto de los Reyes y regreso a la Asunción

61. Viéndose el adelantado en país tan pobre de metales, deseaba encontrar un camino para ir al Perú donde los había, y a lo mismo le obligaba su contrata con el rey. Para esto después de informarse cuanto le pareció, resolvió que Irala llamado generalmente entonces capitán Vergara, subiese todo lo que pudiese por el río Paraguay con tres bergantines y treinta españoles, a fin de averiguar por los indios de sus riberas lo que había en lo interior del país, y si sería dable internarse al Perú por entre naciones que proporcionasen víveres y auxilios. Partió Irala el 20 de octubre de 1542 con orden de disponer al paso que los indios de los pueblos de Guarambaré, Ipané, y Atirá hiciesen una entrada al Occidente por el Chaco con el mismo objeto de descubrir un camino al Perú. En efecto recogió Irala 800 indios de los citados pueblos, confiriendo el mando de ellos al cacique Aracaré bajo la dirección de tres españoles lenguaraces, y pasándolos al Occidente del río en las Piedras Partidas que están en los 22° y 34' de latitud, y no donde dice Alvar Núñez, capítulo 34, los despachó a su expedición continuando él la suya, y escribiendo desde allí al adelantado. Partieron pues los tres españoles escoltados de los 800 guaranís, pero como estos tienen terror pánico a los indios del Chaco, comenzaron a titubear y a los cuatro días de camino faltándole víveres, se retiraron a sus pueblos, sin que los tres españoles les pudiesen vencer a pasar adelante. Se incomodó mucho el adelantado con esta noticia que supo por los citados tres españoles que regresaron a la Asunción; y sin perder tiempo juntó 1.500 guaranís de los

pueblos de Ytá. Yaguaron y Acaai, y de los de Aregua, Altos, Yois y Tobati y los despachó con cuatro españoles el 15 de diciembre; parte en canoas del río y los demás por tierra, con orden de repetir el mismo reconocimiento. Cuando esta gente llegó como era preciso, a los pueblos de la provincia de Ytati de donde eran los indios que no quisieron seguir la jornada anterior, preguntó a Aracaré y a sus indios el motivo de su retirada y la respuesta les impuso mucho miedo aunque siguieron hasta las Piedras Partidas. Allí pasaron el río, y caminaron al Occidente por tierra despoblada, padeciendo grandes trabajos, de que murieron algunos, hasta que faltándoles guías, víveres y agua para beber retrocediendo a la Asunción.

62. Irala según dijimos en el número precedente, continuó por el río desde las Piedras Partidas, hasta que el 6 de enero de 1543 llegó a un paraje que por el día de su arribo llamó puerto de los Reyes. Rui Díaz, lib. 2, capítulo 2, pone este puerto distante 250 leguas de la Asunción y más de 100 de la laguna de Ayolas, Schmidels, capítulo 24 a 90, de los guasarapós y yo por los conocimientos locales, creo que está en los 17° 57' de latitud, y que es la laguna Ybaibá situada al Poniente del río, donde termina la sierra que entonces llamaron de Santa Lucía a quien los demarcadores de límites del año de 1750 y el mapa de Juan de la Cruz, llaman mal de San Fernando. Conoció Irala que por dicha sierra, según manifestaban sus cumbres escarpadas, no era fácil penetrar en el país, y que podría verificarse por el puerto de los Reyes; pero para averiguar lo que pudiese, solicitó informarse de los indios orejones que vivían por allí. No satisfecho con lo que pudo entender de ellos, desembarcó Irala, internándose al Poniente cuatro jornadas, hasta encontrar un pueblo de guaranís,

según Schmidels, capítulo 32 y 39, de quienes entendiendo el idioma pudo averiguar, que hacia el Occidente había muchos indios que podrían surtir de víveres y auxilios. Con esta noticia regresó al puerto y tomó la vuelta de la Asunción; pero el acercarse a la provincia de Itati le encontró una canoa que le llevaba una carta del adelantado mandándole ahorcar al cacique Aracaré, como lo ejecutó sin dificultad. Esta muerte se juzgó muy injusta y atropellada según Schmidels, capítulo 32, y para disculparla Alvar Núñez, capítulo 35 y 36, calumnia falsamente a Aracaré. Hecho esto continuó Irala hasta la Asunción a hacer al adelantado la relación de su viaje.

63. Por este, mismo tiempo, esto es el día 3 de febrero de 1543 prendió fuego a una casa de la ciudad y se comunicó a otras; pero como eran de poco coste y trabajo según vimos, número 43, se reparó luego el daño que Alvar Núñez, capítulo 38, pondera con exceso. Confiado el adelantado en las noticias que trajo Irala del puerto de los Reyes y deseando internarse por allí al Perú dispuso que Gonzalo de Mendoza se anticipase con tres bergantines a acopiar víveres en los pueblos de la provincia de Itati, pero apenas hubo llegado al río Jejuí supo por los indios del pueblo de Atirá, que Guarambaré y Tabaré o Tambá, caciques principales estaban preparados y resueltos a vengar la muerte de Aracaré que era pariente del primero y hermano del segundo. Yo corrijo los nombres de dichos caciques por los papeles de aquel tiempo que he leído y copio de Schmidels, capítulos 32 y 33, en cuanto al motivo de esta guerra que Alvar Núñez atribuye falsamente al capricho de Tabaré. Avisó Mendoza esta novedad al adelantado; y este mandó, que Irala marchase con cuatro bergantines y 150 españoles y bastantes carios o guaranís de los pueblos cercanos a la Asunción. Llegada esta gente al

trópico de Capricornio desembarcó en la costa oriental, y al tercer día hizo proposiciones de paz a los enemigos; pero no habiendo querido admitirlas las acometió el 24 de julio de 1543 en el pueblo de Guarambaré, tres horas antes de salir el Sol y mató a muchos, cogiendo varias mujeres y muchachos. Hubo sin embargo algunos españoles heridos y seis muertos. Habiéndose presentado luego después Tabaré o Tambá pidiendo indulgencia y que se les devolviesen las mujeres y muchachos se les concedió todo, e Irala regresó a la Asunción. Schmidels que se halló en esta expedición dice, capítulo 33, que el pueblo estaba circundado de fosos y palizadas; pero no pudo haber tal no teniendo los indios con qué cortar tantos troncos. También exagera el número de indios muertos, y Alvar Núñez, capítulo 42, sobre atribuirse el honor de la batalla, dice erradamente que los enemigos usaron flechas envenenadas. Rui Díaz, lib. 2, capítulo 2, falta a la verdad diciendo que su padre mandó la batalla y por eso la pinta y llena de circunstancias todas falsas; Lozano, libro 2, capítulo 9, copia y aumenta a Rui Díaz, y ambos anticipan un año la fecha.

64. Concluida esta guerra, aprontaba el adelantado lo necesario para pasar al Perú adonde no quería fuese los oficiales reales de hacienda sino otros que él nombró. Con esta novedad le representaron dichos oficiales de palabra y por escrito que debían ir a recaudar los derechos del rey, que era cosa que tocaba a ellos y no a otros: pero el adelantado les contestó negativamente con desatención, dureza y desprecio arrebatado de su carácter que disgustaba a todos, según he leído en una justificación del archivo hecha en aquel tiempo, la que formó parte del proceso que hicieron. Viendo tal despotismo escribieron los oficiales reales al rey lo que pasaba;

y siéndoles imposible dirigir su carta por las vías ordinarias pensaron hacerlo por la costa del Brasil. Se ofrecieron los padres franciscos Armenta y Lebron y algunos españoles a llevarlas por el mismo camino que había seguido Alvar Núñez, guiados del indio Domingo que había ido con él desde Santa Catalina: con varios pretextos y por diferentes caminos salieron de la Asunción; pero habiéndolo sospechado el adelantado, los arrestó a todos cogiéndoles las cartas, a pocas leguas de la Asunción. Inmediatamente les formó proceso, metiendo en la cárcel a los cuatro oficiales reales aunque después les permitió salir bajo fianzas al contador Felipe de Cáceres y al factor Pedro Donantes para que le acompañasen en su expedición, quedando el veedor Alonso Cabrera y al tesorero García Venegas suspendidos de sus empleos en la cárcel bien recomendados al alcalde ordinario. Así lo dice Alvar Núñez, y para justificar su proceder refiere en el capítulo 43, tales cosas de dichos oficiales reales y de los frailes, que solo él pudo inventar; pero con tan poca habilidad que ellas mismas persuaden que son calumnias. Sin embargo las copia Lozano, lib. 2, capítulo 10, exagerándolas aun con creces, pero Rui Díaz aunque sobrino de Núñez las calla, sin dar otro motivo a estos escándalos, que el ridículo de los oficiales reales pretendían que su tío nada hiciese sin su parecer.

65. Se alistaron para ir a buscar camino que condujese al Perú 400 arcabuceros y ballesteros, doce caballos y 1.200 infantes, digo, indios auxiliares, a quienes Alvar Núñez, capítulo 44, adorna con planchas de metal sin reparar en que no lo había en el país. Quedó mandando en la Asunción Juan de Salazar, y no Martínez de Irala, como dice Rui Díaz, lib. 2, capítulo 3, equivocándose también cuando dice que fue a la expedición el veedor Cabrera. Pronto ya todo con los víveres

necesarios, mandó el adelantado quitar de las embarcaciones las armas del rey y reemplazarlas con las suyas, según he leído en una justificación de aquel tiempo que hay en el archivo de la Asunción. Luego dispuso que los caballos con la mitad de la gente costeasen el río Paraguay hasta el paralelo de 21° 22' y él con la restante, embarcada en canoas y bergantines, salió ocho días después, esto es el 8 de septiembre de 1543 y no el 13 de diciembre de 1541, como dice Rui Díaz, lib. 2, capítulo 3. Navegó la expedición recibiendo visitas y víveres de los mongolás y de los pueblos de la cordillera hasta el pueblo de Guarambaré por los 23° 23' de latitud, donde mandó que le acompañasen los caciques Tabaré, Tambá y Guarambaré que se le presentaron y eran los vencidos por Irala en la guerra del número 63. Mandó también que regresase a la Asunción el factor Donantes, y que le reemplazase su hijo según dice Alvar Núñez, capítulo 46, a quien copia no sin desconfianza, por conservar la especie de haber leído en los papeles del mencionado archivo, que no llevó ningún oficial real en su expedición. Siguió esta y por los 23° 16' 26'' de latitud, le salieron a visitar los indios del pueblo de *Pitun* o Ypané con quienes se detuvo tres días para reconocer un indio guaraní que había sido muchos años cautivo de los caguayas, al cual necesitaba para que le mostrase su pueblo, y para negociar por su medio que les entregasen las sesenta y seis cargas de plata y oro robadas a *Juan de Ayolas* y su gente cuando los mataron; pues dijeron al adelantado que a tanto montaban dichos metales. Continuó la expedición hasta los 22° de latitud que era donde habitaban los últimos indios guaranís de la costa oriental del río, y estos dieron noticia de haber pasado ya más arriba la tropa que iba por tierra; por cuyo motivo navegó el adelantado hasta que todos se juntaron en el cerro de San Fernando o Pan de azúcar que Alvar Núñez, capítulo 47, llama mal Ytabitan.

66. Allí pusieron dos caballos en cada bergantín, y en dos días se embarcaron los que habían ido por tierra. Luego navegaron al puerto de Candelaria donde desembarcó Ayolas cuando se dirigió al Perú; y habiéndose presentado en la ribera siete *payaguas sarigues*, los acarició y regaló el adelantado, ofreciéndoles la paz y pidiéndoles le trajesen los metales de Ayolas. Ellos ofrecieron hacerlo la mañana siguiente, más viendo que no volvían en cuatro días que se les esperó, tomó la vanguardia y pasó la armada la angostura o estrecho llamado de San Francisco Javier por los demarcadores de límites el año de 1750, que está en los 19° 53' de latitud y no más al Norte donde le sitúa Alvar Núñez, añadiendo un cuento inventado por él sobre los pescados dorados. Rui Díaz, lib. 2, capítulo 3, supone que los payaguas pillaron algunas canoas de los españoles, y que estos armándoles una emboscada, mataron a muchos: pero todo es supuesto y contra el silencio de Alvar Núñez y Schmidels testigos presenciales. En el paralelo de 19° 40' 30" encontró Alvar Núñez por su derecha la boca del río Guasarapó o Guachic que nace de unas lagunas habitadas por los indios guasarapós, de los cuales se presentaron unos treinta. Dice Alvar Núñez, capítulo 50, que les habló largamente; pero lo tengo por imposible porque no llevaba intérprete. Más arriba en los 19° 25' 20", de latitud y no en la de 19° 20" que observaron los pilotos, fondeó la armada en la boca Albotetes, cuyo nombre no supo escribir Alvar Núñez. Es río caudaloso, que nace en los campos de Jerez habitados entonces por los indios ñuaras y su boca está enfrente del extremo austral de la sierra de Santa Lucía. Alvar Núñez, capítulo 52, pone entre las bocas de los dos últimos

ríos, variedad de naciones que él se figuró, y más arriba en los 19° 18' de latitud dejó al poniente, y no a la derecha como dice Rui Díaz, lib. 2, capítulo 3, la laguna de los guatós a quienes dice trató contra el silencio de Schmidels y de Núñez. Este encontró en los 19° 11' la boca más meridional del río Tacuarí por la que hoy bajan los portugueses que van de San Pablo a Cuiabá y Matagroso. Es río caudaloso, que corre de levante a poniente y entra en el del Paraguay por tres bocas distantes 4 millas una de otra. En los 19° 5' halló el adelantado que el río Paraguay presentaba dos brazos, los cuales separándose en los 18° 28' encierran una grande isla llamada por el citado Rui Díaz, *ibidem*, del Paraíso; cuya extremada amenidad y buenas cualidades junto con la afabilidad de sus habitantes, dice que convidaron a los españoles a fijarse en ella: y que no queriendo condescender el adelantado, comenzaron a aborrecerle. Pero todo es falso puesto que la isla es inhabitable por anegarse con las crecientes del río que la convierten en el lago de los jaraies; sin producir sino plantas acuáticas. Entró el adelantado por el brazo occidental del río cortando la falda oriental de la sierra citada de Santa Lucía, cuyos picos pelados le hicieron sospechar que tenía metales. Alvar Núñez, capítulo 53, sitúa mal esta sierra poniéndola en la isla del río y dice que en una laguna que creo sea la *Maniore*, habitaban los indios *lacocies*, *yaqueses* y *chaneses* que no dudo eran pueblos de los orejones. Finalmente llegó la expedición con bastante trabajo al deseado puerto de los Reyes llamado por Barco, canto 39, de San Fernando equivocadamente. Después que el adelantado, llegó su retaguarda diciendo que se había ahogado Juan Bolaños, y que habían matado a cinco españoles los guasarapós.

67. La novedad atrajo al puerto los indios orejones de un pueblo distante media legua, y también a los de otros dos de la misma nación que Alvar Núñez llama *cacocis* y *chaneses* pero careciendo de intérprete, solo se pudo entender de ellos que en lo interior había muchos pueblos que Núñez, capítulo 56, llama guaranies, chimenos, carcaraes, gorgotoquies, paizuñoes, estarapecocies y candirees, se puede creer, que estos nombres están alterados, y que muchos de ellos pertenecían a una sola nación; pero todos eran de la provincia de los Chiquitos, y ninguna criaba patos y gallinas como dicho autor. Para aclarar las noticias vagas destacó el adelantado algunos españoles, que volvieron diciendo, no haber encontrado a los guaranís que buscaban porque según creían se habían ausentado para juntarse con otros de su nación que vivían inmediatos a los jaraies distantes cuatro o cinco días de camino fangoso, aunque navegando podría llegarse en ocho o diez jornadas. Inmediatamente despachó a dos españoles lenguaraces para que buscasen a los citados guaranís y a los jaraies, de quienes se creía tenían oro y plata. Regresaron estos españoles a los ocho días diciendo: que en el de su salida llegaron al pueblo de los artaneses, y después al de los artianeses hasta que al fin encontraron otro de los jaraies siendo en todos bien recibidos. Los tres pueblos eran sin duda de la nación jaraie y pobres en extremo, debiéndose creer apócrifo todo lo que Alvar Núñez dice capítulo 59 del recibimiento hecho a los españoles por el principal de los jaraies. Trajeron de este reconocimiento a un indio guaraní que dio algunas noticias de lo interior, con las cuales llena Alvar Núñez, su capítulo 60, sin decir cosa para mí sustancial ni creíble; a la verdad aun puede dudarse de algo de lo que he copiado de él en este número, porque no lo dice ni lo da a entender Schmidels.

68. Como quiera, dejó el adelantado cuidando las embarcaciones a Juan Romero con cien españoles y doscientos auxiliares, mientras él con el resto de la gente el día 26 de noviembre de 1543 entró en la provincia de los Chiquitos, caminando como al Poniente, y no al Norte como quiere Rui Díaz, lib. 2, capítulo 3. Atravesó bosques, y al quinto día cortó el arroyo que creo llaman hoy Turuquis. El día siguiente encontró un pueblo de solas catorce almas que le informaron había a dos jornadas de allí otro con diez personas también guaranís, y que había otros de la misma nación hasta el confín de los indios jaraies con quien solían estar en guerra. Continuó el adelantado anticipando dos españoles para que averiguasen de aquellas diez personas noticias de lo interior del país, y al tercero día escribieron los españoles que un indio les decía que a dieciséis jornadas desiertas y trabajosas se hallaba el cerro Ytapucuguazú desde donde se descubría mucha tierra poblada distando el primer pueblo una jornada. Copio aquí a Alvar Núñez, capítulo 61, pues aunque Schmidels, capítulo 34, dice que no vieron a ningún guaraní, presumo que siendo tan pocos los reputó ningunos, o que los creyó de los que iban de auxiliares en la expedición. Rui Díaz, lib. 2, capítulo 3, al contrario supone encontraron muchos pueblos, lo que seguramente es tan fabuloso como lo que refiere de una serpiente. De resultas de la carta citada, y de las mismas noticias que el día siguiente repitieron los dos españoles llevando al indio que las daba, se juntó consejo de guerra. En él expusieron los oficiales que habiendo sacado del puerto víveres para veinte días de los cuales habían pasado ya diez (Schmidels dice 18) sin haber usado de economía los soldados creyendo los encontrarían, solo les restaba que comer para cuatro o seis; por consiguiente que era temeridad empeñarse en buscar aquel cerro distante dieciséis jornadas

que podían ser muchas más. El adelantado manifestó lo mucho que a todos perjudicaba y lo sensible que le era retirarse sin llegar por allí al Perú, siéndole imposible sacar víveres de las embarcaciones, donde no los tenían ni los había en los indios orejones; ni los podían llevar del Paraguay no dándole tiempo la inundación del país que ya principiaba. Pero los oficiales insistieron requiriéndole que se retirase el adelantado, y aunque debió conocer la razón que estaba de parte de los oficiales dice en su capítulo 65 que lo hizo porque todos lo deseaban, y porque de no hacerlo, le habría sido preciso castigar la insubordinación y desacato de algunos. A la verdad podía temer porque según Schmidels testigo ocular e imparcial, capítulo 34, dice, le aborrecían los oficiales y soldados por su poca piedad con los súbditos, y por su inutilidad para tales empresas. Rui Díaz, lib. 2, capítulo 3, funda esta retirada en una multitud de cosas que inventa. Pero al retirarse destacó el adelantado a Francisco de Rivera con algunos españoles voluntarios en solicitud del citado cerro Ytapucuguazú.

69. Llegó el adelantado en ocho días al puerto, donde en su capítulo 66 supone que le informaron que en los dieciocho días de su ausencia habían querido los orejones matar a los españoles que habían quedado en él; lo que no es creíble en tan corto tiempo, y menos el que hubiesen entrado en la conjuración los guasarapós tan distantes. Tampoco es de creer que tuviese que mantener a más de veinte mil almas cuando antes en el capítulo 44 nos dijo eran 1.600. En lo que es creíble es en que no tenía víveres sino para diez o doce días y en que no encontró en los pueblos vecinos. Para obtenerlos destacó a Francisco Mendoza con embarcaciones y gente el 15 de diciembre a unas lagunas distantes 9 leguas, donde estaban

los pueblos que aquí (capítulo 67 y 68) llama *Sacorines, Sacocies* y *Ariaricocles*, y creo son los que el capítulo 59 llama de otro modo, y eran orejones según dije en el número 66 que vivían en la laguna *Maniore* y en alguna otra. Estos indios abandonaron de miedo sus pueblos, donde cargó Mendoza bastantes víveres que encontró. Supone Alvar Núñez que estos indios llamaron en auxilios a los guatos y guasarapós, y que mediaron embajadores entre ellos y Mendoza: pero uno y otro es increíble. También despachó el 20 de diciembre en un bergantín con soldados a Hernando de Rivera, para reconocer a los jaraies, y el 30 de enero inmediato llegó por tierra Francisco de Rivera, a quien había destacado cuando él se retiró al Puerto. La relación que este Rivera hizo de los treinta y tres días de su jornada se redujo, según Schmidels, capítulo 34, a que después de haber pasado un río que corría hacia el Poniente y creo sea el del *Veladero* de las provincias de los Chiquitos, había encontrado las sementeras de un pueblo que no se atrevió a reconocer por que se le habían huido ocho de los once indios que le acompañaban, Alvar Núñez emplea su capítulo 70 con la relación que le hizo Rivera llenándola de puerilidades e inverosimilitudes, y en el 71 añade: que habiéndose hecho salobres las aguas con la corriente del río, le enfermó y murió mucha gente; dando esto ocasión a que se le revelasen los orejones del Puerto unidos con los guatos y guasarapós matándole una multitud de soldados. Pero todo es hablar sin reparar que las aguas de la corriente eran dulces y no podían salar. Schmidels, nada dice de tales acontecimientos. En cuanto a Hernando de Rivera, navegó con su bergantín hasta la isla Larga, llamada también el Paraíso, pero Rui Díaz, lib. 1, capítulo 4, dice que está más arriba del Puerto de los Reyes, y no más abajo como dice, lib. 2, capítulo 3, siendo falso que produzca uvas, peras, etc. Los indios que la habitan llamados por Schmidels guebuecusis, capítulo 35, eran orejones de nación, y recibieron con paz a los españoles. A poca distancia de allí entra en el río Paraguay por el Occidente el río Jaurú que viene como del Nordeste y toma el nombre de los indios jaraies. Es caudaloso, y los portugueses lo navegan contra su corriente diez días (que hacen tres o cuatro al bajar) hasta un arrecife invencible donde hay un puerto portugués distante cuatro o cinco jornadas de Matagroso. Por este río se introdujo Rivera hasta el arrecife donde encontró un pueblo de jaraies habiendo dejado atrás otros dos, todos en la orilla. Allí dejó el bergantín y por tierra fue en solicitud de otro pueblo de la misma nación jaraie, donde como en los precedentes fue bien recibido; tomó víveres y otras cosuelas. Schmidels que iba en esta expedición, alarga, capítulo 36, las distancias de los pueblos, por que iría despacio; y hace una descripción del recibimiento que les hizo el cacique del mismo, toda tan apócrifa como la historia de las amazonas de su capítulo 37. También es añadidura suya el decir que después de lo dicho estuvieron en otros tres pueblos más, porque habiendo empleado en esto los días que dice no pudiera estar de regreso en los Reyes como estuvo el 30 de enero, después de haber visto los cuatro pueblos de jaraies citados no podía ser así. Apenas arribó Hernando de Rivera al Puerto de los Reyes, pasó según Schmidels, capítulo 38, el adelantado a su bergantín; y sin permitir que nadie saliese de él, se apoderó de las mantas y frioleras que en el viaje habían adquirido los soldados, de lo que estos se disgustaron y porque los apoyó Rivera, fue arrestado. Entonces los del bergantín con el apoyo de los del Puerto, se tumultuaron amenazando cara a cara al adelantado sino daba libertad a su capitán restituyéndoles las prendas, como lo hizo inmediatamente. Añade Schmidels que en lo quitado a los soldados había alhajas de plata, y no hubo tal; pues no produce este metal aquel país, sino el oro y piedras preciosas que hoy sacan de Matagroso los portugueses. También da por casual la prisión de Rivera, el haberse demorado mucho y alejado más allá de lo mandado; pero esto no pudo ser motivo para apoderarse de las prendas de los soldados, ni otro que el de la avaricia. Alvar Núñez, capítulo 72, corre el velo a estos sucesos diciendo que no pudo oír la relación de Rivera porque estaba muy enfermo, y lo mismo confirma la apócrifa declaración que pone al fin de sus comentarios, para que le sirva de apoyo; dando que sospechar pudo ser invención suya por que además el estilo es el mismo. Meditó sin embargo repetir otra expedición contra los jaraies; pero su gente no condescendió porque había bastantes enfermos, y por que el país estaba ya inundado. Pensó pues no salir de allí, y despachó cuatro bergantines con ciento cincuenta españoles y muchos auxiliares a la isla larga de más arriba, y no bajo del trópico como dice Schmidels, capítulo 39, con orden de cautivar a todos sus habitantes que eran orejones, matando a los viejos. Estos infelices recibieron de paz a los huéspedes; pero luego principió la cosa por los auxiliares, y disparando algunos tiros que mataron algunos isleños, fueron todos aquellos orejones presos y llevados al adelantado que aprobó el hecho. Así se despobló aquella isla que contenía cerca de 2.000 orejones según Schmidels, y más de 3.000 según Rui Díaz, lib. 2, capítulo 3. Luego después con aprobación general, regresó río abajo con su gente y cautivos, y el 9 de abril de 1544 llegó a la Asunción, sin otra desgracia que haberlo muerto un español y herido algunos indios al pasar enfrente de los guasarapós. Alvar Núñez, capítulo 73, dice verificó su regreso en doce días, cosa que es imposible. En la Asunción encontró a los españoles preparándose para guerrear con los agaces que acababan de quemar algunas casas de los guaranís de las encomiendas, matando a muchos y llevándose a sus familias; pero los sucesos que voy a referir no dieron lugar a ir contra los agaces.

XXV. Prisión del adelantado por sus soldados, y elección de don Domingo Martínez de Irala para el mando. Alvar Núñez es conducido a España con otros presos, y sentenciado por el consejo supremo. Disturbios y rebeliones de indios: providencias de Irala para sosegarlos y reducirlos

71. Llegó el adelantado tan triste y enfermo de cuartanas que no salía de casa; y según Schmidels, capítulo 39, si hubiese muerto no le habrían llorado los soldados pues le aborrecían por que los trataba mal, con poca decencia y mandándoles con aspereza y soberbia. Como Schmidels era soldado raso, y escribía esto en Alemania años después, sin motivo de adular, esperar y temer, se puede creer que su modo de pensar y hablar era el general de sus camaradas. De aquí resultó que de común acuerdo de nobles y plebeyos, y aun de los mismos criados del adelantado, se tomó la resolución de arrestarle. Esto convence ser equivocación el decir Alvar Núñez, capítulo 74, que los soldados no querían prenderle. Se pusieron a la cabeza de tan atrevida resolución los cuatro oficiales reales, porque ya habían salido de la cárcel Cabrera y Venegas, no sé cuándo, con ciento o doscientos soldados pasaron a casa del adelantado. Se detuvieron a la puerta; pero abriéndola Antonio Navarro y Pedro Oñate, ambos también de los conjurados, criados del adelantado, y el último su maestre sala, entraron los cuatro oficiales reales, Juan de Salazar, Nuflo de Chaves, Francisco de Mendoza, Jaime Resquin, Diego Acosta, un tal Solórzano y pocos más y gritando, *libertad, libertad, viva el, rey*, llegaron al cuarto del adelantado; y asentándole Resquin una jara, le prendieron y llevaron a un aposento de la casa de Venegas, donde le pusieron grillos y cincuenta hombres de guardia.

72. Alvar Núñez, capítulo 74, echando la culpa de su prisión a los oficiales reales, no les atribuye los crímenes que en otras ocasiones, y habla tan confusamente, que no entiendo lo que les achaca sino haber despoblado el mejor y principal puerto con el fin de alzarse con la tierra. Pero pudo saber que no fue obra de dichos oficiales la despoblación del puerto, ni esta podía servirles para alzarse con la tierra. Rui Díaz sobrino del adelantado, lib. 2, capítulo 4, supone que los oficiales reales persuadieron a los soldados que el adelantado gobernaba tiránicamente: cuando sabemos por Schmidels testigo imparcial que los soldados sabían y tocaban la tiranía sin necesidad de que nadie se la persuadiese. Añade Rui Díaz que el principal conjurado fue Cáceres, y da por casual la desavenencia referida en el número 58, que él cuenta faltando a la verdad. Herrera citado en la nota al capítulo 39 de Schmidels, dice, dec. 7, lib. 2, capítulos 11 y 12, que los soldados aborrecían a Alvar Núñez, porque no les dejaba cautivar indios ni hacerles los daños a que estaban acostumbrados. Pero debió notar Herrera que Alvar Núñez no culpa a los soldados en su prisión, sino a los oficiales reales, y que solo Alvar Núñez y nadie más vendió por esclavos a los agaces y guaicurús, y mató, cautivó y expatrió a los orejones. En la nota al capítulo 40 de Schmidels dice González García, que en Alvar Núñez nunca hubo que reprender, y que siempre solicitó observar las reales órdenes en favor de los indios, guardar las leyes e impedir los nuevos impuestos y latrocinios, etc. Yo creo que no hablaría así si hubiese visto a Alvar Núñez cuando arrancaba las armas del rey de las embarcaciones, cuando ahorcó a Aracaré, cuando arrestaba a Rivera y despojó a sus soldados, y cuando vendió por esclavos a los agaces y guaicurús, y cautivó a los orejones. Barco, canto 5, y Lozano, lib.

2, capítulo 12, toman el empeño de García sosteniendo que el aborrecer a Núñez venía de no permitir nuevos impuestos y latrocinios; sin reparar que de haber sido así, los soldados oprimidos por tales imposiciones, era imposible aborreciesen a quien se las quitaba. En fin todo cuanto dicen los autores, no pudo ser de tanto peso como el saber que el consejo supremo de Indias vistos los autos y oído a Alvar Núñez por escrito y de palabra, falló contra él la sentencia más terrible, según se dirá, aprobando la prisión por los conquistadores.

73. Arrestado el adelantado, pasaron a la casa del alcalde Juan Pabon y a la del alguacil mayor Francisco Peralta, a quienes quitó las varas Martín Orué, y seguidamente dieron libertad a los presos de la cárcel, y se pregonó por las calles, libertad, y viva el rey, mandando que en la mañana inmediata acudiesen todos delante de la casa de *Domingo Martínez de Irala,* como lo verificaron. Allí se leyó en público el papel que expresaba los motivos del arresto del adelantado, y se pidió a todos que votasen y eligiesen uno que los gobernase. En efecto eligieron por gobernador al citado Irala con gusto y aplauso general, menos de algunos pocos parientes y familiares del preso, de quienes no se hizo caso. Barco, canto 5, dice que Irala se hizo el enfermo, y que fue el que fomentó la sublevación; pero no fue así cuando no asistió a la prisión, ni Alvar Núñez le da parte en ella. Rui Díaz, lib. 2, capítulo 4, cuenta largamente la elección de Irala, suponiéndole enfermo con la santa Unción en el pueblo de Acai; pero todo es tan falso como lo que añade que esto sucedió a 15 de agosto de 1542. De estar ausente Irala, no se habrían juntado delante de su casa. Barco yerra igualmente suponiendo la prisión en el año de 1547, pues fue el 25 de abril de 1544. El día inmediato tomó Irala posesión del mando y nombró alcalde

a Pedro Díaz del Valle y para alguaciles a Bartolomé de la Marilla y Sancho Salinas. Dispuso también que se arrestasen ocupándoles los papeles, aquel Pero o Pedro Hernández que cité en el número 35 y a Bartolomé González. Rui Díaz, lib. 2, capítulo 4, supone también arrestados a su padre Alonso Riquelme y a otros muchos caballeros y soldados; pero no hubo tal cuando no lo dice Alvar Núñez. Se embarcaron y depositaron en manos seguras los bienes del adelantado y los de sus confidentes presos; no pudiendo los del primero ascender como dice capítulo 74 a más de 100.000 castellanos que hacían millón y medio de reales; puesto que todo lo que llevó de España no llegaba a 90.000. También se dispuso con acuerdo común, construir una carabela para llevar los tres presos a España, en lo que emplearon un año según Schmidels y diez meses según Rui Díaz. El adelantado ideó en la prisión nombrar por su teniente a Juan de Salazar, figurándose que si éste quería, con sus partidarios podría sacarle de la cárcel y reponerle en el mando; pero Salazar no quiso darle libertad aunque le ofreció admitir la tenencia para después que él se hubiese embarcado. Concluida la carabela, se arregló la tripulación con veintisiete personas, entre ellas Gonzalo Acosta de piloto y capitán, Jaime Resquin de procurador de la provincia, Lope Duarte de apoderado de Irala, y los oficiales reales Cabrera y Venegas de conductores del proceso que se había formado: también alistaron un bergantín, para que acompañase la carabela hasta cierta distancia; y viéndose el adelantado en la calle, dijo dos veces en alta voz en medio de los que le escoltaban, y con el fin de meter discordia entre los conquistadores, según dice su sobrino Rui Díaz, lib. 2, capítulo 5, que nombraba a Juan de Salazar por su teniente, para que mandase en su ausencia: sin embargo llevaron los presos a la carabela y esta navegó inmediatamente. Alvar

Núñez contando estos sucesos en el capítulo 75 y siguientes dice tantas y tales cosas que sin impugnarlas ellas mismas hacen ver el poco talento y verdad del que las refiere.

74. Luego después que marchó la carabela, comenzó Salazar a tratar con los de su partido y con los parientes del adelantado sobre el modo de apoderarse del mando, y sabiéndolo Irala le requirió para que no turbase la república. Salazar le contestó que no debía ni él podía ceder un mando que le había conferido el único que tenía autoridad legítima para hacerlo. De aquí resultó que Irala le arrestase y también a Pedro Estopiñán primo del adelantado, y que formándoles proceso por perturbadores, los despachó con Chaves a alcanzar la carabela que los llevase a España con el adelantado. Rui Díaz, lib. 2, capítulo 5, y Lozano, lib. 2, capítulo 12, suponen preso con Salazar a Riquelme y a otros contra el silencio de Alvar Núñez, capítulo 83, y de Schmidels, capítulo 41. En la isla de San Gabriel se separó el bergantín de la escolta que volvió a la Asunción, y la carabela con el adelantado, Salazar y demás presos continuaron y llegaron felizmente a España y a la corte. Rui Díaz, lib. 2, capítulo 18, y Alvar Núñez, capítulo 84, con su copiante Lozano, lib. 2, capítulo 12, cuentan de este viaje cosas tan incompatibles con los hechos que nadie podrá creer. Presentando el proceso en el consejo supremo mandó éste permaneciese arrestado Alvar Núñez, y que también se arrestasen Cabrera y Venegas hasta terminar la causa. Las dos partes fueron oídas en el tribunal, y Alvar Núñez no omitió exponer cuanto dice en sus comentarios, ni dejaría de presentar los muchos papeles que sus partidarios le metieron en la carabela al salir del Paraguay según dice, capítulo 83. El resultado fue condenar a Alvar Núñez al presidio de Orán, mandando además que

mantuviese a sus expensas seis lanceros en el mismo presidio. Así lo refieren su sobrino, Rui Díaz y su apasionado Lozano en el lugar citado. Alvar Núñez no menciona tal sentencia, limitándose a decir la que le salió en apelación ocho años después, cuando no había ya parte contraria que agitase, y fue darle por libre, pero despojado del gobierno, sin poder pretender recompensa alguna por lo que gastó en la armada que llevó, ni por los descubrimientos que hizo. Rui Díaz y Lozano contra el expreso testimonio de Alvar Núñez suponen, que en la última sentencia se le asignaron 2.000 ducados anuales de sueldo, y que falleció en Sevilla de presidente del consulado. Barco, canto 5, nada especifica diciendo únicamente que la sentencia le privó del título de adelantado. No pudiendo Alvar Núñez tachar de injusto al respetable y supremo tribunal que le condenó, supone que el cielo puso de manifiesto su justicia y la iniquidad de sus contrarios, haciendo que Venegas muriese, que Cabrera se volviese loco, y que los frailes pereciesen. Así lo cuenta, pero dudo que se le pueda creer.

75. Apenas partió preso Salazar, sus partidarios y amigos que eran muchos, unidos a los de Alvar Núñez, se manifestaron muy disgustados y resentidos; y tomando el título de leales, llamaban a los demás traidores y tumultuarios. Entonces según Schmidels, capítulo 40 y 41, principió la guerra civil con disputas, pendencias y desconfianzas sin que nadie se fiase de otro; y no sucedió esto cuando Alvar Núñez estaba allí preso, como quiere persuadirlo el mismo, capítulo 76 y siguientes. Rui Díaz, lib. 2, capítulo 5, y Lozano, libr. 2, capítulo 13. Irala hacía cuanto estaba de su parte por conciliar los ánimos, usando de buen modo, haciendo mercedes y beneficios, disimulando mucho y prendiendo y castigan-

do con blandura, solo cuando no se hallaba otro recurso. Lozano en el lugar citado dice sin apoyo, que para calmar los disturbios quiso Irala hacer un viaje al Perú y que se le opusieron los oficiales reales, pero tal idea era impracticable entonces e incompatible con la prudencia de Irala. Barco, canto 5, supone que esto ahorcó a muchos obligando a otros a refugiarse en los boques; pero se equivoca poniendo aquí lo que sucedió después. Principió dicha guerra civil en febrero de 1545 según claramente se deduce del capítulo 5, libro 2, de Rui Díaz, o poco más tarde según Schmidels, capítulo 40; y los indios luego que lo conocieron, perdieron la subordinación, negándose a prestar ningún servicio sin estipendio a los españoles, y retirándose a sus pueblos. Llegó su atrevimiento hasta matar algunos indios a los españoles a quienes servían en sus propias casas, y algunos que pillaron en sus pueblos. Para atajar estos males, publicó Irala el 22 de septiembre de 1545 el bando que leí en el archivo de la Asunción mandando en sustancia: 1° que ningún arcabucero, de día ni de noche saliese de su casa, sin su arcabuz, mecha encendida, frasquillo con pólvora, y bolsa con pelotas; ni los ballesteros sin gafas ni cañas: 2° que nadie saliese de la ciudad sin su licencia; y que a nadie la daría sino llevaba cinco compañeros más todos bien armados: 3° que tuviesen todos en su casa una escalera de mano pronta para subir sobre los edificios a apagar el fuego en caso de que prendiese: 4° que nadie conservase en su casa de noche indio alguno mayor de trece años: 5° que nadie solo ni acompañada entrase de día ni de noche en la casa de los indios: 6° que el quisiese servirse de indios, lo hiciese por ajuste voluntario y pagándoles puntualmente lo estipulado: 7° que nadie pasase a la banda opuesta del río con pretexto alguno: 8° que no se arrojase el agua de la mandioca exprimida donde pudieron beberla los puercos, porque los mataba: y 9º que se colgase dicha mandioca en zarzos donde no alcanzasen los puercos, porque de comerla morirían. Para todo señaló grave pena a los contraventores; siendo una de ellas cortarles un dedo del pie y exponerlos a la vergüenza pública. Lozano, lib. 2, capítulo 13, dice que los soldados violaban este bando sin reparo, consintiéndoselo la política diabólica de Irala, y que esta hizo dar garrote al capitán Camargo y a un amigo suyo, irritado de que le representaron que para quitar las vejaciones que sufrían los indios, sería bueno repartirlos en encomiendas porque así los protegerían los encomendaderos. Pero todo es falso, porque Camargo perdió mucho después la vida por otro delito, y porque todo es contra el testimonio de Schmidels, contra el silencio de Rui Díaz y contra el mismo Lozano que dice que Irala condenó a muerte a un criado suyo, porque quebrantó el bando. Al mismo tiempo tomó Irala otras disposiciones: circundó la ciudad con nuevas palizadas y defensas, hizo atrincheramientos en las calles, procuró hacer amistad con los lenguas, tobas y guaicurús que vivían en frente en la banda opuesta del río. Por entonces parece que llegó una embarcación de España sin que sepamos lo que llevaba, ni tampoco lo que contestó Irala con otra que despachó, pero pudo ser relativo al proceso de Alvar Núñez que entonces se ventilaba. No cesaba Irala de persuadir a todos que dejándose de discordias civiles, se amistasen de buena fe, y se uniesen para resistir a los guaranís, que confederados con los agaces, se aproximaban con fuerzas para asaltar la ciudad, y lo consiguió acabándose la guerra civil que había durado un año o algo más. Lozano, *ibidem*, supone que en el tiempo de estas discordias hizo Irala una expedición contra los albayas y que despachó a Nuflo de Chaves al Brasil, hace regresar a este, y le despacha a una expedición contra los indios que llama

Yriguanés. Pero los cuidados de la guerra intestina y la rebelión de los indios no pudieron dar lugar a tales cosas, que no refiere Schmidels, ni hubo tiempo para hacerlas.

76. Finalizados los partidos y todos obedientes a la voz de Irala, alistó este 350 arcabuceros y ballesteros, y pasando de la banda opuesta del río como unos mil guaranís, tobas y lenguas a quien Schmidels, capítulo 31, llama taperos y bathaás se puso a la cabeza de todos y caminó 3 leguas, haciendo alto en un bosque a media legua del ejército guaraní compuesto de quince mil hombres según Schmidels, que seguramente exagera, mandados por el cacique llamado por él mismo Machkarias, y no dudo era Mongolá. No quiso atacar Irala sobre la marcha por tener la gente muy mojada a causa de la lluvia; pero lo hizo el día siguiente a las siete de la mañana, y duró la batalla tres horas, retirándose los enemigos a un pueblo que Schmidels llama Tremidiere. Y no pudo ser otro que el de Mongolás o Aregua por ser el único que distaba 4 leguas del sitio de la batalla y 7 de la Asunción. Perdieron los indios en la batalla mucha gente que Schmidels hace subir con ponderación a 2.000; cuyas cabezas pusieron en las puntas de sus lanzas los guaicurús, tobas y lenguas. Irala tuvo solo siete muertos, con bastantes heridos que envió a la Asunción.

77. Persiguió Irala a los guaranís hasta el citado pueblo, y atacándole entre dos y tres de la mañana siguiente por tres partes, mataron los españoles y sus auxiliares a muchos enemigos y cautivaron a cantidad de mujeres y muchachos aunque la mayor parte se escapó con su ejército a refugiarse en un pueblo que, según la distancia asignada por Schmidels, debió ser el de Tobati, situado entonces sobre el río Mandu-

birá. Schmidels, capítulo 42, supone al primer pueblo de los mongolás fortificado con estacada triple de troncos gruesos lo que un hombre y altos un estado, con hoyos, etc., y al de Tobati aun con mayores defensas, pero en ambas partes pondera. Lo cierto es que se habían reunido en Tobati los guerreros de los pueblos Mongolás, Altos, Yois, Ytá, Yaguaron, Acaai y Tobati, y que se acamparon en la costa de un bosque, con la idea de sostener el pueblo que tenía también buena guarnición, y defenderse desde detrás de los árboles en caso de ser atacados. Llegó Irala a aquel punto a las cinco de la tarde, y habiendo reconocido la posición del enemigo, dividió sus fuerzas en cuatro trozos; los tres para bloquear el pueblo, y el cuarto para observar al ejército de las costas del bosque. Cuatro días estuvo Irala sin emprender nada, esperando que le llegasen, como sucedió 200 españoles y 500 guaicurús y lenguas que había pedido a la Asunción, cuando despachó a los heridos de la primera batalla. Con este refuerzo se disponía Irala para atacar, cuando por la noche se le presentó un cacique de Tobati, pidiendo indulgencia para sus gentes, ofreciendo facilitar la entrada en el pueblo. Admitió Irala con benevolencia al indio, y quedaron ambos acordes en el modo de disponer las cosas, para que no padeciesen los indios ni el pueblo, y en que los españoles acometiesen por dos sendas, que el cacique mostró, cuando este les hiciese señal con una humareda. Todo se verificó, y entrando los españoles, huyeron los indios que no eran del pueblo viéndose perdidos, pereciendo muchos a manos de los auxiliares que estaban apostados fuera. También se mataron bastantes dentro del pueblo; donde no se encontró a las mujeres, ni a los muchachos porque los tenían fuera en el bosque. Los enemigos, que pudieron escapar, se juntaron al cuerpo que estaba fuera, y todos tomaron la huida al Norte hacia la provincia de Ytati. Cuatro días se detuvo allí Irala curando sus heridos más faltándole medios y víveres para seguir por tierra al enemigo, resolvió irle a buscar embarcado.

78. Con esta idea regresó a la Asunción, donde en catorce días alistó embarcaciones y lo necesario, reemplazó los heridos y enfermos, y subió por el río Paraguay en busca del enemigo llevando parte de su gente costeando dicho río por tierra. Cuando llegó a la boca del río Mandubirá se le reunió el cacique que dio la traza para Tomar a Tobati con sus indios, y continuó la expedición hasta el río Jejuí que viene del Oriente y es ancho como el Danubio y de paso difícil, porque se inundaban sus cercanías en las crecientes. Entró Irala por él viendo muchos indios en la costa del Norte, envió a decir a Tabaré que le entregase los fugitivos de Tobati. Efectivamente estaban reunidos allí los indios de los pueblos de Guarambaré, Ipané y Atirá con propósito de disputar el paso del Jejuí a la gente que Irala llevaba por tierra, y de proteger a los fugitivos. Así se negó Tabaré a entregarlos, y fue preciso que Irala pasase sus tropas en cuatro trozos con los buques, ahuyentando a los enemigos con algunos cañonazos. Enseguida fue a encontrarlos a media legua de la costa en el pueblo de Atirá, que forzó la misma tarde, matando a algunos y cogiendo a muchas mujeres y muchachos. Luego se presentaron los enemigos solicitando indulgencia por lo pasado, y pidiendo la restitución de sus familias: todo se lo concedió Irala con franqueza, regresando a la Asunción a la mitad del año 1546 sin que después de esta guerra la menor novedad en el país según Schmidels, capítulo 43, el cual llama mal Stuasia al río Jejuí y Saberic o Sabayé al pueblo de Atirá. Lozano, lib. 2, capítulo 13, cuenta esta guerra como él se la figura, y adelanta año y medio el fin de ella para dar

lugar a una jornada contra los albayas inventada y forjada por él, en la que desata toda su mordacidad contra Irala. Enseguida de esta supuesta jornada, inventa otra al Paraná también apócrifa.

XXVI. Emprende Irala nueva expedición al Perú, que no tuvo efecto. Regreso a la Asunción, disturbios en esta ciudad hasta la muerte de don Diego Abreu, que se había levantado contra Irala

79. Dos años se pasaron después de dicha guerra sin que llegase embarcación de España y sin ocurrir novedad en la provincia; en cuyo intervalo fijó Irala el precio de los comestibles en esta forma: por ocho huevos un cuchillo de marca: por dos gallinas caseras, tres cuchillos ídem; por tres libretas de pescado de espinel, un cuchillo ídem, y por dos libras carniceras de pescado de red, un cuchillo id. No hablo de la mandioca, maíz, etc., porque todos tendrían de esto en sus quintas, y es de creer que lo dicho sería lo más caro de los alimentos, y que no conocían las monedas. Entonces hizo un discurso a los súbditos Irala diciendo, que pues estaban en un país que no conocía ni tenía metales, ni frutos preciosos en el comercio, precisamente serían siempre miserables, y que para evitar esta fatalidad, les convidaba a hacer una entrada en el Perú, donde abundaban los tesoros de que podrían participar. Les prometió ir con ellos y ayudarles con todo cuanto tenía y pendía de él. Se admitió la propuesta con aplauso, hasta de muchos indios que se convidaron a ir, y en solos dos meses se alistó lo preciso. Dejó Irala el mando de la Asunción a don Francisco de Mendoza, y salió de allí en agosto de 1548 según Schmidels, capítulo 43 y 44, que me merece más fe que Rui Díaz, lib. 2, capítulo 7, y que Lozano, lib. 2, capítulo 14, poniendo aquel la salida a fines de 1546 y este un año después. Iban 350 españoles con muchos carios o guaranís, parte embarcados y el resto por tierra con algunos caballos que no pudieron ser 130 como dicen Schmidels

y Lozano, pues no había tantos en el país. Subieron todos hasta juntarse en el cerrito de San Fernando, mal llamado río de Itatí por Rui Díaz, donde dispuso Irala que las embarcaciones volviesen a la Asunción quedando dos bergantines con cincuenta españoles provistos para los dos años que debían esperarle para evitar la suerte de *Juan de Ayolas*. Luego tomó Irala la costa occidental, y dirigiéndose por tierra hacia el Poniente, encontró al noveno día un pueblo que era precisamente de indios albayas o de guanás, y me inclino a los últimos, a quienes Schmidels llama mal aleperos.

80. Fue allí bien recibido y tratado; pero continuó hasta que al cuarto día encontró unos indios albabayas, que le instaron para que pasase la noche en su pequeño pueblo. Condescendió Irala admitiendo la oferta que le hicieron de algunas alhajas de plata, que sin duda eran de las robadas a Ayolas, no pudiendo ser otras. Notaron los españoles, que ya entonces como hoy se servían de los guanás; pero yerra Schmidels, diciendo tenían aves domésticas y ovejas de Indias. Después de cenar se acostó Irala y dispertándose sospechó alguna traición, y dispuso que todos estuviesen prontos y apercibidos. Abanzó además centinelas, y todo fue muy oportuno porque llegaron luego como dos mil albayas, que acometieron con denuedo, más fueron rechazados, desechos y perseguidos como media legua hasta su pueblo principal, donde los españoles no encontraron a nadie. En él dejó Irala mucha de su tropa, y con 150 españoles y bastantes auxiliares, marchó a la ligera a buscar los enemigos. No se detuvo sino lo muy preciso para comer y dormir, hasta que al tercero día acometió en un bosque otro pueblo de indios que nada sabían de lo ocurrido antes; pero creyendo Irala que eran los mismos de la batalla anterior, mató a muchos y les

cogió muchas mujeres y muchachos, escapándose el resto a un monte, circundado de bosque donde se juntaron con otros de su nación. Yo creo que este último pueblo era de guanas. Como quiera Irala regresó a juntarse con el resto de su gente, y entre toda ella repartió los despojos y prisioneros descansando ocho días.

81. Continuó Irala 4 leguas hacia un pueblo de Albayas a quienes servían de criados los guanás de otro pueblo que habían encontrado antes; pero dichos albayas no esperaron a los españoles, y estos se detuvieron dos días comiendo de sus sementeras. Siguió Irala y encontró a las dos jornadas un pueblo guaná y a las 14 leguas otro de indios de la misma nación, que le dieron de comer tres días; informándole que el país en adelante no tenía fuentes ni arroyos, y que era difícil encontrar agua. Para hallarla sacó un guía, que le condujo a otro pueblo guaná distante 4 leguas, donde se detuvo un día, y sacando guía pasó a otro también guaná que distaba ocho. Se detuvo en él dos días, y un guía le condujo a otro pueblo mayor distante 4 leguas de la propia nación y en él demoró un día. Dos leguas más adelante, en un collado alto rodeado de espinos y monte bajo, encontró Irala un pueblo abandonado y quemado por los indios simanos que se habían fugado, y 16 leguas después otro de los mismos llamados barconos que igualmente huyeron, pero volvieron y facilitando víveres para cuatro días. Doce leguas adelante hallaron los españoles un pueblo de indios laihanos y cuatro jornadas después otro karchconos donde demoraron un día y siguiendo seis más, hallaron a los indios suboris, habiendo muerto algunos de sed no obstante sacaron alguna agua del pueblo precedente y aprovecharon las de las pitas de mi capítulo 5, número 34. Los indios de estos tres últimos pueblos eran de la pro-

vincia de los Chiquitos a quienes yo llamo ninaguiguilis. Los suboris quisieron huirse, pero advertidos de que no recibirían daño se detuvieron. Los nombres que les da Schmidels están corrompidos y quizás aun más los de Lozano. Aquel supone que los indios recogen el agua en aljibes, y que beben el zumo de la mandioca; pero no tienen ni conocen más aljibes que las lagunas ni beben tal zumo, sino la chicha hecha de miel de maíz o de algarroba.

82. Temiendo los españoles la falta de agua, dudaron allí sobre continuar, y resolvieron lo decidiese la suerte que salió en favor de ir adelante. Lo hicieron a los dos días con guías, que se escaparon la primera noche, y en seis jornadas llegaron al pueblo de los peisenos, que los recibió con las armas, pero habiéndolos vencido y cogido algunos, dijeron que Juan Ayolas había dejado allí tres enfermos, el uno trompeta llamado Jerónimo, y que los habían muerto cuatro días antes. Catorce días se detuvo Irala en este pueblo, y sabiendo que muchos de sus indios se habían refugiado en un bosque, los acometió matando a muchos y cautivando el resto. Los maigenos que distaban cuatro jornadas de allí, le recibieron de guerra en su pueblo situado en un collado lleno de espinillos; pero atacándolo Irala por dos partes, lo forzó con pérdida de doce españoles y muchos auxiliares, los cuales se portaron con mucha bizarría. Allí se detuvo Irala, y antes de salir se le separaron sin su noticia 800 guaranís de los que llevaba, y a 2 leguas acometieron a los maigenos fugitivos con gran pérdida de ambas partes, hasta que viéndose los guaranís circundados, lo avisaron a Irala, y este les envió ciento cincuenta españoles. Apenas vieron los enemigos que se acercaba este refuerzo, huyeron sin poder darles alcance, dejando víveres con que pasaron cuatro días y después se incorpo-

raron con Irala. Este caminó 50 leguas hasta el país de los carcocies y a nueve jornadas más descansó dos días en unos campos dilatados 6 leguas cubiertos de sal según Schmidels, y que yo creo era magnesia. Habiendo caminado cuatro jornadas, anticipó Irala cincuenta españoles con cincuenta auxiliares a preparar su arribo de paz en el pueblo de carcocies o corcokuyes; pero estos eran tantos que impusieron temor a los cincuenta españoles de lo que avisaron a Irala y este apresuró la marcha llegando de madrugada. Fue bien recibido y le dieron guías, y aunque se le huyeron al tercero día, no por eso dejó de llegar al río Guapay, tan ancho, profundo y grande, como que se numera entre los principales contribuyentes del famoso Marañón. Lo pasaron los españoles y auxiliares en jaugadas de troncos atados con bejucos, ahogándose cuatro hombres y después continuaron 4 leguas hasta el pueblo de Machcasies. Algunos indios de estos se anticiparon una legua a recibir a Irala y le informaron, en castellano, que los de su pueblo pertenecían a la encomienda del capitán Peranzures o Pedro Anzúrez, quien el año 1538 había fundado la ciudad de la Plata llamada también Chuquisaca. Igualmente le hicieron relación de todos los alborotos del Perú, y de las muertes de Pizarro y Carvajal. He copiado la relación de esta expedición de Schmidels que anduvo en ella, enmendándole muchos nombres. Rui Díaz, lib. 2, capítulo 7, la altera y embrolla mucho: en suma no merece que se le dé el menor crédito en esto, ni en el capítulo 11, donde inventa otra expedición apócrifa. Tampoco merece fe Lozano, lib. 2, capítulo 14, porque embrolla la relación clara y cierta de Schmidels con las apócrifas de Rui Díaz.

83. Las noticias que le dieron los indios, hicieron reflexionar a Irala lo expuesto que era internarse en ajeno gobierno,

lleno de turbulencias y le determinaron a hacer alto en el pueblo de los machcasies distantes 372 leguas de la Asunción según la cuenta de Schmidels. Luego determinó despachar a Nuflo de Chaves con Miguel Rutin, Juan Oñate y Rui García Mosquera, para que en su nombre cumplimentasen en Lima al licenciado Pedro de la Gasca por sus sucesos contra Pizarro, y le ofreciesen sus tropas, concluyendo con pedir que le confirmase en el gobierno del Río de la Plata que le habían conferido sus pobladores. Él le escribió también, y salieron los cuatro citados con la carta a los veinte días del arribo a aquel pueblo encaminándose por la Plata o Potosí: donde quedaron enfermos Rutia y Mosquera, continuando los otros por el Cuzco hasta Lima. Agustín de Zárate citado por Lozano, lib. 3, capítulo 3, dice contra el testimonio de todos, que Irala fue personalmente. Mucho antes que Chaves llegase había sabido Gasca la aparición de Irala en el Perú y recelando se le reuniesen los restos fugitivos de Pizarro y que resucitase su partido, le escribió una carta llena de atención y buenas palabras; pero mandándole que no se internase en el Perú, y que esperase nueva orden suya, sin causar perjuicios ni vejaciones a los indios vasallos del rey. Resolvió Irala cumplir esta orden, retirándose a la provincia de Chiquitos, que no era aun vasallo del rey, y esperar allí la nueva orden que se le comunicaba en la carta, y el resultado de sus enviados a Lima. Pero conoció al mismo tiempo la dificultad de verificar una retirada tan contraria al propósito de sus soldados, que no ocultaban su determinación de internarse en el Perú y de seguir el partido contrario a Gasca uniéndose a los partidarios de Pizarro, según lo dice Schmidels, capítulo 48, quien no pudo ignorar las ideas de los soldados siendo uno de ellos. Usó, pues, Irala de artificio ocultando la carta orden de Gasca, y proponiendo la retirada a los Chiquitos como pensamiento suyo, presentándola con la escasez de víveres, y dándoles esperanzas de volver cuando regresasen sus enviados a Lima. Repugnaron mucho los soldados más al fin cedieron a la persuasión de Irala; por que según dice Schmidels ignoraron que era orden de Gasca; pues de sabido que Irala obedecía tal orden le habrían despachado al Perú atado de pies y manos. Antes de retirarse destacó Irala a un español, para que apostándose en el camino tomase las cartas que esperaba le llegasen de Lima, y las llevase a los Chiquitos a donde él se retiraba; porque estaba cuidadoso temiendo le enviasen de Lima alguno que le reemplazase en el mando.

84. Partió Irala a los Chiquitos, y encontrando que los carcocies se habían escapado con sus familias, les avisó que volviesen a sus pueblos donde serían bien tratados. La respuesta de los indios fue decir, ser más regular desamparasen los españoles el país, que con esto evitarían el que los echasen a la fuerza. Irala propuso entonces a sus gentes ir a castigar tal arrogancia, y aunque algunos no querían diciendo que faltarían víveres a los que fuesen del Paraguay y al Perú si se destruían dichos indios del tránsito, prevaleció el dictamen de acometer. Marcharon los españoles con este objeto, y hallándose a media legua del enemigo, vieron a este ya aparejado en la falda de un monte cerca de un bosque, le atacaron matando a muchos y cautivando mayor número. Dos meses se detuvo Irala en la provincia de los Chiquitos esperando la resulta de Chaves y demás mensajeros a Lima, estos fueron recibidos con agrado y hospedados y tratados espléndidamente por la Gasca; quien les regaló además 2.000 ducados para ellos, según dice Schmidels, capítulo 48, y no para todos los soldados como quiere Lozano, lib. 2, capítulo 15. Procuró la Gasca ganar la confianza de Chaves, y le pidió

escribiese a Irala en los términos que ya se le había escrito, y Lozano añade que también la Gasca le escribió llenándole de esperanzas. Despachadas estas cartas o quizás antes, nombró la Gasca para gobernador del Río de la Plata a Diego Centeno que estaba en Chuquisaca; ya fuese porque era uno de los que le ayudaron a destruir a Pizarro o ya porque sabía los deseos e intenciones de las tropas de Irala y desconfiaba de ellas y de este. Es creíble que con este motivo dio Gasca a Centeno sus instrucciones, pero no que fuesen las que dice Lozano, lib. 2, capítulo 15.

85. Estando ya Irala en la provincia de los Chiquitos, llegó aquel español que antes había apostado para que le llevase las cartas de Lima y según Schmidels, capítulo 48, le trajo algunos regalos de Gasca. Lozano, lib. 2, capítulo 14, inventa que dicho español mató a puñaladas al correo que llevaba los despachos a Centeno, y que se la robó sin reparar que en el capítulo 15 dice que tales despachos llegaron a Centeno. También dice erradamente Irala no se retiró del Perú hasta que llegó dicho español; pues, Schmidels refiere que fue despachado con la orden de llevar las cartas a los carcocies que aquí llama carios; lo que prueba que Irala no pensaba esperarle en el Perú y que no le esperó. Supo Irala por la de Gasca el nombramiento de Centeno, y que se prohibía a sus tropas en el Perú; y no pudiendo ocultar estas disposiciones las hizo saber a sus soldados que las oyeron con disgusto; pero como Irala y los demás oficiales no quisieron desobedecerlas ni dirigir al Perú a los soldados, se vieron estos precisados contra su voluntad a tomar el camino que habían llevado de la Asunción; y dirigiéndose al Paraguay llegaron al Pan de Azúcar o monte de San Fernando al fin del año 1549 o principios del siguiente donde encontraron las embarcaciones

que habían dejado, y supieron por ellas los alborotos recién ocurridos en la Asunción. Copio a Schmidels en esta retirada sin hacer aprecio del modo con que la cuentan Rui Díaz, lib. 2, capítulo 7, y Lozano, lib. 2, capítulo 14, porque ambos ignoraron hasta el camino que Irala llevó.

86. Como hacía más de un año que había salido Irala de la Asunción siguiendo las pisadas de *Juan de Ayolas*, sin saberse nada de él, comenzaron algunos a dudar si le habría sucedido lo que ha dicho Ayolas; esto es que le hubiesen muerto, en cuyo caso era preciso elegir otro jefe según se hizo y se dijo, número 41. Cobraron cuerpo estas voces y hubo quien aconsejó a don Francisco de Mendoza jefe de la Asunción, que ya se estaba en el caso de la elección, y que juntase a los españoles para hacerla, no pudiéndose dudar que saldría a su favor, ni que sus parientes en España conseguirían la real confirmación. Entró Mendoza en la especie y la propuso al Cabildo secular el cual le contestó no debía pasarse a la elección que proponía hasta constar debidamente que Irala había muerto o renunciado el mando o que se hallaba imposibilitado de volver. No hizo caso Mendoza de este acuerdo, y mandó por un bando que acudiesen los españoles a hacer la elección de gobernador, señalando el paraje, el día y hora. Viendo esto Diego Abreu, intrigó con sus amigos que eran muchos, y llegado el caso salió electo con más votos que Mendoza. Barco, canto 5, dice que Abreu fue con otros a la votación desde los bosques donde estaba fugitivo, pero se engaña lo mismo que en llamar pérfido a Lezcano. Rui Díaz, lib. 2, capítulo 8, y Lozano, lib. 2, capítulo 14, suponen que procedió a la elección el renunciar Mendoza el mando particular que tenía, más esto no venía al caso.

87. Avergonzado y resentido Mendoza de la elección, comenzó con sus amigos a esparcir voces de que la votación era
nula, y a sostener el dictamen que le había dado el Cabildo
secular antes de votar. Estos discursos le atrajeron algunos
partidarios, y con su auxilio se propuso arrestar a Abreu;
pero sabiéndolo este, le previno y arrestó; le formó proceso
por perturbador de la república, y le sentenció a cortarle la
cabeza. Apeló al rey de esta sentencia, y propuso casar a sus
dos hijas con Abreu y Rui Díaz Melgarejo; pero se despreció esta propuesta y se mandó ejecutar la sentencia. Estuvo casado con María de Angulo de quien tuvo cuatro hijos,
Diego, Francisco, Elvira y Juana. Se sintió su muerte porque
era caballero venerable por sus canas y muchos servicios, y
muy ilustre por su cuna. Rui Díaz, libro 2, capítulo 9, dice
que Abreu despachó una carabela a España en que iba Alonso Riquelme y deseoso de ponderar los trabajos de este que
era su padre, refiere una relación llena de inverosimilitudes y
aun falsedades, de modo que la tengo por fabulosa. No gozó
Abreu mucho tiempo de su mando; porque le escribió Irala
antes de llegar a la Asunción, que debía cesar en él, puesto
que se lo había dado bajo el supuesto falso de que él no existía. Receló Abreu que Irala quería castigarle por la muerte de
Mendoza que era uno de sus mayores amigos, y figurándose
que tenía fuerzas bastantes, no solo quiso sostenerse en el
mando, sino que aun ideó enviar gente contra los que querían
quitárselo. Antes que esto sucediese, llegó Irala a las puertas
de la Asunción, que Abreu le cerró pretendiendo defenderse.
Irala entonces puso sitio a la ciudad y admitía con agrado
muchos soldados que abandonaban a Abreu: lo que dio tanto
cuidado a este, que se escapó con cincuenta de sus mayores
amigos, temiendo le entregasen sus mismas tropas.

88. Abreu y los suyos desde los bosques de los pueblos de la Cordillera o Ibitiruzú y del cerro Acaai, y no desde los de Villarrica como quiere Lozano, salían como salteadores contra los de la ciudad, cuando se les presentaba ocasión en la campiña. En estas circunstancias llegó de Lima a la Asunción Nuflo de Chaves y los otros tres mensajeros de Irala cerca del presidente Gasca. Llegaron con ellos el capitán Pedro Segura, soldado imperial en Italia y antiguo en Indias, Juan Oñate, Francisco Cartón, Pedro Sotello, y Alonso Martín con otros cuarenta soldados. Esta gente fue despachada de Lima por Gasca a servir en el Paraguay, con el fin naturalmente de interpolarla con la de Irala, de la que Gasca desconfiaba; y habiendo llegado a Chuquisaca a incorporarse con Diego Centeno, hallaron que este había muerto de resultas y tres días después de un grande convite, antes que le llegasen los despachos de gobernador del Río de la Plata, en que se le asignaban por nuevos límites desde el Cuzco y los Charcos del Brasil, y 14° de latitud contados desde el trópico hacia el Mediodía. Lozano, lib. 2, capítulo 15, murmura de Gasca, Irala y de los paraguayos, y hace el panegírico de Centeno suponiendo murió envenenado; pero en nada le creo. Lo cierto es que dichos soldados se incorporaron con Chaves y sus compañeros, y que llegaron juntos al Paraguay donde Irala los recibió con singulares demostraciones de afecto. Barco, canto 5, dice que volviendo Chaves en este viaje fundó a Santa Cruz de la Sierra, lo que es tan falso como el decir que cuando fue conquistó a los Chiquitos. Trajo Chaves y sus compañeros del Perú las primeras cabras y ovejas que hubo en el Paraguay; y supone Rui Díaz, lib. 2, capítulo 9, que ellas le libertaron de ser atacado en el camino. Lo mismo copia Lozano, mas no lo creo.

89. Pasados algunos días, determinaron matar a puñaladas a Irala el capitán Camargo, Miguel Rutia y el sargento Juan Delgado con otros de los que habían llegado de Lima sin que la historia nos diga que esta conjuración tuvo su origen en Lima o en Abreu u otro. Avisado Irala del caso, arrestó a los cómplices, y justificándoles el delito se dio garrote a Camargo y a Rutia, y se perdonó a todos los demás. Rui Díaz, lib. 2, capítulo 3, es el único que habla de este suceso, y Lozano que lo copia, lib. 2, capítulo 15, lo altera poniendo en el suplicio a Delgado en lugar de Camargo, a quien en su capítulo 13 supuso de su cabeza que Irala había quitado la vida por un motivo frívolo e increíble. Por este tiempo se casó Nuflo de Chaves con Elvira, hija de don Francisco de Mendoza, y luego se presentó pidiendo justicia contra los autores de la muerte de su suegro. En consecuencia salieron partidas a prenderlos en los bosques donde estaban con Abreu, y lograron arrestar a Juan Bravo y a un tal Rengifo, que fueron ahorcados por perturbadores de la paz. También se arrestaron algunos otros y los pusieron en la cárcel, de la que sacó a Rui Díaz Melgarejo, un negro, esclavo de Chaves. Obraba Irala en esto contra su genio, y promovió la especie de la paz, haciendo que los eclesiásticos la ofreciesen a Abreu y a todos sus parientes con indulto general. En efecto lo admitieron los más presentándose en la ciudad, y saliendo los que estaban presos. Irala no solo los recibió y abrazó con cariño, sino que casó a sus hijas Marina y Úrsula con dos de los amigos principales de Abreu, Francisco Ortiz de Vergara y Alonso Riquel o Riquelme. Casó también a Isabel y Gimberta sus otras dos hijas con Gonzalo de Mendoza y Pedro Segura. Todos aplaudieron la generosidad de Irala, menos Abreu y pocos más que no se fiaron de las promesas de Irala, quizás temiendo el influjo de Chaves amigo grande del gobernador.

Schmidels, capítulo 50, dice que Abreu admitió las proposiciones que se le hicieron, pero está equivocado, porque solo las admitieron sus partidarios citados.

90. La obstinación de Abreu hizo temer que no habría paz en la república mientras anduviese libre, y además Chaves instaba por la satisfacción de la muerte de su suegro; por cuyas consideraciones y viendo su terquedad se determinó Irala a prenderle. Rui Díaz, lib. 2, capítulo 4, supone que esta determinación fue de Cáceres estando Irala ausente en una expedición contra los albayas hecha el año de 1550; pero por Schmidels sabemos que Abreu estaba libre el año de 1552 y que tal expedición es apócrifa, aunque la copie Lozano, lib. 2, capítulo 15. Despachó pues Irala a veinte hombres mandados por un tal Escaso para arrestar a Abreu, los cuales dentro de un grande bosque, que presumo fuese en el Acaai, encontraron de noche una choza, y mirando por un ahujero vieron que había dentro tres o cuatro españoles dormidos y solo Abreu dispierto, porque no le dejaba dormir una fluxión de ojos. Le dispararon por dicho ahujero con una ballesta una jara que le atravesó el costado, y quedó al instante muerto. Barco, canto 5, anticipa dos años este suceso poniéndolo erradamente antes de llegar Chaves de Lima. Llevó Escaso el cadáver de Abreu a la Asunción y al verle sus partidarios se incomodaron mucho principalmente Rui Díaz Melgarejo, quien no solo desaprobó el hecho sino que tomó a su cargo vengar la muerte de su amigo antiguo. Temió Irala las resultas que podría tener el sentimiento de los partidarios de Abreu por el arrojo de Melgarejo arrestó a este, pero como era hermano de Francisco Ortiz de Vergara, se disgustó este yerno de Irala de tal prisión. Viéndolo el Gobernador dio libertad secretamente a Melgarejo, y proveyéndole de ropas

y alhajas para comprar víveres, le dio su misma espada y canoas, para que se fuese a San Vicente acompañado de dos españoles y dos portugueses. Efectivamente subió Melgarejo por el río Paraguay hasta entrar por el Jejuí y en el pueblo de Atirá encontró a Schmidels. Este había salido de la Asunción poco antes que Melgarejo el 26 de diciembre de 1552 en dos canoas con licencia de Irala, y desde dicho pueblo marchó por tierra con Melgarejo y sus compañeros hasta llegar a San Vicente en la costa del Brasil, padeciendo muchos trabajos, y con la desgracia de haberles muerto los indios tupís a dos hombres, el uno llamado Flórez. Rui Díaz y Lozano dicen que los indios se comieron a Flórez; pero es falso, pues no lo dice Schmidels, capítulo 51, ni los tupís ni otros indios de por allí han comido jamás tal manjar. Se quedó Melgarejo y sus compañeros en San Vicente y Schmidels se embarcó para España y entregó en Sevilla al rey un pliego que le había encargado Irala, y que contenía una descripción de aquellos países y de los sucesos.

XXVII. Varias expediciones y guerras: se funda la ciudad de San Juan que después fue abandonada, y fundación de la Villa de Ontiveros. Licencia del rey a don Juan de Sanabria para continuar la conquista, mediante los pactos de contrata firmada, la cual siguió don Juan de Salazar. Llegada del obispo con algunos clérigos, y establecimiento de catedral en la Asunción

91. Sosegada la provincia con la muerte de Abreu, determinó Irala fundar un pueblo hacia la embocadura del Río de la Plata, para que sirviese de escala a las embarcaciones que llegasen de Europa. Para esto a principios del año de 1553 despachó dos bergantines con más de cien españoles a la orden del capitán Juan Romero, que llegaron a la confluencia del Paraná con el Uruguay. Allí encontraron la boca del río llamado de *San Lorenzo* por Gaboto según se dijo, número 6, y determinaron fundar en ella una ciudad que denominaron de San Juan en obsequio de su capitán, o porque la fundaron el 24 de junio de dicho año. Luego que los indios cercanos charrúas y chanás notaron el proyecto de los españoles, intentaron impedírselo con muchos asaltos, y embarazándoles las obras. Además advirtieron que los frutos y semillas que llevaron de la Asunción prosperaban poco, de donde resultó un descontento en los españoles del que se dio parte a Irala. Este en consecuencia despachó la embarcación que llamaba la galera mandada por Alfonso Riquelme, con orden de obrar según las circunstancias. Estas fueron encontrar aquellos pobladores sin esperanza de poder prosperar ni de dominar aquellos indios, porque estos eran mucho más indomables que los guaranís, y porque el clima pedía los frutos de Europa, los que no era dable cultivar sin los cua-

drúpedos y aperos correspondientes. Estas consideraciones determinaron a todos a embarcarse desamparando la ciudad y navegando río arriba, se amarraron en la orilla, saltando en tierra para comer el día 1 de noviembre de 1554. Mientras lo practicaban acaeció, que la barranca del río que estaba tajada verticalmente, se derrocó con quince personas que había sobre ella, pereciendo todas. Además con la caída de esta mole se conmovieron tanto las aguas, que volcaron a la galera, poniendo su quilla arriba, y llevándola mil pasos río abajo, hasta que se detuvo en un banco. Acudieron todos al remedio, y lograron restablecerla, admirándose de encontrar viva dentro a una mujer. Los indios de la vecindad noticiosos de lo que pasaba atacaron a los españoles, que los rechazaron con valor y continuando llegaron a la Asunción. Rui Díaz, lib. 2, capítulo 12, y Lozano, lib. 2, capítulo 16, ponen estos sucesos en el año de 1552, sin advertir que fueron muy posteriores a la ausencia de Schmidels y muerte de Abreu ocurridas al fin de 1552. Alvar Núñez anticipa la fecha diez años en su capítulo 15 para que sucediesen en su tiempo y para tener parte en ellos.

92. Al mismo tiempo que Irala despachó a Romero para fundar a San Juan, llegaron a la Asunción algunos indios de la provincia del Guairá a solicitar la protección de Irala contra los insultos que les hacían los portugueses, cautivándolos y llevándolos hacia la costa del Brasil, donde los vendían para esclavos perpetuos como a los negros de África. Rui Díaz, lib. 2, capítulo 13, y Lozano, lib. 3, capítulo 1, ponen la súplica de estos indios después de la despoblación de San Juan, lo que no puede componerse con los sucesos posteriores. Aprovechó Irala la ocasión que ofrecían dichos indios para reconocer la provincia del Guairá, de la que solo se te-

nían noticias vagas, y aprontando una compañía de españoles con algunos indios auxiliares, se encaminó por tierra hasta llegar sobre el salto grande del Paraná, llamado entonces de Canendujú, situado en los 24° 4' 27" de latitud y descrito en el capítulo 4, número 8. El cacique Cancuduyú y otros indios de las riberas del Paraná, le facilitaron víveres y canoas, con que pasó este río y continuó hasta el pueblo del cacique Guairá de quien tomó el nombre aquella provincia. Fue bien recibido de estos indios que le acompañaron en la navegación que hizo con las mismas canoas Paraná arriba hasta la boca del río Tiete o Añembí, que es caudaloso y corre al Occidente. Subió Irala navegando el Tiete hasta que en su segundo salto llamado Abañandaba, le acometieron por tierra y agua los indios que Rui Díaz y Lozano llaman tupís, y que yo presumo eran guaranís como todos los anteriores. Los rechazó y ahuyentó Irala y se apoderó de su pueblo, matando a muchos. Luego corrió el país, y a costa de algunos reencuentros; le redujo en pocos días a su obediencia. Desde allí despachó un pliego a la costa del Brasil con Juan Molina, para que lo condujese a la corte informándola del estado de la conquista. Así lo dice Rui Díaz, *ibid*. Lozano, *ibid*., llama al mensajero Esteban Vergara, acordándose que en lib. 2, capítulo 13, había despachado a Molina con el propio objeto. Hecho esto se dirigió Irala al río Periquí que es caudaloso y corre al Poniente entrando en el Paraná poco encima del citado salto grande. Preguntó Irala a los indios pobladores de este río si se podría navegar el Paraná debajo del salto grande, y aunque le pusieron mil dificultades, no le parecieron invencibles, y determinó superarlas. Para disculpar de esta temeridad y de sus resultas a Irala finge su nieto Rui Díaz, *ibid*., que se informó por medio de un mestizo intérprete y que este todo se lo facilitó con el fin de que saliese mal. Pudiera advertir

Rui Díaz que este cuento no puede creerse; pues Irala y sus españoles entendían bastante el guaraní, y no necesitaban de intérprete ni este los podía engañar. Acopió pues Irala canoas y dispuso que en hombros y arrastrando por tierra las llevasen debajo del salto y mucho más allá, hasta que les pareció que ya podría navegarse el Paraná. Allí las echó al agua dirigiéndolas una a una, hasta que pasados unos remolinos y tragaderos, las apareó de dos en dos formando balsas, en las que embarcó los víveres y lo que le embarazaba por tierra. Así fueron bajando venciendo los peligros que a cada paso se ofrecían, hasta que en el sitio llamado Acaiere se fueron a pique, sin poderlo remediar muchas balsas y canoas, ahogándose muchos indios y algunos españoles a la vista de Irala, de su compañía, y de la mayor parte de la gente que caminaban por las peñas y riscos de la orilla. Con esta fatalidad se espantaron tanto los indios del Periquí y demás guaranís del Guairá, que escaparon a su país. Entonces dispuso Irala que Alonso Encinas con algunos españoles e indios de los que habían sacado de la Asunción condujese en las canoas que le restaban a los enfermos e impedidos, mientras él se dirigió por tierra atravesando bosques hasta los pueblos del Mondai, y de allí a su capital. Encinas superó dificultades y peligros, principalmente para pasar un remolino o tragadero donde los naturales le armaron una celada que venció saltando en tierra y ahuyentándolos; pasando después una a una sus canoas, continuó por el río Paraná, y subiendo después por el Paraguay, llegó felizmente a la Asunción.

93. Impuesto Irala por esta jornada de lo que era la provincia del Guairá, determinó establecer en ella una población que protegiese aquellos indios contra las correrías portuguesas, y que sirviese también de escala para otras que creía

conveniente se hiciesen más orientales hasta llegar a la costa del Brasil, desde donde se pudiese comunicar con España sin necesidad de hacerlo saliendo a la mar por el Río de la Plata, en cuya boca era difícil que existiese un pueblo por las razones indicadas, número 91. Para desempeñar su pensamiento, despachó al capitán García Rodríguez de Vergara mandando sesenta españoles con los auxilios que creyó necesarios el año de 1554. Esta gente eligió el sitio en la costa oriental del Paraná una legua sobre su salto grande, donde tenían su toldería o pueblo el cacique Canendiyú y los indios de su parcialidad. Allí, pues fundaron la villa de Ontiveros, dándola este nombre por tenerlo en España la patria del capitán García.

94. Mientras sucedía lo que se ha ido refiriendo en el Río de la Plata, en la corte se pensaba en fomentar su conquista. Con este objeto después que llegó a España Alvar Núñez preso, se nombró para su sucesor en el mando al que le asestó la jara cuando le arrestaron llamado Jaime Resquin, que había ido a España con él para acusarle. Esto no perdió tiempo en embarcarse para su destino; pero habiendo vuelto de arribada, se desvaneció la contrata que había hecho con el rey según lo refiere una real cédula de 19 de noviembre de 1608. El motivo fue pretender el mismo empleo Juan de Sanabria natural de Trujillo ofreciendo a la corte mayores ventajas, resultando de aquí muchas disensiones y aun desafíos entre los dos pretendientes, hasta que el rey decidió a favor de Sanabria el 22 de julio de 1546 confiriéndole el título de adelantado del Río de la Plata bajo las siguientes condiciones que copio de Lozano, lib. 2, capítulo 15. 1ª que a sus expensas había de conducir doscientos cincuenta soldados y también cien familias pobladoras, dando a estas las semillas para su cultivo. 2ª que había de fundar dos pueblos, uno al Norte

de la isla de Santa Catalina y otro en la entrada del Río de la Plata. 3ª que había de llevar, ropas, armas, herramientas, etc., para repartirlas entre los españoles al fiado, con tal que se obligasen en mancomún de diez en diez a pagarlas en los precios que les señaló el consejo. 4ª que habían de ir en sus embarcaciones los artesanos que lo solicitasen con sus útiles, y una caja cada uno, sin pagar más flete que 8 ducados por cada adulto y 6 por cada niño. 5ª que había de conducir ocho frailes franciscos, a quienes el rey dio equipaje, ornamentos, vino y aceite para las lámparas que pudiesen durar seis años. 6ª que además de las cinco embarcaciones y los víveres precisos para el transporte, había de llevar cuatro bergantines en piezas y víveres sobrados para ocho meses. 7ª que se le permitía poblar y repartir la tierra de los nuevos descubrimientos que hiciese. 8ª que se le concedían las tenencias de las fortalezas que construyesen y los empleos de alguacil mayor de las ciudades que fundase, y 9ª que en la ciudad de su residencia solo hubiese doce regidores, y que el aguacil mayor no llevase más del cinco por ciento en las ejecuciones que practicase.

95. Firmada esta contrata pasó Sanabria a Sevilla, y porque se demoraba en aprontar sus cosas, le escribió el rey que se diese prisa por que iba a salir de Lisboa Tomé Sousa con más de mil hombres para formar poblaciones en el Brasil y se debía impedir que las fundase en el distrito de su gobierno. Quiso Sanabria con esta novedad acelerar sus preparativos, pero le cogió la muerte. Entonces propuso el rey en 12 de marzo de 1549 a su hijo Diego Sanabria, que si quería, podía continuar la contrata de su padre, y admitida esta propuesta, trabajó en disponer su expedición; para la que le faltarían medios pues vemos que se demoró mucho. La corte sin

duda le apuraría por la tardanza y para satisfacerla de alguno modo, dispuso Sanabria que Juan de Salazar nombrado tesorero general por intercesión del duque de Braganza, de quien había sido paje, saliese con lo que estaba pronto en tres embarcaciones, ofreciendo seguirle muy luego. Mas según Lozano, libro 2, capítulo 15, no lo pudo cumplir hasta dos años después en una embarcación que arribó a Cartagena de Indias y regresó a España embarcándose después para el Perú, y muriendo al fin en Potosí de minero según dice Barco, canto 5. Sin duda cansada la corte de ver que no acababa de cumplir su contrata, le quitó el gobierno y le dio a otro.

96. El citado Salazar salió de San Lúcar el año de 1552 conduciendo con sus tres embarcaciones a Mencía Calderón viuda de Juan de Sanabria con sus dos hijas María y Mencía, al hijo del correo mayor de Sevilla don Cristóbal Saavedra, y a don Hernando de Trejo vecino de Trujillo. Una de las embarcaciones era del capitán Becerra que la mandaba y llevaba su familia. Tocó esta expedición en Canarias, y al llegar al puerto de los Patos en la costa del Brasil, se perdió en su barra la embarcación de Becerra, salvándose la gente. Lozano, libro 2, capítulo 15, dice, que los indios cautivaron a los náufragos, a quienes dio libertad un jesuita; pero no advierte que la gente de las otras dos embarcaciones no pudieron permitir tal cautiverio, y quizás en aquella época aun no había jesuitas en el Brasil, pues en el Paraguay no entraron hasta el año de 1603. Después del naufragio discordaron los españoles sin que la historia nos diga el motivo; pero es de creer fuese, por que los unos querían fundar un pueblo en aquella costa en cumplimiento del artículo 29 de la contrata de Sanabria, y los otros no. Lo cierto es que de resultas Salazar y los de su opinión se fueron por tierra al pueblo portugués de San Vi-

cente donde permanecieron casi dos años, y después pasaron por tierra a la Asunción. Lozano, *ibidem*, dice que los acompañó un jesuita libertándolos que los matasen los indios de la Cananea, sin advertir que la Cananea distaba muchísimo del camino que llevó Chaves para ir a la Asunción.

97. En cuanto a Trejo y a los de su partido fundaron a principios del año 1553 un pueblo en el puerto de San Francisco entre la Cananea y Santa Catalina, cumpliendo la contrata de Sanabria. Allí se casó con la hija de este doña María Hernando de Trejo; de cuyo matrimonio nació Hernando de Trejo, que se hizo fraile francisco y fue después obispo del Tucumán. Este llevó del Paraguay a su obispado una negrita esclava que murió poco ha, computándose su edad en ciento y ochenta años. La suegra y la mujer de Trejo, con las ínfulas de ser madre y hermana de Sanabria el adelantado querían hacer su papel en la capital, y se hallaban disgustadas en un pueblo subalterno que principiaba a serlo; cuyos habitantes no se daban maña para procurarse y suplir los bastimentos y cosas que le faltaban. Así no cesaban de persuadir a todos hasta que lograron al año siguiente que se abandonase el establecimiento para ir a la Asunción. Luego se embarcaron, y pasando a Santa Catalina, despacharon con alguna gente sus dos embarcaciones a la Asunción, a donde llegaron poco después que Irala del reconocimiento del Guairá. Los demás desde dicha isla entraron en canoas por el Ytabuú, como Alvar Núñez, llevando la gente por el río y por tierra; juntándose todas las noches; pero un día que se perdieron 32 hombres, se encontraron después muertos de necesidad. Continuaron venciendo los obstáculos que Alvar Núñez y pasando el río Iguazú hasta llegar al de Tibahibá. Allí descansaron en el pueblo del cacique Surabañé, que les dio guías hasta el río

Huibai donde se detuvieron en un pueblo guaraní e hicieron una choza, que sirvió de capilla para decir misa, por cuyo motivo llamaron al pueblo, el Asiento de la iglesia. Rui Díaz, lib. 2, capítulo 15, y Lozano, lib. 2, capítulo 15, suponen que en dicha capilla se juntaban los indios a oír la doctrina de los religiosos, pero como Trejo no llevaba ninguno que supiese el guaranís, debemos suponer que tal enseñanza fue cincuenta años posterior en otra capilla, no pudiendo durar ocho años la primera. Se embarcaron los españoles en canoas y balsas, y bajando por el citado río Hubai, se detuvieron mucho con los guaranís llamados *Aguaras* que les gustaron, y aun mediaron establecerse entre ellos formando un pueblo que los disculpase de haber abandonado el de San Francisco. Consultó el pensamiento Trejo a Irala, y este naturalmente le contestaría no ser necesario allí tal pueblo, pues ya existía en el Guairá la villa de Ontiveros. Vista la contestación se dirigió Trejo con los demás a la Asunción donde Irala recibió con agrado a todos, poniendo preso a Trejeno, por haber abandonado tan livianamente a San Francisco fundado según la contrata de Sanabria, tan conveniente y preciso para contener los progresos de los portugueses y para tener comunicación con España por la costa del Brasil. Lozano, *ibid.*, dice que Trejo estuvo preso hasta que el rey mandó darle libertad.

98. Por lo que hace a Salazar y los de su bando dije, número 96, que se habían detenido en San Vicente casi dos años. En este tiempo se casó Rui Díaz Melgarejo, que estaba allí desde que le dejamos en el número 90 con Elvira hija del capitán Becerra. Se unió Melgarejo y los portugueses hermanos Sipión y Vicente Goes a Salazar y su gente, y marcharon por tierra hasta encontrar el Paraná hacia donde le entra el río Yguazú bajo del salto grande. Allí se embarcaron en balsas

y canoas facilitadas por los indios; y siguiendo las aguas del Paraná hasta subir por el río Paraguay, llegaron a la Asunción a principios de 1555 casi al mismo tiempo que Trejo. Lozano, *ibid.*, dice que Salazar fue desde San Vicente a embarcarse en el Añembí y le hace seguir diferente derrota que Rui Díaz a quien he copiado por parecerme más conocedor del país. Lo cierto es que Salazar y su comitiva llevaron siete vacas y un toro que fue el primer ganado vacuno que se vio en el Paraguay y Río de la Plata, y que Irala recibió a todos con las mayores demostraciones de amistad, olvidando generosamente las diferencias pasadas.

99. Tenía dispuesto Irala que cuando entrasen embarcaciones del mar por la boca del Río de la Plata, los indios guaranís de su ribera hiciesen humaredas, y que estas se fuesen repitiendo río arriba hasta la Asunción. Por este telégrafo se supo la llegada de barcos de Europa, y algún tiempo después una canoa de agaces avisó que dos de ellos estaban en la Angostura. Aunque Irala estaba ausente, se despachó a algunos españoles para saber qué barcos eran, y los encontraron en la frontera. Venía en ellos el religioso francisco fray Pedro de Latorre o fray Pedro Fernández de la Torre por obispo del Río de la Plata, pues ambos apellidos le da Rui Díaz aunque Zamora en su historia de la provincia del nuevo reino, lib. 2, capítulo 7, citado por Lozano, lib. 3, capítulo 1, le hace equivocadamente fraile dominico, y le llama Tomás. Entró en la Asunción el señor obispo con alegría y aplauso general la víspera del domingo de Ramos del año 1555. Ya antes el 1 de julio de 1547, había nombrado el papa Pablo III para obispo del Río de la Plata a Juan Barrios el cual aunque no fuese a su obispado, elevó a catedral la iglesia de la Asunción el 10 de enero de 1548, dotándola con cinco dignidades, diez

canongías, seis raciones, seis medias raciones y otros subalternos, según he leído en la misma erección. Pero como no había rentas, y el rey se obligó a alimentar a los prebendados, se redujeron estos al deán, arcediano, chantre, tesorero, dos canónigos y un racionero. Había dado el rey al obispo Torre una ayuda de costa para habilitarse, y más de 4.000 ducados para ornamentos, libros, campanas y demás necesario al culto. Llevó su ilustrísima cuatro clérigos, y cuatro diáconos y de órdenes menores, y encontró allí a los clérigos Gabriel Lezcano, el padre Miranda, Francisco González Paniagua, Pedro Fonseca, el bachiller Martínez, Hernando Carrillo, Antonio Escalera, el padre Martínez, el licenciado Francisco Andrada, Martín Almenza y uno o dos más; sin contar a los padres franciscanos Bernardo Armenta y Alonso Lebron, ni al mercenario Salazar con otro, ni al jerónimo Herrezuelo. Llevó también el señor obispo bulas de indulgencia para las iglesias principalmente para la ermita de Santa Lucía, que estaba en lo que es hoy ranchería de Santo Domingo.

100. La armada que condujo al señor obispo fue al mando de Martín Orué, el que llevó preso a Alvar Núñez, y se componía de tres embarcaciones; de las cuales había quedado una en San Gabriel, esperando pliegos. Noticioso Irala del arribo del señor obispo, se dejó cortar madera para construir una embarcación, y se fue luego a la Asunción, donde besó la mano a su ilustrísima llorando de gozo. Barco canto o dice, que en este lance disimuló el señor obispo, pero es evidente que fue este miedo sin fundamento. Le entregó Orué el real nombramiento de gobernador del Río de la Plata, y al momento tomó posesión de este empleo con singulares demostraciones de gusto y aprobación universal; porque le amaban infinito. Pocos días después llegó del Brasil por tie-

rra su sobrino Esteban Vergara con el duplicado del citado nombramiento y algunas reales órdenes. En cumplimiento de ellas después de declarar por su teniente general a Gonzalo de Mendoza nombró alcaldes a Juan de Salazar y Francisco Ortiz de Vergara y por alguacil mayor a Alonso Riquelme. Proveyó al mismo tiempo las plazas de regidor vacantes y las de alcaldes de la hermandad. Estableció dos escuelas públicas de niños; comprendió la obra de las casas de ayuntamiento y de una iglesia para catedral: arregló con prudencia toda la policía y aun contribuyó con sus luces a que el señor obispo diese con acierto sus disposiciones espirituales.

101. Entretanto despachó a su yerno Pedro Segura con un bergantín para que llevase a San Gabriel los pliegos, y a los capitanes García Rodríguez y Diego Barba que debían regresar a España aquél de orden del rey, y este de su gran maestre, pues era Sanjuanista. Luis Salazar y Castro citado por Lozano, lib. 3, capítulo 2, supone que Barba fue general en esta conquista y fundador de la ciudad de la Concepción; pero uno y otro es equivocación. Entregó Segura los pliegos para la corte y dichos pasajeros la embarcación que le esperaba en San Gabriel, y en cambio recibió el armamento y algunos soldados que enviaba el rey, entre estos Jerónimo Acosta el que había ido con Alvar Núñez y volvía con dos hijas: de las cuales casó una con Felipe de Cáceres. Enseguida navegó la embarcación para España, y regresó la otra a la Asunción: repartió Irala el armamento y municiones a los soldados, que la necesitaban, cargándoselas a precios equitativos. Rui Díaz, libro 2, capítulo 2, supone que en esta ocasión fue Jaime Resquin a España; y que volvía después y no pudo llegar al Río de la Plata. Lozano, *ibid.*, le copia y añade, que volvía para mandar después de morir Irala. Pero ambos autores se

equivocan, porque Resquin se marchó con Alvar Núñez, y fue electo gobernador antes que Sanabria según vimos, número 94, sin volver jamás al Paraguay.

102. Una de las reales cédulas ordenaba a Irala que repartiese los indios en encomiendas, y que con una ordenanza arreglase las respectivas obligaciones de los indios y de los encomendaderos. Ya antes había repartido en encomiendas los indios de los pueblos de Ytá, Yaguaron, Acaai, Tobapí, Mongolás o Areguá, Altos, Yois, Tobatí, Atirá, Ypané, Guarambaré, Candelaria, Ybirapariya, Terecañi y Maracain y otros. Disfrutaban los españoles estas encomiendas, y no tuvo Irala que hacer repartimientos entonces sino sancionar las ordenanzas sobre las que ahora estaban repartidas y arregladas. Por consiguiente creo que se equivocan Rui Díaz, lib. 3, capítulo 1, y Lozano, lib. 3, capítulo 1, diciendo que Irala despachó cuatro diputados por rumbos diferentes; y que habiendo regresado con las listas que contenían veintisiete mil indios capaces de tomar las armas, fueron estos los que se repartieron en encomiendas. También se equivocan comprendiendo en este reconocimiento y reparto a los indios del Mediodía en el Paraná porque Irala no llegó a sujetarlos ni a reducirlos a servidumbre. Aun creo exageran diciendo fueron cuatrocientas las encomiendas; porque tengo antecedentes para creer que no llegaron entonces a la mitad ni los indios al número que suponen. Ningún papel he leído que apoye lo que dice Rui Díaz y copia Lozano.

103. Afligido el corazón de Irala viéndose precisado a premiar a tantos y tan beneméritos conquistadores, sin poderles conferir encomiendas, por haber pocos indios; luego que llegó Pedro Segura de San Gabriel, que sería en julio o agos-

to de 1555 despachó a Nuflo de Chaves a la provincia del Guairá, para precisar a los indios de ella a formar pueblos permanentes y sujetarlos a encomiendas con que premiar a los beneméritos que no las tenían. En esto llevó Irala también la mira de posesionarse de aquella provincia, previniendo a los portugueses que a toda priesa avanzaban hacia aquella parte: y como el Guairá comprendía el gran espacio que hay entre los ríos caudalosos Tiete e Iguazú desde el Paraná, donde desaguan hasta la mar, pensaba establecer por allí una comunicación con España. Salió pues Chaves en septiembre de 1555 con una compañía de españoles y algunos indios auxiliares, y redujo sin dificultad a los guaranís de la costa del Paraná, que le franquearon sus canoas para introducirse por el caudaloso Parapané, el cual viniendo del Oriente vierte en el Paraná algunas leguas sobre su salto grande. Redujo a los numerosos guaranís de sus riberas hasta llegar a internarse por el caudaloso Tibahiba que entra por la derecha o por el Mediodía en dicho Parapané, y tiene bastantes arrecifes y saltos. En su curso sometió sin tropiezo a muchos guaranís, les entregó cartas para que les sirviesen de salvaguardia por si llegaban los portugueses, haciendo constar por ellas ser vasallos de España. Sin dejar su navegación, se introdujo por otro río hasta que despidiendo las canoas y metiéndose por unos pinares o cuñis redujo otros indios guaranís, dejándola iguales salvaguardias. Desde allí determinó retirarse por donde no había estado y en su tránsito fue acometido por los guaranís llamados peabiyús incitados principalmente por su médico Catiguará. Murieron en el ataque algunos españoles y auxiliares, pero mucho más peabiyús, y Chaves ganó la victoria. Después atravesó unos palmares venciendo a los guaranís en algunos encuentros. Logró reducirlos, y aunque algunos de los principales y de todos los que había encontrado en su expedición le acompañasen a la capital, donde Irala los recibió cariñosamente. De estos indios, todos guaranís, reducidos y sujetos por Chaves, se formaron los trece pueblos de la provincia del Guairá llamados Loreto, San Ignacio, San Javier, San José, Asunción, San Ángel, San Antonio, San Pablo, San Tomé, Ángeles, Concepción, San Pedro y Jesús María.

104. Los pobladores de la villa de Ontiveros del Guairá que se componían de muchos partidarios del difunto Abreu y de otros descartados por Irala, viendo que no se les dio parte en la expedición de Irala ni aun noticia estando ellos en la provincia del Guairá, creyeron que no serían comprendidos en el reparto de encomiendas, y con este motivo se alborotaron. Noticioso Irala llamó a su comandante García Rodríguez de Vergara, bajo el pretexto de tratar asuntos del servicio del rey, y envió otro en su lugar, para que mandase interinamente, pero los de la villa no le quisieron admitir. En consecuencia despachó por abril de 1556 a Pedro Segura con cincuenta españoles e indios auxiliares, para que apaciguase a los de Ontiveros y recogiese algunos que andaban descarriados entre los indios. Llegó Segura al Paraná enfrente de la villa e hizo humareda, que era la señal para que le enviasen canoas en que pasar, pero lejos de esto, tomaron las armas para impedirle el paso; y situándose con sus canoas al abrigo de una isla distante un tiro de arcabuz de otra largar 14 o más leguas, requirieron a Segura que se volviese sin entrar en el Guairá, que era provincia suya. La cabeza principal que dirigía a los de Ontiveros era el inglés Nicolás Colman, manco de la mano derecha, y hombre que en esta ocasión y en otras precedentes manifestó mucho valor. Viendo Segura la firme resolución de no dejarle pasar el Paraná, intentó hacerlo de

noche con fangadas; pero apenas había embarcado su gente le acometieron muchas canoas tirándole flechas y arcabuzazos, y obligándole a desembarcar y a retirarse a la Asunción.

105. Irala, aunque resentido contra los de Ontiveros, no dejó de conocer su razón y escogitó un medio de contentarlos, sin dejar de llevar adelante sus miras de proveer de encomiendas, a los que no las tenían en la Asunción, de contener a los portugueses y de entablar por el Guairá comunicación hasta algún puerto de la costa del Brasil. Dispuso, pues, de acuerdo con los de Ontiveros que Rui Díaz Melgarejo con cien españoles de los que no tenían encomienda, pasasen al Guairá, y que uniéndose a los de Ontiveros fundasen una ciudad donde les acomodase, repartiéndose aquellos indios. En efecto marchó esta gente y pasó el Paraná con las canoas de Ontiveros, cuyos habitantes de acuerdo con los de Melgarejo resolvieron abandonar su villa, y fundar juntos a Ciudad Real a principios del año 1557, como 3 leguas al Norte de Ontiveros en la confluencia de los ríos Garaná y Pequirí repartiéndose aquellos indios en encomiendas. Rui Díaz, lib. 3, capítulo 2, y su copiante Lozano, lib. 3, capítulo 2, dicen que los indios que se repartieron eran cuarenta mil familias, que la población floreció con abundancia de vino, azúcar, cera y algodón, hasta que perecieron los indios con las jornadas, salidas y trabajo ordinario, y que entonces quedó Ciudad Real muy diminuta y miserable. Añaden, que por estar bajo del trópico era muy enfermiza de fiebres, diarreas y modorras malignas. Pero en todo me merece la misma fe que cuando treinta y cinco años después mandando en Ciudad Real el propio Rui Díaz, tomó gente de ella, con la que fundó la segunda Jerez, desde la cual escribió de oficio a la Asunción, que había hecho esta fundación por condescender

a las solicitudes e instancias de los de Ciudad Real, cuyos vecinos le convencieron de haber faltado a la verdad, acusándole y probando que los había violentado contra su voluntad: yo he leído estos papeles originales. En efecto nada tiene que ver el trópico con tales enfermedades, ni estas se padecían, ni hubo vinos, jornadas de indios, ni eran estos la décima parte de los que dicen.

106. Con el mismo fin de proveer de encomiendas a los que aun no las tenían, determinó Irala fundar un pueblo entre los jaraies repartiéndoles estos indios y con la idea también de que sirviese de escala a la comunicación que deseaba entablar por el Perú con las provincias de Chiquitos y Santa Cruz. Confió esta empresa a su amigo Nuflo de Chaves dándole doscientos veinte españoles, muchos indios auxiliares, embarcaciones, etc., despachándolos a fines de 1556 o principios de 1557 cuando a los que fueron a fundar a Ciudad Real, parte embarcados y el resto por tierra, con orden de juntarse en la provincia de Itati o de Ypane, como lo hicieron en el puerto de San Fernando donde los dejaré para arribar a los sucesos de la Asunción.

XXVIII. Muerte de Irala, y le sucede en el mando su yerno Gonzalo de Mendoza. Expediciones de Nuflo de Chaves que se hace independiente del Paraguay. Muere Gonzalo de Mendoza, y es elegido don Francisco Ortiz de Vergara, de quien confirma el obispo en virtud de real cédula. Varios acontecimientos y rebeliones de indios

107. Luego que Irala hubo despachado a Chaves, fue a ver el estado de un corte de maderas que se hacía en un pueblo de indios con el objeto de construir una capilla para el sagrario de la catedral. Allí le sobrevino una calenturilla que le quitó la gana de comer, debilitándole mucho y terminando en una diarrea que lo acabó de postrar. Se hizo conducir en una hamaca a la Asunción, donde creciendo los males murió siete días después a principios de 1557 con todos los sacramentos auxiliado del señor obispo, rodeado de todos los eclesiásticos, a los setenta años de edad según deduzco de que Schmidels, capítulo 43, dice que tenía cerca de sesenta el de 1546. Su muerte fue muy llorada y sentida de todos así españoles como indios. En su sano juicio y salud el 14 de marzo de 1556 había hecho su testamento nombrando albaceas a los capitanes Nuflo de Chaves y Juan Ortega, y en tercer lugar a Esteban Vergara, su sobrino. Declara en él que dejaba tres hijos, Diego, Antonio y Martín, con seis hijas, Gimberta, Marina, Isabel, Úrsula, Ana y María. Ya había casado sus cuatro hijas primeras según dije en el número 89. Antonio y María habían muerto antes del año de 1577 en que se casó Ana con Juan Fernández. Ignoro el paradero de Diego, y Martín; pero como en la lista de los que en 1580 poblaron a Buenos Aires se lea un Domingo de Irala, presumo sea el Diego con el nombre equivocado. Una familia pobre que lle-

va el nombre de Irala en el Paraguay, es de creer descienda de él. No he visto otra noticia de los bienes que dejó, sino la razón tomada ante escribano por el alcalde Simón Jaques en 1574, y por la tasación que se hizo, ascendía el total valor a 1.432 varas de lienzo del país, regulada la vara en 2 reales de plata; porque no había otra moneda.

108. Como desde la ausencia de don Pedro de Mendoza he hablado casi siempre de Irala dirigido por los testimonios más originales y auténticos, solo me restan algunas consideraciones. Cualquiera que se considere en las circunstancias en que se vio Irala, convendrá en que no pudo hacerse nada mejor que lo que él hizo. Entre él y Hernán Cortés y los Pizarros hubo la grande diferencia, que estos representaron su papel en el teatro más magnífico del mundo, lleno de lustre y esplendor, e Irala en el más pobre y oscuro. Separando esto pendió de la casualidad, notaremos que si los conquistadores de México y el Perú hicieron cosas maravillosas e inmortales, fue con mejores proporciones y medios y con soldados que tomaron el mayor empeño en las empresas de sus generales, incitados por los tesoros inmensos del Inca y de Motezuma. Irala trabajó sin auxilios, en países incultos, con un mando precario, y con soldados desnudos, hambrientos, disgustadísimos de su suerte y miserias, y que no tenían otro estímulo que la elocuencia y habilidad de su jefe. Puede decirse de aquellos que obraron para enriquecerse, y de Irala que trabajó solo, y con el fin de honrar a su patria y de extender la monarquía española. También es de notar que Cortés y Pizarro consumaron sus triunfos y trabajos casi de un golpe, cuando Irala trabajó y peleó veinticuatro años sin cesar. Si miramos a la especie de enemigos que batieron es cierto que los mexicanos y peruleros eran más instruidos y nume-

rosos; pero quizás igualaban o a lo menos no excedían a los guaranís en fuerzas, estatura y vigor; que es lo mismo que decir que veinte peruleros o mexicanos apenas equivalían a un egaz, lengua, guaicurú, subaiá, *payaguá*, guaná y guasa-rapó de los que venció Irala. Si se coteja la extensión de las conquistas, tal vez no quedara atrás Irala, pero si se atiende a la situación de ellas, la del vizcaíno está en el centro del mundo comerciante. Lima, Chile, la India oriental, el África, Europa, México y el Brasil le rodean de más cerca, dándole esta ventaja que nadie le puede disputar y por la cual el comercio de Potosí, Chuquisaca y otras provincias interiores, siempre girará por el Río de la Plata, sacando por allí sus metales y aun digo lo mismo de Chile y Lima por serles más fácil esto que el dar vuelta al Cabo de Hornos. Si hubieran continuado las ideas de Irala los que le sucedieron, poseería hoy España la costa del Brasil desde más al norte de la Canoa hasta el Estrecho de Magallanes con todo el país interior hasta el Paraguay, por cuyo río se extraería cómodamente las riquezas y productos de Chiquitos, Monos, Santa Cruz de la Sierra y otras provincias anteriores. Poseeríamos también a Cuiba y Matogroso, que abundan en oro, diamantes y otras muchas piedras preciosas, que compartirían con los tesoros de Lima y México, y aun le compiten si se mira la tabla de su comercio del capítulo 15 al fin y si se reflexiona que antes de muchos años proveerían las conquistas de Irala al mundo entero de carnes saladas, sebo, astas, cola y lana. En lo que Irala aventaja a todos los conquistadores es en que redujo y civilizó un país bárbaro en sumo grado, dictándole leyes las más humanas; sabias y políticas. Como buen vizcaíno escribía también como Servidori: su desinterés se ve en la tasación de sus bienes, su poca ambición y grande fidelidad en haber rehusado apoderarse del Perú, y su política y previsión en todas las expediciones siempre felices. No se puede acusar de que interviniese pasión en los empleos y mandos que confirió, ni le fue posible derramar menos sangre para tranquilizar tantas turbulencias como se suscitaron en su tiempo ni encontrar ánimo tan grande y generoso para perdonar de buena fe a sus mortales enemigos. A pesar de todo lo dicho Alvar Núñez le acrimina, mas es porque pudiendo no le sacó de la prisión, ni le repuso en el mando. Herrera también le murmura, copiando a Alvar Núñez y también los dicharachos que en su tiempo esparcía en la corte el escribano Pedro Hernández. Lozano con su genio copia todo lo que encuentra criminoso y aun lo aumenta sin reparar en medios ni en contradicciones. Barco le da muchos elogios, acriminándole por la prisión de Alvar Núñez y muerte de Abreu; pero es autor tan poco impuesto como Lozano en la geografía del país y en los sucesos. Al contrario Schmidels y Rui Díaz le alaban infinito con solo hacer la relación de los acontecimientos. Me ha movido a escribir este elogio lo heroico y maravilloso del carácter de este vizcaíno tan desgraciado, como que se ignora hasta su nombre en su patria y aun en el país que conquistó, siéndolo también en no tener yo la elocuencia de Solís para tomarme la licencia de escribir su historia transformada en novela.

109. Nombró Irala por sucesor a su yerno Gonzalo de Mendoza, y no a Francisco Ortiz de Vergara como dice Barco, canto 6, e inmediatamente se encargó del mando con gusto general, porque era honrado y afable, y deseaba continuar las ideas de su suegro. Con esta mira despachó luego cartas a Melgarejo y Chaves dándoles noticia de ser sucesor de Irala y ofreciendo auxiliarles en las empresas que estaban verificando en el Guairá y en los jaraies.

110. Vuelvo ahora a Chaves a quien en el número 105, dejé en el puerto de San Fernando. En él se reunieron los que iban por tierra, y embarcándose todos, navegaron hasta descansar algunos días en la isla de los Orejones, Rui Díaz, lib. 3, capítulo 4, y Lozano que le copia, lib. 3, capítulo 2, dicen que Chaves encontró primero a los guasarapós, después a los guatós y más al Norte a los paiaguas, pero se equivocan ignorando la situación de tales indios. Añaden que por equivocación se metió en la laguna Aracai o Aracuai donde los naturales le mataron quince españoles y ochenta auxiliares el día 1 de noviembre. Pero todo es falso; porque el Aracuai es el río Pilcomayo que entra en el Paraguay 100 leguas más abajo; ni pudo haber esta equivocación entre gentes tan prácticas del río; ni los guatós de la única laguna que había por allí eran capaces de tales acometimientos, ni pudo ser el día que dicen, pues en el capítulo 5 dice el mismo Rui Díaz estaba Chaves en los Reyes el 29, de junio del mismo año. Continuó Chaves internándose por el río Jaurú hasta tomar tierra en el puerto llamado de los Perabazanes, situado en el distrito de los jaraies, siendo aquel el sitio donde debía fundar la ciudad según las órdenes que llevaba de Irala. Pero antes de verificar la fundación quiso reconocer el país y sus indios; y con este objeto a fines de agosto marchó y encontró el pueblo del cacique Paisurí que le recibió de paz; y sería guaraní según lo indica el nombre. Siguió hasta los pueblos que Rui Díaz, lib. 3, capítulo 4 y 5, llama Jaramasis o Saramacosis que pertenecían a la provincia de los Chiquitos donde se detuvo para hacer provisión de maíz. Después se dirigió al Poniente como hacia la provincia de los Moxos encontrando algunos indios los cuales dieron noticia de haber por allí minas de oro. Luego atravesando bosques muy cerrados encontró a los indios

trabasicosis en la provincia de los Chiquitos. Rui Díaz, *ibid.*, supone que estos indios tenían sus pueblos rodeados de fosos y palizadas, que usaban untar sus flechas con yerbas venenosas, que resistieron mucho a Chaves matándole a muchos, y muriendo después por el veneno diecinueve españoles, cuarenta caballos, y 300 auxiliares. Yo nada de esto creo viendo que los indios no tenían medios para cavar fosos ni para cortar tantas estacas y que no se conocen tales venenos, ni hubo tales muertos, puesto que en el capítulo 4, dice que llevaba de la Asunción 220 españoles, y en el capítulo 5 al fin vemos que todos existían sin haber perecido uno en esta batalla tan supuesta como la que contó antes con los guatós.

111. Hallábase Chaves entre los trabasicosis de Chiquitos según dice Lozano, cuando recibió la noticia de la muerte de Irala y del nombramiento del sucesor, que se la comunicó, y como no se podía considerar inferior en méritos, ni en talento, ni en servicios, se resintió de la elección de Irala en Mendoza, y repugnaba tener que obedecer a este. Pensó pues en no fundar el pueblo que Irala le había mandado en los jaraies, si no hacía los confines del Perú y trabajar con el virrey de Lima para que le hiciese independiente del Paraguay. Comunicó su idea a los soldados, y algunos la aprobaron; pero la mayor parte sostuvo el fundar en los jaraies o regresar a la Asunción. Rui Díaz, lib. 3, capítulo 5 y Lozano que le copia, lib. 3, capítulo 2, ponen al pie de la letra el requerimiento que estos soldados hicieron a Chaves con unas sesenta firmas, y sin embargo yo creo que le formó Rui Díaz porque sobre no tener fecha habla de los fosos, estacas, flechas y aguas envenenadas; de comer los indios carne humana y de muchas muertes de españoles que son todas cosas falsas según he dicho. Insistió Chaves en su idea y de resultas más de ciento

cincuenta soldados dirigidos por Gonzalo Gasco, volvieron a tomar las embarcaciones y llegaron felizmente a la Asunción. Los restantes que eran pocos más de sesenta, caminaron como al Occidente, pasaron el río Guapai, y hallándose en los campos de Cuelgorigota, se encontraron con Andrés Manso, que por orden del marqués de Cañete virrey del Perú había ido a establecerse allí con una compañía de españoles. Los dos capitanes disputaron el derecho de poblar aquel país, fundándose Manso en la orden del virrey, y Chaves en la posesión tomada por Ayolas e Irala, hasta que el regente de la audiencia de los Charcas señaló a cada uno su distrito. Chaves con la idea de sustraerse del gobierno y dependencia del Paraguay, marchó a Lima dejando en su lugar a Hernando Salazar casado con una hermana de su mujer. Este tuvo maña para ganar la voluntad de los soldados de Manso, que no estaba muy distante, y para arrestarle y despacharle preso a Lima. Chaves alegó ante el virrey sus pretensiones, y consiguió al instante que se formase un gobierno particular e independiente en el país que ocupaban sus soldados, y que se hiciese gobernador de él al hijo del virrey don Francisco de Mendoza. Este nombró por teniente suyo a Chaves, que estaba casado con una parienta suya, y le despachó con algunos auxilios, con los cuales y con sus soldados fundó, el año de 1560 una ciudad en los 18° 4' de latitud, y 62° 23' de longitud a la orilla de un arroyo, donde aun se conocen sus ruinas junto al pueblo de San José en la provincia de los Chiquitos. La llamó Santa Cruz de la Sierra por haberse criado en Santa Cruz distante 3 leguas de Trujillo, y por la situación en la falda de una sierra poco elevada. Los indios del terreno llamados penoquis, y todos los de la provincia, se repartieron en encomiendas a los españoles de la nueva ciudad; pero solo existió allí hasta que en 1575, siendo muy pobre, sin comercio ni minas, la mitad de sus pobladores se fueron a fundar la nueva santa Cruz con el nombre de *San Lorenzo* de la Barranca en los 17° 49' 44" de latitud y 65° 42' 30" de longitud. El resto de los pobladores se dividió en dos trozos: el uno construyó una embarcación en la provincia de los Moxos, y navegando los ríos Mamore y Marañón salió a la mar y fue a España: el otro fundó el pueblo de San Francisco de Alfaro, donde hoy está el de San Javier de los Chiquitos, repartiéndose en encomiendas los indios de la comarca llamados quiemes, tonipuicas y suberecas; poco después se unieron estos españoles al pueblo de *San Lorenzo* citado. Rui Díaz, lib. 3, capítulo 2, y Lozano, lib. 3, capítulo 2, dicen que el número de indios repartidos en la primera Santa Cruz de la ribera era de 60.000 y añade Lozano, capítulo 3, que se revelaron matando a los españoles, porque los hacían trabajar mucho para enriquecerse. Pero todo es falso, porque no hubo con mucho tantos indios, ni avaricia donde no había metales, lujo ni comercio, ni apostasía en los indios, pues aun no estaban catequizados.

112. Mientras Chaves se ocupaba en lo dicho, el gobernador del Río de la Plata castigó a los agaces que se habían insolentado después de la muerte de Irala, y no perdían ocasión de robar y matar. Para este castigo despachó a García Mosquera con 200 españoles, que atacaron al pueblo de los agaces, ahuyentándolos, matando y cautivando algunos que fueron llevados a la Asunción donde acaeció la muerte del gobernador Gonzalo de Mendoza a primeros de julio de 1558. Con este motivo se juntaron en la iglesia los españoles, inclusos los que no quisieron seguir a Chaves que acababan de llegar, y eligieron por su jefe a Francisco Ortiz de Vergara natural de Sevilla y yerno de Irala, a quien el señor obispo

dio despacho de gobernador y capitán general, mostrando una real cédula que la daba esta facultad. Los alcaldes Alonso Angulo y Agustín Campos le dieron la posesión en 22 de julio de 1558, y todos le recibieron con gusto.

113. Gozó el nuevo gobernador mucho sosiego en su provincia, hasta que Pablo y Nazario hijos del cacique Curupirati, que habían vuelto de los jaraies con los que no quisieron seguir a Chaves, consiguió sublevar a la mayor parte de los guaranís contra los españoles, logrando matar a algunos que cogieron dispersos en la campaña. Procuró el gobernador cortar la rebelión enviando algunos indios de confianza con proposiciones conciliatorias, mas viendo que nada adelantaba alistó 500 españoles con auxiliares guaranís y guaicurús que dividió en dos cuerpos. Dio el mando del uno a Felipe de Cáceres con orden de encaminarse por Aregua y por los pueblos de la Cordillera, sin entrar él con el otro, marchando por la de Ytá y Yaguarón, se le juntaría en las cercanías del Acaai. Los dos encontraron al paso los pueblos desiertos, porque las mujeres y muchachos se habían ocultado en los bosques, mientras los guerreros observaban los pasos de los españoles. Llegó el gobernador a Carapeguá y Cáceres al Ibicui; y como les restaba solo dos jornadas para juntarse, determinaron los indios embarazarlos. Para esto atacaron a un tiempo a Cáceres y al gobernador que sin embargo lograron juntarse en Acaai, rechazando a los indios bien escarmentados. Desde allí destacaban partidas a estrechar a los indios para precisarles a salir de los bosques y a pedir la paz; pero el 3 de mayo de 1560 se presentaron en cuatro divisiones. Vistas por el gobernador mandó a Pedro Segura y a Agustín Campos que atacasen con 200 arcabuceros, ochenta caballos y muchos auxiliares. Los arcabuceros tomaron la vanguar-

dia, a la que opusieron los indios dos de sus divisiones, conservando otra inmóvil en una ladera, y destacando la cuarta por una cañada a atacar al gobernador. Hicieron fuego los arcabuces y luego acometió la caballería introduciendo el desorden en los enemigos; pero la división que tenían en la ladera renovó el ataque y lo sostuvo mucho, hasta que se vio precisada a dejar el campo a los españoles cubiertos de cadáveres. Los que atacaron al gobernador también fueron rechazados y enseguida se trasladaron los españoles al río Yaguaré, destacando a Adame Olabarriaga con cien españoles y algunos caballos a seguir a los indios. Estos le hicieron frente en el arroyo de Correa que vierte en el río Albuipei, logrando matar al alférez Correa: pero acudiendo a tiempo Alonso Riquelme con veinte caballos, derrotaron al enemigo y le mataron mucha gente. Después se transfirió el gobernador al río Albuiapei, de donde destacó cuatro compañías por diferentes rumbos, que corrieron el país hasta el río Tabicuari, y reduciendo a los indios los llevaron al gobernador, y éste a sus pueblos retirándose a la Asunción. Rui Díaz, lib. 3, capítulo 8, y Lozano que le copia, lib. 3, capítulo 3, salió esta expedición el año de 1559 sin advertir que no pudo pasar el tiempo que suponen hasta la batalla de Acaai. Tampoco explican bien la derrota de las tropas, y equivocan los nombres de los ríos, porque ignoran la geografía del país. En fin según acostumbran, abultan los enemigos y los muertos y renuevan el cuento falso de las flechas envenenadas.

114. También se rebelaron en la provincia de Guairá los indios contra Ciudad Real, y Rui Díaz Melgarejo que la mandaba la fortificó y atrincheró con cortaduras en las calles dando aviso al gobernador. Este le envió setenta españoles mandados por Alonso Riquelme, los que pasaron el Paraná

en las canoas que les facilitó Melgarejo, y llegaron a Ciudad Real. Luego salió Riquelme de allí con cien españoles y pocos auxiliares, y recorriendo toda la provincia del Guairá, redujo sus indios a la obediencia, no sin tener algunas dificultades; y después regresó a la Asunción.

115. Hacía tiempo que deseaba el gobernador avisar a la corte el estado de la provincia y se lo estorbaron las rebeliones dichas. Hallándose ya sosegadas, dispuso la construcción de una carabela, y despachar en ella a su hermano Rui Díaz Melgarejo a solicitar de Su Majestad que le confirmase en el gobierno y mando que le habían dado los soldados. Ya estaba adelantada la embarcación cuando envió al Guairá a Alonso Riquelme para relevar a Melgarejo. Este con su familia llegó a la Asunción el año de 1563 y se encargó de apresurar la construcción del buque. Mientras tanto supo el gobernador que los indios trataban de nueva rebelión y que habían ya muchos abandonado sus pueblos. Para atajar el mal alistó 250 españoles con bastante caballos y auxiliares guaranís y guaicurús, y los dividió en tres trozos. Despachó el uno al mando de Pedro Segura para que marchase por la actual estancia de Añagati y por el pueblo de Acaai o Tabapí: el otro mandado por Rui Díaz Melgarejo por los pueblos de Mongolas o Aregua y de la Cordillera, y el tercero bajo sus órdenes por los de Ytá y Yaguaron, y todos se juntaron en el río Yaguarí. Desde allí salieron destacamentos que tuvieron algunos choques con los enemigos, y al fin los forzaron a volver a sus pueblos, retirándose los españoles a la Asunción. Inmediatamente se echó al agua la carabela, y estando aparejada y lista, se quemó totalmente, sin saberse quién fuese el autor del incendio.

116. Cuando el gobernador se retiró de su última expedición, llegó Nuflo de Chaves de Santa Cruz de la Sierra en busca de su mujer y familia que estaban en la Asunción. Le acompañaban su cuñado Diego Mendoza y otros, y estaba muy receloso sabiendo que él había sido la causa de repararse Santa Cruz del gobierno del Río de la Plata, y que el gobernador Ortiz de Vergara había sentido mucho la muerte de Diego Abreu en que él tuvo la principal parte. Para ponerse a cubierto de estos cargos que sabían la harían, no omitió diligencia a fin de hacerse amigo del gobernador y principalmente del señor obispo que en realidad era quien todo lo mandaba. Ideó pues, y consiguió casar una sobrina que tenía el señor ilustrísimo con su cuñado que era viudo. Se olvidó todo lo pasado con este enlace y con persuadir al obispo y al gobernador que yendo personalmente con él a Santa Cruz y de allí a Chuquisaca, sería fácil que aquella real audiencia confirmase al gobernador en el gobierno. Este pensamiento fue adoptado por muchos y principalmente por el gobernador y el obispo quienes en poco tiempo alistaron más de trescientos españoles, entre ellos el gobernador, el obispo, siete clérigos y frailes, Felipe de Cáceres, Pedro Dorantes, Pedro Segura con su mujer y su hijo Cristóbal Saavedra, Rui Gómez Maldonado y otros, y además muchos indios de las encomiendas de los referidos españoles y de las de Chaves y su gente. De modo que aunque no había objeto de guerra, apenas se había visto hasta entonces expedición tan numerosa, como si se llevase la idea de abandonar al Paraguay. Se dejó mandando en la Asunción a Juan Ortega, y en el Guairá a Alonso Riquelme, salió la expedición el año de 1564 parte embarcada y el resto por tierra dirigido todo por Chaves. Este que deseaba aumentar la gente en su provincia, tuvo habilidad de hacer que le siguieran al paso muchos indios de

Atirá, Ipané y Guarambaré y otros de los que aun no estaban reducidos por los 22° de latitud. Llegaron a juntarse todos enfrente de la laguna de los guatós y no en la tierra de los guasarapós ni enfrente del río Aracaai, como dice Rui Díaz, lib. 3, capítulo 11. Allí pasaron el río Paraguay y entraron en la jurisdicción y gobierno de Chaves que incluía las provincias de Chiquitos, Moxos, y Matogrosos. Chaves como más práctico tomó la vanguardia dirigiendo a los suyos, y la división del gobernador, que por evitar confusión le seguía con separación; se encontraban pocos víveres y padeció mucha necesidad de ellos. Esto y el haber sacado los indios del gobierno del Paraguay, disgustó mucho a los que iban con el gobernador, y más cuando vieron que Chaves con dichos indios formó un pueblo 30 leguas antes de llegar a Santa Cruz, llamándole Itatí, por haber extraído los pobladores de la provincia de este nombre. Finalmente todos llegaron a Santa Cruz; a la sazón se padecía bastante escasez de víveres.

117. La causa fue haberse rebelado los indios reducidos y encomendados en el país y también los occidentales al río Grande o guapas los cuales confederados con los chariguacás tenían cortada la comunicación con el Perú. Salió inmediatamente Chaves con cincuenta españoles e igual número de auxiliares sosegando sin mayor dificultad a los indios orientales del Guapai, pero los occidentales y chariguanás le dieron grandes batallas en que logró derrotarlos, abriendo la comunicación, y dando parte de sus victorias a Lope García de Castro gobernador de las provincias del Perú. Mientras tanto el gobernador y el obispo estaban impacientes por marchar a Chuquisaca; pero Hernando Salazar teniente de Chaves en Santa Cruz no se le permitiría; ya fuese por no exponerlos estando cerrada la comunicación o ya como quieren Rui Díaz,

lib. 3, capítulo 11, y Lozano, lib. 3, capítulo 4, porque así se lo había mandado Chaves, siendo lo primero mucho más natural y creíble. El gobernador despachó un pliego a la audiencia de Charcas o Chuquisaca contándola su situación y pidiendo permiso para presentarse en ella; y habiéndole sido acordado, partió con solo sesenta españoles, ya porque no le quisieron seguir más como es muy creíble, o por que Salazar no le permitió otra cosa como quiere Rui Díaz. Se dirigió por los llanos de Manso, y torciendo por la frontera de Tomina, siguiendo el camino de Cuzco Toro: llegó con el señor obispo y su gente a Chuquisaca el año de 1565 habiendo tenido algunos encuentros con los chiriguanás que le mataron alguna gente y a un fraile mercenario. Llevó este camino huyendo de Chaves, según Rui Díaz, o más bien del peligro de los indios como yo creo.

XXIX. Ida del gobernador con el obispo a Chuquisaca: gestiones en aquella audiencia sobre confirmación del mando que obtuvo don Juan Ortiz de Zárate. Muerte violenta de Chaves y otros sucesos hasta la prisión de Cáceres y su llegada a España

118. Antes de llegar el gobernador a Chuquisaca, Diego Pantoja y Juan Ortiz de Zárate vecinos de ella intrigaban para quitarle el gobierno, y que se le diese a ellos, y no perdieron tiempo ni diligencia para conseguir sus ideas logrando ganar a Cáceres y Dorantes y a Rui Gómez Maldonado que acababan de llegar con el gobernador; de modo que cuando este entabló su solicitud para que la audiencia le confirmase en su mando, se presentó Maldonado como procurador de la provincia del Río de la Plata, haciendo multitud de cargos al gobernador, siendo el mayor haber abandonado su provincia. Contestó a esto que había sido con el fin de solicitar socorros, pero le replicó Maldonado, que no podía esperarlo mejor ni tan copioso como el que había extraído con el único objeto de solicitar la confirmación de su mando, cosa que podía haber hecho por una representación. El gobernador y el señor obispo dispusieron también que Hernando de Vera y Guzmán sobrino de Alvar Núñez se querellase contra Cáceres y Dorantes como autores de la prisión de su tío. La audiencia los arrestó, pero presentando testimonio de la sentencia dada en el supremo consejo contra Alvar Núñez, se les puso en libertad. La audiencia no obstante nada determinaba sobre el asunto principal; lo que ocasionó que Cáceres con los pretendientes al gobierno pasasen a Lima, y que reprodujesen los cargos contra Ortiz de Vergara ante el

gobernador general del Perú, el cual quitó el gobierno a dicho Ortiz mandándole fuese a justificarse a la corte.

119. Juan Ortiz de Zárate hizo la propuesta más ventajosa entre los pretendientes en los términos siguientes según consta de una copia del archivo de Buenos Aires. Que fletaría cuatro navíos, y conduciría 500 hombres, los 200 labradores y de todos oficios, y los restantes soldados con sus armas, municiones, sin gravamen ni auxilio del erario. Que introduciría en su gobierno en tres años contados desde su arribo a él cuatro mil cabezas de ganado vacuno y otras tantas de lanar, con 500 yeguas y caballos y 500 cabras que todo lo tenía en sus dehesas de Charcas y de Tarija. Que edificaría dos ciudades más: una entre Chuquisaca y la Asunción necesaria para el recíproco comercio, introducción de los ganados y sujeción de los indios; y la otra en la entrada del Río de la Plata; y que se le había de conferir el título de adelantado para su vida y la de su heredero, sobre lo descubierto y que se descubriese en las provincias del Paraguay, Paraná y sus comarcas, con lo que comprendieron los gobiernos de don Pedro de Mendoza y de Alvar Núñez.

120. El gobernador del Perú admitió esta propuesta de Zárate, y le dio el título de adelantado con condición de ir a España por la confirmación. En efecto el año de 1567 se salió de Lima nombrando antes por su teniente a Felipe de Cáceres, y habilitándole para regresar al Paraguay. Pasé Cáceres a Chuquisaca, se incorporó con el señor obispo y los que quisieron acompañarle, y fueron todos a Santa Cruz de la Sierra. Chaves los agasajó, y su atención y buen modo fueron causa de que se quedasen allí muchos de los que habían ido con el gobernador y el obispo del Paraguay entre ellos

el soldado Muñoz que entendía de minas, y era muy útil a Chaves que se estaba aprontando para ir a beneficiar las que había en Chiquitos y Matogroso. Salieron Cáceres y el señor obispo con los españoles y algunas mujeres y niños e indios de servicio llevando vacuno y lanar de las dehesas de Zárate; Chaves con una compañía salió escoltándolos separado de ellos en buena armonía. Así llegaron al pueblo de Ytatí que dije, número 114, que Chaves había fundado, y al encontrarlo sin gente precisó a Chaves a separarse para ir buscando, reuniendo y tranquilizando a los itatines. Andando en esto supo que algunos estaban juntos en un paraje y los encontró tranquilos; pero sentándose en una hamaca y quitándose la celada, le dio un indio por detrás tan fuerte garrotazo que le hizo saltar los sesos y caer muerto. Sin detenerse los indios se echaron sobre los doce soldados con quienes se había adelantado y los mataron a todos menos a Alejo el trompeta, que montando pronto a caballo, se escapó y dio parte del caso a Diego de Mendoza que iba a buscar a Chaves con el resto de los españoles. Si esta desgracia no hubiese sucedido, es de creer que no solo habrían descubierto y poseerían los españoles los minerales de oro, diamantes y otras piedras preciosas que disfrutan los portugueses en Matogroso y Cuyabá, sino también, que se habría conservado abierta por el río Paraguay la comunicación del Río de la Plata con España de las provincias de Chiquitos, Moxos, Santa Cruz y otras que por falta de esta proporción han sido y serán siempre pobres.

121. Deseando Mendoza vengar la muerte de Chaves buscó a los indios y acometiéndolos de frente y por la espalda mató a muchos e hizo ahorcar a los que cogió. Luego se le juntaron algunos indios fieles, y marchó a donde habían muerto a Chaves quemando su pueblo y matando a cuantos

encontró; desde allí se fue a santa Cruz cuyos vecinos le eligieron por su gobernador.

122. Cuando Chaves se separó de Cáceres, le avisó que se encontrarían en un sitio determinado, donde Cáceres le esperó hasta que supo su muerte. Entonces continuó hasta el río Paraguay, y haciendo flotar las embarcaciones que a la ida habían dejado anegadas, pasó a la parte oriental en ellas toda su gente y los ganados, despachándolas río abajo mientras él los seguía por la costa. Así marchaban con precaución hasta que le avisaron sus batidores, que los guaranís que fueron después reducidos en los pueblos de Santa María de Fe y Santiago, le tenían tomado un paso resueltos a disputárselo. Se preparó Cáceres y se preparó una batalla, que aunque dudosa algún tiempo, logró Cáceres ahuyentar muchos indios y ahuyentar a los demás el 12 de noviembre de 1568. Continuó hasta que fue bien recibido de los pueblos reducidos hacia el río Ypané; y en el de Atirá encontró que le esperaban sus embarcaciones, con los que pasó los ganados y gente el río Jejuí, despachándolos por tierra mientras él embarcado se dirigió a la Asunción anunciando su arribo con un pliego anticipado. Fue Cáceres bien recibido en la capital y tomó al instante posesión de su empleo a principios del año 1569, nombrando por su segundo a Martín Suárez de Toledo y por alguacil mayor a Pedro de Lapuente.

123. Mientras Cáceres volvía de Santa Cruz descubrieron los españoles de Ciudad Real unas piedras cristalinas con sus facetas como si estuviesen labradas, y las acopiaron en abundancia porque las creyeron diamantes y querían irse a venderlas a España. El comandante Riquelme procuró quitarles de la cabeza tal idea; pero incitados por Escalera llevaban

el pensamiento adelante, y muchos tomaron el camino del Brasil. Apenas habían salido llegó Melgarejo con cincuenta españoles enviados por Juan Ortega comandante de la Asunción en virtud de aviso anticipado que le dio Riquelme, y los alcanzó en el camino volviéndolos a Ciudad Real, donde quedó de comandante despachando a Riquelme a la capital. Este supo en el camino la disposición del gobernador Ortiz de Vergara a la llegada de Cáceres y el obispo; de lo que se incomodó el previsor Paniagua que había ido con Melgarejo y regresaba con Riquelme.

124. Ya se ha dicho que Cáceres en Chuquisaca y Lima había trabajado mucho para deponer del gobierno a Ortiz de Vergara, y que el señor obispo había tomado con igual empeño el defenderle. La Asunción se dividió en dos bandos el uno en favor de Cáceres y el otro contrario. Viendo esto Cáceres y que no podía menos de ser su enemigo Melgarejo hermano del gobernador depuesto, le retiró del mando enviando en su lugar a Riquelme por jefe de Ciudad Real con cincuenta españoles porque temía hubiese resistencia. Hizo que al mismo tiempo saliese Adame Olabarriaga con cien españoles a tranquilizar los indios de Tobatí que habían tomado partido contra él, sin esperar las resultas alistó gentes y embarcaciones y navegó río abajo. Olabarriaga encontró a los indios en un bañado cerca de su pueblo y los redujo regresando a la capital. En cuanto a Riquelme siguió hasta el pueblo de Marcain desde donde escribió que iba a Melgarejo; pero este luego que supo que había llegado Riquelme al Paraná, tuvo maña de sacarle los soldados y llevarle a él preso a Ciudad Real, negándose abiertamente a obedecer a Cáceres.

125. Este a principio de 1570 había salido río abajo cumpliendo la orden que en Lima le había dado su adelantado de reconocer antes que llegase él de España la mejor situación para fundar un pueblo en la boca del Río de la Plata. Reconoció Cáceres ambas costas y dejando al pié de una cruz en la isla de San Gabriel una botella con las advertencias que creyó deber noticiar a su jefe, regresó a la Asunción. Allí supo la rebelión de Melgarejo en Ciudad Real; y aunque quisiera castigarla, se lo estorbaron los dos bandos que encontró; uno respetándole como a ministro legítimo del rey y otro tratando de prenderle. Todo era un desorden, y Cáceres procesó y arrestó a sus principales enemigos. En este estado estaban las cosas cuando Cáceres se determinó a ir a esperar al adelantado, pues era ya el tiempo en que debía llegar, para tranquilizar el país con las fuerzas que trajese de España unidas a las suyas. Con este objeto alistó 200 españoles con barcos correspondientes, y salió llevándose arrestado al provisor. Llegó a las islas de Martín García y de San Gabriel de donde despachó a la de Flórez y a Maldonado un bergantín que regresó sin noticia de barcos de España. Luego pasó a la costa de Buenos Aires y después de dejar en todas partes señales y cartas para el adelantado cuando llegase, tomó la vuelta de la Asunción y llegó felizmente Rui Díaz, lib. 3, capítulo 18, dice que Cáceres al regresar hizo guerra a fuego y sangre a todos los indios que encontró en las riberas sin otro motivo que el de excitarlos para que estorbasen la entrada en el río a la gente del adelantado; pero esta es una calumnia muy clara e incompatible con las cartas y conducta de Cáceres, y aun muy contrario a sus deseos y situación.

126. Los contrarios a Cáceres aprovecharon su ausencia para aumentar sus partidarios y tenían las cosas prontas

para prenderle, y habiéndolo sabido Cáceres se puso cincuenta hombres de guardia, y formó causa a algunos, y sentenció a muerte a Pedro Esquivel. También publicó bando prohibiendo las juntas de gentes en las casas. Quitó el empleo a su teniente o segundo Martín Suárez de Toledo, porque se había vuelto al partido contrario. Padecía el pueblo las mayores convulsiones, y los de genio tranquilo se salieron a la campaña y vivían en sus quintas. Francisco del Campo tuvo la habilidad de reunir de noche sin que nadie lo supiera 140 hombres bien armados en una casa contiguo a la catedral; a donde fue Cáceres a oír misa el día siguiente, que era un lunes entrado ya el año de 1572 escoltado de su guardia. Entonces Campo con su gente trató de prenderle, y Cáceres poniéndose al frente de sus guardias se defendió a cuchilladas, hasta que lo abandonó su gente uniéndose toda a sus enemigos menos el extremeño Gonzalo Altamirano que murió de las heridas que recibió. Le prendieron, lo desarmaron y lo llevaron al convento de la Merced en donde lo pusieron en un estrecho calabozo con dos pares de grillos, y le ciñeron el cuerpo con una cadena de fierro sostenida en un grueso madero. Además le pusieron guardias de vista por fuera pagándolas con sus bienes, sin darle más sustento que el necesario para vivir; haciéndole sufrir toda especie de molestias y vejámenes.

127. Cuando llevaban a Cáceres a la prisión salió a la plaza Martín Suárez de Toledo, rodeado de mucha gente armada gritando *libertad*, se apoderé del mando sin oposición; pero el cabildo secular no le quiso recibir hasta el cuarto día, y fue solo en calidad de teniente general del adelantado Juan Ortiz de Zárate. Al instante nombró sus tenientes, despachó ordenes, dio encomiendas y confirmó mercedes a sus enemigos,

más todo se anuló por un auto de 22 de octubre de 1575 hecho por el adelantado cuando llegó. Al mismo tiempo Suárez de Toledo hacía construir una carabela para llevar el preso a España a la orden de Rui Díaz Melgarejo. Escribieron a este para que pasase a la Asunción a disponer su marcha y le enviaron sucesor con treinta soldados. Al instante salió Melgarejo de Ciudad Real, pero se arrepintió en el camino considerando que aunque habían removido a Cáceres, habían puesto en su lugar a Suárez en calidad de teniente de Zárate y no de su hermano Ortiz de Vergara, viéndose claramente que no se hacía lo que convenía a la causa de su hermano. Sin embargo llegó a la Asunción y dando sus quejas a Suárez de Toledo, no quedó satisfecho de este; pero el señor obispo los compuso. Entretanto los de Ciudad Real no quisieron admitir al comandante que les envió Suárez, y sacando de la prisión a Riquelme le recibieron por su jefe como enviado por Cáceres.

128. Por este tiempo mandó Suárez de Toledo al vizcaíno Juan de Garay que reclutase gente para fundar un pueblo hacia Santispiritus; y estando pronta la carabela se encargó Melgarejo de conducir en ella el preso a España, y salieron el 14 de abril de 1573 según he leído en una declaración del citado Garay que existe en el archivo de Santa Fe. Salió en compañía de la carabela un bergantín con algunas canoas al mando de Juan de Garay que iba a su destino con ochenta españoles, parte embarcados y los restantes conduciendo algunas vacas, yeguas y caballos por tierra. Cuando llegaron al río Paraná, le pasaron en los buques los que iban por tierra, y continuando estos por la costa oriental se juntaron con las embarcaciones en la orilla de la laguna del Jarandí por los 30° 34' de latitud llamada por Rui Díaz, lib. 3, capítulo 19, de los Patos. Barco, canto 7, dice que fue en San Gabriel y

Lozano, lib. 3, capítulo 6, que en la costa del Brasil, sin advertir que era imposible llegase a uno ni otro paraje los que iban por tierra con los ganados ni que Garay se alejase tanto de su destino. Allí se despidieron continuando la carabela hasta arribar a San Vicente en la costa del Brasil para hacer víveres y ayuda. Mientras se hacía este acopio, desembarcaron a Cáceres y le pusieron en estrecha prisión; pero los portugueses le favorecieron sacándole secretamente de ella y ocultándole pero después lo entregaron y lo volvieron a la prisión. Determinó Melgarejo quedarse entre sus antiguos amigos con algunos de los suyos abandonando a Cáceres que continuó libre hasta España: se presentó al supremo consejo, logrando que se aprobase su conducta y que se reprobase la de sus contrarios.

XXX. Fundación de Santa Fe de Veracruz, y de Córdoba del Tucumán: disensiones entre los pobladores. Expedición salida de España en 1572; varios sucesos con motivo de su llegada. Muerte del adelantado y manda como gobernador interino don Diego Ortiz de Zárate y Mendieta. Muerto éste le sucede Garay; algunas fundaciones entre ellas la Nueva Jerez, la Trinidad y Buenos Aires

129. Despedido Garay de la carabela, se introdujo con sus buques y gentes por el brazo del Paraná llamado de los *quiloas* por los guaranís que lo habitaban pareciéndole bien un sitio de la orilla occidental en los 31° 9' 20" de latitud observada, sentó su real por junio o julio de 1573 según infiero del tiempo que pudo tardar en su viaje, y el que necesitó para hacer lo que hizo antes de encontrarse con Cabrera el 19 de septiembre. Enseguida construyó con tapias un fuertecillo de 150 varas en cuadro, que repartió en sitios para casas, llamándole ciudad de Santa Fe de la Vera Cruz, nombrando alcaldes y regidores y dándole por patrono a San Jerónimo; pero se trasladó esta ciudad a donde está el 20 de abril de 1651. Por rara casualidad sucedió que el mismo día, mes y año fundó Jerónimo Luis Cabrera la ciudad de Córdoba del Tucumán entre los indios comechigones en la latitud observada de 31° 26' 14" distante como 60 leguas de Santa Fe que le dieron el mismo patrono. Rui Díaz, lib. 3, capítulo 19, supone esta fundación en 30 de septiembre; pero de sus libros capitulares consta estar fundada Córdoba cerca de tres meses antes. Mientras se hacían las obras en Santa Fe, salió Garay con el bergantín y cuarenta españoles aguas abajo a tomar conocimiento de los indios de que podría disponer para repartirlos en encomiendas y siguió el brazo del Paraná

que pasa por la actual Santa Fe y por Coronda, donde se detuvo algunos días con los timbús. Allí estaba cuando una madrugada se le presentaron en la orilla occidental algunos españoles que le dijeron ser soldados del citado Cabrera, el cual después de fundar a Córdoba se había adelantado hasta el Paraná, y tomado posesión de Santispiritus poniéndole el nombre de San Luis de Córdoba para que le sirviese de puerto por donde comunicar con España, y que le había señalado por distrito las costas e islas a distancia de 20 leguas arriba y abajo, según consta del libro capitular de Córdoba. Oído esto, escribió Garay a Cabrera alegando sus derechos al país, y Cabrera se le presentó el 19 de septiembre de 1573 como consta del citado libro. Cada capitán se esforzó en persuadir al otro cortésmente hablando el uno desde la orilla y el otro desde el barco en Coronda: mas todo lo que Cabrera pudo conseguir fue, que Garay le diese la palabra ambigua, de que no se introduciría en los distritos cordobeses. Volvió Garay a su Santa Fe donde repartió en encomiendas a los guaranís llamados calchaquis, tucagués, colastines, corondás, timbús, caracarás, quiloasas, formando de las primeras parcialidades el pueblo de Calchaqui y del que todos se han españolizado: mas no se han consumido como pretende Lozano, lib. 3, capítulo 6, ni eran de diferentes lenguas sino guaranís. Los que las tenían están hoy en el Chaco como entonces.

130. Sabiéndose en Córdoba que Garay seguía, en su establecimiento, enviaron a Onofre o Nuflo Aguilar a requerirle, haciéndole presente que aquellas partes pertenecían a Córdoba por las razones insinuadas en el número precedente; pero Garay contestó que hacía treinta y ocho años que los conquistadores del Río de la Plata habían tomado posesión de aquel país, que él estaba poblando con orden de su legíti-

mo superior y aprobación del rey. Mientras se ventilaba esta cuestión, el cacique Tein con los guaranís repartidos en encomiendas se rebelaron y pusieron sitio a Santa Fe; pero saliendo Garay los ahuyentó a fines de enero o febrero de 1574 y luego solicitaron la paz que se les concedió. Inmediatamente llegó Yamandú, cacique guaraní, de las islas inferiores del Paraná con tres canoas llevando una carta del adelantado y leyéndola Aguilar quedó convencido de que Santa Fe pertenecía al gobierno del Río de la Plata y se retiró a Córdoba, donde desaprobaron su conducta, y el 4 de marzo de 1574 despacharon al alcalde y un regidor a requerir de nuevo a Garay; más resistiéndose éste entablaron el pleito ante la audiencia de Chuquisaca que finalmente declaró contra los cordobeses.

131. En el número 120 dije que Zárate había partido para España. Llegó a Panamá y al puerto del nombre de Dios, donde embarcándose para Cartagena, le apresó un corsario francés y le robó lo que llevaba, menos unos tejos de oro que una esclava suya supo ocultar. Después pasó a España, y el 10 de julio de 1569 confirmó el rey su contrata, y le hizo merced de hábito de la orden de Santiago. Gastó mucho tiempo en hacer las pruebas y en aprontar su expedición que se compuso de tres navíos, una cebra y un patache, con todo lo demás que pedía su contrata. Se embarcó también el comisario fray Juan Villalta con otros veintiún religiosos franciscos, entre ellos fray Alonso de San Buenaventura y el célebre andaluz fray Luis Bolaños ordenados de evangelio, el cual después de haber trabajado más que nadie en la predicación de los indios, compuso el catecismo en lengua guaraní, y escribió el arte y diccionario de este idioma que imprimieron después los padres jesuitas. De fray Juan de San Bernardo,

lego de la misma orden que fue con ellos, cuentan milagros don Cosme Bueno en su catálogo de los virreyes del Perú, capítulo misiones del Paraná, y Lozano, lib. 3, capítulo 6, llamándole fray Andrés. Uno de los que fueron en esta expedición, fue el licenciado extremeño don Martín del Barco Centenera autor de la *Argentina* en verso.

132. Salió la armada de San Lúcar el 17 de octubre de 1572 y sufrió un temporal, que no sería muy fuerte, pues habiendo arribado a la isla Gomera en veinticinco días, partió de ella al tercero día, y tocó en la de Santiago del Cabo Verde, deteniéndose muy poco. Salió a la mar y le sobrevinieron tales calmas hacia la línea que se demoró mucho el viaje y fue preciso acortar las raciones, aumentándose la calamidad con los muchos que enfermaban y morían. El 10 de marzo de 1573 se separó el patache que arribó a San Vicente; proveyéndose de víveres y dejando algunos enfermos, dio la vela llevándose a Rui Díaz Melgarejo que se le unió con otros que habían quedado allí. El resto de la armada viendo el 21 de marzo la costa del Brasil, la fue prolongando hasta que el 3 de abril fondeó en una playa sin abrigo para hacer aguada. Luego tomaron la derrota del Río de la Plata; pero un viento de travesía obligó a tres buques a tomar un puerto, y a la almirante a fondear en una bahía algo más al Norte. Esta compró víveres de los guaranís de la costa, y uno de ellos ofreció mostrarles la isla de Santa Catalina. Se embarcaron e incorporándose con los demás buques, fondearon todos en el puerto llamado *Irumí* (boca chica) de dicha Santa Catalina, a quien llamaron Corpus Cristi por haber celebrado en él esta festividad luego que arribaron. Llegó la gente muy debilitada por tan larga navegación; en la travesía desde el Cabo Verde hasta Santa Catalina habían muerto trescientas personas de

ambos sexos, según he leído en una carta de un soldado de esta expedición que se halla inserta en el testamento de Gil y García archivado en el Paraguay.

133. Proveyó el adelantado los víveres que pudo de los guaranís de la isla y de Viaza. Viendo a su gente reparada con el alimento y la detención en tierra, navegó y entró en el Río de la Plata, fondeando en San Gabriel. Precisamente encontró allí las advertencias que Cáceres le dijo, y según ellas pensó en fundar la población a que le obligaba su contrata. Para esto metió la gente en tierra, y dispuso que se principiasen a hacer chozas o casas de paja al abrigo de un fuertecillo de estacas. Pasados algunos días salieron cuarenta españoles a reconocer el campo, y acometiéndolos los charrúas de improviso, los mataron a todos, menos a dos que llevaron la noticia. Inmediatamente salió Pablo Santiago con diez o doce, Martín Pinedo con cincuenta soldados y el capitán Cueyo con su compañía y se empeñó nuevo combate en la lomita llamada hoy real de San Carlos. Salió finalmente el mismo adelantado con más gente logrando ahuyentar a los charrúas, mas no pudo evitar que ya le hubiesen muerto a dos capitanes Santiago y Pinedo con ochenta hombres en este día, según dice la carta citada al fin del número precedente. Barco, canto 8, y siguientes cuenta lo sucedido a Zárate en su navegación y en San Gabriel tan lleno de tormentas, hambre y crueldades que se desacredita él mismo, mucho más de lo que quiere desacreditar a los que mandaban atribuyéndoles cosas increíbles y falsas; y el genio de Lozano le copia y aun añade muchas veces.

134. Inmediatamente mandó el adelantado embarcar la gente y lo que había en tierra abandonando las chozas y el

fuertecillo; y a la mañana siguiente se presentó vestido a la española el cacique guaraní Yamandú; le dijo, que habitaba en las islas del Paraná, y que era amigo de Juan de Garay y de los españoles que se habían establecido en Santa Fe. No se alegró poco el adelantado con esta noticia y al instante le entregó la carta citada en el número 129, en que noticiaba a Garay sus muchos trabajos y le pedía auxilios de víveres y gente, incluyéndole el nombramiento de comandante de Santa Fe. Barco, canto 11 y 12, y Lozano que le copia, lib. 3, capítulo 7, suponen que Garay sabía el arribo del adelantado antes que le diese su carta Yamandú; y que este de acuerdo con los charrúas no quiso entregar la respuesta de Garay hasta que supo el mal éxito de la empresa del Tein: pero ni la distancia ni la diferencia de carácter entre tales indios sufren tales confederaciones que seguramente no creerá el que los conozca. Como quiera de resultas de la derrota desembarcó el adelantado su gente en la isla de San Gabriel, y los charrúas convenidos con los chanás sus vecinos, que fueron los que se dejaron ver en canoas, porque los charrúas no las tenían, destruyeron las chozas y el fuertecillo retirándose al interior o al Uruguay según afirman dichos escritores; añadiendo haber dado esta noticia seis españoles escapados de los charrúas, entre quienes quedaban treinta porque no matan a los cautivos en la guerra. Pero no creo tal cosa; porque ni los charrúas ni ningún indio silvestre deja de matar en la guerra a todo varón adulto. A la sazón llegó Melgarejo con el patache de San Vicente con los víveres que había recogido allí y en otras partes de la costa: el adelantado se fue a desembarcar toda su gente en la isla de Martín García resuelto a fundar en él una población. Lozano, lib. 3, capítulo 6, dice arbitrariamente que Melgarejo llegó por tierra, sin reparar en la distancia ni en las dificultades. Desde Martín García despachó el adelantado a Melgarejo con dos embarcaciones a buscar víveres en las islas del Paraná; y en efecto adquirió bastantes subiendo hasta el riacho Polastiné, enviándolos al adelantado con una de sus embarcaciones. Desde allí volvió atrás Melgarejo, porque supo que ya estaba más abajo Garay.

135. Este luego que Yamandú le entregó la carta del adelantado citada en el número precedente, contestó por el mismo portador; alistó treinta infantes y veinte caballos con balsas y embarcaciones y los víveres que pudo comprando los que encontró hasta llegar a Santispiritus, donde le alcanzó Melgarejo, a quien los entregó para que los llevase al adelantado. Este daba principio en Martín García a la población cuando Yamandú le entregó la respuesta de Garay, que le llenó de consuelo, aumentándoselo Yamandú con ofrecerle volver luego con diez canoas cargadas de víveres, como lo cumplió. Poco después un recio Sudeste varó una embarcación en la misma isla y otra en la tierra firme, haciendo conocer que allí no había puerto seguro, por cuyo motivo determinó el adelantado transferirse a donde le hubiese dentro del río Uruguay. En esto llegó Melgarejo con los víveres, y le mandó el adelantado que con la gente necesaria navegase el Uruguay hasta encontrar comodidad para una población y que la principiase; de lo que dio aviso a Garay para su gobierno. Este bajaba acoplando más víveres por las costas e islas, y tuvo el gusto de que se le reuniese un bergantín cargado de ellos, el cual venía de la Asunción despachado por Martín Suárez de Toledo, en virtud de una carta que le había escrito desde Santa Fe. Despachó Garay este bergantín que llegó a Martín García antes de salir Melgarejo de allí: continuó con el mismo afán hasta que recibió aviso del adelantado en cuya virtud se dirigió al Uruguay y llegó a su orilla, para pasar

a la costa opuesta echó a nadar los caballos llevándolos del ronzal desde las balsas y canoas y todos lo consiguieron felizmente a pesar de la corriente, de las olas y de la anchura.

136. Al día siguiente navegaron las embarcaciones por la orilla del río, y Garay con los caballos por tierra, pero descubriendo a los charrúas y chanás, desembarcaron veinte arcabuceros. Se puso Garay a la frente, los atacó y dispersó una y otra vez porque se rehicieron y renovaron la acción matándoles mucha gente sin más pérdida que la muerte del caballo de Garay. Descansaron los españoles el día siguiente, y continuando encontraron a Melgarejo en el río de San Salvador, donde al instante principiaron a construir casas de madera y barro cubiertas de paja, en que depositaron los equipajes y se alojaron. Hecho esto pasó Malgarejo a avisarlo a Martín García y sin perder tiempo se embarcaron la gente y pertrechos muy contentos de que Garay hubiese castigado a los charrúas y chanás. Dejaron allí alguna gente guardando una embarcación varada y entraron en el río Uruguay, donde varó una de sus embarcaciones en un banco de arena. La alijaron y flotó sin lesión llegando después a San Salvador. Lo primero que mandó el adelantado fue que a toda la extensión de su jurisdicción se diese el nombre de nueva Vizcaya porque era vizcaíno y que aquella principiada población tuviese el de ciudad de San Salvador, de la cual nombró alcalde, regidores, etc. Nombró también por su segundo o teniente general de todas aquellas provincias a Juan de Garay lo despachó a Asunción con varias órdenes, una de ellas, la más premurosa, que le enviasen víveres y auxilios. Barco, canto 13, cuenta poética y confusamente los sucesos de este número y dos precedentes sin conocer el país ni la situación de las naciones, trocándoles los nombres, y dán-

doselos guaranís a los charrúas; y en fin sin verdad ni verosimilitud en varias cosas. Lozano su copiante añade y quita
con la misma ignorancia del país y de sus indios, sin olvidar
a veces su espíritu criminal.

137. Salió inmediatamente Garay para su destino con Melgarejo, y cogió al paso a dos indios chanás en una isla del
Uruguay. Continuó buscando víveres por las islas y riberas
y cuando llegó a los timbús o más arriba los despachó a San
Salvador con Melgarejo, subiendo él hasta la Asunción. Encontró Melgarejo a su arribo que se había quemado la casa
del adelantado con cuanto contenía, y que este habitaba una
embarcación. Poco después llegaron a la población los que
habían quedado en Martín García custodiando el buque va-
rado que abandonaron por miedo; y esto disgustó tanto al
adelantado que puso preso al comandante temiendo que los
chanás quemasen la embarcación, como en efecto lo hicieron. Aunque con frecuencia llegaban víveres a San Salvador,
eran pocos; porque los indios silvestres que los proveían apenas cultivaban sino lo preciso para cada familia y no para
vender ni almacenar las 200 fanegas que dice Barco canto 14
y Lozano su copiante. Fue pues preciso repartir las raciones
con tasa y medida; y que cada poblador edificase su choza y
cuidase de sus menesteres; porque no había allí indios para
el servicio. Todas estas cosas disgustaban a aquellas gentes
que como todos los nuevos pobladores se ponían de aven-
tureros viciosos poco aplicados, murmuradores, pedigüeños
hasta de imposibles, y en fin por lo general de lo peor del
país de donde resultan. En efecto criticaban al adelantado
de todo cuanto disponía, y aun meditaban aprisionarle y en-
viarlo a España formándole proceso que justificase sus malos
modos con las gentes, sus impericias y sus latrocinios. En

estas circunstancias llegó del Paraguay un socorro de víveres y de indios que envió Garay con la mayor presteza, y el adelantado resolvió ir a la Asunción. Salió en efecto, sin que los indios hasta Santa Fe le sacaran víveres a vender, porque no les habían quedado aun los precisos, después de haber vendido muchos a los españoles. Antes de llegar a Santa Fe salieron a cumplimentarle los españoles y los indios calchaquis, quiloasas, etc.: y continuando, recibió varios socorros de víveres enviados por Garay, con los cuales llegó felizmente a la Asunción, donde fue muy bien recibido.

138. Al instante despachó comestibles a San Salvador y a Garay para mandar en Santa Fe, dedicándose él a remediar los desordenes introducidos. Para esto el 22 de octubre de 1575 desaprobó por un bando todo lo practicado contra Cáceres, el haberse apoderado del mando Martín Suárez de Toledo, y todos los empleos y mercedes que este había conferido. Estas providencias disgustaron y perjudicaron a muchos que comenzaron a murmurar, llegando a términos que a pocos meses le dieron veneno y murió, según lo da claramente a entender Barco, canto 18, y según se refiere en una relación de sus servicios fecha en Madrid a 26 de noviembre de 1659 firmada por el licenciado don Fernando Giménez Paniagua y presentada en el consejo de Indias por don Francisco Sancho de Vera y Zárate Figurado. Recibió los santos sacramentos, hizo su testamento, y murió con mucho ánimo. Nombró en heredera universal a su única hija doña Juana que estaba en Chuquisaca, y por su sucesor en el adelantazgo al que se casaba con ella; pero para mandar entre tanto nombró a su sobrino don Diego Ortiz de Zárate y Mendieta, dándole por coadjuntos a Martín Duré. Fueron albaceas y tutores de dicha doña Juana dicho Duré y Juan de Garay.

139. Fue recibido dicho Mendieta por gobernador interino; y lo primero que hizo el 8 de febrero de 1576, fue confirmar a Garay en el empleo de teniente general de aquellas provincias que le había dado su tío, según he leído en la declaración citada número 127. Era Mendieta mozo de veinte años no cumplidos, y se hinchó tanto con su empleo, que separó de sí a su coadjunto Duré para mandar solo. Era por consiguiente muy natural de que los viejos no gustasen de que los mandase un niño, y que los que habían muerto a su tío murmurasen de su conducta, que no pudo ser muy prudente y juiciosa, pero no tan loca, violenta y desatinada como lo pintan Barco, canto 19, y Lozano, lib. 3, capítulo 9.

140. Luego que supo Garay la muerte del adelantado y que le había nombrado tutor de su hija, con poderes naturalmente de su compañero Duré, salió para Chuquisaca con la idea de casar a doña Juana. No quiso pasar por Córdoba porque aun estaba pendiente el pleito de que hablé en el número 129; y llegó felizmente a su destino logrando vencer dicho pleito y que la audiencia declarase pertenecer al Río de la Plata la ciudad de Santa Fe. Allí se presentaron varios pretendientes de doña Juana; pero esta, con aprobación de su tutor se declaró a favor del licenciado don Juan de Torres de Vera y Aragón; natural de Estepa y oidor de Chuquisaca. Ya estaba para verificarse el matrimonio, cuando Garay recibió carta de don Francisco de Toledo virrey de Lima; mandándole pasase a tratar con Su Excelencia sobre el casamiento de doña Juana, porque la quería casar con un amigo suyo. Pero como la muchacha estaba muy decidida por el oidor, precipitó la boda, para no dar lugar a nuevos embarazos y nombró el novio por su teniente general a Garay despachándole al Paraguay. Poco

después de la salida de este, llegó orden del virrey para llevarle preso a Lima, y el presidente de la audiencia despachó en seguimiento a un tal Valero para que detuviera a Garay. Se hallaba este hacia Santiago de Cotaguita cuando supo naturalmente por el novio que le seguía Valero y que este se le aproximaba con poca escolta, pero lejos de temerle despachó algunos de sus soldados que lo llevaron a su presencia, y dejándolo allí siguió su viaje y llegó a Santa Fe. Luego que supo el virrey del Perú que Garay se había escapado al Paraguay dirigió sus iras contra los novios, mandando llevarlos presos a Lima como se verificó.

141. Mientras Garay entendía en los asuntos referidos, Mendieta el gobernador interino pasó a visitar a Santa Fe donde tuvo palabras muy pesadas con Francisco Sierra. Este se retiró a su casa, y enviándole a llamar Mendieta temió y se refugió a la iglesia, de donde le sacaron y llevaron preso. Con esta novedad se juntó mucha gente en la plaza pidiendo la libertad del preso, y fue menester dársela. Entonces poniéndose Sierra a la cabeza del motín persiguió a Mendieta, y no paró hasta que ante escribano le hizo renunciar su empleo. Pero aun no satisfechos con esto le formaron causa y lo despacharon para España a donde no llegó porque después de algunas aventuras le mataron los indios de Albiazá.

142. Pocos días después de haber salido preso Mendieta llegó Garay a Santa Fe, y continuando hasta la Asunción fue recibido con gusto por teniente general de nuevo adelantado. Luego dispuso despachar a Melgarejo, para que como práctico del Guairá fundase una población en aquella provincia. En efecto salió Melgarejo a fin del año 1576 según lo indican los sucesos precedentes, llevando cuarenta españoles

y bastantes indios de servicio: después de haber registrado el terreno fundó su población 2 leguas distantes de la costa oriental del Paraná llamándola Villarrica del Espíritu Santo, no porque allí hubiese indicios de metales, sino por antojo. Al mismo tiempo los padres franciscanos fray Alonso de San Buenaventura y fray Luis Bolaños corrían la comarca de dicha Villarrica al Occidente del Paraná, y con los guaranís que doctrinaron se fundaron dos pueblos el año de 1580 que fueron asolados por los portugueses en 1632. El del padre Bolaños se llamó *Pacoiú* y estaba en el pago de Ytaanguá al Norte del río Amambai, en el mismo camino por donde los años posteriores iban a Jerez; el otro pueblo del padre Alonso estaba al Oriente del de Bolaños antes de llegar al Paraná en la orilla de la laguna *Curumiai*. Estas fundaciones hechas por disposición de Garay constan de los papeles del archivo de la Asunción; y también que Villarrica pasó poco después a Curahiberá junto al río Huibai a distante 80 leguas de Ciudad Real, y que muy poco después se trasladó 10 leguas más al Oriente y 30 del Paraná a donde confluye o se junta dicho Huibai con el Curubati. En la descripción particular de esta villa se hace mención de otros emplazamientos que tuvo en lo sucesivo.

143. Poco tiempo después de haber salido Melgarejo a fundar la Villarrica, un indio del pueblo de Guarambaré, y no del Paraná como dicen Barco, canto 20, y Lozano, lib. 3, capítulo 10, tomó el nombre de Oberu (resplandeciente) y su hijo Guiraré (pájaro amargo) ambos embaucaron a algunos indios, a quienes dieron nuevos nombres mandándoles olvidar los que tenían tomados de los españoles, y precisándolos a que a ellos les obedeciesen. Cuasi la misma escena se repitió el año de 1616 tomando un indio del mismo pueblo el

nombre de *Paitira*, y fingiéndose lo que no era consiguió que dejasen los nombres españoles, y mataron los perros, vacas y animales habidos de España y que le siguiesen a los bosques abandonando el pueblo. Ni una ni otra de estas invenciones tomaron cuerpo, y se desvanecieron al instante. Garay que supo la primera, la despreció; pero la tomó por pretexto para formalizar la expedición que deseaba para reconocer los indios ñuaras y otros. Alistó pues 130 españoles diciendo iba a cortar los progresos de Oberu y subió navegando el río Paraguay hasta que entrando por el río Jejuí bastante adentro, tomó tierra en la costa del Norte sin hacer caso de Oberu. De allí caminando por tierra encontró a los guaranís llamados curupaitú con su cacique Yacaré y con ellos fundó el pueblo de Jejuí repartiéndolo en encomiendas. Estaban divididos en tres tolderías y una de ellas vivía en la laguna llamada hoy Blanca. Subsistió este pueblo hasta el año 1676 en que los portugueses llevaron a sus habitantes al Brasil.

144. Estos indios guiaron a Garay hasta encontrar un río que entra en el Paraná por su costa Occidental en los 22° 33' 30" de latitud dividido en tres brazos. Su origen o cabeceras está en los campos de Jerez; es el más caudaloso de los que entran en el Paraná sobre su salto grande por el Occidente; y tiene los nombres de Monici, Yaguarí e Ybinheima. Es el que en el tratado de límites de 1750 entre España y Portugal señala por lindero, aunque sus comisarios demarcadores no lo supieron encontrar y perjudicaron mucho a España. Pasó Garay el río Yaguarí e introduciéndose en los campos de Jerez recogió de cuatro tolderías unos 500 ñuaras, que llevó a las cercanías del pueblo de Ypané: con ellos fundó en la latitud de 23° 13' 30" el pueblo de Perico guazú, repartiendo sus indios en encomiendas a los españoles que llevaba

de la Asunción. En 1632 lo asaltaron los portugueses. Esto
se deduce de los papeles que hay antiguos en el archivo de
la Asunción. En los mismos se habla de una villa española
fundada sobre el río Jejuí, llamada unas veces villa de Talavera, y otras villa de Jejuí. Yo creo que ambos nombres son
del mismo pueblo que lo fundó Garay al regreso de la expedición a los ñuaras; por que nadie tuvo mejor proporción
que él entonces para fundarla. Ignoro su situación precisa,
aunque fue sobre dicho río Jejuí, y creo se despobló en 1560
cuando la atacaron los paiaguas matando a siete españoles
y quemando algunas casas. Como quiera Garay al regreso
volvió al río Jejuí y embarcando su gente llegó a la Asunción
el año de 1569. Barco, canto 20, para adornar su poesía forja
fortalezas, desafíos y batallas, que copia y altera Lozano, lib.
3, capítulo 10; pero yo no las creo.

145. Las noticias adquiridas por Garay en su jornada le determinaron a fundar un pueblo entre los ñuaras y lo encargó
a Rui Díaz Melgarejo, dándole sesenta españoles y los demás
auxilios. Marchó esta gente y en 1580 eligió y situó y fundó
la ciudad de Santiago de Jerez en una loma suave dominando al río Alboretei que es caudaloso, entrando por la costa
oriental en el río Paraguay bajo el paralelo de 19° 25' 20"
de latitud. Los ñuaras y los guasarapós que eran los indios
más cercanos, intentaron impedir la fundación, mas no lo
consiguieron. Lozano, lib. 3, capítulo 10, dice que también se
opusieron los guatos; pero si los conociera no lo diría. Llama
guapis a los guasarapós y a los albayas *guanchas* y *guetús*:
tampoco creo que se opusiesen dichos albayas que entonces
estaban muy distantes. Consta en el archivo de la Asunción
que esta ciudad careciendo de minas y comercio se fue insensiblemente abandonando, hasta no quedar ni un poblador.

No debe confundirse este pueblo con otro del mismo nombre fundado a principio de 1593 sobre unas vertientes que iban al Paraná y creo que eran del río Pardo hacia Camuapúan según el historiador Rui Díaz de Guzmán. Este según consta de los papeles del archivo, fundó la segunda Jerez con gentes sacadas de Ciudad Real y de Villarica a fuerza, y a pesar de los requirimientos y protestas que se le hicieron por estos pueblos que entonces mandaba, y por el de la Asunción y por el gobernador de la provincia. Esta Jerez se transfirió después más al Poniente sobre el río Albotetei, de donde hizo una salida contra los ñuaras, llevándose muchas mujeres y niños: a pesar de eso en 1605 solo tenía quince hombres de armas, careciendo de párroco, y en el de 1632 se fueron todos con los *mamelucos* y portugueses.

146. Al mismo tiempo que Garay disponía lo necesario para fundar a Jerez alistó sesenta españoles entre ellos su hijo natural Juan, con bastantes caballos y ganados. Despachó a estos por tierra y él embarcado bajó por el río hasta que todos se juntaron en Santa Fe. Repuestos allí de la fatiga del viaje continuaron del mismo modo hasta Buenos Aires donde en el día de la Trinidad de 1580, según consta en su archivo, fundó Garay una ciudad en el propio sitio que tuvo antes la que fundó don Pedro de Mendoza. Se llamó ciudad de la Trinidad y puerto de Santa María de Buenos Aires para conservar la memoria del día de la fundación, y del nombre que la dio Mendoza. Le dio por patrono a San Martín, y por armas una fragata a la vela con dos anclas. Repartió sitios para casas, y antes de principiar la suya registró las cercanías y el puerto o riachuelo, donde encontró a diez querandís, que no quisieron rendirse, mató a tres y cogió a dos. Les dio luego libertad, figurándose que así ganaría la amistad de los

demás; y lo que consiguió fue, que los querandís se internasen hacia el Mediodía espantados de los caballos. Continuó Garay su reconocimiento, y sin dificultad redujo a los guaranís del monte grande, hoy San Isidro, del Valle de Santiago, hoy las Conchas, y de las islas inferiores del Paraná. Concluido esto, hallándose el 24 de octubre del mismo año en la orilla del brazo del Paraná llamado de las Palmas, repartió terrenos para quizás y para dehesas o estancias y regresó a la ciudad donde eligió alcaldes, regidores, etc., y repartió los pocos guaranís que había en encomiendas de *yanaconas*. Concluyó Garay su fundación sin dificultad; porque los ganados lanar y vacuno que llevó, juntos al mucho pescado y caza le proveyeron de víveres, y los querandís, únicos enemigos terribles no pudieron sostenerse ni aun presentarse en país tan llano y descubierto contra su caballería. Barco, canto 21, y Lozano, lib. 3, capítulo 11 y 12, amontonan en esta fundación una multitud de hechos y de circunstancias inverosímiles e incompatibles con lo que eran aquellos indios que no pudieron verificarse desde el día de la Trinidad al 24 de octubre, en que ya estaba todo dominado y tranquilo. Sin detenerme más creo que cuanto dicen es forjado por ellos con poca habilidad. En cuanto al excesivo número de indios que acumulan para sus fingidas batallas, basta decir que los querandís, hoy pampas, existen los mismos que entonces, y que los guaranís se han españolizado perdiendo su idioma y costumbre: esto es, que mezclándose con los españoles, pasan hoy por tales o por mestizos. Ninguna población española ha tenido tan pocos indios de encomienda como Buenos Aires; como que el año de 1681 tuvo que ir a buscar los quilmes y calianos a Santiago del Estero. Como quiera viéndose Garay bien establecido lo avisó por un expreso a su adelantado, y al rey por una embarcación.

XXXI. Rebelión en Santa Fe. Muerte violenta del teniente general Garay: y le sucede por nombramiento del adelantado Alonso de Vera y Aragón. Se funda la ciudad, de la Concepción de Buena Esperanza, la de San Juan de Vera y otros pueblos

147. Por este tiempo los mestizos de Santa Fe formaron el proyecto de arrojar de allí a todos los europeos; y pareciéndoles que les favorecerían los de Córdoba por estar picados de haber perdido el pleito citado en el número 140 enviaron dos diputados a tratar el asunto. Regresaron estos, y la misma noche de su arribo arrestaron los amotinados al teniente gobernador, al alcalde y otro, mandando a todos los europeos salir de la ciudad y sus términos y que los demás presentasen las armas y municiones para ver su estado y sostenerse contra Garay que se figuraban iría a castigarlos. Pero algunos arrepentidos se juntaron en secreto con otros que no eran del motín, y dividiéndose de dos en dos por la noche sorprendieron y mataron en sus casas a los cinco autores principales, poniendo en libertad y en posesión de sus empleos a los presos. Se formó después proceso a algunos, que huyeron, y se les prendió y quitó la vida. Gonzalo Abreu gobernador de Córdoba del Tucumán fue implicado como cómplice, pero murió antes de que le sentenciasen y todo quedó tranquilo.

148. Considerando Garay que bastaba Buenos Aires para escala del comercio con España para cumplir con la contrata de su adelantado, y viendo que los pobladores de San Salvador estaban pobres, determinó sacarlos de allí. Efectivamente los embarcó a todos inclusas bastantes mujeres, y el año de 1584, se introdujo por el brazo del Paraná más inmediato.

Siguió su navegación sin tropiezo hasta que se amarró en la orilla y puso mucha gente en tierra para pasar la noche. Estaban ya todos dormidos cuando 130 indios minuanes bajaron de una altura con tanto sigilo que sorprendieron y mataron a Garay y a cuarenta más. Yo creo que el sitio preciso de esta desgracia es en los 32° 41' de latitud: fundándome no solo en que vivían por allí los minuanes, sino también en que se encuentra la altura que se cita, y en que el paraje lleva el nombre de la Matanza probablemente por la que hubo entonces. Lozano, lib. 3, capítulo 9, pone la despoblación de San Salvador en el año de 1476 sin advertir que los minuanes mataron a cuarenta, que del resto perecieron en otra desgracia otros cuarenta y que aun se salvaron ochenta; y que no había tanta gente en Buenos Aires, ni la pudo sacar Garay de otra parte que de San Salvador. De esta ciudad salió Garay con ella según la derrota que seguía, que no es la que correspondía llevar si hubiera salido de Buenos Aires. Barco, canto 24, desprecia a los minuanes por zaherir a Garay; pero no merece fe porque no los conoció, ni ninguno en su tiempo. Los que escaparon de los minuanes arribaron a Santa Fe, y continuando zozobró una embarcación, salvándose cuatro personas y ahogándose cuarenta; las demás llegaron a la Asunción. Barco, *ibid*., supone que con la muerte de Garay se rebelaron los indios de Buenos Aires, y que su alcalde Rodrigo Ortiz de Zárate los desbarató matando a muchos. Mas como diga que estaban confederados los minuanes, querandís, guaranís, quiloasas, etc., que es cosa increíble atendidas sus costumbres y situaciones, yo no creo tal rebelión.

149. El adelantado nombró muerto Garay, por su teniente general a su sobrino Alonso de Vera y Aragón. Mandó el adelantado a su teniente fundar una ciudad en el Chaco,

que era lo único que le faltaba para cumplir la contrata de su suegro. Ya Garay con el mismo objeto dispuso antes, el año de 1579, que Adame Olabarriaga con noventa españoles saliese de la Asunción y reconociese la costa del río Pilcomayo; pero la encontró tan baja e inundada con las lluvias, que no la juzgó a propósito para fundar en ella población. Con esta noticia dispuso Garay reconocer con la misma idea las orillas del río Ipitá o Bermejo y lo encargó al citado Vera y Aragón. Este salió de la Asunción el 23 de febrero 1583 con 200 españoles, y aunque se opusieron a su tránsito los indios lenguas, pitilagas, tobas y mocobís logró reconocer buena parte de dicho río, y la halló a propósito para fundar un pueblo. Con estas noticias luego que Vera y Aragón fue nombrado teniente general alistó 135 españoles y algunos auxiliares con bastantes caballos, cincuenta yuntas de bueyes y unas 300 vacas, saliendo de la Asunción el 15 de marzo de 1585. En su tránsito venció tres veces a los mismos indios que en su viaje precedente, y cuando llegó al río Bermejo gran copia de mocobís le atacó con furia, pero fue vencida ofreciendo obediencia y vasallaje. Inmediatamente y antes de elegir el sitio para su población, el 15 de abril de 1585 nombró los alcaldes, regidores, etc., repartió los indios en encomiendas, y dio el nombre a la ciudad que iba a fundar llamándola Concepción de Buena Esperanza. Al día siguiente salió Vera y Aragón a reconocer el país, y eligió el sitio y fundó su pueblo en la costa del río Bermejo, 30 leguas antes de juntarse con el río Paraguay; que era justamente lo más poblado de indios mocobís. Como la idea que se llevaba era que sirviese este pueblo de escala para comunicar con el Perú, y para traer de Tarija y Chuquisaca los ganados del adelantado, no perdió tiempo Vera y Aragón en destacar ochenta españoles que llegaron a las faldas de las serranías del Perú; después fue él mismo con sesenta y llegó a los términos de Salta y Jejuí. Sirvió esta ciudad algunos años para facilitar el tránsito del Paraguay a Salta; pero como los indios de su distrito eran indomables, incapaces de reducirse a servidumbre e incomparablemente superiores en fuerzas, soberbia y valor a los guaranís, nada se adelantó. El año de 1592 mataron algunos españoles, uno de ellos hermano del fundador; y queriendo este castigarlos, se encendió una guerra que con diversos sucesos y más o menos intervalos duró hasta el año de 1632, en que no pudiendo ya más, abandonaron el sitio los españoles, y fueron a establecerse a las ciudades de la Asunción y Corrientes.

150. Mientras el Río de la Plata se gobernaba por los tenientes del adelantado este fue llevado preso a Lima según vimos al fin del número 130. Allí se le formaron varios cargos, hasta que calmando algo el enojo del virrey le permitió volviese a ser oidor en Chuquisaca, sin permitirle ir al Río de la Plata. Así estuvo dos o tres años, y después un visitador le arrestó; pero habiéndose purgado de todos los cargos, pasó al Paraguay el año de 1587. El siguiente despachó a su sobrino Alonso de Vera con ochenta españoles y auxilios para que fundase una ciudad en el sitio que le indicó, bajando por el río Paraguay hasta legua y media más abajo de donde se junta con el Paraná; sobre la barranca oriental que es elevada, edificó un fuertecillo y las chozas precisas. Llamó a este establecimiento San Juan de Vera en honor de su tío y le dio sus mismas armas y son un águila que apoya sus garras sobre dos torres. Pero como los navegantes llamaban ya a aquel paraje las Siete Corrientes, por las que resultaban de otras tantas puntas de la costa, ha prevalecido el nombre de Corrientes que dan a la ciudad. No se perdió tiempo en fun-

dar el pueblo de los guacarás con los indios que llevaron los pobladores, ni en repartir en encomiendas los guaranís del distrito, y con ellos formaron los pueblos de Ytati, Santa Lucía y Ohomá. Este último tuvo dos situaciones inmediatas. La mayor parte de sus indios fueron muertos o cautivados por los payaguas el año de 1758 y el resto se agregó a otros pueblos. En el archivo de esta ciudad hay un papel que refiere un milagro ocurrido en su fundación. Lozano, lib. 3, capítulo 13, dice, que los primeros que predicaron a los indios de Corrientes fueron fray Luis Bolaños y fray Alonso de San Buenaventura, y tiene razón, mas no en lo que añade de San Francisco Solano que jamás llegó al Río de la Plata, ni en decir que dichos fray Luis y fray Alonso fueron arrestados, lo que no es cierto. Concluida la fundación de Corrientes, renunció su empleo el adelantado y se fue a España el año de 1591. Lozano, *ibid.*, supone que en su tiempo entraron los jesuitas en el Río de la Plata; pero yo he leído la licencia que se les dio para entrar fecha el 28 de octubre de 1594 y aun no entraron hasta el de 1609.

151. Por lo que hace a los señores obispos, por muerte del primero se nombró en 11 de febrero de 1575 a fray Juan del Campo, franciscano, que murió antes de llegarle las bulas. En su lugar se nombró en 27 de septiembre de 1577 a fray Alonso Guerra, quien habiéndose detenido al tercer concilio de Lima no llegó al Río de la Plata hasta fines del año de 1584. Llevó por su capellán, confesor y mayordomo a fray Francisco Navarro Mendigorria de su misma orden dominicana, a quien con consentimiento de la ciudad dio posesión de la iglesia parroquial de la Encarnación y de sus cementerios para que sirviesen al convento de sus frailes que pensaba hacer venir, porque hasta entonces no había ido nin-

gún dominico. Fue promovido Su Ilustrísima, al obispado de Michoacán, y marchó el año de 1586 dejando al padre Navarro que murió antes del año de 1621 en que llegaron otros dominicos. Estos encontraron establecida la parroquia de la Encarnación y nombrado cura pero se les repuso en su posesión.

152. El que ahora reflexione lo grande del empleo de adelantado, extrañará que el del Río de la Plata lo renunciase cuando comenzaba a disfrutarlo y que se desentendiese de los trabajos y gastos que su suegro y él habían invertido en conseguirlo. Pero cesará la admiración si se considera, que entonces se determinó la corte a quitar al Río de la Plata todo estímulo de hacer descubrimientos y conquistas, y a prohibirle todo comercio exterior según se insinuó en el capítulo 12, números 9, 10 y 11, y en el capítulo 16, número 17. Además previó el adelantado que un país sin minerales, sin medios de buscarlos en sus confines y sin comercio, debía caer en una miseria extrema que no tuvo valor de presenciar. Así sucedió puntualmente, y sus pobladores que hasta entonces habían sido intrépidos, invencibles y dotados de extraordinarias luces, se convirtieron de repente en gentes de otra especie porque las faltaron aquellas excelentes y heroicas calidades, pasando a ser poco menos que ineptos para todo. Hasta las citadas providencias todo fue descubrir, conquistar, poblar y subyugar indios sin el menor costo del erario, y sin que el rey se incomodase en dar providencias: pero después que el gobierno superior dictó dichas disposiciones, todo ha sido perder provincias, no fundar un pueblo, asolarse muchos, y no civilizar un indio, a pesar de los inmensos caudales invertidos para ello. Aquí se ve que puede una providencia imprudente trocar los héroes en gente despreciable, y que los hom-

bres valen en razón directa de las leyes que los gobiernan. He finalizado mi objeto, que era el escribir la historia del descubrimiento y conquista del Río de la Plata porque desde aquí adelante ya nada ha habido de esto.

Félix de Azara

Apéndice

Nº 1. [Carta del Cabildo de la Asunción a don Félix de
Azara, solicitándole escriba unas noticias históricas,
geográficas y físicas de la provincia y prepare un mapa
del territorio y del río Paraguay]
[Asunción, 22 de marzo de 1793]
Esta ciudad se halla cerciorada de las particulares noticias
que el celo infatigable de Vuestra Señoría tiene adquiridas
de la situación, extensión, ríos, bosques, lagunas, montes,
pueblos, villas y lugares que contiene esta vasta provincia,
a cuyo efecto ha tomado Vuestra Señoría las molestias de
viajar por toda ella y reconocerla en persona, y no satisfecho
con esto, sabe la ciudad que Vuestra Señoría con incesante
fatiga, ha procurado orientarse más a fondo de cuanto va
referido, unas veces leyendo los monumentos antiguos con
particular aplicación, y otras inquiriendo de personas inteli-
gentes cuantas noticias ha conceptuado Vuestra Señoría pueden conducir a los mismos fines; de forma que sin hipérbole
puede aseverar la ciudad ser Vuestra Señoría en el día el individuo que puede con sólido fundamento demostrar facul[ta]
tivamente las predichas noticias; y deseando la ciudad tener-
las reducidas para perpetua memoria en un mapa que las
comprenda, como asimismo un plano de este río Paraguay,
extensivo hasta las reducciones nombradas los Chiquitos, y
agregación de noticias que exhorte uno y otro; satisfecha de
la benevolencia de Vuestra Señoría viene en suplicarle tenga
la dignación de poner en ejecución el mapa y plano que solicita, a fin de que colocándolos de firme en su sala capitular,
sirva de instrucción en los asuntos ocurrentes, que a cada

paso se ofrecen, cuyo favor quedará vinculado en un eterno reconocimiento de esta ciudad. Nuestro señor guarde a Vuestra Señoría muchos años. Sala capitular de la Asunción 22 de marzo de 1793. Don Juan Valeriano de Zevallos. Don Antonio Vigil. Don Fermín de Arredondo y Lobatón. Don Francisco Olegario Mora. Don Luis Pereira. Don Bartolomé Lacoisqueta. Don Francisco de Haedo. Don Benito Ramón Carrillo. Don Francisco de Asaosi. Don Francisco Montiel. Señor coronel don Félix de Azara.

Nº 2. [Carta de don Félix de Azara al Cabildo de la Asunción comunicándole que accede al pedido]
[Asunción, 12 de abril de 1793]
Recibí el oficio de Vuestra Señoría el 22 de marzo en que solicita que le franquee el mapa que he hecho de esta provincia, con otro del curso de este río hasta las reducciones de Chiquitos, como también otras noticias que cree haber recibido, todo con el fin de instruirse Vuestra Señoría, de transferir estas noticias a la posterioridad, de ilustrar la historia pasada y futural y de dar un laudable ejemplo y poderoso estímulo a todas las ciudades para que busquen de un modo semejante los medios de adelantar la geografía y la historia. La gravedad del asunto detuvo mi contestación hasta ahora en que me he resuelto a condescender con la atenta súplica de Vuestra Señoría. Para ello estoy finalizando los cálculos y dando el último toque a dichos mapas y noticias, que dentro de pocos meses pondré en manos de Vuestra Señoría, porque he reflexionado que quedando mis mapas bien asegurados en esa sala capitular o archivo, podrían servir en cualquiera siglo no solo para hacer ver el estado natural de la provincia, y para cotejarlo con el que tuviere entonces, sino también para

que cuando algún pueblo, o parroquia se fundase o traslada-
se, pueda el cabildo disponer que se sitúe en dichos mapas, lo
mismo que los nuevos descubrimientos de los ríos y países.
De este modo insensiblemente y sin trabajo, se irá añadiendo
lo nuevo y lo que faltare, y se corregirán los yerros que hubiese: todo lo cual podrá hacer cualquiera un poco curioso sin
necesitar de hacer observaciones astronómicas ni repetir las
grandes penalidades que he sufrido. Nuestro señor guarde a
Vuestra Señoría muchos años. Asunción 12 de abril de 1793.
Félix de Azara. Muy ilustre cabildo, justicia y regimiento de
la ciudad de la Asunción.

Nº 3. [Carta de don Félix de Azara al Cabildo de la
Asunción, remitiendo adjunto la descripción histórica,
política y geográfica y los mapas de la provincia y río
del Paraguay]
[Asunción, 9 de julio de 1793]
Para cumplir la palabra que di en respuesta a los requeri-
mientos de Vuestra Señoría incluyo el mapa de esta provincia, y la de Misiones, con otro que expresa el curso del río
Paraguay, sus confines, o inundaciones anuales, como también la siguiente descripción histórica; política y geográfica
de la comprensión de dichos mapas; pero como no he tenido
más tiempo que dos meses para escribir y ordenar las ideas,
y por otra parte estoy escaso de libros y no del todo impuesto
de los papeles del archivo, no he podido detallar muchas cosas, y tengo por cierto que otro con más tiempo e instrucción
hará la cosa mejor. Sin embargo he tocado todos los puntos
sustanciales que pueden interesar a la historia y a la felicidad
de la provincia. Por lo que hace a los mapas son sin duda los
mejores que hasta hoy se han visto de provincia alguna ame-

ricana. Solo falta que Vuestra Señoría requiera y exija de los demarcadores de límites cuando señalen la frontera por los ríos Paguary y Corrientes, o Appa, un mapa de su demarcación, porque como no he andado por allá, el mío no puede ser en esta parte del Norte tan exacto como en lo demás. Con esto nada falta que hacer, porque Vuestra Señoría quede satisfecha de mi buena voluntad y de que soy agradecido a lo mucho que, he debido a la provincia, y a los particulares en los nueve años y medio que la suerte me ha detenido por acá. Nuestro señor guarde a Vuestra Señoría muchos años. Asunción 9 de julio de 1793. Félix de Azara. Muy ilustre cabildo, justicia y regimiento de la ciudad de la Asunción.

Nº 4. [Carta del Cabildo de la Asunción a don Félix de Azara, agradeciéndole su colaboración y nombrándolo uno de los primeros ciudadanos del Paraguay]
[Asunción, 23 de septiembre de 1793]
Ha recibido esta ciudad el oficio de Vuestra Señoría de 9 de julio último, con el mapa de la provincia, otro que demuestra el curso de este río Paraguay, sus confines o inundaciones, como también la descripción histórica, física, política y geográfica de la comprensión de dichos mapas, obras a la verdad sumamente grandes y muy propias de los altos talentos de Vuestra Señoría, por cuya beneficiencia queda la ciudad poseyendo alhajas tan disti[n]guidas, de que congratula a Vuestra Señoría muchas gracias, y siendo su reconocimiento inferior a esta gran dádiva y don que Vuestra Señoría se ha dignado dispensarla por solo un efecto de su generosidad, en manifestación de la gratitud en que queda, tiene acordado con esta fecha en sus libros capitulares, pasen a la morada de Vuestra Señoría dos capitulares, y a nombre de la provincia le hagan presente como el distinguido favor

de Vuestra Señoría ha vinculado en su gratitud un eterno reconocimiento y que en su manifestación a Vuestra Señoría se le tenga y reconozca por uno de los primeros republicanos y compatriotas bajo del respeto, estimación y benevolencia a que es acreedora la persona de Vuestra Señoría tanto por las circunstancias con que le adornó el Todopoderoso, como por este particular y grande servicio que Vuestra Señoría se ha dignado hacer a esta ciudad. Nuestro señor guarde a Vuestra Señoría muchos años. Sala capitular de la Asunción del Paraguay, septiembre 23 de 1793. Don Juan Valeriano de Zevallos. Don Antonio Vigil. Don Francisco de Arredondo y Lobatón. Don Francisco Olegario de la Mora. Don José Luis Pereira. Don Francisco de Haedo. Don Bartolomé Laozqueta. Don Benito Ramón Carrillo. Don Francisco de Isasi. Don Francisco Montiel. Don Alonso Ortiz de Vergara. Señor don Félix de Azara, capitán de navío de la real armada.

Nº 5. [Carta inédita de don Félix de Azara al Cabildo de la Asunción, agradeciéndole la distinción de que había sido objeto]
[Asunción, 25 de septiembre de 1793]
Recibo la de Vuestra Señoría de los corrientes, en que después de dispensarme las gracias por mis Mapas y Descripción de la de la Provincia que ha recibido: me hace el honor de nombrarme y reconocerme por uno de sus primeros ciudadanos y compatriotas, cuya distinción ha sido para mí la mayor que podía apetecer, como para Vuestra Señoría la más grande, que podía franquear: con esto me parece que he dicho bastante, para que Vuestra Señoría se persuada, que será eterna en mí la memoria del honor recibido, y el deseo de corresponder del modo posible obrando en todo como honrado

Paraguayo, sacrificando mi vida si fuese preciso a la felicidad de mi nueva Patria que me ha adoptado por un efecto de su benevolencia. Nuestro Señor guarde a Vuestra Señoría muchos años. Asunción 25 de septiembre de 1793.

Félix de Azara

Al Ilustre Cabildo. Justicia y Regimiento de la Asunción.

Museo Mitre. Sección documentos.

Nº 6. [Oficio del Duque de la Alcudia al Cabildo de la
Asunción, acusando recibo en nombre del monarca de
la Descripción histórica y del mapa del Paraguay de don
Félix de Azara]
[Aranjuez, 12 de febrero de 1794]
He hecho presente al Rey la representación de Vuestra Señoría de 19 de julio del año próximo pasado, en que haciendo
un particular elogio del Capitán de Navío don Félix de Azara
Comisario de la tercera partida de Demarcación de Límites,
así por sus talentos como por su buena conducta, da Vuestra
Señoría cuenta de haber obtenido de este Oficial que dejase
en ese Archivo un ejemplar de los Mapas de esa Provincia
y río Paraguay, que con sumo cuidado había levantado, y
también de la Descripción Histórica, Física, Política, y Geográfica de la misma Provincia que había trabajado habiendo
adquirido con este objeto todos los conocimientos posibles; y
considerando Vuestra Señoría ser esta obra singular, y digna
de ofrecerse al Rey para el acierto en las disposiciones relati-
vas a este Gobierno, enviada a Su Majestad por mis medios
una copia de dichos Mapas y Descripción, recomendando el
mérito del mencionado Azara.

Su Majestad ha apreciado mucho el celo de Vuestra Señoría en procurar adquirir unos Documentos que ha creído
ser importantes para la Provincia del Paraguay, y en remitir
a Su Majestad una copia de ellos con el loable fin de Vuestra
Señoría manifiesta: tiene y tendrá muy presente el mérito de
su Autor, y lo participo a Vuestra Señoría para su noticia.

Dios guarde a Vuestra Señoría muchos años. Aranjuez doce de febrero de 1794. El Duque de la Alcudia. Señores Cabildo Justicia, y Regimiento de la Ciudad de la Asunción del Paraguay.

Es conforme a su original. Echa ut supra. En testimonio de Verdad.

Manuel Benites
Excelentísimo párroco de Gobierno y Cabildo
Revista del Instituto Paraguayo, N.º 41, págs. 113-114, Asunción, 1903.

Libros a la carta

A la carta es un servicio especializado para
empresas,
librerías,
bibliotecas,
editoriales
y centros de enseñanza;
y permite confeccionar libros que, por su formato y concepción, sirven a los propósitos más específicos de estas ins-
tituciones.

Las empresas nos encargan ediciones personalizadas para
marketing editorial o para regalos institucionales. Y los interesados solicitan, a título personal, ediciones antiguas, o
no disponibles en el mercado; y las acompañan con notas y
comentarios críticos.

Las ediciones tienen como apoyo un libro de estilo con
todo tipo de referencias sobre los criterios de tratamiento ti-
pográfico aplicados a nuestros libros que puede ser consulta-
do en Linkgua-ediciones.com .

Linkgua edita por encargo diferentes versiones de una
misma obra con distintos tratamientos ortotipográficos (ac-
tualizaciones de carácter divulgativo de un clásico, o versiones estrictamente fieles a la edición original de referencia).

Este servicio de ediciones a la carta le permitirá, si usted
se dedica a la enseñanza, tener una forma de hacer pública
su interpretación de un texto y, sobre una versión digitaliza-
da «base», usted podrá introducir interpretaciones del texto
fuente. Es un tópico que los profesores denuncien en clase
los desmanes de una edición, o vayan comentando errores de
interpretación de un texto y esta es una solución útil a esa
necesidad del mundo académico.

Asimismo publicamos de manera sistemática, en un mismo catálogo, tesis doctorales y actas de congresos académicos, que son distribuidas a través de nuestra Web.

El servicio de «libros a la carta» funciona de dos formas.

1. Tenemos un fondo de libros digitalizados que usted puede personalizar en tiradas de al menos cinco ejemplares. Estas personalizaciones pueden ser de todo tipo: añadir notas de clase para uso de un grupo de estudiantes, introducir logos corporativos para uso con fines de marketing empresarial, etc. etc.

2. Buscamos libros descatalogados de otras editoriales y los reeditamos en tiradas cortas a petición de un cliente.

www.ingramcontent.com/pod-product-compliance
Lightning Source LLC
Chambersburg PA
CBHW022237020726
47496CB00004B/953